陕西出版资金资助项目

海外中国研究书系·日本学人唐代文史研究八人集

主编 李浩 〔日〕松原朗

著者简介

埋田重夫,早稻田大学文学博士,静冈大学学术院人文社会科学领域教授,专业方向为中国文学。主要著作有:论文《白居易七言律诗考——诗人与诗型》《白居易〈新乐府五十首〉的修辞技法》等,专著《白居易研究——闲适的诗想》《白乐天研究——诗语与修辞》《校注唐诗解释辞典》等。

译者简介

王旭东,东京大学人文社会系研究科博士,现任职于东京大学文学部。

西北大学文学学科资助项目

白居易研究

闲适的诗想

〔日〕埋田重夫　著

王旭东　译

西北大学出版社

著作权合同登记号:陕版出图字 25-2018-237

图书在版编目(CIP)数据

白居易研究:闲适的诗想/(日)埋田重夫著;王旭东译. —西安:西北大学出版社,2019.6

(海外中国研究书系/李浩,松原朗主编.日本学人唐代文史研究八人集)

ISBN 978-7-5604-4297-6

Ⅰ.①白… Ⅱ.①埋…②王… Ⅲ.①白居易(772-846)—诗歌研究 Ⅳ.①I207.227.423

中国版本图书馆 CIP 数据核字(2019)第 087948 号

本书由汲古书院、埋田重夫授权出版

白居易研究:闲适的诗想

作　　者:	〔日〕埋田重夫 著　王旭东 译
出版发行:	西北大学出版社
地　　址:	西安市太白北路 229 号
邮　　编:	710069
电　　话:	029-88302590　88303593
经　　销:	全国新华书店
印　　刷:	陕西博文印务有限责任公司
开　　本:	787 毫米×1092 毫米　1/16
印　　张:	17.5
字　　数:	271 千字
版　　次:	2019 年 6 月第 1 版　2023 年 6 月第 2 次印刷
书　　号:	ISBN 978-7-5604-4297-6
定　　价:	86.00 元

如有印装质量问题,请与本社联系调换,电话 029-88302966。

《海外中国研究书系·日本学人唐代文史研究八人集》

学术顾问

〔日〕池田温　袁行霈　张岂之　王水照　莫砺锋　陈尚君　荣新江

组织工作委员会

主　任　〔日〕松原朗　吴振磊

委　员　李　浩　马　来　张　萍　杨遇青　刘　杰　赵　杭　张渭涛
　　　　　谷鹏飞

日方联络人　张渭涛

编辑工作委员会

主　任　段建军

委　员　〔日〕松原朗　　〔日〕妹尾达彦　〔日〕埋田重夫　〔日〕冈田充博
　　　　　〔日〕石见清裕　〔日〕丸桥充拓　〔日〕古川末喜　〔日〕金子修一
　　　　　段建军　谷鹏飞　高兵兵　张渭涛　刘建强　何惠昂　马若楠

主　编　李　浩　〔日〕松原朗

副主编　高兵兵

总序一

记得四年前,老友松原朗教授将其新著《晚唐诗之摇篮——张籍·姚合·贾岛论》的书稿转我,嘱我推荐给西北大学出版社,希望唐诗故乡的中国学人能及时读到这部新著,并能给予全面的学术批评。我充分理解松原兄的诚挚愿望,彼时恰好我还在校内外的学术管理部门兼一点服务性的工作,也想给学校出版社多介绍一些好作品,于是"怂恿"松原兄把原来的计划稍微扩大,从翻译出版一位日本学者的一部作品,扩展到集中推出一批日本学者的最新研究成果。开始时,松原兄及其他日方学者并没有迅速回应,这其中既有对西北大学出版社和西北大学唐代文史研究团队的估量,也有对翻译力量、经费筹措等问题的担心。我很能理解朋友们的忧虑,毕竟,自我们与专修大学等日方学术机构和友朋合作以来,这是最大的一个项目。

出乎意料,等项目确定后,松原先生及其他相关作者表现出很高的学术热情和工作效率,他们自己和原书的日本出版方联系,主动放弃版权贸易中的版税,简化相关谈判手续,使得许多复杂的问题简单化。最后商定第一批推出的是以下八部著作:

《隋唐长安与东亚比较都城史》(妹尾达彦著,高兵兵、郭雪妮、黄海静译)

《中国古代皇帝祭祀研究》(金子修一著,徐璐、张子如译)

《唐代军事财政与礼制》(丸桥充拓著,张桦译)

《唐代的民族、外交与墓志》(石见清裕著,王博译)

《杜甫农业诗研究——八世纪中国农事与生活之歌》(古川末喜著,董璐译)

《白居易研究——闲适的诗想》(埋田重夫著,王旭东译)

《晚唐诗之摇篮——张籍·姚合·贾岛论》(松原朗著,张渭涛译)

《唐代小说〈板桥三娘子〉考》(冈田充博著,张桦、独孤婵觉译)

用中国学人的分类标准来看,前四部是属于史学类的,后四部是属于文学类的,第二部严格意义上说又不完全属于断代类的研究。故我们最初将丛书的名称模糊地称作"唐代文史研究八人集",也暗含对文史兼容实际的承认。最后确定为现在的名称,是因为在申报陕西省出版资金资助项目时使用了这个名称,故顺势以此命名。

依照松原先生的理解,他所选择并推荐给中国学界的是最能体现并代表当代日本学界富有日本特色的中国学研究成果,松原先生在与我几次邮件沟通中反复强调这一点,体现了他和他的日本同行的执着与认真,这一层意思松原兄在序中表达得更准确。当然,符合他这一标准的绝不止这八部著作,应该还有一大批,我熟悉的日本学界的许多朋友的著作也没有列入。按照初始计划,我们会与松原兄持续合作,推荐并翻译更多的日本中国学研究成果。

我们学界现在也开始倡导中国话语、中国风格和中国流派,看到日本同行已经捧出一系列能代表自己风格学派的成果,我们除了向他们表达学术敬意外,是否也应该省思自己的学术哲学和研究取向。毕竟,用自己的成果说话才是硬道理。

当下学术走出去的热情很高,而对境外学人相关研究成果的移译与介绍则稍显冷落。按照顾彬(Wolfgang Kubin,1945—)的解释,文学走出去相当于到别人家做客,主动权在他不在我;文学请进来,让友人宾至如归,则主动权在我不在他。我们能做的事,能做好的事,应尽量做充分、做扎实、做精深。方以学术史,法显求法译经,玄奘团队述译,严复不仅以译著《群己权界论》传世,更奠定"信、达、雅"的译事三原则。近代以来,中国重新走向开放,走向世界,实与大规模翻译、引进、介绍海外新思想、新理论、新学说密不可分。说"十月革命一声炮响,给我们送来了马克思主义",是一种谦逊的说法,其实是我们主动拥抱马克思主义,主动引进现代科学,翻译马克思主义原著和其他世界学术名著。这一文明交往的基本史实在当下不该被有意遗忘、无意误读。身处其间,以温故知新、继往开来为己任的当代学人,不知该说些什么,又该做些什么?

本丛书的翻译团队由两部分组成,一部分是由原书作者推荐的,另一部分是由出版社和高兵兵教授约请的。由于时间紧任务重，著者与译者分处境内外，天各一方，联系和对接未必都畅通，理解和翻译的错误在所难免，出版后恳请各方贤达不吝赐教，以便我们逐步完善。其中高兵兵教授此前曾组织翻译过两辑"日本长安学研究丛书"，有组织能力，也有较丰富的翻译实践经验。张渭涛副教授既是译者，又身兼日方著者和中方出版者的信使，青鸟殷勤，旅途劳顿，多次利用返乡的机会，做了大量的沟通工作。

按照葛兆光教授等学者的解释，长期以来，我们习惯于由朝贡体制型塑的认知模式，而忽略甚至漠视从周边看中华的视角，好在现在大家已经认识到通观与圆照方可认识事物，包括认识我们文化的重要性。这样，翻译并介绍周边受到汉文化深刻影响的国家和地区的汉学研究成果，就有了三重意义：一是有助于我们深入了解周边地区的汉文化观，二是从传播和接受的角度勾画原典文化散布播迁的轨迹，三是丰富了相关专题研究的学术史。

当前，"一带一路"合作倡议正如火如荼，其中最富启示性的思想，我以为是"文明互鉴"理论，即各种文化宜互学互鉴。学术成果的翻译介绍，就是在两种文化之间架设桥梁，充当使者。自古以来，我们的民族认为，架桥铺路于承担者是一种救赎的苦行，但于接受者则是一件无量的功德。对于中外文化的互译也应作如是观。

李　浩

2018 年 5 月 30 日

于西北大学长安校区寓所

总序二

  日本的中国学,也就是对中国文化的研究,由来已久。即便是将中国学之意仅限定为"中国古典文献的接受、解释、说明之学",也已经有一千几百年的历史了。而且,日本处于中国历代王朝册封体制的外缘,始终与中国保持着一定的距离,因而能远离权威,相对自由。这使得日本的中国学,不论是在过去还是在近年,都被赋予了独特的性格。

  在属于以往册封体制内的诸地域,是以忠实于中国文化、对其进行完全复制为价值标准的。而日本却不同,它对中国文化反而采取了选择性接受的方式,并积极对其加以改变。其中最典型的事例,就是日本的文字创制。平安时代(794—1192)初期,日本以汉字为基础创制了"平假名"和"片假名",它们都是纯粹表音的文字,日本人从此确立了不借助汉语和汉字就能直接用日语表达的方法。相较于世界各地昙花一现的种种化石文字,日本独有的这种假名文字,至今仍然具有旺盛的生命力。而且,《源氏物语》(约1008年成书)之所以能成为反映日本人审美价值观的决定性文学作品,就是因为它是使用平假名书写的。那么,如果从中国本位的角度看,无论是假名的创制,还是《源氏物语》的问世,都是对中国文化的一种脱离。也就是说,日本以脱离中国文化为反作用力,确立了自身文化的独特性。

  日本虽然从广义上说是中国文化圈(汉字文化圈)的一员,却有独立的文化主张,而且日本人对此持肯定立场。这样的倾向并非始于明治维新后的近代,而是有着相当长的历史。近代以前的江户时代(1603—1867),虽然因江户幕府的政策,汉学(特别是朱子学)一度占据了学术主导地位,但在江户时代后期,由于国学(日本主义)和兰学(以荷兰语为媒介的西学)这两个强劲对手的崛起,汉学便失去了独尊之位。

  但是,以上这些并不意味着日本人轻视中国文化。反而应该说,至少在20世纪初之前的漫长岁月里,日本人都一直在非常真挚地学习中国古典,不仅解读文字,也解读其中的精神。日本知识界真正远离中国古典,是在二战结束以后。

福泽谕吉(1835—1901,庆应义塾大学创始人)被认为是一位致力于西学、倡导"脱亚"、堪称日本现代化精神支柱的思想家,然而他在十几岁不到二十岁的这段时期,却是一直在白石照山的私塾里攻读汉文典籍的。他在《福翁自传》里写道:

> 岂止《论语》《孟子》,我研习了所有经书的经义。特别是(白石)先生喜欢的《诗经》和《书经》,常得先生讲授。此外诸如《蒙求》《世说》《左传》《战国策》《老子》《庄子》等,也经常听讲,后又自学《史记》、两《汉书》《晋书》《五代史》《元明史略》等史书。我最为得意的是《左传》,大多数书生仅读完十五卷中的三四卷便会放弃,而我则通读全书,且共计复读了十一遍,有趣之处都能背诵出来。

应该说,福泽谕吉并非摒弃中国文化而选择了西方文化,他是以从中国古典中学到的见识与洞察力作为药捻,而后才得以大成其思想的。在当时包括福泽谕吉在内的日本知识界人士看来,中国古典并非一大堆死知识,而是他们从中汲取人生所需智慧的活的"古典"。就这样,日本文化一边尝试无限接近中国文化,一边又试图从中国文化中脱离,形成了具有双向动力的内部结构。

由中国文化或中国统治权威中脱离的倾向,甚至在处于日本中国学核心位置的儒学中也有发生。江户时代,幕府将朱子学尊为官学,这也反映了朱子学在明清两代的权威性。不过,江户时代的两位代表性儒学家伊藤仁斋(1627—1705)和荻生徂徕(1666—1728)却例外,他们两人,前者提倡"古义",后者提倡"古文辞",都还原了儒学的本来面目,超越朱子学成为具有独创性的思想家。伊藤仁斋的《语孟字义》比戴震(1724—1777)《孟子字义疏证》的主张早了一个世纪。而荻生徂徕将道德思想从儒学中排除,认为圣人只是礼乐刑政等客观制度的设计者。荻生徂徕本来是出于对儒学的忠实,去探索儒学的真面目的,但结果几乎与儒学传统背道而驰。也就是说,荻生徂徕的儒学已经达到了非儒学的境地。荻生徂徕的这些主张,超越了儒学的界线,给当时整个思想领域都带来了巨大的冲击,致使江户后期的思想界,摆脱了朱子学的桎梏,并诱发了国学和兰学的兴起,呈现出百花齐放的态势。应该说,无须等待西方的冲击,近代日本就已经完成了它的内部准备。

上文说过,日本文化的内部,具有一边尝试无限接近中国文化,一边又试图从中国文化中脱离的双向动力。在这一点上,我们有必要认识到,看似舍弃中国文化而选择了西学的福泽谕吉,以及原本乃是中国文化忠实者后来却成了一位破天荒思想家的荻生徂徕,两位都是此种日本文化特征的体现者。

从宏观上看,日本属于中国文化圈,是不争的历史事实。因为从根本上说,日本受其地理条件所限,也不可能有机会与强大到足以与中国文化抗衡的其他先进文化发生接触。即便是印度的佛教,也是通过经中国文化过滤的汉译佛典,即作为中国文化的一部分而被接受的。但在这种状况下,日本没有被强大的中国文化同化,而得以贯彻其独自的文化体系,这几乎就是个奇迹。日本所处的特殊位置,与太阳引力作用下的地球不无相似之处。如果离太阳再近一些,就会像金星一样被灼热的太阳同化;而若是离太阳再远一些,就又会像火星那样成为一个冰冻的不毛之地。地球就是在趋向太阳的向心力与反方向的离心力的绝妙平衡之下,得以悬浮在太阳系中的一颗明珠。

如果以中国的视角重新审视的话,这样的日本文化反倒是显示中国文化普遍性及包容性的绝好例证,中国文化绝不是仅有忠实者顶礼膜拜、悉心呵护的单一僵死之物。日本的文化,从其具有脱离中国权威的反作用力这点来说,就算不是叛逆者,也无疑是个不忠者。但能够产出这样的不忠者,也是因为中国文化具备卓越的包容力与普遍性。也正是因为这一点,我们为了加深对中国文化的理解,将包括日本文化在内的多样性思考纳入视域,也会是一个有效的方法。

日本的中国学,绝非中国文化的忠实复制,也并不是像一个不了解中国文化的人初见新大陆般的、出于一片好奇心的结果。我们便是基于上述认识,想尽可能地提供一些新的见解和观点,所以策划了这套《日本学人唐代文史研究八人集》。书目选择的主要原则,并不是仅以学术水平为准绳的,而是优先考虑了具备日本独特视角的研究成果。广大读者如果对我们的主题设置、探讨方式等有一些微妙的不适应,我想说,那正是我们这套书的策划宗旨,希望大家理解这一点。此外,我还热切期待这套小小的丛书能为日中文化交流发挥出大大的作用。当然,也真诚期望得到各位专家、学者及广大读者的批评和指正。

松原朗

2018 年 4 月 8 日

凡例

（1）文中所引用的白居易的诗文基本上依据那波道圆本《白氏文集》（四部丛刊本、阳明文库本），原注依照南宋绍兴刊本《白氏文集》（北京文学古籍刊行社本、顾学颉校点《白居易集》本）。但是有些地方将那波道圆本《白氏文集》特有的字体改成了通行字体。

（2）关于包含日本古钞本在内的诸本校勘，参考平冈武夫、今井清校定《白氏文集（全三册）》（京都大学人文科学研究所，1973 年 3 月），太田次男、小林芳规《神田本〈白氏文集〉的研究》（勉诚社，1982 年 2 月），川濑一马监修《金泽文库本〈白氏文集〉（全四册）》（勉诚社，1984 年 6 月），太田次男《以旧抄本为中心的〈白氏文集〉正文研究（上中下）》（勉诚社，1997 年 2 月）。本书中有些地方会对引用的原文文字稍做修改。

（3）各个作品的写作年份与地点，参考花房英树《〈白氏文集〉的批判性研究》（朋友书店，1974 年 7 月）"综合作品表"，王拾遗《白居易生活系年》（宁夏人民出版社，1981 年 6 月），朱金城《白居易年谱》（上海古籍出版社，1982 年 6 月），朱金城《白居易集笺校（全六册）》（上海古籍出版社，1988 年 12 月），罗联添《中华丛书·白乐天年谱》（台湾编译馆，1989 年 7 月）等。

（4）正文、注、引用文字中的下画线，除了特别注明的地方以外，均为著者所加。正文中所引用的白居易诗附注的标记（"＊"），亦是著者所加。

前言

　　白居易具有诗人的天性。对他来说,作诗是与如何生活这个问题直接相连的。在他的文学中所具有的非常显著的"日常性的诗化""诗歌写作的日常化""生活日志式的作品风格",是其成为有唐一代创作诗歌数量最多的诗人的主要原因。在他的一生中,一直通过诗表现着日常生活中的喜怒哀乐。可以说诗是折射白居易生活细节的镜子。

　　白居易的作品,从文学史来看,经常因为以讽喻诗为代表的新乐府运动的存在而受到高度评价。对社会与制度的矛盾、不公正、不合理处加以尖锐批判的讽喻诗,确实在白居易作为青年官僚活跃的前半生的著作中占有很大的比重。但是,更能代表白居易诗歌风格的,是在其一生中从未间断吟咏的,在充分体验了人生挫折与辛酸的后半生结晶而成的闲适文学。以左迁江州司马为一大契机,白居易对于讽喻诗的创作热情急速衰减,取而代之的是作为"抒情之器""赋活之具"的闲适诗随其年龄增长而接连不断地被创作出来。在这个闲适诗的世界中,自己和他人的生、老、病、死被重视和探讨,"处世之理""生命之理"得到深刻探究。情与理交错的白氏独特的诗兴,在此类型的作品中愈加显著。

　　在过去五十年的白居易诗文研究中,作家、作品、传记、时代、书志等领域已经取得了惊人的成果。近年来,《白居易研究讲座》(全七卷)与《白居易研究年报》(已出版到第十九号)相继出版。跨学科探究白居易的整体形象,已经成为目前迫切的学术要求。但是,在这样的研究情势中,以闲适的诗想为核心系统性地论述白居易的学术著作尚未出版。

　　本书的写作,基于通过集中考察形成白居易文学风格的文学原理与生活原理,即具有柔和的、自我矜持的自适(独善自足)境界这一领域,想要在过去的研究史上开拓新的视角,这就是我将本书命名为《白居易研究——闲适的诗想》的原因。在此基础上,本书考察了白居易《与元九书》等文学理论著作以及《白氏文集》中的全部诗篇,认为"闲"与"适"具有不同的意义与价值。狭义的闲适诗在《白氏文集》中包括卷五至卷八,共计216首,为了导入更加宽泛的"闲适"概念,我将作为考察对象的白居易诗篇分为三类:①《白氏文集》卷五至卷八"闲适"部所收录的作品;②诗题与诗文中咏及"闲""适"的作品;③吟咏"安""稳""慵""幽""暖""饱"等所谓闲适情绪(独善自足境界)的作品。然后将这些作品全部综合考察以确定广义的闲适诗并进行详细观照,这完全是为了以宏观的视野有机地展开论述白居易的闲适论。在以往的闲适研究中,将吟咏自适的、广义的、庞大的闲适类作品(韵文、散文)放在中心视角的研究,几乎是缺失的,其结果就是,所得出的结论无法从《白氏长庆集》前集(五十卷)所谓的四种分类概念的桎梏中摆脱出来。白居易的闲适类作品,不是仅仅封闭在古体诗型讽喻、闲适、感伤的框架内的,包括近体诗型的杂律诗,在《白氏长庆集》后集与续后集的样式分类(格诗、律诗)中,也被连续不断地大量继承下来。最早指出这个事实,为白氏闲适研究设定明确路线的是松浦友久《白居易的"适"的意义——以诗语史中的独特性为基础》(《中国诗文论丛》第十一辑,1992年10月,后收入著作选二《陶渊明白居易论——抒情与说理》,研文出版,2004年6月)。因为松浦先生的论文是该领域先驱性论文,所以我想特别地记一笔。

　　白居易的闲适文学,是与其人生相关联的,其中以身体的充足感为基础,反复吟咏了精神的解放和自由。在本书中,为了解读中国古代知识分子(文人官僚)之典型白居易的世界观、处世观、身心观、疾病观、时空观等,采用了"序论""本论一:身体与姿势""本论二:衰老与疾病""本论三:住所与家人"的四部分结构。严谨地说,各论各章都具有独立的性质,但是如果最终能够塑造新的白居易形象的话,我想刊行本书就有了意义。

目录

总序一 ·· 李　浩(1)
总序二 ·· 松原朗(4)

凡例 ·· (1)
前言 ·· (1)

绪论　白居易的闲适诗
　　　——给予诗人复原力之物
　　一、序 ·· (1)
　　二、闲适诗的概念界定 ···························· (2)
　　三、咏"闲"诗与咏"适"诗 ····················· (5)
　　四、"闲""适"诗与"复原""复苏"的诗想 ···· (10)
　　五、结语 ·· (16)

本论一　身体与姿势

第一章　白居易与身体的文学表现
　　　——将诗人与诗境结合之物
　　一、序 ·· (21)
　　二、身心论的三个前提 ···························· (21)
　　三、身心与闲适的关系 ···························· (23)
　　四、白居易的身体表现 ···························· (32)
　　五、结语 ·· (38)

I

第二章 "遗爱寺钟欹枕听"考
——白居易诗语的意义

一、序 ……………………………………………………（41）
二、白居易的"欹枕"用例及先行研究情况 …………（42）
三、唐诗中"欹枕"的用例 ………………………………（45）
四、唐代诗语史中"欹枕"与"拨帘"的产生与继承 …（53）
五、结语 ……………………………………………………（57）

第三章 白居易与姿势描写
——视点下降的意味

一、序 ……………………………………………………（59）
二、姿势描写的特色与倾向 ……………………………（60）
三、他者的身体姿势 ……………………………………（63）
四、自己的身体姿势 ……………………………………（65）
五、姿势与诗想 …………………………………………（68）
六、结语 …………………………………………………（75）

本论二 衰老与疾病

第四章 关于白居易"白发"文学表现的考察

一、序 ……………………………………………………（79）
二、白发诗的谱系 ………………………………………（80）
三、白居易诗中白发表现的占比 ………………………（82）
四、白发表现与意象结构 ………………………………（86）
五、结语 …………………………………………………（95）

第五章 白居易与睡眠
——使"闲"与"适"充足之物

一、序 ……………………………………………………（97）

二、咏眠诗的谱系 ……………………………………… (98)
三、作为素材的睡眠 …………………………………… (101)
四、作为题材的睡眠 …………………………………… (105)
五、结语 ………………………………………………… (109)

第六章 关于白居易咏病诗的考察
——将诗人与题材结合之物

一、序 …………………………………………………… (111)
二、咏病诗的谱系 ……………………………………… (112)
三、白居易的病历 ……………………………………… (115)
四、白居易咏病诗的样态 ……………………………… (119)
五、白居易的养生观 …………………………………… (124)
六、结语 ………………………………………………… (126)

第七章 白居易的眼疾
——视力障碍带给诗人的影响

一、序 …………………………………………………… (128)
二、先行研究中的观点和问题 ………………………… (129)
三、白居易的眼疾 ……………………………………… (131)
四、白居易诗中的眼疾表现 …………………………… (135)
五、结语 ………………………………………………… (142)

本论三 住所与家人

第八章 白居易诗歌中关于房屋的文学表现
——与闲适的诗想相关联

一、序 …………………………………………………… (147)
二、房屋的文学表现与五个视点 ……………………… (148)
三、他人的住宅空间 …………………………………… (150)
四、白居易宅邸变迁小史 ……………………………… (156)

五、长安居住期的租房之家 …………………………… (158)
　　六、下邽渭村宅 ………………………………………… (160)
　　七、任职地的官舍 ……………………………………… (166)
　　八、庐山草堂 …………………………………………… (171)
　　九、长安新昌里宅邸 …………………………………… (181)
　　十、洛阳履道里宅邸 …………………………………… (190)

第九章　白居易的松与竹

　　一、序 …………………………………………………… (205)
　　二、松与竹的基本意象 ………………………………… (205)
　　三、咏松诗 ……………………………………………… (207)
　　四、咏竹诗 ……………………………………………… (212)
　　五、结语 ………………………………………………… (215)

第十章　白居易《池上篇》考
　　　　　——水边的时空与闲适的最高境界

　　一、序 …………………………………………………… (217)
　　二、江州官舍以及庐山草堂的池边空间 ……………… (218)
　　三、《池上篇并序》与洛阳履道里邸 ………………… (221)
　　四、"池上诗"中所见的至高闲适境界 ……………… (226)
　　五、结语 ………………………………………………… (238)

第十一章　香山寺与《白氏文集》
　　　　　——闲适诗境的完成

　　一、序 …………………………………………………… (240)
　　二、香山寺的位置 ……………………………………… (240)
　　三、白居易的香山寺 …………………………………… (243)
　　四、白居易的《白氏文集》 …………………………… (251)
　　五、结语 ………………………………………………… (255)

后记 …………………………………………………………… (257)

绪论

白居易的闲适诗
——给予诗人复原力之物

一、序

  白居易既是人生的达人,又是生活的天才。在《白氏文集》中屡屡陈说的"知足安分""安心立命""乐天知命""知命委顺""止足不辱"等言语,就是他长达75年的人生指针。这些肯定中庸的思想,与"居易"的名讳以及"乐天"的字号所具有的自我暗示的影响①紧密结合,带给诗人以卓越的平衡意识。可以观察到,对于走极端的、过激的事物,他总是保持着一定的距离。除了科举及第前穷困的流浪时期,以及44岁到47岁失意的江州司马时期以外,作为高级官僚的白居易一生,真可以说是平稳无事。在中唐这个极端复杂的社会背景中,白居易不管是作为政治家、文学家,还是作为一个顾家的人,都是幸福的,这无外乎是因为他获得了应用性极强的人生哲学的缘故。作为其结果,可以判断这给白居易的"肉体"和"精神"都提供了强大的复原力。可以看出,他通过作诗来审视、探讨自己的人生,对于遇到的严重问题,总能推导出至当的结论。在这个意义上,我认为收在《白氏文

---

  ① 比如"……朝饥有蔬食,夜寒有布裘。幸免冻与馁,此外复何求。寡欲虽少病,乐天心不忧。何以明吾志,周易在床头。"(《永崇里观居》,卷五);"……乐天无怨叹,倚命不助勤。愤懑胸须豁,交加臂莫攘。……"(《渭村退居寄礼部崔侍郎翰林钱舍人诗一百韵》,卷十五);"少年怪我问如何,何事朝朝醉复歌。号作乐天天遣乐,愁忧时少乐时多。"(《少年问》,卷六十五);"……腹空先进松花酒,膝冷重装桂布裘。若问乐天忧病苦,乐天知命了无忧。"(《病中诗十五首并序》其二《枕上作》,卷六十八);"……多幸乐天今始病,不知它要苦治无。"(《病中诗十五首并序》其六《病中五绝句》其三,卷六十八)等。顺便说一下,白居易的名和字,分别出自《礼记·中庸》"故君子居易以俟命,小人行险以徼幸"和《周易·系辞上》"乐天知命,故不忧"。

集》中大量的诗歌作品,就是白居易的人生轨迹,这也与他的人格是表里一体的关系。他是可以将作为理论的思想(哲学),毫无矛盾地应用于人生实践的知识分子。此外,也可以说,他是一位直接把生活方式的变化反映到作品风格、题材以及样式当中的诗人。

  在《白氏文集》七十一卷中,白居易吟咏了平凡生活中各种各样的人生感情,即喜怒哀乐。在本章中,我想选取以日常生活为主要素材和题材论说处世之道的闲适诗①,就白居易所提倡的"独善"境界,即在既定的条件下,如何既不丧失独立的人格、又能合乎道义地生活这个命题,加以重点考察,以求解明诗人形象之一端。最后引申出诗歌创作是如何与自己的人生相关联的问题,并尝试提出可以确认的作家形象。显而易见,这种对于白居易闲适观的探明,对于探讨中唐至宋代的诗歌发展过程,也同样具有很大的意义。

二、闲适诗的概念界定

  白居易一生中创作的所谓闲适诗,数量极为庞大。这些闲适类作品,与其从30多岁至40多岁集中创作的《续古诗十首》(卷二)《秦中吟十首》(卷二)《和答诗十首》(卷二)《有木诗八首》(卷二)《新乐府五十首》(卷三)等为代表的一系列讽喻诗不同,是几乎贯穿白居易一生的、从未间断地持续吟咏的题材类型。"讽谕""兼济"的文学,以元和十年(815)至元和十三年(818)(44岁至47岁)任江州司马时期为界,几乎完全终止和结束了;而与此形成对照的,其"闲适""独善"的文学,在江州时期以后完全没有中断,反而随着其年岁增长,被加速地强化和量产出来。换言之,这意味着只要通读白居易的闲适类诗歌,就可以溯及其人生经历的大半。对于白居易来说,闲适诗就好像是折射自己日常生活细节的几乎不可或缺的镜子。

---

  ① 关于白居易的闲适诗,可以分为三类:①《白氏文集》卷五至卷八"闲适"部所收的作品;②诗题或诗文中吟咏"闲""适"的作品;③吟咏"安""稳""慵""幽""暖""饱"等所谓闲适情绪(独善自足的境界)的作品。本书将这些作品都界定为广义的闲适诗而使用。

绪论　白居易的闲适诗——给予诗人复原力之物

在本节中，作为探讨具体作品的预备阶段，我想从两个视点再确认白居易所提倡和实践的闲适概念的核心。在论及这个问题的时候，我会经常引用最具综合性且系统性地阐述了白居易文学观（诗歌观）的《与元九书》（卷二十八）。他写这封信的元和十年（815），在江州编集了自己的作品约800首（古体诗350首与近体诗400余首），完成了十五卷本的白居易诗集。在这个自撰诗集的作品分类中，"闲适"的部类初次登场，也就是所谓的白居易著名的"四种分类"之一的"闲适"。据我推测，这恐怕是在白居易之前的中国文学传统中从未被使用过的、白居易自己独创的分类。按照《与元九书》的记述内容，我将白居易诗集的结构整理如下：

1. "讽谕"诗之部（古体诗150首）。"自拾遗来，凡所遇所感，关于美刺兴比者；又自武德，讫元和，因事立题，题为新乐府者，共一百五十首。谓之讽谕诗。"从元和三年（808）四月任左拾遗以来，与《诗经》的"美"（赞美）"刺"（讽刺）"兴"（象征）"比"（比喻）相关而作的诗；以及从高祖武德年间（618—626）至宪宗元和年间（806—820）因事立题，称为"新乐府"的诗，共计150首。

2. "闲适"诗之部（古体诗100首）。"又或退公独处，或移病闲居，知足保和，吟玩情性者，一百首。谓之闲适诗。"从官府退回到私人生活中，或者因病休假、闲居之时，在"知足保和"的同时，吟咏自己性情的作品。

3. "感伤①"诗之部（古体诗100首）。"又有事物牵于外，情理动于内，随于感遇，而形于叹咏者，一百首。谓之感伤诗。"为自己周围的事物所触发，心绪摇动，如其所感而咏叹创作的作品。

4. "杂律"诗之部（近体诗400余首）。"又有五言七言，长句绝句，自一百韵，至两韵者，四百余首。谓之杂律诗。"五言或七言的绝句、律诗等近体诗，从百韵（二百句）到两韵（四句）的各种形式的作品。

可以看出，白居易的这种作品分类法，对于后来几度增订的《白氏文集》的文本，也产生了很大的影响。现今所传承下来的所谓"前、后、续集

---

① 白居易的"四种分类"法中，有不少缺乏整合性、具有主观性的部分，特别是闲适诗（卷五至卷八）与感伤诗（卷九至卷十二）之间，可以看到很多共同的诗题、诗想与诗歌表现，这是需要注意的。译者按："讽谕"是白居易"四种分类"法之一，现通行说法为"讽喻"、讽喻诗。

本"(那波道圆本、四部丛刊本)与"先诗后笔本"(绍兴本、马元调本),都原封不动地沿袭了江州时期的分类法,这是特别值得注意的。现在如果整理一下《与元九书》中的论述,可以归纳为以下四点:①基于"独善之义"所咏的闲适诗与根据"兼济之志"而作的讽喻诗,不管在思想上还是在理念上都是互相补充、不可分离的关系①;②这是以白居易思考中的两个"关心"(对自己的关心和对他人的关心)为构想基准而作的分类;③采用古体诗型的讽喻、闲适、感伤的各类诗,是依据内容(题材)层面的分类;而采用近体诗型的杂律诗,是依据形式(样式)层面的分类,在元和十年(815)白居易44岁这个时间点的理念性认识中(白居易自身实际体验的认识暂且不论),这种分类顺序,如实地反映了他对作品评价的优先顺序;④杂律(400余首)在数量上压倒了讽喻(150首)、闲适(100首)、感伤(100首)任何一个部类,而且作为形式分类的杂律部中,必然在下级结构中包含了作为内容分类的讽喻、闲适、感伤诗②。

对于白居易而言,所谓"闲适",是一种价值概念,如"退公独处""移病闲居",意味着从"公"的立场摆脱出来,是更加私人的时空。又如"知足保和",亦是一种对自己人生方向进行的摸索、确认和肯定的心境。如果这样理解白居易与闲适诗的关系的话,长庆四年(824)十二月,其好友元稹完成了《白氏长庆集》五十卷的编集,并在序文中解释说"闲适之诗长于遣"这一点,也就容易理解了。元稹指出,对于白居易而言,创作闲适诗确实是作为减轻、消解其在生活中所遇到的种种精神和肉体压力的手段而存在的。

然而,与白居易自身的认识相并行,必须进一步确认"闲适"这个词语本身的用法。从结论而言,我们判断"闲适"并非两个字表达一个概念的所谓"连文",而是将意义上存在微妙差别的"闲""适"二字结合起来所创造的语言。白居易似乎并未将"闲""适"二字想成是字义互通的"同义词"

---

① "古人(孟子)云:穷则独善其身,达则兼济天下。仆虽不肖,常师此语。……故仆,志在兼济,行在独善。奉而始终之则为道,言而发明之则为诗。谓之讽喻诗,兼济之志也。谓之闲适诗,独善之义也。故览仆诗者,知仆之道焉。"(《与元九书》,卷二十八)。

② 关于这一点,参考松浦友久著作选二《陶渊明白居易论——抒情与说理》(研文出版,2004年6月)252—253页,389—391页。

(synonym)。比如在《白氏文集》中,如果检索与"闲""适"二字分别结合的字的话①,可以找出:"闲"→"静""优""散""淡""退""泰""宽""乐""逸""懒""稳""安""空""虚""疏""慵""清""稀""雅""暇""贫""闷""幽";"适"→"欢""安""宣""快""融""顺""怡"等,而这两者的字义(除了"安"例外)几乎是完全不重复的。相对来说,尽管"闲""适"二字均有对身心满足状态的描绘,但是各自的核心语义,明显是性质不同的。如果这样考虑的话,白居易频繁地将"闲"与"适"对比吟咏,以及在唐诗诸篇中可以找到将二字区分使用的例子②,也能够较容易地说明上述问题了。

我在这里将白诗中散见的"闲、忙""闲、谊""适、不适"等表现也考虑在内,分别把"闲"的中心概念界定为"从公务中解放出来的完全自由的时空",将"适"的中心概念界定为"身心都毫无拘束感与不自在感的境界"。当我们基于这种视角的时候,就能得出结论:白居易所追求的闲适世界的极致,是通过使"闲"和"适"同时充足,才能完全实现和达成的状态。在下文中,我想就具体作品,进行更加详细的考察。

三、咏"闲"诗与咏"适"诗

白居易花了七十五年的岁月所构筑的闲且适的境界,是经过多次试错,逐渐改良而完成的。到了晚年,以洛阳履道里的"白家"为中心形成的"闲""适"空间,若没有强韧的意志与柔软的思考,是绝对无法获得的。他最初吟咏"闲"的境界,是在七言绝句《晚秋闲居》中,据考证这是贞元十六年(800,29岁)以前的作品。从传记的角度来看,这首诗可以认为是白居易所有闲适诗的起点。白居易的闲适文学是从咏"闲"开始的。

---

① 检索调查依据个人笔记以及平冈武夫、今井清《白氏文集歌诗索引(全三册)》(同朋社,1989年10月)。

② 比较早的例子,可以举出盛唐时期苏晋的"主人病且闲,客来情弥适。一酌复一笑,不知日将夕。昨来属欢游,今尽成昔。努力持所趣,空名定何益。"(《过贾六》,《全唐诗》卷一百十一)。

晚秋闲居

(卷十三)

地僻门深少送迎,披衣闲坐养幽情。

秋庭不扫携藤杖,闲踏梧桐黄叶行。

  这首诗中叠用"闲居""闲坐""闲踏",咏出了"闲"的境界,在散步中萌生的"秋思""闲情"是诗的主题。虽然在这首诗的背后,很难看出作者思想的深度和广度,但是在30岁以前的阶段,那么早就出现了以"闲"境为题材(而非素材)的作品,这一点值得注意。此后随着白居易历任校书郎、盩厔(今陕西周至)县尉、京兆府考官、集贤校理、翰林学士、制策覆考官、左拾遗等官职,咏"闲"诗被急速且大量地创作出来。白居易30多岁时慕"闲"的志向,当他在繁忙的官吏生活中得病,在自家静养的时候,被格外强烈地意识到。元和二年(807),白居易36岁时于盩厔所作的《病假中南亭闲望》(卷五)中咏道"始知吏役身,不病不得闲"。白居易自幼体质羸弱,一生中经历过各种疾病①。可以认为,羸弱的体质("蒲柳之质"),是使白居易从年轻时就产生向往"闲"的志向的直接原因。

  白居易对于"忙"的疑问,以及对于"闲"的信赖姿态,几乎是一以贯之、没有改变的。会昌六年(846)白居易75岁时所作的五言排律《自咏老身示诸家属》,是他显示"闲"境的最后作品:

自咏老身示诸家属

(卷七十一)

寿及七十五,俸沾五十千。

夫妻皆老日,甥侄聚居年。

粥美尝新米,袍温换故绵。

家居虽濩落,眷属幸团圆。

置榻素屏下,移炉青帐前。

书听孙子读,汤看侍儿煎。

走笔还诗债,抽衣当药钱。

---

① 关于白居易与"疾病"之关系,参考本书"本论二:衰老与疾病"第六章与第七章。

支分闲事了,把背向阳眠。

白居易通过严格的对句,鲜明地描绘出幸福的晚年,其间点缀以"长寿""富裕""令名""三世同堂""子孙繁荣"等所象征的儒家的至高幸福。最后两句所呈现的意境,作为诗人最终达到"闲"的境界的极致,确实是具有象征性的。白居易述说的"闲"境,大多数都是作为正面的(肯定、充足、共鸣、憧憬)。当然,因为他也是一个活生生的人,所以否定性地吟咏"闲"的例子也不是完全没有。但是,"闲闷""贫闲""衰闲"的用例,合计起来在《白氏文集》中也仅有七例[①],不管在数量上还是在性质上,都可以判断为意义不大。

白居易"闲"的境界,是通过"酒""食""茶""竹""花""鹤""琴""棋""睡眠""散步""诗吟""谈笑""读书""钓鱼""泛舟""坐禅"等各个呈同心圆状的元素构成的。白居易通过将多个要素自由自在地组合,产生出形形色色的变化,创造出富有深度的丰富的精神世界。比如《北亭招客》(卷十六)"竹、花、酒、茶、棋",《春末夏初闲游江郭二首》其一(卷十六)"竹、花、酒、茶、散步",《七言十二句赠驾部吴郎中七兄时早夏朝归闲斋独处偶题此什》(卷十九)"竹、酒、琴、睡眠、散步",《偶作二首》其二(卷五十二)"酒、茶、睡眠、散步、音乐",《快活》(卷五十六)"酒、花、睡眠、谈笑、音乐"等诗中,"闲"境与多种价值蕴含进行融合,多层次地得到述说,极其值得注意。特别是"安眠"与"饮酒",作为使白居易的"闲"境得以成立的核心活动,被反复地叙述。这种对于"闲"境的绝对肯定,可以说是只有在长年的官僚生活中,经历过无数"忙"的人,才能切身体会到。

闲行

(卷五十五)

五十年来思虑熟,忙人应未胜闲人。
林园傲逸真成贵,衣食单疏不是贫。
专掌图书无过地,遍寻山水自由身。
傥年七十犹强健,尚得闲行十五春。

[①] 调查检索主要依据本书第5页注①。

闲忙

（卷五十八）

奔走朝行内,栖迟林墅间。

多因病后退,少及健时还。

班白霜侵鬓,苍黄日下山。

闲忙俱过日,忙校①不如闲。

将白诗按照创作年代顺序重新编排和通读的时候,我们可以找到,最早出现"适"的诗,是永贞元年(805)其34岁时的作品《感时》(卷五)。但是这首诗的十三句和十四句中出现的"适",如"今我犹未悟,往往不适意",是伴随着否定词的,被用作不愉快、厌恶感的意思。白居易"吏部试"(书判拔萃科)及第、成为"校书郎"(宫中图书馆校订员)后,仅过了三年,就明确地表明了对长安官僚生活的不和谐感。这种感情绝不是暂时的,这从《新栽竹》(卷九)(35岁,盩厔县尉)的"佐邑意不适",《寄题盩厔厅前双松》(卷九)(36岁,翰林学士)的"忆昨为吏日,折腰多苦辛。归家不自适,无计慰心神"等诗句中,可以看得很清楚。处于身心不适的环境(牛党、李党、宦官等各派阴险的权力斗争的长安)中,从这个时候起白居易开始对"适"的真正内涵进行思索与探讨,这在某种意义上可以说是其人生经历必然的结果。白居易于临近40岁的时候,在深层次的内省与洞察中所作的《隐几》,可以认为是其人生早期以"适""理"为主题的作品。咏"适"的诗,是在白居易作为中央官僚积累了一定人生经历的30多岁后半期开始出现的,这与他从20多岁就创作咏"闲"诗相比,是非常耐人寻味的。不管怎么说,白居易向往"闲""适"的志向,可以说在其人生早期就开始萌芽了。

隐②几

（卷六）

身适忘四支,心适忘是非。

既适又忘适,不知吾是谁。

百骸如槁木,兀然无所知。

---

① 校,甚也。

② 隐字去声,yìn。

方寸如死灰,寂然无所思。

今日复何日,身心忽两遗。

行年三十九,岁暮日斜时。

四十心不动,吾今其庶几。

通过并用体现道家思想的《庄子·齐物论》①和儒家思想的《孟子·公孙丑上》②中的典故,白居易咏出了针对自我的闲适诗想。在这首诗中,为了强化自己的观点,同时摄取和利用"儒""道"的价值,这一点需要特别留意。对于他来说,极致的"适",就是自己的肉体和精神从所有的束缚中得到解放的状态,这一点再次印证了我们的理解。如果我们注意到白居易闲适世界的大半都是以"饮酒"与"睡眠"③作为基本单位而构成的这一事实,那《隐几》第十句"身心忽两遗(忽然忘记了身心的存在)",就可以认为是非常富有启示性的语言了。因此可以认为,他的"酒"与"眠",既是用以维持健康的重要手段,同时也是帮他实现忘我自适境界的载体。

另外,白居易还是对自己的"身"与"心"状况与状态极端敏感的人④。在《隐几》中,如"身""心""百体""方寸""身心",两者被近乎执拗地对照与描写。这种创作倾向,在专一地吟咏"适"之境界的作品如《效陶潜体诗十六首》其五(卷五)、《首夏病间》(卷六)、《晏起》(卷八)、《问秋光》(卷五十二)、《偶作二首》其一(卷五十二)、《三适赠道友》(卷六十二)、《夏日作》(卷六十三)等之中是共通的,而且是在白居易全部闲适诗中都能见到

---

① "南郭子綦隐几而坐,仰天而嘘。嗒焉似丧其耦。颜成子游立侍乎前曰:'何居乎?形固可使如槁木,而心固可使如死灰乎?今之隐几者非昔之隐几者也。'子綦曰:'偃不亦善乎,而问之也!今者吾丧我,汝知之乎?汝闻人籁而未闻地籁,汝闻地籁而未闻天籁夫。'"

② "公孙丑问曰:'夫子加齐之卿相,得行道焉,虽由此霸王,不异矣。如此,则动心否乎?'孟子曰:'否。我四十不动心。'"

③ 关于白居易与"睡眠"的关系,参考本书"本论二:衰老与疾病"第五章。

④ 白居易的这种特质,在开成五年(840)其69岁时所作的"身"与"心"的"问答体诗"中也能得到辅证。"心问身云何泰然,严冬暖被日高眠。放君快活知恩否,不早朝来十二年。"(《自戏三绝句闲卧独吟无人酬和聊假身心相戏往复偶成三章》,《心问身》,卷六十八),"心是身王身是宫,君今居在我宫中。是君家舍君须爱,何事论恩自说功。"(同上,《身报心》),"因我疏慵休罢早,遣君安乐岁时多。世间老苦人何限,不放君闲奈我何。"(同上,《心重答身》)。

的显著特色之一。对于自己所置身的环境的敏锐感觉,其结果除了"身"(形、体)与"心"(神)的组合以外,还产生了"身←→官""性←→身""心←→事""身←→业""官←→居"等各种各样的对比表现。对于包围着当下自我的各种环境,白居易会逐一检验其是非、正邪、亲疏以及"适"否,并进行自我确认。我们可以理解,白居易的"适"的文学,与诗人的"生"是密切相关的。作为这类作品的代表,我要引用白居易66岁作于洛阳的《三适赠道友》。这是一首以对"道家"(老庄)、"佛教"(禅)的思考为依托,吟咏"足""身""心"的"三种快适"的诗,从中可以窥见白居易晚年的"适"境。

三适赠道友
(卷六十二)

褐绫袍厚暖,卧盖行坐披。
紫毡履宽稳,寒步颇相宜。
足适已忘屦,身适已忘衣。
况我心又适,兼忘是与非。
三适合为一,怡怡复熙熙。
禅那不动处,混沌未凿时。
此固不可说,为君强言之。

四、"闲""适"诗与"复原""复苏"的诗想

　　白居易的闲适文学从20多岁咏"闲"诗出发,经过30多岁后半期正式创作的咏"适"诗,此后作为对其自身来说不可或缺的题材诗而日益成熟。如果承认"闲""适"二字的核心语义各自性质有别的话,那么述说"闲"与"适"同时充足的作品的出现,可以认为是必然的结果了。同时吟咏两种境界的所谓狭义的"闲""适"诗,全部加起来可以找出23首,每一首都可以被视为体现白居易理想的闲适世界的精髓。结合白居易的生平,我将23首"闲""适"诗整理如下:

　　1.30岁至39岁期间(校书郎、盩厔县尉、集贤校理、翰林学士、京兆府户曹参军时期)。37岁,长安:《夏日独直寄萧侍御》(卷五)。

2.40岁至49岁期间(左赞善大夫、江州司马、忠州刺史、司门员外郎、主客郎中知制诰时期)。40岁,下邽:《春眠》(卷六);44岁,长安:《昭国闲居》(卷六)、《赠杓直》(卷六);45岁,江州:《北亭》(卷七)、《春游西林寺》(卷七)。

3.50岁至59岁期间(朝散大夫、上柱国、中书舍人、杭州刺史、太子左庶子分司东都、苏州刺史、秘书监、刑部侍郎、太子宾客分司东都、河南尹时期)。51岁,杭州:《咏怀》(卷八);52岁,杭州:《郡中即事》(卷八);53岁,洛阳:《移家入新宅》(卷八);56岁,洛阳:《寄庾侍郎》(卷五十一)。

4.60岁至69岁的期间(河南尹、太子宾客分司东都、太子少傅分司东都时期)。61岁,洛阳:《闲多》(卷五十二);62岁,洛阳:《再授宾客分司》(卷六十二)、《首夏》(卷六十二);63岁,洛阳:《咏所乐》(卷六十二)、《饱食闲坐》(卷六十三);64岁,洛阳:《谕亲友》(卷六十五);67岁,洛阳:《闲适》(卷六十七);67岁至68岁,洛阳:《小阁闲坐》(卷六十九);68岁,洛阳:《问皇甫十》(卷六十七);69岁,洛阳:《闲题家池寄王屋张道士》(卷六十九)。

5.70岁至75岁期间(刑部尚书致仕、居家退休时代)。70岁,洛阳:《逸老》(卷六十九)、《春池闲泛》(卷六十九);71岁,洛阳:《对酒闲吟赠同老者》(卷六十九)。

如果将作诗数量按照地域分类的话,则是长安(3首)、下邽(1首)、江州(2首)、杭州(2首)、洛阳(15首),一目了然的是,"闲""适"诗的创作,集中于白居易53岁以后居住于洛阳的时期(吏隐、退休期)。另外,在宝历元年(825)至宝历二年(826)的苏州刺史时期,完全看不到咏"适"或"闲""适"境界的作品,这可能是因为在这段时期中,白居易被呼吸器官障碍、坠马导致的伤痛、眼病等严重疾病连续(或同时)折磨的缘故①。

关于这些"闲""适"诗的特色,首先必须要指出的是,作为名利寡少的退老之地——洛阳,与作为中央政府分部的闲职——分司,分别得到了白居易彻底的肯定这一事实。白居易对于"东都分司"的性质,从官位(三品)贵;俸禄(七八万钱)优;每月都发薪水,即所谓无"虚月";责任轻;闲暇多;

---

① 参考本书"本论二:衰老与疾病"第六章第三节。

束缚少；无须朝谒天子；最适合病弱者养生；东都洛阳黄尘少、名胜多；人口不多；如南国一般水暖鱼多；居住着从长安政界隐退的"君子"（知识阶层）等方面做了详细说明，反复表明了自己就任此职的幸福。"东都分司"既确保了"闲"，又保证了"适"，是白居易晚年完成"闲而适"境界所不可或缺的绝对条件。他将这种心情毫无伪饰地描述如下：

再授宾客分司

（卷六十二）

……

既资闲养疾，亦赖慵藏拙。

……

吾若默无语，安知吾快活。
吾欲更尽言，复恐人豪夺。
应为时所笑，苦惜分司阙。
但问适意无，岂论官冷热。

闲适①

（卷六十七）

禄俸优饶官不卑，就中闲适是分司。

……

微躬所要今皆得，只是蹉跎得校迟。

第二个应当言及的要点是，在"闲""适"诗中所展开的"复原""复苏"的诗想。"复原""复苏"之力所蕴含的"理"，是支撑白居易闲适观、处世观、人生观的巨大支柱。如白居易在下邽（义津乡金氏村）丁忧（为母亲金氏服丧）结束后，任左赞善大夫这一闲职的其44岁时的作品《昭国闲居》中，他是这样吟咏自我复原之"理"的：

昭国闲居

（卷六）

勿嫌坊曲远，近即多牵役。
勿嫌禄俸薄，厚即多忧责。

---

① 此诗是将"闲适"一词用于诗题及诗文中的唯一例子。

> 平生尚恬旷,老大宜安适。
> 何以养吾真,官闲居处僻。

在这首诗中,通过视角的变换,白居易对于自己现状的不满和不适的情绪,确实得到了减轻。然后作为自我确认,得出了一个结论:"何以养吾真,官闲居处僻。"最初作为"不适"的"官"(俸禄微薄的左赞善大夫)与"居处"(远离宫中的昭国里邸),到了最后两句,却被白居易重新认识为培养自己"真性"的有效手段。即是说,这正是从"负"的磁场中,尽可能地提取出"正"的价值的"达观"诗想。其结果,可以认为它赋予了白居易强大的适应环境能力(自我恢复力)。最为明确地体现了这种思考的"闲""适"诗,是一首题为《咏怀》的诗:

咏怀

(卷八)

> 昔为凤阁郎,今为二千石。
> 自觉不如今,人言不如昔。
> 昔虽居近密,终日多忧惕。
> 有诗不敢吟,有酒不敢吃。
> 今虽在疏远,竟岁无牵役。
> 饱食坐终朝,长歌醉通夕。
> 人生百年内,疾速如过隙。
> 先务身安闲,次要心欢适。
> 事有得而失,物有损而益。
> 所以见道人,观心不观迹。

这首五言古体诗是白居易从中书舍人转任杭州刺史不久后所作,诗中对其50多岁时闲适理论的要点,做了自我解决式的表达。因为人生短暂,所以"先务身安闲,次要心欢适",因为事物的得失、损益是免不了的,所以要重视心的状态,不必看重作为结果的事迹(官职)。从这些诗句中,可以明显地看到白居易想用不同的视角,多元地把握世界所有事物的姿态。这种不凭单一的价值来把握事物的思考,与其50多岁后半期开始急速倾向"中隐""吏隐"的诗想也是一脉相承的。白居易通过自己的努力把可以管理的事物(心、主观)与不能管理的事物(迹、客观)做了严格的区别,并且展开议论。以"心"(主观的心情)与"命"(客观的命运)为主题的《问皇甫十》,可以说是典型作品。在这首诗中,白居易表达了达观看待命运的自信。

问皇甫十

(卷六十七)

苦乐心由我,穷通命任他。
坐倾张翰酒,行唱接舆歌。
荣盛傍看好,优闲自适多。
知君能断事,胜负两如何。

第三点必须要指出的是,白居易通过将自己与他人进行比较,将自己的立场和境遇积极地加以肯定的姿态。白居易常常比较的对象是必须在每月"只日"(奇数日)的早朝(五更)中拜谒天子的长安高级官僚。在《郡中即事》(卷八)中,白居易给那些汲汲追求君宠和权力的人下了结论:"为报高车盖,恐非真富贵",再度确认了摆脱束缚与牵绊的幸福。他的另一类比较对象,是古代著名的知识分子。比如《小阁闲坐》(卷六十九):"二疏返故里,四老归旧山。吾亦适所愿,求闲而得闲",西汉时期的"二疏"(疏广、疏受)与"商山四皓"(东园公、甪里先生、绮里季、夏黄公),被引用为白居易"闲""适"型处世境界的精神基础。还有《首夏》,是白居易将自己当下的幸福程度与多个古代贤人进行比较和考察的代表作品:

首夏

(卷六十二)

林静蚊未生,池静蛙未鸣。
景长天气好,竟日和且清。
春禽余哢在,夏木新阴成。
兀尔水边坐,翛然桥上行。
自问一何适,身闲官不轻。
料钱随月用,生计逐日营。
食饱惭伯夷,酒足愧渊明。
寿倍颜氏子,富百黔娄生。
有一即为乐,况吾四者并。
所以私自慰,虽老有心情。

这是一首集写景、抒情、谈理三要素于一体的闲适诗,是白居易60多岁时的代表作之一。这首诗吟咏了食、酒、寿、富四者俱得的独善自足的境界。这种幸福感,是通过与为了贯彻道义而饿死在首阳山的伯夷、因为贫穷而不能尽情喝酒的陶渊明、德行第一却不幸早夭的颜回、在极贫中过完一生的黔娄的比较、对照,而被更加真切地感受到的。正是这种幸福感的确认,最终变成了减轻"叹老"这种负面情绪的巨大力量。"自己与他者""主观与客观""身体与精神""情感与理念""长安与洛阳""闲与忙""适与不适(不快)"等,对于白居易来说,所谓相对化就是看清自己的位置,其结果就是给了自己强大的复原力①。可以认为,对白居易而言,创作闲适诗这件事,意味着积极地面对自己的人生,即面对生活。

白居易认识世界的方法,就是这样的讲究实际、多元化、具有复合视角,而其精髓得到淋漓尽致地发挥之时,就是他的身心暴露于强大的压力下之时。当他遭遇骨肉去世、挚友亡故、左迁贬谪、身体衰老、重危疾病等,必然会产生悲哀、痛苦、不满、愤懑、忧愁、苦恼等激烈的感情。如何应对这种感情的风暴,对于身心比别人倍加敏感的白居易来说,无疑是极为紧急且严峻的课题。为了平息无序的感情泛滥,他首先会尽量客观地看待自己所处的状况,通过设定注视自己的另一个自己,尝试精确地客观分析。比如大和四年(830)其59岁时作于洛阳的《嗟发落》:

嗟发落

(卷五十二)

朝亦嗟发落,暮亦嗟发落。
落尽诚可嗟,尽来亦不恶。
既不劳洗沐,又不烦梳掠。
最宜暑湿天,头轻无髻缚。
脱置垢巾帻,解去尘缨络。

---

① 泽崎久和《白居易诗中的比较表现手法》(《国际汉学论坛》卷二,西北大学出版社,1995年9月)关注白居易作品中各种显著的比较手法的表现,重点考察了这种思考样式与世界认识的特点(让步—比较—肯定)。因为这篇论文包含了重要的见解,希望读者能一并参考。关于这篇论文的要点,又载于《中唐文学会大会资料集》(1994年9月)。

> 银瓶贮寒泉，当顶倾一勺。
> 有如醍醐灌，坐受清凉乐。
> 因悟自在僧，亦资于剃削。

　　这是一首关注因衰老而脱发的五言古体诗,音响短促的入声韵脚,有效地传达了白居易的憋闷心情。本来"发落"现象带给诗人的只有痛苦,通过视点转换,痛苦被巧妙地消弭了。虽然"发落"这个客观状况没有任何改变,但接受这个状况的主观心情,在作诗的过程中,被转换为正面的了。对他来说,咏"发落"这个行为,绝不会使他的精神变得低落,反过来会带给他强大的复原力,从而发挥积极的作用。这种自我复原、自我复苏的作用,若没有客观审视自己的坚强意志,以及对于诗歌语言本身的绝对信赖,几乎是完全不能成立的。虽然儒释道三家的教义,以及饮酒、欢宴、看花、坐禅等具体的行动,对白居易而言是能减轻人生悲哀的有效方法,但是他最大的精神支柱,是在"情""理""诗"的融合中真确地引出了"达观"的诗想,即"复原""复苏"的诗想。这又超越了闲适诗、感伤诗的区分,可以判断为白居易文学整体的显著特色(个性)之一。

五、结语

　　白居易是持续地凝视、思索生活、社会与人生的诗人。他所吟咏的素材和题材,是平凡的日常生活中各种事件与各种情绪,这些都与他的现实人生直接联系在一起。以这种"日常性的诗化"为前提的"作诗的日常化",使白居易留下了多达三千首的诗歌作品。其文学作品中显著的"生活日志式的特质",最为雄辩地道出了白居易与诗歌的关系。对于白居易而言,作诗的行为使每日摇摆不定的"生"与"情"安定下来,为其赋予方向、使之充实,白居易称自己为"诗魔"的原因,大约就在于此。在本书中,我选取了以日常生活为主题的闲适诗作为研究对象,从诗歌批评的角度出发,就其作品风格与特色进行了考察。若将已确认的事情逐条罗列出来的话,则大约有以下五点：

　　1. 根据《与元九书》(卷二十八)的记述,白居易的闲适诗(独善之义)

与讽喻诗(兼济之志),不管是在思想上还是在理念上,都是互相补充、不可分离的关系。可以认为,这种分类是以他思考中的两个"关心"(个体的关心与社会的关心)为基准的。

2. 关于"闲适"的语义,从《白氏文集》中所见"闲"与"适"二字各自构成的词语的差异、白居易频繁地将"闲"与"适"对照吟咏的事实以及在唐诗中有对比使用二字的例子这三点来考虑的话,可以判断,"闲适"不是<u>两个字表达一个意义</u>的"连文",而是两个字的意义有微妙区别的并列概念("闲而适")①。

3. 白居易的闲适文学,可以分为"闲"的诗、"适"的诗、"闲""适"的诗三类,其各自都有诗人生平传记意义上值得注目的特征:即从 20 多岁开始积极吟咏"闲"的诗;在积累了一定的官场经验后,从 30 多岁后半期开始创作"适"的诗;50 多岁定居洛阳,成为"东都分司"后逐渐开始大量创作的"闲适"诗。

4. "闲""适"的境界,以"睡眠""饮酒"为中心,由"食""茶""竹""花""鹤""琴""棋""散步""诗吟""谈笑""读书""钓鱼""泛舟""坐禅"等各个元素呈同心圆状扩散而成,这些要素通过自由自在的组合,产生出各种各样的变化,形成了白居易诗歌独特的精神世界。

5. 在吟咏"闲"与"适"同时充足的所谓"闲适"诗中,以下主题得到了重复的述说:①对保证闲适状态的"东都分司"一职彻底肯定;②不为特定环境所束缚的多种视角型思考所带来的高度的环境适应力;③基于"自己与他者""主观与客观""身体与精神""感情与理念""长安与洛阳""闲与忙""适与不适"等比较的精确的世界认识;④凭借"复原""复苏"的诗想所产生的强大的自我恢复力等。以上特色和倾向,在白居易的全部闲适文学中可被广泛地发现,如实地显示了这种题材的诗与他的"生"是密切地联系

---

① 在以下的著作中也可以看到同样的论述,但各自提出的论据、资料有微妙的差别。因为是关于共同主题的著作,希望能一并参考。西村美富子:《论白居易的闲适诗——下邽退居时期》,收入《古田教授退官纪念中国文学语学论集》,东方书店,1985年7月;竹内实、萩野修二:《闲适的歌:中华爱诵诗选》,中央公论社,1990年10月;《白居易中的陶渊明——以诗歌说理性的继承为中心》《白居易"适"的意义——以诗歌语言史中的独特性为基础》;川合康三:《白居易闲适诗考》,收入《终南山的变容——中唐文学论集》,研文出版社,1999年10月。

在一起的。

　　对于白居易来说,闲适诗是自我确认、自我控制、自我复原的核心环境。他对于"闲"和"适"近乎异常的执着,从相反的意义来说,证明了他真切地体验到"忙"与"不快"。对于远离名利与权势的闲适空间——安、稳、慵、懒、幽的境界,白居易近乎执拗地反复吟咏并加以肯定。这又使我们可以想象到,在他内心深处有着对他人无法明言的激烈的精神斗争。与一般被评价为"中庸""稳健""恬淡"的整体作品风格不同,可以观察出,白居易的闲适诗蕴含着激烈的情感冲突。他前半生吟咏的大量的讽喻诗,客观地佐证了我的这个观点。可以得出结论,白居易的人生,有着近乎严苛的自我控制,在他的闲适诗中所展现的独善自足的境界,也是基于这个前提才被确立的。

本论一

身体与姿势

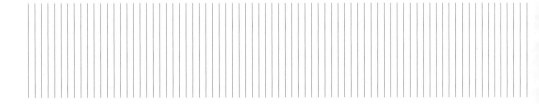

第一章

白居易与身体的文学表现
——将诗人与诗境结合之物

一、序

白居易是一位非常有个性的诗人。因其独有的诗歌特质,他超越了所有的阶层和时空的界限,拥有了为数众多的读者。白居易的诗歌,不是为了某个时代有限的既得利益者而存在的。不管是生前还是身后,白居易的诗歌能够持续获得广泛读者的秘密是什么?与李白的"奔放飘逸"、杜甫的"沉郁雄浑"、韩愈的"奇崛险怪"相并列,白居易被冠以"平易通俗"的评语,这确实触及了他的文学根基。

在本章中,我想就白诗"平易""通俗"的核心因素,主要从身体论的角度出发试作考察。白居易的体质与心性,给他的诗歌表现带来了非常深刻的影响,通过指出这个事实,我想就贯穿"讽谕""闲适""感伤""杂律"各文体的、显著可见的白诗的特质——姑且可以称为"白俗",提出自己的观点(perspective)。因为我认为,思考白居易的"体"与"心"的问题,不仅能够弄明白白居易诗歌的特性,最终也会成为解明其文学为一般大众所广泛接受并广泛传播之理由的关键。

二、身心论的三个前提

在讨论白居易身心关系时,必须要确认的前提是,他从幼年开始就是极端病弱的体质这一事实。我推断,这种虚弱的体质,以先天遗传为主因,同时又是由外在有形无形的压力所造成的:包括白家贫寒的经济情况;身体成长期的营养不足;为了维持生计所耗费的繁杂的劳力;藩镇军阀所引起的内乱频发与逃难;为了进士科及第而艰苦地读书应考;慢性的睡眠不足;贞元十年(794,23岁)应考前突然遭遇的父(白季庚)丧,等等。由于白居易一生饱受疾病折磨,可以断言,他比任何人对自己身体状况的变化都更加敏感。对于自己的体质,诗人自己这样说:

久为劳生事,不学摄生道。少年已多病,此身岂堪老。(《病中作》,贞元五年[789],18岁,长安)

我貌不自识,李放写我真。静观神与骨,合是山中人。蒲柳质易朽,麋鹿心难驯。……(《自题写真时为翰林学士》,元和五年[811],39岁,长安)

我生来几时,万有四千日。自省于其间,非忧即有疾。……(《首夏病间》,元和六年[812],40岁,下邽)

日居复月诸,环回照下土。使我玄云发,化为素丝缕。禀质本羸劣,养生仍莽卤。……(《和微之诗二十三首》其四《和祝苍华》,大和二年[828],57岁,长安)

开成己未岁,余蒲柳之年,六十有八,冬十月甲寅旦,始得风痹之疾。……(《病中诗十五首并序》,开成四年[839],68岁,洛阳)

……平生定交取人窄,屈指相知唯五人。四人先去我在后,一枝蒲柳衰残身。岂无晚岁新相识,相识面亲心不亲。……(《感旧》,会昌二年[842],71岁,洛阳)。*四人者,李杓直、元微之、崔晦叔、刘梦得也。

上引各作品的创作年代从白居易 10 多岁延伸到 70 多岁,从这一点也可以看出,白居易对自己是"蒲柳之质"的意识和自觉,是持续一生的。这种对孱弱体质的关心,以及对身心状况的敏感,其结果是让白居易冷静地观察自身和检点自身,也可以说是白居易具有自我省察型的性格。其观照的对象,不仅限于白居易的"身"与"心",而且触及其周围生活环境的所有领域。《白氏文集》的热心读者,会发现"官""迹""事""禄""业""名""利""荣""位""家""地""处""境""年""寿""命""衣""食""缘"等很多词语,都被用作了"身""心"的对照表现。在这些诗中,白居易将自己的身心置于中心位置,对与之相关的所有事物的亲疏、适否、是非进行了验证与确认。闲适诗、睡眠诗、"写真"诗①等所谓自我省察类的文学,是由于白居易一直客观地审视自己的体质、心性才得以形成的。彻底的自我省察,以及想要将其客体化(作品化)的精神,最终将带给诗人白居易怎样的影响?为了更加深入地思考这个问题,在以下各节中,我将就专门吟咏身心关系的作品,试作系统分析。

三、身心与闲适的关系

白居易言及身心的作品数量极多。他抱着近乎异常的执着心,与自己的身心对峙,并将其变成文学作品。从整体来看,单独咏"心"的作品很少,大多数场合,白诗有这样一种倾向,即在与"身"的紧密关系中提及"心"。就白居易的文学而言,体质、心性的状态,已经成了绝对不可或缺的诗歌要素。这个事实,从诗人频繁使用与"体""心"相关语汇的丰富性与多样性中,已经清晰地显现出来。根据我个人的读书笔记,以及平冈武夫、今井清《白氏文集歌诗索引(全三册)》(同朋社,1989年10月),检索作为综合概念的表示肉体与精神的名词,则如下所示:

1. 表示"体"的名词之例。单音节词:身、体、形、质、貌、骨、外、躯、容、物……;双音节词:形骸、形质、形貌、形容、形体、外物、外身、外状、外貌、四肢、四支、四体、五藏、百骸、百体、筋骸、筋骨、容质、容貌、支体、身体、姿容、骨肉、人貌、微躬,……;三音节词:百年身、百年躯、外形骸……

2. 表示"心"的名词之例。单音节词:心、意、情、神、气、性、内、中、怀、志……;双音节词:心情、心神、心源、心胸、心曲、心性、心中、心素、心绪、心地、心境、心期、心怀、心迹、心头、心髓、心机、心气、心兴、心目、心眼、中心、中臆、中怀、中诚、人心、片心、一心、性情、性场、性灵、精神、精诚、神气、神

---

① 关于白居易"写真"诗的自我审察的文学性质,参照丸山茂:《作为自我省察文学的〈白氏文集〉——白居易的"写真"(肖像画)》,《研究纪要》第34号,日本大学人文科学研究所,1987年3月;泽崎久和:《论白居易的写真诗》,《福井大学教育学部纪要(第一部)人文科学·国语学·国文学·中国学编》第39号,1991年3月。

意、神魄、怀中、怀抱、意气、意态、情性、情趣、志气、志性、百神、万虑、胸中、思想、方寸、一念……；三音节词：一寸心、方寸心……

3.表示"体""心"两种意义的名词之例。双音节词：形神、心体、身心、心骨、神骨……

这一系列的诗语，在白诗中处处可见，尤其是在述说闲适诗境的作品中，它们几乎是作为必备用语被反复地使用的。然而，在考察白居易的身心关系时，更为重要的是，这单一的局部"素材"，是如何在一首诗的整体语境中表现出来的？如果我们摘出专门将身心状况题材化的全部作品，将其吟咏方式的概况作一分类的话，就会浮现出很多有趣的现象。

首先需要指出的特色是，这些作品的大部分，都是基于如何使肉体和精神变得安定和充足这一强烈的问题意识而创作的。究竟怎么做，才能使自己的弱"体"和动摇不定的"心"最终归于"稳""安""舒""悠""泰""宜""吉"等理想状态，至少尽可能接近这种理想状态呢？也可以说，白居易的人生，就是为了获得、改善、完成这种身心自足的境界而从未中止过的"斗争"。从白居易的一生来看，这种"斗争"，就是使自己的"蒲柳质"和"麋鹿心"变得自由，解脱到无拘无束的"闲而适"①的时空中的"营为"。在白诗中，"身"与"心"多次与"闲""适"结合而被吟咏，诸如"身闲""终身闲"……、"身适""形适""体适"……；"心闲""神闲""思闲""意闲"……、"心适""中适""适意""适性""适情"……，这一点客观地印证了我的推测。必须意识到，在"身""心"两个层面中"闲"与"适"同时充足与同时实现，才是论述白居易身心关系时的要点。顺便说一下，白居易将自己身心的不自在感完全消失的境界，吟咏为自己最终应当安顿下来的"故乡"。我们再度理解了他所指向的身心安息的时空，存在于超越了"下邽""长安""洛阳"这些专有名词的具体地域。白居易选择"洛阳"作为"终老之地"，正是因为那里具有实现"身""心""闲""适"境界

---

① 可以判断，白诗中"闲适"一词，不是用两个字表达一个概念的、所谓的"连文"（连言），而是将意义微妙有别的"闲""适"二字结合起来的语言。关于这一点，我已经在"序论"第二节"闲适诗的概念界定"中详细地论述过了。本书中，我在使用这两个词时，分别将"闲"的中心概念界定为"从公务中解放出来的完全自由的时空"，将"适"的中心概念界定为"完全没有拘束感与不自在感的时空"。

的最佳条件。请参看：

> 日高睡足犹慵起，小阁重衾不怕寒。遗爱寺钟欹枕听，香炉峰雪拨帘看。匡庐便是逃名地，司马仍为送老官。<u>心泰身宁是归处</u>，故乡可独在长安。(《香炉峰下新卜山居草堂初成偶题东壁五首》其四，元和十二年[817]，46岁，江州)

> <u>身心安处为吾土</u>，岂限长安与洛阳。水竹花前谋活计，琴诗酒里到家乡。荣先生老何妨乐，楚接舆歌未必狂。不用将金买庄宅，城东无主是春光。(《吾土》，大和五年[831]，60岁，洛阳)

在前文所述第一点的基础上，第二点必须言及的是，白居易为了获得"身"的"闲""适"，使用了何种具体方法(手段)的问题。可以说，如何应对天命所赋予的虚弱身体，成了白居易一生中重大的课题。他为了尽可能改善病弱的体质，实际上尝试了各种各样的养生方法①。对本草学的精通，对药物的关心和服用，为了恢复精力的安眠熟睡，起床后的叩齿(叩敲上下牙齿)，对食物的讲究，为了增强体力而养成的饮酒("百药之长")习惯，为了身心更新的饮茶习惯，定期的斋戒与坐禅实践，步行(散步)的力行，通过谈笑消解压力，慵闲的生活态度，多次休息请假，等等，这些都是长期同时实践的行为。换言之，也可以解释为，这些行为意味着白居易注重增强自己的体质，努力远离衰老疾病这个"不适"的环境。具有可操作性的养生法，似乎给予白居易的处世观以整体而深刻的影响。白居易想从"不适""不快"的状态中脱离的愿望，不仅限于身体的问题，甚至包括现实生活中全部人际关系的各个角落。他很早就意识到，为了实现"身适"，首先当以确保"身闲"为要务。生来易病的体质与作为高级官僚繁忙的日常生活，肯定使他的这种想法变得更加牢固。只有"身"的恒常"闲"能够得以维持，那么作为"不适"象征的病苦，才能够以某种余裕来应对。比如下面四首诗，就吟咏了这种境界：

> <u>散秩留司殊有味，最宜病拙不才身</u>。行香拜表为公事，碧洛青嵩当主人。<u>已出闲游多到夜</u>，却归慵卧又经旬。钱塘五马留三

---

① 参看三浦国雄《白乐天的养生》(荒井健编《中国文人的生活》，平凡社，1994年1月)。

匹,还拟骑游搅扰春。(《分司》,长庆四年〔824〕,53岁,洛阳)

御热蕉衣健,扶羸竹杖轻。诵经凭槛立,散药绕廊行。暝槿无风落,秋虫欲雨鸣。<u>身闲当将息</u>,<u>病亦有心情</u>。(《偶咏》,大和三年〔829〕,58岁,洛阳)

优稳四皓官,清崇三品列。伊予再尘忝,内愧非才哲。俸钱七八万,给受无虚月。<u>分命在东司</u>,<u>又不劳朝谒</u>。<u>既资闲养疾</u>,<u>亦赖慵藏拙</u>。宾友得从容,琴觞恣怡悦。乘篮城外去,系马花前歇。六游金谷春,五看龙门雪。吾若默无语,安知吾快活。吾欲更尽言,复恐人豪夺。应为时所笑,苦惜分司阙。<u>但问适意无</u>,<u>岂论官冷热</u>。(《再授宾客分司》,大和七年〔833〕,62岁,洛阳)

兽乐在山谷,鱼乐在陂池。虫乐在深草,鸟乐在高枝。所乐虽不同,同归适其宜。不以彼易此,况论是与非。而我何所乐,<u>所乐在分司</u>。分司有何乐,乐哉人不知。<u>官优有禄料</u>,<u>职散无羁縻</u>。<u>懒与道相近</u>,<u>钝将闲自随</u>。昨朝拜表回,今晚行香归。归来北窗下,解巾脱尘衣。冷泉灌我顶,暖水濯<u>四支</u>。体中幸无疾,卧任清风吹。<u>心中又无事</u>,坐任白日移。或开书一篇,或引酒一卮。但得如今日,<u>终身无厌时</u>。(《咏所乐》,大和八年〔834〕,63岁,洛阳)

在漫长的试错过程最后,白居易选取的达成"身闲"状态的场所,是他任职分司的所在地东都洛阳。就任这个有名无实的闲职,大概意味着从长安的中央政界抽身而退。为了完成"独善闲适"的境界,他放弃了赫赫的"权势"(政治力)和盆溢钵满的"富裕"(经济力)。白居易任职东都分司,共有四次:"长庆四年五月,太子左庶子分司东都""大和三年三月,太子宾客分司东都""大和七年四月,太子宾客分司东都""大和九年十月,太子少傅分司东都",而前文引用的《分司》《再授宾客分司》《咏所乐》三首诗,均是在这四个时期的任中创作的。东都分司保证了一定的收入和地位,事务的束缚也很少,对于本来就有"吏隐""中隐"之志的白居易来说,是最合适的职位。可以说,这正是最适宜"养疾""送老"的官职。

白居易对于东都分司这一职位的喜爱,已明见于《再授宾客分司》《咏所乐》中。而与考察白居易的身心关系相关,另一点需要注意的是,为了就

任此职他所列举的两个前提条件。在白居易60多岁任职东都分司时期所作的所谓"咏怀诗"中,他这样写道:

> 池上有小舟,舟中有胡床。床前有新酒,独酌还独尝。薰若春日气,皎如秋水光。可洗机巧心,可荡尘垢肠。岸曲舟行迟,一曲进一觞。未知几曲醉,醉入无何乡。寅缘潭岛间,水竹深青苍。<u>身闲心无事</u>,白日为我长。<u>我若未忘世,虽闲心亦忙。世若未忘我,虽退身难藏</u>。我今异于是,<u>身世交相忘</u>。(《咏兴五首》其三《池上有小舟》,大和七年〔833〕,62岁,洛阳)

> <u>我知世无幻,了无干世意。世知我无堪,亦无责我事。由兹两相忘</u>,因得长自遂。自遂意何如,闲官在闲地。闲地唯东都,东都少名利。闲官是宾客,宾客无牵累。嵇康日日懒,毕卓时时醉。酒肆夜深归,僧房日高睡。<u>形安不劳苦,神泰无忧畏</u>。从官三十年,无如今气味。鸿虽脱罗弋,鹤尚居禄位。唯此未忘怀,有时犹内愧。(《咏怀①》,大和八年〔834〕,63岁,洛阳)

白居易在60多岁几乎同时期所作的这两首诗,其所咏的样式、句法、内容都很接近(五言古体诗、蝉联体、诗题、睡眠、饮酒、"身""心"对比、"闲"境中"身""心"自足等),是白居易闲适诗的代表作。这两首诗的共通性涉及多个方面,特别是《咏兴五首》其三后半部分的"我若未忘世,虽闲心亦忙。世若未忘我,虽退身难藏",而《咏怀》前半部分的"我知世无幻,了无干世意。世知我无堪,亦无责我事",表现出了极为类似的诗想,值得注意。白居易一方面分别将"我、世""身、心""闲、忙"相对照,同时就作用于三者间的"因果关系"加以自我解释性的说明。白居易说,为了依靠东都分司得到"身""心"的"闲""适",有两个条件是必需的:即遗忘世俗名利的自己(必要条件),与忘却自己能力的世俗(充分条件)。什么是应当舍弃、什么又是应当争取的?可以认为,经过这样严格的选择后,以洛阳为据点的白居易晚年的闲适世界,即"身""心"自足的境界方才开始出现。

---

① 顺便说一下,清汪立名编订本《白香山诗集·后集》卷三"格诗"中,本诗诗题作《咏雪》。

第三点需要注意的问题是,为了保持"心"的"闲""适",白居易传达了怎样的诗想。在被赋予的难以改变的诸条件中,如何度过仅有的一生并使之充实?——白居易似乎是抱着这个问题意识而生活的人。对身体的健康状况十分敏感的白居易,其诗文特征反映出与之密不可分的心性状态。

白居易的一生,被遍及全身的各种各样的病症所困扰,比如视觉障碍(眼暗、眼痛、眼花、右眼昏、双眸暗),听觉障碍(耳聋、耳重听),口腔障碍(齿堕、齿折、牙疼),呼吸障碍(气嗽、风痰、肺渴、肺病),循环障碍(风痹、体瘵、目眩、左足不支、足软、肘瘅),皮肤障碍(疮痛、脚疮),磕撞(腰重、足伤)及其他的全身病痛(头风、头眩、头旋、宿醉、腰痛、白发、筋力衰弱)。如果考虑到其他没有记述的病例的话,真是呈现出"垂衰百病攻"(《病中诗十五首并序》其一《初病风》)的样态。原本就虚弱的体质,又加上衰老,可想而知受病魔猛烈攻击过的白居易的身心。当疾病和衰老来袭时,如果仅用治身的养生法,几乎是不可能对抗的。当人们直面依靠个人的努力已经无济于事的严峻事实时,应当如何面对这种极限呢?在心性方面做出应对,正是被这种状况逼入绝境时的应对之策。开成四年(839,68 岁)十月突然发作的风痹(痛风),使白居易清楚地预感到了死亡的来临。这段时期,他抱着不自由的"身",拼命地探索着"心"的"闲""适"之道。白居易并没有逃避自己的疾病,相反,他通过客观地审视自己的病状,反过来想要提高自己"身""心"的复苏力。

> 世间生老病相随,此事心中久自知。<u>今日行年将七十,犹须惭愧病来迟</u>。(《病中五绝》其一,<u>开成四年〔839〕</u>,68 岁,洛阳)

> 方寸成灰鬓作丝,假如强健亦何为。家无忧累身无事,<u>正是安闲好病时</u>。(《病中五绝》其二,同上)

> 李君墓上松应拱,元相池头竹尽枯。<u>多幸乐天今始病,不知合要苦治无</u>。(《病中五绝》其三,同上)

> 目昏思寝即安眠,<u>足软妨行便坐禅</u>。<u>身作医王心是药</u>,不劳和扁到门前。(《病中五绝》其四,同上)

> 交亲不要苦相忧,亦拟时时强出游。<u>但有心情何用脚,陆乘肩舆水乘舟</u>。(《病中五绝》其五,同上)

这些"病中诗"作于"风痹"发病后不久,在诗中,白居易着重吟咏了通过自己的意志与努力可以控制的"心"(主体)与无法控制的"身"(客体)之间的关系。白居易一方面注视着反抗自己的客观的"身",另一方面为了主观的"心"的安定和镇静,尝试了种种视角的变换。对于生理与物理层面无法超越的东西,白居易想在心理层面尽可能地克服它。上引诗中下划线的部分,正是白居易风格的复原力诗想的具体表现。这些谋求"心"之"闲""适"的诗想,如"穷通不由己,欢戚不由天。命即无奈何,心可使泰然"(《咏怀》)、"事有得而失,物有损而益。所以见道人,观心不观迹"(《咏怀》)、"我来如有悟,潜以心照身"(《题赠定观上人》)、"赋命有厚薄,委心任穷通。……苟知此道者,身穷心不穷"(《我身》)、"穷通谅在天,忧喜即由己。是故达道人,去彼而取此"(《把酒》)、"苦乐心由我,穷通命任他"(《问皇甫十》)等,在白诗中举不胜举。在这些诗中,白居易清楚地表明了这样的思考方式:凡通过个人的主体态度可以解决的问题,就积极地加以解决;那些通过自己的努力也无法消除的问题,就以"委命""委顺"的方式对待①。我们判断,这种诉诸"心"的应对法,其结果也给予了"身"很多的复原力与复苏力。

然而这种诗例,并不一定意味着白居易较之"身",更重视"心"。在贫困与病弱的条件中长大的他,很早就开始理解肉体是有效抵抗精神痛苦的存在②。元和三年(808,37岁)夏,白居易与后来成为偕老之妻的杨氏结婚的时候,在为她所作的《赠内》诗中吟道:"人生未死间,不能忘其身。"白氏是说,在又作为人而生、作为人而死的"人生"中,片刻也不能忘记这个身体。白居易的这种身体观,在使"身""心"各自立誓的所谓"自问自答"诗中也清楚地表现出来:

  岁暮风动地,夜寒雪连天。老夫何处宿,暖帐温炉前。两重褐绮衾,一领花茸毡。粥熟呼不起,日高安稳眠。是时心与身,了

---

① 松浦友久著作选二《陶渊明白居易论——抒情与说理》中《白居易的"适"的意义——以诗语史中的独特性为基础》(研文出版,2004年6月)亦指出过这一点,可一并参考。

② 比如"百骸是己物,尚不能为主。"(《达理二首》其二,元和十三年〔818〕,47岁,江州)等。

无闲事牵。以此度风雪,闲居来六年。忽思远游客,复想早朝士。踏冻侵夜行,凌寒未明起。心为身君父,身为心臣子。不得身自由,皆为心所使。我心既知足,我身自安止。方寸语形骸,吾应不负尔。(《风雪中作》,大和八年[834],63岁,洛阳)

心问身云何泰然,严冬暖被日高眠。放君快活知恩否,不早朝来十二年。(《自戏三绝句①》其一《心问身》,开成五年[840],69岁,洛阳)

心是身王身是宫,君今居在我宫中。是君家舍君须爱,何事论恩自说功。(《自戏三绝》其一《身报心》,同上)

因我疏慵休罢早,遣君安乐岁时多。世间老苦人何限,不放君闲奈我何。(《自戏三绝句》其一《心重答身》,同上)

在这里,白居易选取了使役他人的"王"("心")与作为被使役的"宫"("身")的构图,又借用"问答体",表明了前者对于后者的温存关怀。虽然白居易向自己的"身←→心"宣誓的咏法,在任江州司马时期心情压抑的情况下所作的《约心》②(元和十一年[816],45岁)、《遣怀》③(元和十三年[818],47岁)中也可以看到,但是《风雪中作》《自戏三绝句》诸诗,明确显示了白居易晚年身心论的枢要,仅凭这一点就特别值得注意。白居易一方

---

① 题下自注(南宋绍兴刊本《白氏文集》所收)作"闲卧独吟,无人酬和,聊假身心相戏往复,偶成三章"。本诗承袭陶潜《形影神》诗(清代陶澍集注《靖节先生集》卷二):"天地长不没,山川无改时。草木得常理,霜露荣悴之。谓人最灵智,独复不如兹。适见在世中,奄去靡归期。奚觉无一人,亲识岂相思。但余平生物,举目情凄洏。我无腾化术,必尔不复疑。愿君取吾言,得酒莫苟辞。"(《形赠影》);"存生不可言,卫生每苦拙。诚愿游崑华,邈然兹道绝。与子相遇来,未尝异悲悦。憩荫若暂乖,止日终不别。此同既难常,黯尔俱时灭。身没名亦尽,念之五情热。立善有遗爱,胡为不自竭。酒云能消忧,方此讵不劣。"(《影答形》);"大钧无私力,万理自森著。人为三才中,岂不以我故。与君虽异物,生而相依附。结托既喜同,安得不相语。三皇大圣人,今复在何处。彭祖爱永年,欲留不得住。老少同一死,贤愚无复数。日醉或能忘,将非促龄具。立善常所欣,谁当为汝誉。甚念伤吾生,正宜委运去。纵浪大化中,不喜亦不惧。应尽便须尽,无复独多虑。"(《神释》)

② "黑鬓丝雪侵,青袍尘土涴。兀兀复腾腾,江城一为佐。朝就高斋上,薰然负暄卧。晚下小池前,澹然临水坐。已约终身心,长如今日过。"

③ "羲和走驭趁年光,不许人间日月长。遂使四时都似电,争教两鬓不成霜。荣销枯去无非命,壮尽衰来亦是常。已共身心要约定,穷通生死不惊忙。"

面自在地统御着"心",一方面也毫不懈怠对"身"的管理。这个姿态直至他在洛阳享尽七十五岁的天寿为止,一直都完美地维持着。

> 朝问此心何所思,暮问此心何所为。不入公门慵敛手,不看人面免低眉。居士室间眠得所,少年场上饮非宜。闲谈亹亹留诸老,美醖徐徐进一卮。心未曾求过分事,身常少有不安时。此心除自谋身外,更问其余尽不知。(《自问此心呈诸老伴》,会昌六年〔846〕,75 岁,洛阳)

白居易的最终目标,似乎是从"身"的"闲""适",经由"心"的"闲""适",最终完成"身心"自足的完全"闲适"的世界。可以认为,作为客体的"身"与主体的"心",无论是字面意思还是内在含义都已经融合了,达到"身心一如""身心合一"的境界。可以说,这种境界又与白居易特别喜爱的因"睡眠"和"饮酒"所达成的"忘我自适"的时空完美重合。在我看来,白居易可能通过将"身""心"委付于这样的时空,最终连对死亡的恐惧都超越了。

第四点也是最重要的一点,是白居易将自己的身心状态变成诗歌创作对象的意义。较之其他任何事物,诗歌是治愈白居易容易受伤的"身""心"的最大依托,这个事实是不可动摇的。白居易是对身体的病态、衰老特别关注的诗人,收录于《白氏文集》中大量的"咏病诗",最为真实地反映出了这一点。一般而言,直视自己为疾病所苦的"身体",对于病人易感的"心"来说,所感受到的只有痛苦而已。但是正如前文已详述的那样,白居易在诗中吟咏病衰的"身体",绝不会让他的"心"变得萎靡。或许可以说,正是通过作诗的行为,白居易从现实日常生活的"身""心"苦闷和忧惧中逃了出来。这使我们充分地意识到,白居易认识世界的方法,与其作诗行为是表里一体的关系。虽然不管在诗中怎么吟咏"病","陷入病苦的自我"这一客观状况是不会有丝毫改变的,但是在作诗的过程中,就现实世界中的"身心"状况而言,"身心"的关系逐一地得到再度检点,并从极为主观且独特的观点出发获得重组,即对诗歌语言所构成的意象世界有意识的重组(再构筑)。通过这种方式得到变换的诗中的"身心"状态,已不再折磨白居易,相反,其成为抚慰白居易的肉体与精神、使之恢复与复苏的不可思议的力量,从而发挥了很大的作用。白居易通过诗歌写作,成功地驾驭了他多愁善感的、过剩的感情。我们必须要说,对于他的"生命"而言,"诗歌"不仅是治病药,而且是不可或缺的存在①。

四、白居易的身体表现

围绕白居易的身体表现,最后必须要考察的一个问题是,作为个别概念的身体部位,是通过怎样的特征被描写的?在以身体部位为题材的作品中,虽然可以举出"白发""落发""眼病""足疾""脚疮"等,但这些诗歌的数量合计才15首,在全部白诗中所占的比例非常小。白居易的身体部位的表现,绝大部分是作为部分素材而使用的。白诗中吟咏到的身体部位,遍及人体的所有部位,其用例的数量也非常庞大。如果我们将已经得到确认的身体部位进行分类和整理的话,则大致如下:

(1)头的部位(头、首、脑、顶、颜、面、脸、发、鬓、眉、须、髭、眼〔右~〕、目、眸、瞳、鼻、耳、口、齿、牙、舌、唇、颐〔腮〕、颔、颐、颈、领);

(2)躯体的部位(背、胸、肺、心、腹、脐、肠、肝、胆、腰);

(3)四肢的部位(肩、腕、肱、臂〔左~、右~〕、手〔左~、右~〕、掌、指、爪、股、足、脚、膝、胫);

(4)其他的部位(骨、肉、筋、肌〔肤〕)。

这里所列举的身体各部位,通过与大量的动词、形容词、副词相结合,表现了各种各样的身体样态。白居易所叙述的这种身体表情、身体动作、身体姿势,超出了单纯的身体描写的范畴,不少例子对于作品的整体意象景观起到了决定性作用,而且这种倾向,在其后半生大量创作的闲适类作品中,变得更为显著。比如下面引用的四首诗,诗人通过对自己身体的具体描写,阐说了"安闲自适"的境界,值得特别留意。

佛法赞醍醐,仙方夸沆瀣。未如卯时酒,神速功力倍。一杯

---

① 为了不引起误解,特别说一句,诗歌创作并非完全不会损伤白居易的"生"。"……损心诗思里,伐性酒狂中。……"(《新秋病起》,长庆三年〔823〕,52岁,杭州);"……诗役五藏神,酒汨三丹田。……"(《思旧》,大和八年〔834〕,63岁,洛阳)。可以认为,对白居易而言,作诗与饮酒一样,统统都是"宿业"(karma)。

置掌上,三咽入腹内。煦若春贯肠,暄如日炙背。岂独支体畅,仍加志气大。当时遗形骸,竟日忘冠带。……浩气贮胸中,青云委身外。扪心私自语,自语谁能会。五十年来心,未如今日泰。况兹杯中物,行坐长相对。(《卯时酒》,宝历二年〔826〕,55岁,苏州)

白头老人照镜时,掩镜沉吟吟旧诗。二十年前一茎白,如今变作满头丝。吟罢回头索杯酒,醉来屈指数亲知。老于我者多穷贱,设使身存寒且饥。少于我者半为土,墓树已抽三五枝。我今幸得见头白,禄俸不薄官不卑。眼前有酒心无苦,祇合欢娱不合悲。(《对镜吟》,大和三年〔829〕至大和五年〔831〕,58岁至60岁,洛阳)

架上非无书,眼慵不能看。匣中亦有琴,手慵不能弹。腰慵不能带,头慵不能冠。午后恣情寝,午时随事餐。一餐终日饱,一寝至夜安。饥寒亦闲事,况乃未饥寒。(《慵不能》,大和四年〔830〕,59岁,洛阳)

杲杲冬日光,明暖真可爱。移榻向阳坐,拥裘仍解带。小奴捶我足,小婢搔我背。自问我为谁,胡然独安泰。安泰良有以,与君论梗概。心了事未了,饥寒迫于外。事了心不了,念虑煎于内。我今实多幸,事了心和会。内外及中间,了然无一碍。所以日阳中,向君言自在。(《自在》,大和九年〔835〕,64岁,洛阳)

从阐述"酒"(《卯时酒》《对镜吟》)、"慵"(《慵不能》)、"自在"(《自在》)境界的这些诗篇中,要把各个身体表现都删除的话,几乎是不可能的。因为被咏入诗中的身体部位、身体感觉,已经化为贯穿整首诗的主旋律(leitmotiv)。从"掌上"的杯中渗入"腹""肠"的五脏六腑,滋润身体的"卯酒"的效用如同照射"背"的太阳一般温暖;从"眼""手""腰""头"的四"慵"中真切地体验到的至为幸福的时刻等,这些全都是离开了人的活生生的身体感官就无法充分表现的独特感觉。白诗传递的这类生理感觉,在伴随着动作与姿势的身体表现中,获得了进一步的成功。在这些诗中,运动的身体、静止的身体、变化的身体,成了精确地映出动摇的、难以看透的心情的一面镜子。可以认为,白居易是对身体的动态最为敏感的诗人之一。其旁证也清楚地表现于《卯时酒》"扪心私自语"、《对镜吟》"吟罢回头索杯酒""醉来屈指数亲知"、《自在》"小奴捶我足""小婢搔我背"中。同样的表现，在《白氏文集》中可以找到大量的例子。从关于身体部位的无数的用例中，我仅试着介绍一些有特征的例子：

(1)笑的身体("展眉开口笑""回眸一笑""开愁颜""开忧颜""笑开颜""笑开口""开眉笑""展眉欢""仰头笑""披颜""破颜""启齿"……);(2)眠的身体("枕臂眠""曲肱眠""把背向阳眠"……);(3)坐的身体("支颐坐""闲目坐""坐搔首"……);(4)立的身体("仰头立""回头立""低眉立"……);(5)走的身体("信脚行""试脚行""敛足"……);(6)数的身体("屈指数""屈十指"……);(7)轻松惬意的身体("举臂一欠伸""搔首摩挲面""摩挲腹""摩挲眼""扪腹起"……);(8)束缚于公务的身体("敛手""拜手""拱手""折腰""低腰"……);(9)宴席上的身体("把手期""分手别""久分手""分首""促膝""差肩"……);(10)沉思的身体("抱膝思量""捋白髭须""捋白须""捋白髭""深闭目""眉多敛""低眉久""口寡言""低头""敛眉"……);(11)老病的身体("面黑眼昏头雪白""眼昏须白头风眩""右眼昏花左足风""眼暗头旋耳重听""头上毛发短""口中牙齿疏""头风目眩""举足迟""腰无力""眼不明"……);(12)登山时的身体("目眩手足掉""不敢低头看""手足劳俯仰""目眩神悦悦"……);(13)作为空间的身体("宽窄才容足""高低粗及肩""足容膝""平如掌""平似掌""小于掌""小于拳"……)等。

从上述诗句中可以看出，身体描写在表现白居易的微妙感情方面，发挥了绝妙的效果。这也使我们再次理解，在白居易的诗歌中，作为"生理"的身体与"心理"的感情是紧密不可分割的关系。人们若没有肉体就无法存在，所以这种身体表现诉诸广泛的人类感情，很容易唤起一种自然的、内发的、对生命的感动。这种感动，在白诗中凭借使人丝毫感觉不到束缚的对偶表现，变得更加深刻。出于在官府供职的不自在感而创作的诗中，白氏有以下的吟咏：

……厌见簿书先眼合，喜逢杯酒暂眉开。……(《赴苏州至常州答贾舍人》,七言律诗,宝历元年[825],54岁,常州)

腰痛拜迎人客倦，眼昏勾押簿书难。……(《酬别周从事二

首》其一，七言绝句，宝历二年〔826〕，55 岁，苏州）

……老嫌手重抛牙笏，病喜头轻换角巾。……（《百日假满少傅官停自喜言怀》，七言律诗，会昌元年〔841〕，70 岁，洛阳）

这三首诗，都是凭借紧凑的对句，借助身体描写，产生出鲜明的、印象性的抒情感觉。"眼合——眉开""腰痛——眼昏""手重抛——头轻换"等身体感觉和身体动作，因为受制于严格的平仄和对句的规则，反而得以形成唤起人们情感共鸣的优秀的文学语言。白居易诗中大部分的身体表现，都是用完成度很高的对语和对句吟咏的，在思考白诗的表现功能问题时，这一点必须特别加以注意。

白居易在凝视自己身体的同时，当然也会注视到他人的身体。他速写过的人物范围非常广泛，遍及家人、兄弟、朋友、邻居、贵人、军人、老人、年轻人、孩童、农民、手艺人、商人、乐师、宫女、妓女、宦官、俘虏、村童、店女、仆男、婢女等；而关于他者的身体表现最引人注目的作品是，白居易前半生大量创作的讽喻诗。基于"兼济之志"，在为"君"、为"臣"、为"民"、为"物"、为"事"而作①的讽喻诗中，集中地吟咏了他者的多种多样的身体。如果考虑到面向他人的、基于社会关心而创作的讽喻诗的性质，这种特色和倾向可以说是很明显的。对于白居易的文学来说，"身体"中潜藏着可以让诗语生机勃勃的不可思议的原动力。《秦中吟十首并序》《新乐府五十首》所收的代表作中，我只引用三首明显包含着身体表现的作品②。这三首诗的每一首，都是对老人的身体描写完全主宰了作品的整体基调。

---

① "序曰：凡九千二百五十二言，断为五十篇。篇无定句，句无定字，系于意，不系于文也。首句标其目，古十九首之例也。卒章显其志，诗三百篇之义也。其辞质而俚，欲见者之易谕也。其言直而切，欲闻者之深诫也。其事核而实，使来者之传信也。其体顺而律，使可以播于乐章歌曲也。总而言之，为君、为臣、为民、为物、为事而作，不为文而作也。"（《新乐府序》，元和四年〔809〕，38 岁，长安）。顺便一提，关于《新乐府序》，通行的诸刊本与传至日本的古钞本之间，异文颇多。本文参考使用的是金泽文库本、神田本等日本古钞本。具体参平冈武夫、今井清校定《白氏文集（全三册）》（京都大学人文科学研究所，1971 年 3 月—1973 年 3 月）。

② 其他作品如《议婚》《重赋》《上阳白发人》《胡旋女》《骠国乐》《传戎人》《百炼镜》《缭绫》《时世妆》《陵园妾》《盐商妇》《古塚狐》《天可度》《秦吉了》等。

七十而致仕，礼法有明文。何乃贪荣者，斯言如不闻。可怜八九十，齿堕双眸昏。朝露贪名利，夕阳忧子孙。挂冠顾翠绥，悬车惜朱轮。金章腰不胜，伛偻入君门。谁不爱富贵，谁不恋君恩。年高须请老，名遂合退身。……（《秦中吟十首并序》其五《不致仕》，元和五年[810]，39岁，长安）

新丰老翁八十八，头鬓须眉皆似雪。玄孙扶向店前行，右臂凭肩左臂折。问翁臂折来几年，兼问致折何因缘。翁云贯属新丰县，生逢圣代无征战。唯听骊宫歌吹声，不识旗枪与弓箭。无何天宝大征兵，户有三丁抽一丁。点将驱向何处去，五月万里云南行。……是时翁年二十四，兵部牒中有名字。夜深不敢使人知，自把大石锤折臂。张弓簸旗俱不堪，从此始免征云南。且图拣退归乡土，骨碎筋伤非不苦。此臂折来六十年，一肢虽废一身全。至今风雨阴寒夜，直到天明痛不眠。痛不眠，终不悔，所喜老身今独在。不然当时泸水头，身死魂孤骨不收。应作云南望乡鬼，万人冢上哭呦呦。……（《新乐府五十首》其九《新丰折臂翁》，元和四年[809]，38岁，长安）

卖炭翁，伐薪烧炭南山中。满面尘埃烟火色，两鬓苍苍十指黑。卖炭得钱何所营，身上衣裳口中食。可怜身上衣正单，心忧炭贱愿天寒。夜来城外一尺雪，晓驾炭车辗冰辙。牛困人饥日已高，市南门外泥中歇。翩翩两骑来是谁，黄衣使者白衫儿。手把文书口称敕，回车叱牛牵向北。……（《新乐府五十首》其三十二《卖炭翁》，元和四年[809]，38岁，长安）

在这里登场的三个老人的身体，并不单纯是作为形状、形体的模写而存在的，而是作为其人格总体的代言与象征而存在的。读者通过一个个具体的身体表现，可以真实地感受到人物的经历、生活水平、心情、气质、文化教养。《新丰折臂翁》中"折而丧失"的一根手臂，强有力地支撑着厌战、反战的诗想。也可以说，在这首诗中，身体是作为映射政治、战争、制度的矛盾和弊病之镜像而发挥作用的。可以认为，白居易从作诗伊始就充分理解并自觉运用身体天然具有的性质，即身体作为纳入多种多样信息的"错综体"的性质。不仅是"讽谕""闲适"诗,连"感伤"①"杂律"部的诗中也出现了很多身体表现的现象,可以最为真实地说明这一点。另外,白居易强烈关注能传递出各种各样信息的身体表现,这个事实从他对人类以外的动物(鸟、马、犬)的描写②,以及韵文以外的散文(《与元九书》《醉吟先生传》)的记述中,也可以明确地看出来。元和十年(815),白居易44岁的时候在左迁地江州所写的《与元九书》,将自己的身体与他人的身体作了并行且细致的描述。作为参考,我试将相关部分引用如下:

> ……仆始生六七月时,乳母抱弄于书屏下,有指"无"字"之"字示仆者,仆虽口未能言,心已默识。后有问此二字者,虽百十其试,而指之不差,则仆宿习之缘,已在文字中矣。及五六岁,便学为诗,九岁谙识声韵。十五六始知有进士,苦节读书。二十已来,昼课赋,夜课书,间又课诗,不遑寝息矣。以至于口舌成疮,手肘成胝,既壮而肤革不丰盈,未老而齿发早衰白,瞥瞥然如飞蝇垂珠在眸子中者,动以万数。盖以苦学力文所致,又自悲矣。……岂图志未就而悔已生,言未闻而谤已成矣。又请为左右条言之,凡闻仆《贺雨》诗,而众口籍籍,已谓非宜矣。闻仆《哭孔戡》诗,众面脉脉,尽不悦矣。闻《秦中吟》,则权豪贵近者相目而变色矣。闻《登乐游园》寄足下诗,则执政柄者扼腕矣。闻《宿紫阁村》诗,则握军要者切齿矣。大率如此,不可遍举。……

这可能是《与元九书》中最著名的部分之一,可以肯定的是,对于白居易来说,不论是自己还是他者、韵文还是散文,身体表现几乎是被血肉化的必需之物。可以认为:白居易文学中这一显著的特色,是与生俱来虚弱的体质;对虚弱体质及身体状况敏感的心态;漂泊各地,以至于遍知俗习、俗

---

① 《长恨歌》(元和元年[806],35岁,盩厔)中随处可见的身体描写,《琵琶行》(元和十一年[816],45岁,江州)中展开的手指表现等,进一步辅证了本章的观点。

② "齿齐膘足毛头腻,秘阁张郎叱拨驹。洗了额花翻假锦,走时蹄汗踏真珠。……"(《和张十八秘书谢裴相公寄马》,元和十五年[820],49岁,长安);"……低头乍恐丹砂落,晒翅常疑白雪销。……""……带雪松枝翘膝胫,放花菱片缀毛衣。……"(《池鹤二首》,大和三年[829],58岁,长安);"晚来天气好,散步中门前。门前何所有,偶睹犬与鸢。鸢饱凌风飞,犬暖向日眠。腹舒稳帖地,翅凝高摩天。……"(《犬鸢》,大和九年[835],64岁,洛阳)等。

情的艰辛的青年时期的经历；以平易畅达为宗旨的独特的语言感觉等多个原因互相结合而形成的。

五、结语

至此，我就《白氏文集》七十一卷中吟咏的大量的有关"身体"的词语以及"身体形象"这一问题，在具体作品分析的基础上，进行了系统考察。这一个个身体要素的表现，在营造白居易式的诗情和诗境方面，是不可或缺的要素。身体中可见的各种各样的姿势、动作、表情，对于诗人白居易来说，似乎是终生惊异的对象。另外可以观察到，对白居易而言，他的身体是有不自在感、拘束感的，片刻都不能无视的沉重的存在。总结一下前文各节中已确认的事实，大致如下所示：

1. 作为理解白居易身体论（身心论）的前提，有三点需特别指出：①生来虚弱的体质；②由此产生的对身心状况敏感的气质；③因前两点所导致的自我省察、自我观照的性格。

2. 对于白居易的文学而言，体质、心性的状况即如何谋求身心的安闲自适的问题，成了必不可缺的诗想。这个事实，从他使用数量庞大的与身心相关的词语中也可以得到明确的印证。

3. 以身心论为题材的作品，呈现出"身←→闲""身←→适""心←→闲""心←→适"四个视点；可以认为，这四者同时充足，才是白居易理想中的极致的闲适世界（至于现实中能否实现则另当别论）。

4. 此外，在处理身心论的题材诗中，与这种理想原型化了的四种闲适时空相关联，提出了若干极为重要的问题：①多种具体的养生法；②作为闲职的东都分司一职所具有的价值；③具有复原、复苏作用的自然内发的诗想；④对诗歌语言所构成的意象世界进行有意识的再构筑，等等。

5. 作为素材的身体部位（头、躯体、四肢），大致上可以分为描写自己的（更多集中于闲适类作品中）和描写他者的（更多集中于讽喻类作品中）两类；两者共通的性质，大致可以概括为以下三点：①频繁使用对语、对句手法（对偶表现）带来的诗意表现效果；②作为"生理"的"身体"与作为"心理"的"感情"的密不可分性;③作为有生命感的错综体的身体存在。

在当时的社会中,白诗为人们广泛地接受和习诵,达到了令人惊讶的程度。他的诗歌被写在全国各地的官府、寺院、学校、旅宿的墙壁上,为王公、妇人、僧徒、牛童、马夫等社会各阶层的人所吟诵①。"白俗""人才绝"的评语与"老妪都解"的传说,准确地把握住了大众诗人白居易的特征。他所使用的语言,即使承袭古典,也平易得让人易于接受。而且最重要的,他的诗歌语言与人的本质性的"生理"密切黏着。与身体感觉、皮肤感觉结合的逼真的、内发的语言表现,由于谁也无法否定和拒绝,于是便毫无差别地传递给了万千读者们。也可以说,它的性质本来就是与身份贵贱、年龄大小、教养高低、民族异同无关的,能令所有的人都理解、接受和共享。每个人在日常生活中都同样感受到的(或者能够感受到的)感觉,当它得以在制约(诗律、对偶)严格的诗歌语言中表现出来的时候,为韵律的节奏所加速的这种语言,对于每一个人而言都具有令人惊讶的渗透力和感染力。这正是"人人肌骨,不可除去"②的强烈的渗透性。可以认为,以这种创作风格为最大特色的白居易的诗歌,亦与重视具体的、具象的、典型的、人为的、物质

---

① "……然而二十年间,禁省、观寺、邮候墙壁之上无不书,王公、妾妇、牛童、马走之口无不道。至于缮写模勒,衒卖于市井,或持之以交酒茗者,处处皆是。其甚者,有至于盗窃名姓,苟求自售,杂乱间厕,无可奈何。予于平水市中,见村校诸童竞习诗,召而问之,皆对曰:'先生教我乐天、微之诗。'固亦不知予之为微也。又鸡林贾人求市颇切,自云:'本国宰相每以百金换一篇,其甚伪者,宰相辄能辨别之。'自篇章已来,未有如是流传之广者。……"(元稹《白氏长庆集序》,《元氏长庆集》卷五十一);"……日者又闻亲友间说,礼、吏部举选人,多以仆私试赋判,传为准的。其余诗句,亦往往在人口中。仆悚然自愧,不之信也。及再来长安,又闻有军使高霞寓者,欲聘倡妓。妓大夸曰:'我诵得白学士《长恨歌》,岂同他妓哉?'由是增价。又足下(元稹)书云:到通州日,见江馆柱间,有题仆诗者,复何人哉? 又昨过汉南日,适遇主人集众乐娱他宾。诸妓见仆来,指而相顾曰:'此是《秦中吟》《长恨歌》主耳。'自长安抵江西,三四千里,凡乡校、佛寺、逆旅、行舟之中,往往有题仆诗者。士庶、僧徒、孀妇、处女之口,每每有咏仆诗者。……"(《与元九书》)

② "……诗者可以歌,可以流于竹,鼓于丝,妇人小儿,皆欲讽诵,国俗薄厚,扇之于诗,如风之疾速。尝痛自元和已来有元、白诗者,纤艳不逞,非庄士雅人,多为其所破坏。流于民间,疏于屏壁,子父女母,交口教授,淫言媟语,冬寒夏热,入人肌骨,不可除去。吾无位,不得用法以治之。……"(杜牧《唐故平卢军节度巡官陇西李府君墓志铭》,《樊川文集》卷九)

的、可见的、对偶的事物现象的汉民族特有的思想样式(感性形式)完美地吻合①,因此赢得了大量的支持者和欣赏者。通过实存的、可见的身体描写,难以捕捉的、不可见的"心情"就更加鲜明地被领悟到了。必须说,这正是"身情融合"(并非"情景一致")的独特诗境。概而言之,中国的诗人对于身体描写是热心的;白居易的特异性在于,他以提炼加工以至于不留痕迹的诗歌表现为基础,追求有生命感的身体表现所具有的可能性的极限。也可以认为,白居易这种异常彻底的态度,即使在包括李白、杜甫、韩愈在内的唐代诗人里面,都是格外突出的。作为从根底处支撑着"平易通俗"诗境的要素,白诗的"身体"描写,拥有着超出身体本身的意义。

---

① 与这一点相关联,从古典汉语(特别是"故事成语"等)与现代汉语(特别是"常用词"等)中也可以看到无数的身体表现,这个现象值得特别注意。

第二章

"遗爱寺钟欹枕听"考
——白居易诗语的意义

一、序

在《白氏文集》七十一卷中,白居易将其人生七十五年间所抱有的种种感情,带着某种浓淡变化吟咏了出来。对白居易来说,一首一首的作品(诗歌),似乎就是作为如实表现自己人格整体的手段而存在的。在这个意义上,熟读《白氏文集》的人,同时也是喜欢白居易个性的人。

他的这种个性,在语言方面特别显著。表现什么题材、用什么语言来表现、用什么样式来表现这三个问题,当我们在考察作家与作品的关系时,都是很重要的参照点;然而其核心,应当是对白诗语言的研究。因为大凡文学作品,脱离了"语言"都是无法存在的。对于白居易文学中诗歌语言(以下简称"诗语"——译者)的研究,从他作为唐代后半期具有代表性的最伟大的诗人,以及留下了多达三千首作品这两点来看,可认为是极其重要的研究领域。白居易的诗歌语言中最显著的特色,是彻底的日常性与平易性。可以看出,白居易有意识地将那些与现实日常生活疏离的难解语汇,视为应当极力回避的对象。

在此基础上,我将选取一方面与白氏日常生活直接相关,另一方面释义错综复杂的诗语——"欹枕"("拨帘"),就其语义的确定、诗语形成史中的性质定位这两点,提出个人见解。可以说,对于这些问题的考察,已经超越了作为中国文学研究的白居易论、诗语论的范畴,与日本的唐诗注释史、白诗接受史的某方面也有关系,其中包含着很多有趣的问题。

二、白居易的"欹枕"用例及先行研究情况

不可否认的是,白居易文学的基调首先在于其日常性。构成《白氏文集》的讽喻诗、闲适诗、感伤诗、杂律诗等作品,都偏好选取与日常生活直接相关的题材(从素材到主题),其使用的语言,包含了唐代的俗语,是表现性、日常性极强的语言。在白诗中可以看到的"欹枕"一语,总共有三例,每例都被用来描写"睡眠"这一日常生活的片段。概而言之,白居易吟咏作为休息环境的"睡眠"到了异常的程度;而这种倾向,是与其病弱的体质和人生哲学紧密相关的,这一点应引起充分的关注。我先引用包含"欹枕"一语的三首作品如下:

<u>欹枕不视事</u>,两日门掩关。始知吏役身,不病不得闲。闲意不在远,小亭方丈间。西檐竹梢上,<u>坐见太白山</u>。遥愧峰上云,对此尘中颜。(《病假中南亭闲望》)

潇洒城东楼,绕楼多修竹。森然一万竿,白粉封青玉。<u>卷帘睡初觉,欹枕看未足</u>。影转色入楼,床席生浮绿。空城绝宾客,向夕弥幽独。楼上夜不归,此君留我宿。(《东楼竹》)

日高睡足犹慵起,小阁重衾不怕寒。<u>遗爱寺钟欹枕听,香炉峰雪拨帘看</u>。匡庐便是逃名地,司马仍为送老官。心泰身宁是归处,故乡可独在长安。(《香炉峰下新卜山居草堂初成偶题东壁五首》其四)

《病假中南亭闲望》是元和二年(807,36岁)作于盩厔的五言古体诗,《东楼竹》是元和十四年(819,48岁)作于忠州的五言古体诗,《香炉峰下新卜山居草堂初成偶题东壁五首》其四是元和十二年(817,46岁)咏于江州的七言律诗,而且是三首诗中流传最广的作品。若根据白居易自己的分类,这三首诗分别收于"闲适""感伤""律诗"部之中。这三首诗的共通之处,是将"枕边"作为"安闲自适"的境界来吟咏的意识。《病假中南亭闲望》一诗虽然是白居易成为官吏后不久所作,但是对于束缚颇多的官吏生活的怀疑情绪已经鲜明地表露了出来。"欹枕不视事"的"事",不可否认指

的是以官僚世界为代表的俗界的一切杂务。《东楼竹》是其任忠州刺史时期的作品,吟咏的是白居易终生喜爱的"竹"①,"卷帘""欹枕"的对偶表现,与《香炉峰下新卜山居草堂初成偶题东壁五首》其四颔联中的"欹枕听""拨帘看"近似,这一点值得注意。

就"欹枕"的语义,在这三首诗中,"欹枕"的动作与姿势,以及对观看外界景物的行为不会造成任何不同的影响这一点上是一致的。从这一点也很容易令人想到,诗语"欹枕"大约指的是侧卧在枕边的状态。诗人的视线不是盯着屋顶,而是朝着左右某个方向。可以得出结论:"欹枕"的姿势也是为了安眠熟睡。而且,只有考虑到其视线的延长线上有悬挂帘子的窗户,对后两首诗的鉴赏,才能变得更加自然。

在上述三首诗中,白居易的诗才(特别是其天才般的对句能力)得到了淋漓尽致地发挥,因此最为脍炙人口的,还是题为《香炉峰下新卜山居草堂初成偶题东壁》的七言律诗(组诗五首)。特别是前文所引用的第四首,是理解江州时期白居易生活与思想不可忽视的作品。因元和十年(815)武元衡、裴度死伤事件,白居易被贬江州司马。出于同僚正义感的行动(上奏),却为自己招来了左迁贬谪的后果,这一定是白居易想象不到的。在远离政界的庐山三年期间,白居易对自己的人生进行了内省和洞察。成为自我省察"环境"的,正是诗中所言的庐山草堂。在"匡庐便是逃名地,司马仍为送老官。心泰身宁是归处,故乡可独在长安"的诗句中,白居易直接吟咏出在江州之地所获得的人生哲学之一端,值得注意。

这首用杰出的对句阐述"达观"诗想的诗,自古以来便为人们朗诵、记忆和传播。整首诗的意象(image),与重视对句的七律诗体形式相得益彰,但仅就第三句"遗爱寺钟欹枕听"来说,虽然以前有很多人尝试注释,但是目前还没有形成定论。与作品本身的知名度相反,对于"欹枕"的理解,不得不说是极其不准确的。如果对在日本出版的主要唐诗注译及白居易诗注译的著作做一番整理的话②,可归纳为两种观点,即在枕上侧耳听和把枕

---

① 关于白居易爱"竹"这一点,详见《养竹记》(那波道圆本《白氏文集》卷二十六)。另参见本书"本论三:住所与家人"第九章。

② 关于各家说法的异同、类别与论据,在《校注唐诗解释辞典》(大修馆书店,1987年11月)第461—463页中有所言及。

头本身侧过来(倾过来)。此外,虽然也有"把枕头倾过来(倾)听"这样折中的观点,但大多数观点用此两种观点就可以概括①。第一种观点完全无视中文"欹"字的用法,我认为是难以成立的。从唐诗整体来看,也找不到把"欹"解作"侧耳倾听"的例子。我判断这是出于日语训读习惯的过于轻率的解读,以及对"侧耳"这个汉语词语的联想而发生的误译。将"欹枕"(动词,事物与场所)认定为是与"侧耳"(动词,感觉器官)同一系统词汇的做法,必须说自身就带有局限性。

"把枕(枕函)倾斜过来"这种观点,若参考中国代表性字书、韵书,以及见于"欹倾""欹侧""欹斜""欹仄""欹危""欹倒""欹垂"等"互训"字的用法来考虑的话,确有一定的说服力。并且与"遗爱寺钟欹枕听""香炉峰雪拨帘看"的对句完全呼应,所以日本大多数白居易注译著作与研究著作的注释,都采用了这种观点,我想这也是很自然的。但是,"把枕头倾过来"到底具体意味着怎样的行为?对此,至今仍未明确的部分还很多。关于这一点,过去曾有人提出两三种有趣的见解。其中一种说法的结论是:"'欹枕'指的是将枕头倾斜过来,支撑头部的意思","通过将枕头半转过来(立起角枕的一角),以追求高枕状态的行为","将枕头直立起来后,又将枕头倾斜,以追求高枕状态的行为"②,这可以说是针对"欹枕"语义的最早论考。但是,将"欹枕"理解为"高枕"的一种形式的说法,尚留有很大的疑问,即它真的能成为长时间安眠的姿势吗?有人注意到了这个问题,并且发表了另外一种见解,即"当人欹枕之际,并不是脸朝上的姿势,而是以朝左或朝右的姿势侧卧的","是说在睡不着的情况下,于辗转反侧之际自然发生的枕头的倾斜","姿势是侧向卧的,应该意识到了枕头多少是有点倾

---

① 三木克己《中国文学论集》(春秋社,1980年10月)第238页,介绍了铃木豹轩(虎雄)的说法,即中国枕头的底面是弧形的,故横卧的话会自然地发生倾转,但是完全没有提及其根据。参看本书第48页注①。

② 工藤篁《论"欹枕"》(《中国语学》72号,1958年3月,后收入《给学中文的人——创业的诗》,一水社,1975年);户川芳郎《论"欹枕"补论》(《汲古》第14号,汲古书院,1988年12月);户川芳郎《"欹枕"余谈——翻辞典》(《汲古》第15号,1989年6月)等。

斜着的"①。与力言枕头倾斜的前一种说法相比,后一种说法将解释的重心转移至"侧向卧"的姿势上,这一点很耐人寻味。若根据后者的说法,诗人使用"欹枕"的"欹",是为了表示枕头自然发生的轻微倾斜,或是诗人意识到的那种倾斜。这与先前所引用的三例白诗的用法(以作者的视角来观察)的矛盾也很少,可以认为是现有注释中最为通行的一种解释。

但是,通过本章对《全唐诗》中出现的"欹枕"用例进行分析,笔者想提出第三种观点。不仅限于上述所引三例,在唐诗(狭义的诗歌)中所有的"欹枕",其观照的重点其实不是枕头,而是人。因此,我的假设是:"欹枕"这个诗语,只不过是表示人在枕头上侧卧(横卧)的状态②。如果我的这个解释正确的话,那么"欹枕"的训读就不应当是"把枕头倾过来",而必须是"侧卧在枕头上"。枕头倾斜这种不自然性,在我的假设范围内,几乎是不能成立的。在以下各节中,我将以这个问题为中心,试作更加详尽的考察。

三、唐诗中"欹枕"的用例

前文已经说过,《白氏文集》中"欹枕"有三例。若对照这些例子的语境进行考察的话,作者是侧躺着睡这一点大约是无法否定的。因此,我们可以很容易联想到,只有侧卧的姿势才能更好地象征白居易的"闲适"世界。但是,在《白氏文集》中可以看到的"欹枕"(三例),因为事例太少,我们很难做出进一步的推测。白居易虽然好咏"睡眠"的环境(卧床),但是从其他作品中,看不到明确表示"欹枕"语义的用例。这个事实也是导致以往对

---

① 岩城秀夫《遗爱寺钟欹枕听》(《国语教育研究》第8号,广岛大学教育学部光叶会,1963年12月)。

② 与我持相同意见的,可以举出张惠先《唐诗一百首》(中华书局,1987年1月)。其书第139页的注释中说:"欹枕,斜侧在枕头上,欹通攲,倾斜。"但是完全没有提及他的论据。此外,松浦友久《"万叶集"书名的双关语——日中诗学笔记》的《"遗爱寺钟欹枕听"——白诗接受的一个变化》(大修馆书店,1995年4月)一文中,介绍了此观点的论据:"欹枕的欹不是不及物动词;欹的主体不是枕头而是人;欹枕没有侧耳的意思。从很多的例子来看,这三点可以断定无疑",并且提出了做出新训读的可能性。

"欹枕"这个诗语的注释极为不准确的直接原因。

本节中,我将以《全唐诗》《全唐诗外编》等作为基本资料,就诗语"欹枕"("欹""枕")的语义问题,试加以具体探讨。与此同时,我想提出对"欹枕"语义的个人见解(假说)及几个论据。关于唐诗中出现的"欹"(阴平)"枕"(上声)的一般用法,大致做如下整理是妥当的:

1. "欹"(阴平)的用法。

①作为形容词的用法(倾欹的):欹案,欹帆,欹石,欹栋,欹松,欹树,欹叶,欹崖,欹壁,欹荷等;

②作为动词(及物动词)的用法(使倾欹):欹扇,欹冠,醉欹乌帽,欹乌纱,欹帻,欹梅蒂,欹纱帽,欹影等;

2. "枕"的用法。

①作为名词的用法(上声):琥珀枕,珊瑚枕,芙蓉枕,白石枕,文石枕,金镂枕,石膏枕,木枕,角枕,竹枕,犀枕等;

②作为动词的用法(去声):枕肘,枕肱,枕股,枕石,枕戈,枕弓,枕剑匣,枕空杯,枕书帙,枕棋局等。

首先,"欹"字最一般的语义,正如"欹侧""欹倾""欹斜"等一连串"互训"字所示的那样,可以理解为事物倾斜的状态。在这个意义上,将"欹枕"直接理解为"倾侧枕头"及物动词式的解释,是具有一定说服力的。但是在《全唐诗》各卷中,完全找不到相当于"侧耳听""倾耳听"的"欹耳听"用例,这个事实让我们觉得,在日本部分学者中通行的"在枕边侧耳倾听"的说法变得更加不可靠了。这恐怕是因"倾某物"而产生的误译①。

当我们考察"欹枕"这个诗语的时候,其实更应注意的不是"欹"作为动词所具有的"及物动词"用法,而是"欹"的"不及物动词"用法的存在。

---

① 以下用例也可以证明"在枕上侧耳倾听"的解释是完全无法成立的。"绕砌紫鳞欹枕钓"(方干《湖北有茅斋湖西有松岛轻棹往返颇谐素心因成四韵》,《全唐诗》卷六五〇);"闲欹别枕千般梦"(罗隐《宿荆州江陵驿》,《全唐诗》卷六五八);"欹枕高眠日午春"(郑谷《欹枕》,《全唐诗》卷六七六);"且应欹枕睡清晨"(韩偓《早起探春》,《全唐诗》卷六八一);"羡君公退归欹枕"(杜荀鹤《题汪明府山居》,《全唐诗》卷六九二);"欹枕梦魂何处去"(刘兼《命妓不至》,《全唐诗》卷七六六);"欹枕常多梦鲍昭"(齐己《寄益上人》,《全唐诗》卷八四五)。

即不是使事物本身倾斜,而是人自己倾斜(侧过来)。在唐诗中能够找出大量表示人斜卧的"欹"的例子,这是本章论点的第一个根据。

> 南京路悄然,欹石漱流泉。(郑巢《送人南游》,《全唐诗》卷五〇四)

> 幽人带病慵朝起,祇向春山尽日欹。(陆龟蒙《自遣诗三十首》其十八,《全唐诗》卷六二八)

> 闲欹别枕千般梦,醉送征帆万里心。(罗隐《宿荆州江陵驿》,《全唐诗》卷六五八)

> 双涧水边欹醉石,九仙台下听风松。(徐铉《送孟宾于员外还新淦》,《全唐诗》卷七五六)

> 时提祖师意,欹石看斜阳。(常达《山居八咏》其三,《全唐诗》卷八二三)

> 自扫青苔室,闲欹白石看。(齐己《题终南山隐者室》,《全唐诗》卷八三九)

> 闲欹太湖石,醉听洞庭秋。(齐己《寄松江陆龟蒙处士》,《全唐诗》卷八四三)

> 凉多夜永拥山袍,片石闲欹不觉劳。(齐己《秋夕书怀》,《全唐诗》卷八四五)

上述所引诗句,均出自唐代后期至五代时期诗人的作品,特别是晚唐的齐己,有三例之多,这一点颇具意味。这些作品中所见的"欹",从其语境来看,也只能考虑为不及物动词。若按照现代汉语的理解,应该可以说成是"横躺着""侧卧着"的用法。"欹"于"石""白石""片石""醉石""太湖石"上的,无一例外都是诗人本人。"'欹'加上表示场所的名词"之结构,也直接适用于"欹枕",这为我们在考虑这个词的意义时提供了重要的提示。这种表示睡眠姿势的"欹"的用法,在"欹坐""闲欹""欹眠"等多音节语汇中,变得更加明显。其典型的例子,就是以下所举的包含"欹眠"(侧卧而眠)的作品:

> 素琴弦断酒瓶空,倚坐欹眠日已中。谁向刘灵天幕内,更当陶令北窗风。(李商隐《假日》,《全唐诗》卷五四〇)

李商隐的这首诗,是其吟咏休假中闲适生活的七言绝句,而第二句的

"倚坐欹眠日已中",最为明确地显示了"欹"字的用法。正如在《假日》中所见的那样,"欹"是作为与"倚"对应的动作被使用的,这一点应引起充分注意。"欹眠"一语,不仅见于李商隐的诗中,还能在顾况、权德舆、韩愈、方干、褚载、秦尚运、齐己等人的诗歌作品中找到,我想这绝不是特殊的词语。从这些例子来看,如果把"欹枕"的"枕",理解为表示"欹"的动作所完成的场所,会比较自然。如果考虑到"欹"本身确实存在不及物动词用法的话,那么我们可以判断,"把枕头倾过来"这种一般性的解释,是极为不自然且不准确的。

关于"欹枕"应当提及的第二个要点是,如果将其解释为"把枕头倾过来"的话,就会遇到少量无法理解的作品。"欹枕"是悠闲地、随便地侧卧安眠的姿势,这一点从白居易等人的诗歌语境来看,是毫无疑问的。如果我们把从诗歌作品中可以指出的这一事实,与枕头本身的形状①这两点结合起来考虑的话,既在枕头倾斜的状态下,又能长时间的安眠熟睡的行为,不管从物理角度还是从生理角度来说,都是几乎不可能的。当我们基于这种观点的时候,以下介绍的两首诗,就可以定位为是饶有趣味的例子了:

  永日一欹枕,故山云水乡。(杜牧《长兴里夏日寄南邻避暑》②,《全唐诗》卷五二六)
  永日还欹枕,良宵亦曲肱。(齐己《永夜》,《全唐诗》卷八四一)

杜牧与齐己的"欹枕",都是描写长时间睡眠的悠闲姿势,而非将枕头本身终日倾侧过来的状态。假如把"欹枕"理解为"把枕头倾过来"的话,对这两首诗整体氛围的理解,就会发生明显的偏差。因为诗人使用"欹枕"一

---

  ① 现在,从墓葬中出土的年代最久远的枕头,虽然仅限于北宋时期的陶枕(祭祀死者用的东西),但是其形状(枕底)都是固定的。祭祀用的陶枕与日常生活中使用的枕函,虽然不能完全等同,但当我们推测中国古代枕头的一般形状时,是可以作为辅助资料的。详见《镇江市博物馆藏宋影青瓷枕》(《文物》总270期,1978年第11期)、《济源县文物保管所藏两件宋三彩枕》《北京房山县出土宋三彩枕》《河南林县的两件北宋瓷枕》(《文物》总296期,1981年第1期)。
  ② 本诗与许浑《长兴里夏日南邻避暑》(《全唐诗》卷五三〇)重复,但这里姑且将其作为杜牧的作品。两首诗之间有少许文字差异。

词是为了象征安闲自适的身体。我们若要正确地把握中文"欹枕"的语义，那么杜牧与齐己诗中的用例是必须特别强调的。

作为论据的第三点，是关于"欹枕"的对句表现。如果仔细整理一下唐诗中"欹枕"的用例，就可以发现各种各样的对句模式。在这些例子当中，也有像前引白居易《东楼竹》《香炉峰下新卜山居草堂初成偶题东壁五首》其四那样，将"枕""帘"作为对语吟咏的作品；而更应当注意的，是与"欹枕"相呼应的不及物动词用法的对句表现：

松风欹枕夜，山雪下楼时。（杜荀鹤《送紫阳僧归庐岳旧寺》，《全唐诗》卷六九一）

惊梦缘欹枕，多吟为倚廊。（韦庄《和郑拾遗秋日感事一百韵》，《全唐诗》卷六九七）

旅馆移欹枕，江城起倚楼。（黄滔《河南府试秋夕闻新雁》，《全唐诗》卷七〇六）

直在引风欹角枕，且图遮日上渔船。（徐夤《溪上要一只白篦扇盖头垂钓去年就节推侍御请之蒙惠一柄紫花纹者虽则鳞华具甚纰薄不及清源所出因就南郡陈常侍请之遂成拙句》，《全唐诗》卷七〇八）

夜静倚楼悲月笛，秋寒欹枕泣霜砧。（刘兼《秋夕书怀》，《全唐诗》卷七六六）

欹枕松窗迥，题墙道意新。（贯休《刘相公见访》，《全唐诗》卷八三〇）

在这些诗歌作品中，"楼""廊""渔船""墙"各个名词，仅仅表示其前面的动词所生成的动作最终到达的点。用日语来说，都应当译作"在（某场所）做（某动作）"的语意。这虽然不能作为直接证据证明"欹枕"也采用了同样的结构，但是作为"欹卧在枕上"这种解释的补充材料，我想还是不能忽视的。与"欹枕"对语的词语，虽然大多数都是及物动词（transitive verb）与普通名词（common noun）的结合，即对"某事物做某动作"，但是像上述所引诗句显示的那样，用宾语来表示动作、行为完成的场所的例子是存在的，这一点我们认为是在解释"欹枕"时必不可缺的视点。以往关于"欹枕"释义的论考，没有看到这些用例和用法（中文的动宾结构），结果就是其论述

49

的展开受到了限制。

　　支持我对"欹枕"语义见解的第四个要点,同时也是我认为最重要的根据,是在词汇层面。包括所谓的"闺怨诗""闲适诗",唐代诗人在诗中吟咏枕边的作品数量相当可观,在这些诗篇中,可以看到很多表示在枕边睡眠姿势的词汇。在采用"动词"+"枕"的组词结构的词组中,特别是作为不及物动词用法的例子,可以举出"侧枕""居枕""归枕""卧枕""伏枕""就枕""安枕""着枕""接枕""倚枕""依枕""眠枕""支枕"等。虽然除此之外可能还有别的例子,但是不及物动词的例子大约就是以上这些了。在这些常用词汇中,明确地表示侧卧在枕上的状态的,只有"侧枕"一例。"卧枕""伏枕"二语,虽然给人以某种睡眠姿势的印象,但是绝不意味着侧卧的样子。另外,表示凭枕("靠"在枕上)而卧的"倚枕"(仄仄)"依枕"(平仄),在表现诗人侧卧姿势方面,其意象效果就更加微弱了。在汉魏六朝至隋唐五代漫长的古典诗歌史中,表示侧卧枕边的常用诗语,仅限于"侧枕"一例①,这个事实在与"欹枕"一语的关系方面,可以说是极为值得注意的。到了唐代以后,绝句、律诗、排律等近体诗型逐渐得到确立和普及,在这种严格遵守诗律的趋势中,与仄声(入声)字"侧"对应的平声字"欹"的出现,可以推测是必然的。故而可以判断,表示在枕边侧卧的诗语,包括在近体诗中所使用的场合,至少有"侧枕"(仄仄)和"欹枕"(平仄)两种类型。作为参考,我把白居易的七言律诗《香炉峰下新卜山居草堂初成偶题东壁五首》其四作为声律的例子解释如下("○"表示平声〔不变化的音调〕,"●"表示仄声〔变化的音调〕)。

　　我们可以理解,在平起式(正格)七言律诗的颔联中,与"拨帘"(仄平)相对的语言,必须是"欹枕"(平仄)。如果这里配"侧枕"(仄仄)一语的话,完美的格律样式就会瓦解。如果我们这样认为,白居易配以"欹枕"一语,可以说是有意识选择的结果。从诗想、诗律两方面来看,与"拨帘"相对的诗语,都必须是"欹枕"。

---

①　与"欹枕"同义的"侧枕"的例子,可以举出"侧枕对孤灯,衾寒不成寐"(李群玉《登宜春醉宿景星寺寄郑判官兼简空上人》,《全唐诗》卷五六八)等。

第二章 "遗爱寺钟欹枕听"考——白居易诗语的意义

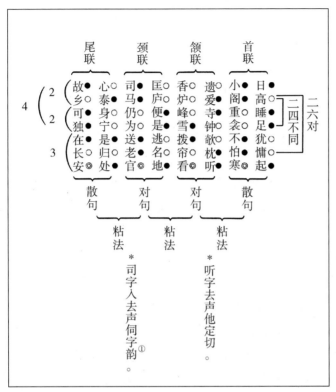

最后应当考察的第五个问题，是对于"枕欹"（名词＋动词）这一文学表现的分析。虽然前文已经将"欹枕"认定为不及物动词用法，但是唐诗作品中也存在着一定数量的"枕欹"，这一点我认为是阻碍我的观点成立的最大原因。因为"枕欹"一语，仅就字面意思，只能解释为"枕头倾欹"。但是将这些作品对照其上下文语境来读的时候，其意义似乎是"倾欹在枕上"。我们这样考虑的根据之一是以下诗例，即下文所记的四个例子中的"欹"（平声）全都被用作"韵脚字"。

热去解钳钛，飘萧秋半时。微雨池塘见，好风襟袖知。发短梳未足，枕凉闲且欹。……（杜牧《秋思》，《全唐诗》卷五二三）

……梅向好风惟是笑，柳因微雨不胜垂。双溪未去饶归梦，夜夜孤眠枕独欹。（唐彦谦《寄怀》，《全唐诗》卷六七二）

① 关于"司"字的声调（sì），参见宋代洪迈的《容斋随笔》卷一"司字作入声"条、明代胡震亨的《唐音癸签》卷二十四"诂笺九"。

51

……烟重回蕉扇,轻风拂桂帷。对碑吴地说,开卷梵天词。积水鱼梁坏,残花病枕欹。……(陆龟蒙《独在开元寺避暑颇怀鲁望因飞笔联句》,《全唐诗》卷七九三)

席帘高卷枕高欹,门掩垂萝蘸碧溪。闲把史书眠一觉,起来山日过松西。(处默《山中作》,《全唐诗》卷八四九)

如果仅看上述例子,则不可否认,为了用平声的共通韵母来押韵,"欹"和"枕"的顺序被倒转了。如果我们考虑到表示侧卧姿势的"欹枕"的用法广泛渗透和确立的事实,那么这些"枕欹"被解释为"侧卧在枕上",可以认为是很自然的①。另外,"枕欹独听残春雨,梦去空寻五老云"(李中《吉水县依韵酬华松秀才见寄》,《全唐诗》卷七四九)、"景晏枕犹欹,酒醒头懒栉"(崔子向《渚山春暮会顾丞茗舍联句效小庾体》,《全唐诗》卷七九四)二例,虽然未包含在押韵字的用法里,但从其对句表现、平仄配置(孤平)来看,如果解读为把枕头本身倾斜过来,则会不妥。与规范的散文语言用法不同,中国的韵文语言(特别是诗歌语言),在限制性很强的对句与诗律的框架内,是作为舒缓地调节诗人意象的手段而存在的②。诗歌这种富有弹性的语法结构,特别在近体诗的领域中变得更加明显。在考究"枕欹"的时候,其处于散文语境还是韵文语境的问题,可以说是把握"欹枕"一语释义的关键。或许可以说,"欹枕""枕欹"二语,充分象征了中国诗歌语言的特殊性质。

在本节中,我依次阐述了五个论点以支持关于"欹枕"释义的个人见

---

① 需要说明的是,本文所考察的对象是作为狭义"诗语(诗歌语言)"的"欹枕",并未直接提及作为"词语(填词语言)"的"欹枕"。"欹枕"所表示的侧卧姿势,虽然大致上可分为:悠闲的样子(悠然自适的状态);因忧愁而辗转反侧的样子(愁闷难眠的状态),但在词的世界中,更多是倾向于"因忧愁而辗转反侧的样子"这种释义而被使用的。另外,"欹枕"的原义,在词中有被扩大转化的可能性。如"晓月坠,宿云微,无语枕频欹,梦回芳草依依,天远雁声稀。……"(李煜《喜迁莺》,《全唐诗》卷八八九);"云髻坠,凤钗垂,髻坠钗垂无力,枕函欹。……"(韦庄《思帝乡》,《全唐诗》卷八九二);"……人不在,燕空归,负佳期,香烬落,枕函欹。……"(欧阳炯《三字令》,《全唐诗》卷八九六)。详参本书第45页注①岩城秀夫的论文。

② 作为诗歌表现的"枕欹"意为"欹枕"这一点,正文所引齐己的《秋夕书怀》可以充作旁证。

解。认为"把枕头倾侧过来"的旧解,结合唐代诗歌史、唐代诗语史的实际情况,是完全不能成立的。将枕头一直倾斜的行为,其本身已经包含了矛盾,如果这样解释的话,包含"欹枕"一语的很多作品的感情,就会发生性质上的改变。因为那些"欹枕",很多是被用来吟咏从束缚中解放出来的独善自足感(安闲、安眠的世界)。它并非指"把枕头倾斜过来"这种带有某种积极性的、能动性的行为,而必须是表示"侧卧在枕上"这种只需要最低限度的能量消耗就能达成的自足姿态。可以说,只有这样考虑,执着于创造闲适环境的白居易的情感,才能得到更为准确的理解。

四、唐代诗语史中"欹枕"与"拨帘"的产生与继承

中国文学中的诗语,从宏观来看,可以分为广义的诗语与狭义的诗语。前者意味着在诗歌作品中所使用的全部语言,后者指的是在散文领域中几乎不被使用的语言(比如特殊的意象或者在语音上被加以雕琢润饰的语言)。若根据这种标准,"欹枕"正可以被定位为是狭义的诗语(纯粹的诗语)。所以也可以说,"欹枕"一语被赋予了某种独特的意象含义。

在这里,我想就唐代诗语史中"欹枕"一词的产生与继承,主要从诗人与诗语关系的角度试做考察。关于一个诗语形成和继承的各个方面,是与语义确定的问题并行的;对于诗语的使用,是与诗人的个性和时代风潮紧密结合的,从某种意义上说,可以认为其真实地反映了文学史的潮流。通过语言以把握时代的研究方法,特别在唐诗这种发展完善的韵文体裁中,会是非常有效的。首先,我将列举在《全唐诗》中使用"欹枕"两次以上的诗人[①]。排列顺序大体上依照《全唐诗》:

李端(2次)、司空曙(2次)、权德舆(4次)、刘禹锡(3次)、白居易(3次)、陆龟蒙(2次)、方干(8次)、罗隐(2次)、秦韬玉(2次)、郑谷(2次)、

[①] 只使用"欹枕"一次的诗人,有胡曾、杨凌、武元衡、元稹、杜牧、许浑、李商隐、薛能、贾岛、李频、司空图、唐彦谦、韦庄、黄滔、成彦雄、廖融、无可、皎然、广利王女、卢绛、李煜、后蜀主孟昶、温庭筠、魏承班、欧阳炯、耿玉真(以上出自《全唐诗》)、张祜、韦洵美(以上出自《全唐诗外编》)等。

韩偓(3次)、吴融(3次)、杜荀鹤(3次)、徐夤(2次)、李中(2次)、刘兼(5次)、贯休(3次)、齐己(2次)、冯延巳(3次)。

从上述列举的诗人中可以发现,爱好"欹枕"一语的诗人,大多活跃在中唐时期至晚唐时期。特别是可称之为晚唐核心诗人的陆龟蒙、方干、罗隐、郑谷、韩偓、吴融、杜荀鹤等,全都使用过"欹枕",从中也可以看出,这个诗语的流行是在唐代后半期,这是无可否认的。另外,传世作品总数很少的方干与刘兼(即所谓的小众诗人〔minor poet〕),分别使用了8次、5次"欹枕",这个事实也应当予以充分注意。因为这如实地显示了这个诗语在晚唐诗坛的渗透力之强。杜牧和李商隐各使用过1次"欹枕",这使我的推测变得更加确实。如果考虑到未能传承下来的、散佚了的中晚唐时期数量庞大的诗歌作品,几乎可以肯定,当时的诗人已经十分爱用"欹枕"一语了。

在中国中古诗歌史中,最早使用"欹枕"这一诗语的,是名列"大历十才子"的李端和司空曙①。他们各使用过两次"欹枕",其大部分采用了严格的对句样式:

<u>欹枕</u>鸿雁高,<u>闭关</u>花药盛。(李端《赠薛戴》,《全唐诗》卷二八四)

<u>欹枕</u>闻鸿雁,<u>回灯</u>见竹林。(李端《宿山寺思归》,《全唐诗》卷二八五)

闻蝉昼眠后,<u>欹枕</u>对蓬蒿。(司空曙《闲园书事招畅当》,《全唐诗》卷二九二)

长簟贪<u>欹枕</u>,轻巾懒<u>挂头</u>。(司空曙《苦热》,《全唐诗》卷二九三)

在李端等人以前,虽然有传为李白所作的《清平乐三首》其二"<u>欹枕</u>悔听寒漏"的例子,但是这首"词"被认为是五代时期的伪作②,所以我还是认为李端、司空曙的诗句,是"欹枕"的最早用例。虽然在过去的唐诗注释中,

---

① 大历时期的诗人杨凌也有"中禁鸣钟日欲高,北窗欹枕望频搔。相思寂寞青苔合,唯有春风啼伯劳"(《即事寄人》,《全唐诗》卷二九一)的诗句。

② "《绝妙词选》曰:唐吕鹏《遏云集》载太白应制词四首,以后二首无清逸气韵,疑非太白所作,故只存其二。胡应麟《笔丛》曰:太白《清平乐》盖五代人伪作,因李有《清平调》,故赝作此词传之。"(清代王琦注《李太白全集》卷三十"诗文拾遗")

有只强调白居易用例的倾向,但若是参考诗语的发展轨迹,白居易并非"欹枕"的创始者,只不过是一个继承者罢了。以韩翃、卢纶、钱起、李端、吉中孚、司空曙、苗发、崔峒、耿湋、夏侯审为代表的"大历十才子",不仅因整顿(特别是律诗)韵律的功绩受到高度评价,而且他们在新诗语的开发方面,也取得了令人瞩目的成绩。"欹枕"可以认为是一个典型的例子。

始于"大历十才子"的"欹枕",其后被以白居易(3例)、元稹(1例)、刘禹锡(3例)、武元衡(1例)、贾岛(1例)等所代表的中唐诗人所继承,到了晚唐,又为更多的诗人广泛使用。这种潮流,扩大到了无可(1例)、皎然(1例)、贯休(3例)、齐已(2例)等所谓"诗僧"的群体中,从中可以观察到,这个诗语被更加普遍地接受了。对于晚唐诗人来说,"欹枕"这一诗语绝不是特殊的词汇——这从将"欹枕"(侧卧枕上)一语直接作为诗题的郑谷的作品(《全唐诗》卷六七六)中也可以清楚地窥知:

欹枕

郑谷

欹枕高眠日午春　酒酣睡足最闲身
明朝会得穷通理　未必输他马上人

"欹枕高眠日午春,酒酣睡足最闲身。"这首诗吟咏了春天时节,侧卧在枕上熟睡到昼午的境遇,与从早朝开始就必须去宫里执勤的官吏("马上人")的生活对比,显然这就是白居易所说的"闲适世界","欹枕"可以说是作为"闲适世界"的表象而被使用的。在唐诗中,以"欹枕"为题材(并非素材)的作品,仅限于郑谷这一首,但当我们考察诗人群体中诗语"欹枕"的确立和使用问题时,这首诗是不可忽视的。

自"安史之乱"以后的唐代后半期,诗歌中普遍使用大量的俗语词汇。与这种俗语化现象不同,"欹枕"似乎在别的意义上反映了唐代诗语史的另一个侧面。可以说,唐代后期的诗人们对于闲适世界的志求和憧憬,其必然结果是更强有力地促进了诗语"欹枕"的流行。与此相关,中唐以来,吟咏作为自足状态的睡眠环境的作品增加了,这一点必须要特别注意。可以说题材的扩大深化,自然促进了新的诗语的出现和确立。

与论述"欹枕"这一诗语的含义相关,必须要叙述的另一个问题,就是与"欹—枕"相似的各种变化了的表现形式。唐诗中的"欹枕",分别吟咏于以一句为单位和两句为单位(对句)的诗中,而见于后者的对语模式,是极为多样的。与"欹枕"相似的表现形式,大部分都是及物动词的用法,主要可以举出"卷帘""闭关""回灯""上帆""抱琴""杖藜""持杯""覆棋"等。以整体倾向而言,"欹"与"卷(捲)"、"枕"与"帘"的表现形式更多。还有一个形式,就是在前一节中提到的不及物动词用法。"挂头""棹舟""下楼""倚廊""倚楼""题墙"等,在严密的对偶结构中是与"欹枕"对应的。可以说,在解释"欹枕"语义的时候,这些不及物动词的用法是不能被忽视的。可以认为,"欹枕"的表现形式,通过与五言律诗、七言律诗这些唐代后期的流行诗型并用,飞跃式地大量创作出来。同时,重视对偶表现的律诗的流行,也使得"欹枕"的表现形式变得复杂且丰富,这是不可否认的。可以判断,中国古典诗歌中的诗语,不仅从题材方面,而且从诗歌样式方面,也受到了一定的影响。

前文已经说过,白居易不是"欹枕"一语的创始者。当这个诗语被大历年间的主要诗人开始使用的时候,白居易还是一个不满八岁的孩童。仅就这个词汇而言,白居易和元稹、刘禹锡等一样,只不过是早期的继承者罢了。在《白氏文集》里,可以看到"拂枕""伏枕""推枕""抱枕""转枕""侧枕""卧枕""高枕"等诗语,"欹枕"可以说是作为这些具有共同特点的词汇之一而被使用的。如果从白居易造词这个角度来说,那么造的词并不是"欹枕",而一定是"拨帘"。虽然在《全唐诗》里有着各种各样的关于帘的表现形式,但是除白居易的《香炉峰下新卜山居草堂初成偶题东壁五首》其四以外,"拨帘"的例子一个也找不到。虽然表示打开垂帘的"开""褰""卷""卷(捲)""揭""拂""押"等动词,在唐诗作品中可以频繁看到,但是吟咏"拨"作为触及"帘"的动作的例子,却根本找不出来。在"遗爱寺钟欹枕听,香炉峰雪拨帘看"中,诗人配置了仄声的"拨"(入声)与平声的"欹"相对,遵守了七律的平仄规范。如果是仄声字的话,尽管其他如"卷""捲"(上声)"拂"(入声)"揭"(入声)也可以使用,但我们认为,白居易是故意在这里使用了"拨"字。其理由恐怕也是与"欹枕"之语义密切相关的。侧躺在枕上的这个行为,意味着不会消耗能量的"安闲自适"的境界。紧接着的"拨帘"动作,并不是起床后(从床上爬起来)把帘子好好卷起来的积极动作,而一定是以消极的动作即能马上达成的行为。侧卧在枕上的白居易,保持着睡觉的姿势,把旁边窗户上悬挂的帘子(可能是防寒用的),用单手拨上去了①。通过"拨"这个充满弹性的动作,将帘子的下半部分斜抬起来,躺在床上的诗人透过窗户凝望着积雪的北香炉峰。只有这样解释,吟咏独善、自足、安眠、安逸的诗趣,才能更加准确地传达给读者。如果把二语解释为"倾斜枕头""卷起帘子"的话,白居易所追求的那种伴随着"慵""懒"气氛的"独善自足"的环境,即闲适的妙趣就无法体会到了。"欹枕""拨帘"的巧妙使用,清晰地映照出白居易对诗语严格选择的个性。

五、结语

本章的论述以检索《全唐诗》得到的个人笔记为基本资料,就"欹枕""拨帘"的语义确定及其在唐代诗语史中的产生及继承这两点进行了考察。另外,与此并行,我还谈到了对白居易个人而言,"欹枕"这个诗语到底意味着什么的问题。如果将各节中展开的论述做一番整理的话,大约有以下五点:

1. 关于"欹枕"的语义,有于枕上侧耳倾听和把枕头本身倾过来两种说法,但从用例、词汇以及语法层面分析、归纳的话,不管哪种说法都有很多矛盾点和不自然的地方,可以认为是难以成立的误译。

2. 动宾结构的"欹枕",是不及物动词(在某处做什么)的用法,表示侧卧于枕上的诗人的安眠姿势。因此,如果训读的话,不应当训读为"将枕倾侧",而应当训读为"倾侧于枕""侧卧于枕"。

3. 在现存资料中"欹枕"的最早用例,是李端、司空曙、杨凌等大历年间诗人的作品,白居易可以被定位为该诗语的继承者。另外,该诗语的使用次数,中晚唐时期在诗人社会中急速地增加,到唐代后期已经不是特殊的词语了。

4. 白居易创造的诗语(所谓造语),是作为"欹枕"之对语而使用的"拨

---

① 关于"拨帘"的语义与用法,中岛和歌子《白居易诗语"拨帘"接受考》(《和汉比较文学》第13号,1994年7月)有详细的论述,可一并参看。

帘",可以下结论说,"拨帘"是《全唐诗》中找不出第二例的极其特殊的诗语。

5. 对于白居易来说,"欹枕"(侧卧在枕上)、"拨帘"(把帘子一下子拨上去)二语,更好地象征了通过独善、自足、安眠、安逸所达成的身心"当下自足"的环境,具有特别的意义。

白居易最为忌讳和厌恶的,是在各种环境中趋于极端的偏重性(偏颇的感觉)。他的这种个性,在"居易""乐天"的名和字中最为贴切地表现了出来。可以观察到,白居易不管是作为文学家、政治家,还是作为家庭的成员,都是极为珍视"常识"与"平凡"的价值并以此为准则而生活的人。在他的人生中,睡眠(一方面也与他病弱的体质有关①)具有重要的意义。对于白居易来说,睡眠意味着精神和肉体的安定与充足。"闲"且"适"②的时候,白居易似乎更多是在睡眠的环境中。如果考虑到白居易的睡眠环境,他使用、创造"欹枕""拨帘"等诗语,不妨说是必然的结果。虽然除白居易外,也有相当数量的诗人多次使用"欹枕"一语,但是只有白诗的用例(3例)为世人所强调,这从另一个方面暗示了白居易闲适文学的比重之大。白居易的诗文,似乎亦是作为唐代后半期的一个规范而存在着的。

---

① 关于疾病对白居易诗文的影响,参考本书"本论二:衰老与疾病"第六章、第七章。

② 关于白居易诗歌中"适"境(自适、舒适的境地)的独特性,参考松浦友久著作选二《陶渊明白居易论——抒情与说理》《白居易"适"的意义——以诗语史的独特性为基础》(研文出版社,2004年6月)。

第三章

白居易与姿势描写
——视点下降的意味

一、序

从古代到现代,汉民族都是一个对人的"身体样态"至为敏感的民族。身体所显示的各种各样的姿势、表情、举动,与国家的社会性价值牢固地结合在一起,形成了中国独特的文化。这种对于身体的关注,在封建士大夫(读书人)社会中表现得尤为明显,冠婚葬祭等礼仪场合自不必说,在其他场合中人们的举止动作,也都受到细致且严格的规定。《礼记》等文献详细的社会性、民族性的举止规定,可以说对中国诗人的身体观产生了深刻的影响。在《先秦汉魏晋南北朝诗》(全三册)、《全唐诗》(九百卷)、《全唐诗补编》(全三册)中可以看到的数量庞大的身体表现、姿势描写的诗句,就是再好不过的佐证。

一般来说,中国历代诗人都积极地吟咏身体,特别是中唐时期的白居易,可以定位为这方面的典型。如果把白居易诗文中关于身体表现的词语全部删去的话,那么白居易式的诗情和诗境,就会瞬间发生性质的改变[①]。因为白居易对于自己的"身""心"状态比别人更加敏感,所以对人的姿势及其背后支撑姿势的心性,他也是诗人中最有感触的。因此,"身体论"("身心论")是解读白居易诗性的要点之一,并以此为前提,我想就白居易文学

---

① 参考本书绪论、第一章及第二章。

中的"姿势①"与"诗想"之关系,试作集中分析。《白氏文集》中喜好吟咏何种身体姿势？吟咏姿势的方式有何特色？各种姿势描写与诗人认识世界的方法有何关联？联系闲适诗与姿势描写的是什么？等等。我在确认以上具体论点的同时,还想就白居易身体论之一环即姿势描写的意义,尝试加以考察。

二、姿势描写的特色与倾向

白居易的身体表现,着实呈现出复杂的样貌。他所吟咏的生理性的"身体",并不仅仅指封闭于皮肤内侧的肉体,而是如网状延伸到人的感情、精神、生活、社会等各领域。白居易诗中的"身体",很多采用了精巧细密的对偶表现,且又与多种多样的皮肤感觉相结合而被吟咏。对于白居易来说,身体与感觉直接联结,感觉又与世界本身相联结。通过这些丰富的身体表现,特别是姿势的描写,可以看出,白居易的诗歌才能得到了最有效的发挥。白居易对于身体偶然流露的姿态、倾向和动作所表现出的敏感的诗性,就算将考察范围限定于收录在《唐诗选》中的几首著名作品,也是很容易能看出来的。象征了某种感情的一瞬间的身体姿势,被这位诗人以精准的眼光恰到好处地截取下来,定格为律动的诗歌语言。作为参考,我想引用"讽谕""感伤""律诗"部中所收的四首名作的对应部分：

新丰老翁八十八,头鬓须眉皆似雪。玄孙扶向店前行,右臂凭肩左臂折。……夜深不敢使人知,自把大石锤折臂。张弓簸旗俱不堪,从此始免征云南。……(《新乐府五十首》其九《新丰折臂翁》,元和四年[809],38岁,长安)

……春寒赐浴华清池,温泉水滑洗凝脂。侍儿扶起娇无力,始是新承恩泽时。……君王掩面救不得,回看泪血相和流。……

---

① 关于"姿势"的语义,新村出编《广辞苑》第四版(岩波书店,1994年9月)定义为"身体的姿态；临事的态度"。松村明编《大辞林》(三省堂,1989年11月)定义为"身体的姿态；面对事物的姿态、态度"。本书以这些记述为参考,将"姿势"定义为"静止的身体姿势",将"姿态"定义为"包含了某种动作的身体姿态"而使用。

闻道汉家天子使,九华帐里梦中惊。揽衣推枕起徘徊,珠箔银屏迤逦开。云鬓半偏新睡觉,花冠不整下堂来。风吹仙袂飘飘举,犹似霓裳羽衣舞。……(《长恨歌》,元和元年〔806〕,35 岁,盩厔)

……千呼万唤始出来,犹抱琵琶半遮面。……低眉信手续续弹,说尽心中无限事。轻拢慢捻抹复挑,初为《霓裳》后《六幺》。……曲终收拨当心画,四弦一声如裂帛。……沉吟放拨插弦中,整顿衣裳起敛容。……感我此言良久立,却坐促弦弦转急。凄凄不似向前声,满座重闻皆掩泣。……(《琵琶引》,元和十一年〔816〕,45 岁,江州)

日高睡足犹慵起,小阁重衾不怕寒。遗爱寺钟欹枕听,香炉峰雪拨帘看。匡庐便是逃名地,司马仍为送老官。心泰身宁是归处,故乡可独在长安。(《香炉峰下新卜山居草堂初成偶题东壁五首》其四,元和十二年〔817〕,46 岁,江州)

一个新丰的老翁,为了逃避征兵,自己折断手臂,结果却活到八十八岁的高寿。他的左臂靠在玄孙的肩上,断而不全的右臂晃荡着,他缓缓地走向店前的姿态,浓缩了这个老人的全部人生。另外,如果不是熟悉女性心理与演奏手法的人,是绝对描写不出杨贵妃和凝神弹琵琶的歌妓的姿态的。还有,在贬谪地江州庐山,在枕边慵懒横卧或侧卧的姿势中,白居易重新发现了身心安闲自适的时空,显示出他已经摆脱了对都城长安的留恋和执着。这些诗作中所传递的情感,都蕴含在被扶持、站起、逡巡、坐、卧等姿势中,并准确地表达出人们鲜活的神情。就算费尽千言万语也表现不尽的不可见的心情,在微妙的、令人印象深刻的姿势描写中同样得到了清晰的描绘。白居易的诗人特性,在这种身体表现方面是超群的。

白居易诗中存留着大量且多样的姿势描写这一事实,也明确地证实了我的观点。从无数的身体表现中,如果我们提取出最基本的五种姿势描写[①],对其吟咏方式(动词用法)的概况进行分类和整理的话,则大致如下。顺便说一下,我的引用限定于与某种情绪或氛围结合的诗语,伴随时间(日

[①] 除此以外,虽然还有屈身、叩拜行礼的姿态描写(再拜、跪拜、拜迎、长跪、稽首、长揖、折腰、低腰等),但这些姿态所吟咏的状况(situation)是被限定的,所以我不打算直接提到它们。

期和时间)与空间(场所)被吟咏的用语则未被采纳。因为后者重要性很低且枚举不暇。

　　1. 表示"站立起来的姿势":立、起、兴……,独立、闲立、醉立、愁立、独起、醉起、强起、邃起、病起……,回头立、沉吟立、低眉立……

　　2. 表示"倚靠的姿势":扶、凭、倚、依、凭、支、隐、杖、拄、策……,斜倚、独倚、斜凭、困支。

　　3. 表示"坐着的姿势":端坐(端居)、闲坐、醉坐、独坐、晏坐、默坐、静坐、安坐(坐安)、禅坐(坐禅)、安禅、坐稳、箕踞……,箕踞坐、抱膝坐、搔首坐(坐搔首)、跏趺坐、向阳坐、对棋坐、看书坐、兀然坐、寂然坐、邈然坐……,负暄闭目坐……

　　4. 表示"横卧的姿势"①:卧、眠、睡、枕、寝、倒……,偃卧、仰卧、斜卧、闲卧、暖卧、醉卧、独卧、愁卧、稳卧(卧稳)、困卧、高卧、虚卧、安眠、闲眠、病眠、独眠、醉眠、醉睡、独睡、饱睡、枕帙、枕琴、安寝、醉倒、卧枕、卧安、卧病、卧疾、寝疾、欹枕、伏枕、高枕、抱枕……,负暄卧、支离卧、塌然卧、曲尺眠、对枕眠、安稳眠、向阳眠、枕臂眠、枕书眠、枕我衣、侧枕琴、卧向阳……,醉来枕麹……,卧读书取睡、转枕重安寝、枕帙移时睡、眠多枕酒后、卧枕一卷书、卧将琴作枕……,曲肱一觉醉中眠……

　　5. 以上四者分别重复的:起坐、扶起、倚坐(坐倚)、凭立、坐依、坐卧、寝兴……,起端坐、闲倚立、独倚立、独凭立、支颐坐、策杖立、坐复卧、卧还起……,悠然依坐、半酣凭起……,睡足起闲坐、醉依香枕坐、夜深起凭立、独眠仍独坐……

　　以上罗列的词语,通过与进一步表示身体行为的动词(仰、举、俯、低、拥、回、摇、引、欠伸、伛偻等)组合,创造出大量且复杂的诗歌表现。这使我们更加确认,身体所表现出来的各种各样的姿态,对于白居易的诗文来说是多么不可或缺的要素。其特色,在以上罗列的词语之丰富这一点上,也已经清楚地表现了出来。

　　作为考察白居易姿势描写的前提,必须要确认的一点是,在"立""倚"

---

① 顺便一提,表示隐栖的常用词汇和惯用表现,如卧云计、白云卧等全部省略,因为无法判断这些例子是否表示特定的姿势。

"坐""卧"四种姿势中,坐卧空间是以更为执着的态度被吟咏的。如果考虑到先天的病弱体质、因年龄增长导致的身体衰弱、一生未能改变的饮酒习惯等因素,或许也可以说是其必然现象。而白居易将其作为自己的文学基础,持续地吟咏这种时空,并探求其中的意义,是我们在研究白居易诗人形象时无法回避的问题。因"闲""安""稳""晏""虚""暖""醉""饱"等价值而被多次吟咏的坐卧姿势,最终是如何与白居易的诗情与诗想相通的?在以下各节中,我想结合具体作品,对这个问题进行更广泛、更深入的考察。

三、他者的身体姿势

白诗的身体姿势描写,大体可以分为描写他人的和描写自己的两类。本节中,我想以前者的作品为考察对象,试阐述若干见解。白居易所吟咏的他人身体的姿势,遍及社会各阶层的老幼男女,并且局部描写也十分细致。但是,这些用法大半都停留在个别的素材当中,而某个人的姿势、姿态成为一首诗整体主题的例子,就算加上《新乐府五十首》中的《胡旋女》《新丰折臂翁》《传戎人》,也几乎是找不出来的。

在对他人的姿势描写中,白居易最关注的是老人、女性、儿童。当然,虽然也有如"(刘伶)兀傲瓮间<u>卧</u>,(屈平)憔悴泽畔<u>行</u>"(《效陶潜体诗十六首》其十三)等以承载某种特定精神意象的姿势吟咏古人的例子,但从总占比来说,可以认为这些例子没有很大意义。在描写老人、妇女、孩子的大量诗例中,有一首用细致的身体表现和姿势描写吟咏农村母子的作品:

  田家少闲月,五月人倍忙。夜来南风起,小麦覆陇黄。<u>妇姑荷箪食</u>,<u>童稚携壶浆</u>。相随饷田去,丁壮在南冈。<u>足蒸暑土气</u>,<u>背灼炎天光</u>。力尽不知热,但惜夏日长。<u>复有贫妇人</u>,<u>抱子在其傍</u>。<u>右手秉遗穗</u>,<u>左臂悬弊筐</u>。听其相顾言,闻者为悲伤。家田输税尽,拾此充饥肠。今我何功德,曾不事农桑。吏禄三百石,岁晏有余粮。念此私自愧,尽日不能忘。(《观刈麦》,元和二年〔807〕,36岁,盩厔)

这是收于《白氏文集》卷一("讽谕"部)的作品,描写了在炽热的阳光下苦于劳动、苛税和饥饿的农民。这首诗的主题,概括在最后六句的"惭愧之情"中。而在诗中描写的母子的姿势,作为唤起这种感情的载体,形象非常鲜明和强烈。她们的站姿与阴历五月闷热的"皮肤感觉"紧密结合,成功地给读者留下难忘的鲜明形象。同样的诗例,在专门吟咏其骨肉至亲的作品中也可以比较容易地找出来。诗人白居易的视线,也毫无保留地注视在其最爱的孩子们的姿势上。

有侄始六岁,字之为阿龟。有女生三年,其名曰罗儿。一始学笑语,一能诵歌诗。朝戏抱我足,夜眠枕我衣。……(《弄龟罗》,元和十三年〔818〕,47岁,江州)。*枕字,动词,旧读去声。

行年欲四十,有女曰金銮。生来始周岁,学坐未能言。……(《金銮子晬日》,元和五年〔810〕,39岁,长安)

学人言语凭床行,嫩似花房脆似琼。才知恩爱迎三岁,未辨东西过一生。……(《重伤小女子》,元和十年〔815〕,44岁,长安)

怜渠已解咏诗章,摇膝支颐学二郎。……(《闻龟儿咏诗》,元和十三年〔818〕,47岁,江州)。*二郎,白居易也。

……空销闲岁月,不见旧亲知。唯弄扶床女,时时强展眉。(《新秋》,元和十四年〔819〕,48岁,忠州)

……便留朱绂还铃阁,却著青袍侍玉除。无奈娇痴三岁女,绕腰啼哭觅银鱼。(《初除尚书郎脱刺史绯》,元和十五年〔820〕,49岁,忠州)

在这些诗中,白居易和三个孩子(金銮子、罗儿、阿龟)之间的交流,超越了千百年的时间阻隔,宛如眼前的风景般在读者面前复活了。被细致地勾勒出来的幼儿特有的姿态,可能是使白诗中蕴含的情感更容易被接受的最大原因。抱着脚的姿势、玩累了枕着衣服睡的姿势、刚学会坐的姿势、扶着床小心翼翼走的姿势、摇着膝盖并托着下颌学作诗的姿势等,每首诗都在细致且真挚地描绘着可爱的、充满生命力的孩子。而每一个个性化的姿势,作为白居易特有的诗情的源泉,都是不可或缺的。

白居易的视线,在对于他者的身体姿势描写中,更多地集中于老人、妇女、幼儿身上,因为这三类人映射的都是异样的样貌、奇特的形象。极端而言,也可以说这些人的种种"身体形象",是与士大夫阶层(被视为中国社会的模范、处于中华文化引导者地位)的"身体形象"①大相径庭的。白居易在《秦中吟十首并序》其五《不致仕》中,将老态毕露却不肯引退的政府高官杜佑讽刺为"可怜八九十,齿堕双眸昏""金章腰不胜,伛偻入君门",诗句中的讽刺,只有在这种围绕身体的语境(context)中阅读,才能得到更加准确的理解。对于姿态、姿势至为敏感的白居易来说,老衰、异性、未"成人"(即作为人而完成〔成就〕的存在)的身体,一直是令其抱有强烈兴趣的对象。

四、自己的身体姿势

作为真实的、能唤起内发诗情的素材,白居易的姿态描写当然也面向自己的身体。从贞元五年(789)18 岁②到会昌六年(845)75 岁③,白居易毫无间断地吟咏了自己众多的身体姿态。其作品数量,远远超出描写他人身体的作品数量。白居易凝视着自己每时每刻不断变化的身体,吟咏出凝于一刹那间姿势中的微妙感情。在遍及白诗所有体裁的大量作品中,首先应当提及的,是单一的姿势因蕴含重要意义而被描写的例子。在传唱度较高的诗歌中,我想引用四首七言绝句,举例如下:

慈恩春色今朝尽,尽日徘徊倚寺门。惆怅春归留不得,紫藤

---

① 在科举制度里,"吏部试"的审查标准"身言书判"旁证了这一点,需要特别注意。"凡吏部、兵部文武选事,各分为三铨,尚书典其一,侍郎分其二。……其择人有四事,一曰身,取其体貌丰伟。二曰言,取其词论辩正。三曰书,取其楷法遒美。四曰判。取其文理优长。四事可取,则先乎德行,德均以才,才均以劳。……"(杜佑撰《通典〔全五册〕》卷十五"选举三",中华书局,1988 年 12 月)。

② "久为劳生事,不学摄生道。年少已多病,此身岂堪老。"(《病中作》,贞元五年〔789〕,18 岁)

③ "寿及七十五,俸沾五十千。夫妻偕老日,甥侄聚居年。粥美尝新米,袍温换故绵。家居虽湫落,眷属幸团圆。置榻素屏下,移炉青帐前。书听孙子读,汤看侍儿煎。走笔还诗债,抽衣当药钱。支分闲事了,把背向阳眠。"(《自咏老身示诸家属》,会昌六年〔845〕,75 岁,洛阳)

花下渐黄昏。(《三月三十日题慈恩寺》,永贞元年[805],34岁,长安)

草草辞家忧后事,迟迟去国问前途。<u>望秦岭上回头立</u>,无限秋风吹白须。(《初贬官过望秦岭》,元和十年[815],44岁,长安至江州途中)

把君诗卷灯前读,诗尽灯残天未明。<u>眼痛灭灯犹暗坐</u>,逆风吹浪打船声。(《舟中读元九诗》,元和十年[815],44岁,长安至江州途中)

槐花雨润新秋地,桐叶风翻欲夜天。尽日后厅无一事,白头老监枕书眠。(《秘书后厅》,大和元年[827],56岁,长安)

上引诗中所展现的四种姿势,直观地映照出了彼时、彼环境中白居易的人生一面:多愁善感地度过的30多岁,在左迁流谪中受苦的40多岁,步入吏隐独善的50多岁等。这些身体姿势与其说是肉体的姿势,不如命名为精神的姿势更为合适。

并且,这种创作风格,在同时期吟咏多个不同姿势的诗篇中,也得到了延续。一般来说,在描写两种姿势的诗句中,使用"立←→眠""坐←→卧、眠、睡""坐←→立、起""卧←→扶""卧←→起"等对句的例子很多,特别是"坐←→眠"的对句形式,是白居易常使用的。需要注意的是,白居易将三种以上的姿势总括起来表现的作品。如:《闲居》(暖卧、睡、拥、支双臂);《朝归书寄元九》(拜、卧、睡、起坐、独眠、独坐);《郡亭》(起、卧、坐、凭);《病中友人相访》(卧、扶、起、行、倚);《赠梦得》(坐倚、卧);《即事》(坐、眠、倚);《新制绫袄成感而有咏》(拥、坐、行、卧、睡);《病中赠南邻觅酒》(卧、扶、抬);《强起迎春戏寄思黯》(杖、扶、强起、蹇跛);《闲乐》(坐、卧、倚、曲肱、眠);等等。

以上诗作,集中吟咏了多种多样的身体姿态,素材层面的姿态描写,对意象整体结构产生了深刻的影响。可以说,一个个聚集起来的姿势,完全支配了作品的主题。

白诗中的姿势表现,并非仅仅作用于"诗情",还是强有力支撑其独特"诗想"的基干。其典型的例子,就从上述诸诗中介绍三首如下:

空腹一杯粥,饥食有余味。南檐半床日,<u>暖卧因成睡</u>。绵袍拥两膝,竹几支双臂。从旦直至昏,身心一无事。心足即为富,身闲乃当贵。富贵在此中,何必居高位。君看裴相国,金紫光照地。心苦头尽白,才年四十四。乃知高盖车,乘者多忧畏。(《闲居》,元和六年[811],40岁,下邽)

  进入阁前拜,退就廊下餐。归来昭国里,人卧马歇鞍。却睡至日午,起坐心恬然。况当好时节,雨后清和天。柳树绿阴合,王家庭院宽。瓶中鄠县酒,墙上终南山。独酌仍独望,开襟当风前。禅僧与诗客,次第来相看。要语连夜语,须眠终日眠。除非奉朝谒,此外无拘牵。年长身且健,官贫心甚安。幸无急病痛,不至苦饥寒。以此聊自适,外缘不能干。唯应静者信,难为动者言。台中元侍御,早晚作郎官。未作郎官际,无人相伴闲。(《朝归书寄元八》,元和十年[815],44岁,长安)

  坐安卧稳舆平肩,倚仗披衫绕四边。空腹三杯卯后酒,曲肱一觉醉中眠。更无忙苦吟闲乐,恐是人间自在天。(《闲乐》,会昌二年[842],71岁,洛阳)

虽然这三首诗的创作年代和场所全都不同,但都是狭义的纯粹闲适诗。在诗中,倚、坐、卧的睡眠姿势,被置于"身""心""闲""适"的时空中心。心"足"、身"闲"的"富""贵"时空,是在晒太阳的场景中通过"绵袍拥两膝,竹几支双臂"的姿势实现的,而心"安"、身"健"的"自适""自在"境界,是在凭借"鄠县酒""卯后酒"而"曲肱①一觉醉中眠"的姿势中达成的。无须抵抗重力的这些姿势,在白居易式的闲适世界中,成了极尽情趣的前提条件。如前文所述,在白居易的诗句中,身体的姿势就是精神的姿态,也可以理解为面向自己所处其中的世界的姿态。他无比爱好并实践"坐禅"的事实,就很好地显示了这一点。

---

  ① 关于"曲肱眠"的姿势,可能是出自《论语·述而》的典故。两者的使用都是用于表示精神安定的姿势,这一点需要留意。"子曰,饭疏食饮水,曲肱而枕之,乐亦在其中矣。不义而富且贵,于我如浮云。"

五、姿势与诗想

关于姿势与诗想的关系,最后必须要探讨的是,作为题材的姿势表现的问题。与此相关的作品,在解明白居易的坐卧姿势所具有的意义方面,是不可缺少的。白氏的诗中,<u>诗题和诗文全都描写自己姿势</u>的作品,总计73首,如果将这些作品按照年龄段分类,则如下所示:

1. 15岁至29岁期间(1首):《寒食<u>卧</u>病》,29岁以前。

2. 30岁至39岁期间(4首):《独眠吟二首》,36岁以前;《禁中晓<u>卧</u>,因怀王起居》,36岁,长安;《隐几》,39岁,长安。

3. 40岁至49岁期间(17首):《春眠》,40岁,下邽;《村雪夜<u>坐</u>》,41岁,下邽;《村居<u>卧</u>病三首》,41岁至42岁,下邽;《昼寝》,42岁,下邽;《昼<u>卧</u>》,43岁,下邽;《夜<u>坐</u>》,同前;《暮<u>立</u>》,同前;《夜<u>坐</u>》,同前;《晏<u>坐</u>闲吟》,44岁,自长安至江州途中;《春寝》,45岁至46岁,江州;《睡起晏<u>坐</u>》,同前;《临水<u>坐</u>》,46岁,江州;《病起》,47岁,江州;《晓寝》,同前;《<u>卧</u>小斋》,49岁,忠州。

4. 50岁至59岁期间(19首):《自望秦赴五松驿马上偶睡睡觉成吟》,51岁,自长安至杭州途中;《闲<u>坐</u>》,51岁,杭州;《不睡》,同前;《舟中晚起》,51岁,自长安至杭州途中;《新秋病起》,52岁,杭州;《闲<u>卧</u>》,同前;《晏起》,53岁,洛阳;《<u>卧</u>疾》,同前;《临池闲<u>卧</u>》,同前;《北亭<u>卧</u>》,54岁,苏州;《晚起》,55岁,苏州;《偶眠》,56岁,长安;《北窗闲<u>坐</u>》,57岁,长安;《晨兴》,59岁,洛阳;《安稳眠》,同前;《晚起》,同前;《舟中夜<u>坐</u>》,同前;《日高<u>卧</u>》,同前;《晚起》,同前。

5. 60岁至69岁期间(27首):《水堂醉<u>卧</u>问杜三十一》,60岁,洛阳;《舒员外游香山数日不归兼辱尺书大夸胜事时正值<u>坐</u>衙虑因之际走笔题长句以赠之》,61岁,洛阳;《<u>卧</u>听法曲霓裳》,同前;《睡觉》,同前;《冬日早起闲咏》,62岁,洛阳;《睡觉偶吟》,同前;《初冬早起寄梦得》,同前;《饱食闲<u>坐</u>》,63岁,洛阳;《闲<u>卧</u>》,同前;《睡后茶兴,忆杨同州》,64岁,洛阳;《闲<u>卧</u>有所思二首》,同前;《新亭病后独<u>坐</u>招李侍郎公垂》,64岁至65岁,洛阳;

《隐几赠客》,65 岁,洛阳;《闲卧寄刘同州》,同前;《晓眠后寄杨户部》,同前;《秋雨夜眠》,同前;《秋凉闲卧》,66 岁,洛阳;《小台晚坐忆梦得》,同前;《晚起闲行》,同前;《三年冬随事铺设小堂寝处稍似稳暖因念衰病偶吟所怀》,67 岁,洛阳;《小阁闲坐》,67 岁至 68 岁,洛阳;《西楼独立》,68 岁,洛阳;《病中诗十五首》其二《枕上作》,同前;《病中宴坐》,同前;《卧疾来早晚》,69 岁,洛阳;《强起迎春,戏寄思黯》,同前。

6.70 岁至 75 岁期间(5 首):《闲坐看书贻诸少年》,71 岁,洛阳;《闲坐》,71 岁到 73 岁,洛阳;《道场独坐》,同前;《春眠》,69 岁至 74 岁,洛阳;《闲眠》,74 岁,洛阳。

概观之后,第一点可以指出的是,白居易对姿势的吟咏有着非同一般的执着。如果以相同标准来调查其他唐代著名诗人的创作情况的话,可以得到李白(9 首)、杜甫(13 首)、王维(2 首)、孟浩然(6 首)、韦应物(3 首)、韩愈(0 首)、柳宗元(2 首)、杜牧(5 首),李商隐(4 首)的结果,从中可以明显看出白居易(73 首)在数量上的突出。在与白居易并称为"韩白"的韩愈诗中,一个例子也检索不到①,这特别值得留意。可以认为,对韩愈来说,日常空间中自己的姿势——尤其是坐卧姿势,是无法成为主要的文学题材的。而与此相反,白居易因为先天虚弱的体质,从小与睡眠环境关系紧密。我认为,白居易对于坐卧空间的关注,既是原因又是结果,这使得诗人写出了许多优秀的咏眠诗、咏病诗、咏酒诗。前面提到的 73 首诗的大部分都在诗题中吟咏了自己的坐卧姿势,最为明晰地显示了这个事实。在坐卧姿势所具有的意义方面,"韩白"文学的差异是显而易见的。

作为整体倾向,第二点需要指出的是,白居易将坐卧姿势题材化的大部分作品都创作于洛阳。若对各诗的创作场所作一整理,就会发现:洛阳(41 首),下邽(10 首),江州(5 首),长安(4 首),杭州(4 首),赴任途中(3 首),场所不明(3 首),苏州(2 首),忠州(1 首)。这就很容易理解,对于洛阳时期的白居易来说,坐卧的时空具有何等重要的意义。我们可以得出结论:在洛阳的坐卧姿势,是阐释白居易闲适诗想的中心环境。

---

① 传为韩愈所作的《嘲鼾睡二首》(《韩昌黎集·外集》)是值得注意的诗篇。但是该作一是没有吟咏韩愈自身的姿势;二是伪作的可能性很高;三是从头到尾是虚构的荒唐无稽的内容。出于以上三点理由,我并不将其作为考察的对象。

不断地吟咏对人生思索的诗人白居易,是如何赋予坐卧姿势意义的?这又与其晚年在洛阳履道里创造的闲适世界如何相连?我想把焦点集中于这个问题,进一步详细分析以"坐、卧"姿势为题材的73首诗。

白居易的坐卧空间,正如"向阳坐""负暄卧""夜深坐""日高卧""坐稳卧安"等常用词汇所显示的那样,大多数都是以肯定性的价值含义而被吟咏的。虽然也存在着一定数量的社交性较强的怀友诗和述说独眠、病卧之忧愁的抒情诗,但在整体中所占的比重(不管是数量还是质量)是很小的。在白居易闲适类作品的诗想中,首先应当注意的,是将坐卧空间描写为对人生进行深刻"内省洞察"的环境的例子。在这些诗中,坐卧的姿势是使白居易的观察对象转向内心,使处于社会中的进取志向(想获得富裕、荣达、名声等的愿望)减退而发挥作用的,这一点很耐人寻味。白居易一方面在喧嚣较少的洛阳确认着自己能够"闲坐""闲卧"的幸福,同时对其原因,做着自我解答式的探求。

> 向夕褰帘<u>卧枕琴</u>,微凉入户起开襟。偶因明月清风夜,忽想迁臣逐客心。何处投荒初恐惧,谁人绕泽正悲吟。<u>始知洛下分司坐,一日安闲直万金</u>。(《闲卧有所思二首》其一,大和九年[835]①,64岁,洛阳)

> 权门要路足身灾,散地闲居少祸胎。今日怜君岭南去,当时笑我洛中来。<u>虫全性命缘无毒,木尽天年为不材</u>。大抵吉凶多自致,李斯一去二疏回。(同前,其二)

> 雨砌长寒芜,风庭落秋果。窗间有闲叟,<u>尽日看书坐</u>。书中见往事,历历知福祸。<u>多取终厚亡,疾驱必先堕。劝君少干名,名为锢身锁。劝君少求利,利是焚身火</u>。我心知已久,吾道无不可。所以雀罗门,不能寂寞我。(《闲坐看书贻诸少年》,会昌二年

---

① "立名按:此诗作于太和九年,时李训、郑注用事,丝恩发怨必报,尽逐二李之党。德裕既外贬,注又素恶京兆尹杨虞卿,构贬虔州,宗闵论救,亦坐贬。公于杨本姻亲,史称其恶缘党人斥,亟求分司东都,故有'当时笑我洛中来'之句也。'权门要路'及'李斯'等,盖指宗闵耳。可见公不特不附宗闵,亦并不私虞卿,久已洁身于二党之外矣。晚年恬退,遇人患难,悯然叹息,多见于诗,如闻甘露之变之类,要非幸人之祸也。甘露之变在是年冬。……"(清代汪立名编订《白香山诗集·后集》卷十三)

〔842〕,71岁,洛阳)

上引诸诗都是在悠闲、惬意的坐卧姿态中,直指人生哲理、自我价值的作品,白诗中常用的对比写作手法,得到了自由自在地运用。白居易将"他者与自己""失意与得意""长安与洛阳""祸与福""名与利"等对比,吟咏了能够客观观察长安的洛阳之意义,即虽然是有名无实的闲职,但充满实际利益的"东都分司"一职的价值和围绕人生的利害、得失的"基本原理"和"生活原理"。将摆脱政界名利束缚的生活方式总结为"吾道无不可",以绝对的自信加以肯定并且公之于众。我们可以推测,这种白居易式的自我确认、自我肯定,因大和九年(835)七月姻亲杨虞卿左迁虔州司马,和同年冬十一月造成了数千人死亡的"甘露之变"的发生,更加真实地被白居易切身感受到了。

其次应当提到的是,白诗的坐卧空间被叙述为"养病复苏"的环境。睡眠和饮酒是构成白居易闲适世界的两大要素,可以认为,他比任何人都透彻地了解睡眠与酒的效用。使身心复苏的安眠熟睡与引导睡眠的坐卧姿势,对于经历所谓"小病息灾"之人生的白居易来说,是无论如何也不可缺少的。白居易构筑的坐卧空间使脆弱的、易受伤的肉体和精神有所好转,有着特殊的意义。可以说,正是这个空间,成为白居易后半生持续创作闲适类文学作品的核心场所。

虚窗两丛竹,静室一炉香。门外红尘合,城中白日忙。<u>无烦寻道士,不要学仙方。自有延年术,心闲岁月长。</u>(《北窗闲坐》,大和二年〔828〕,57岁,长安)

官初罢后归来夜,天欲明前<u>睡觉时。起坐思量更无事,身心安乐复谁知</u>。(《睡觉偶吟》,大和七年〔833〕,62岁,洛阳)

暖床斜卧日曛腰,<u>一觉闲眠百病销</u>。尽日一餐茶两碗,更无所要到明朝。(《闲眠》,会昌五年〔845〕,74岁,洛阳)

枕低被暖身安稳,日照房门帐未开。<u>还有少年春气味,时时暂到睡中来</u>。(《春眠》,开成五年〔840〕至会昌五年〔845〕,69岁至74岁,洛阳)

充分展现白居易世界观的姿势描写,最重要的是那些将坐卧空间描绘为"身心融合"环境的作品。在研究白居易并解读白诗中坐卧姿势所具有的含意时,下面引用的诗篇几乎是必须参考的。假如没有使视点下降、使身体接近大地的坐卧姿势,区别主体的"精神"与客体的"肉体",并将二者整合为"身心一如""身心合一"的境界是完全不可能成立的。这些诗反复表明了这一点。

> 身适忘四支,心适忘是非。既适又忘适,不知吾是谁。百骸如槁木,兀然无所知。方寸如死灰,寂然无所思。今日复何日,身心忽两遗。行年三十九,岁暮日斜时。四十心不动,吾今其庶几。(《隐几》,元和五年[810],39岁,长安)

> 鸟鸣庭树上,日照屋檐时。老去慵转极,寒来起尤迟。厚薄被适性,高低枕得宜。神安体稳暖,此味何人知。睡足仰头坐,兀然无所思。加未凿七窍,若都遗四肢。缅想长安客,早朝霜满衣。彼此各自适,不知谁是非。(《晏起》,长庆四年[824],53岁,洛阳)

> 宦情本淡薄,年貌又老丑。紫绶与金章,于予亦何有。有时犹隐几,嗒然无所偶。卧枕一卷书,起尝一杯酒。书将引昏睡,酒用扶衰朽。客到忽已酣,脱巾坐搔首。疏顽倚老病,容恕惭交友。忽思庄生言,亦拟鞭其后。(《隐几赠客》,开成元年[836],65岁,洛阳)

上引三首诗化用了《庄子·齐物论篇》①《应帝王篇》②《达生篇》③中的著名典故,阐述了一种混沌的、忘却了"四肢五体"存在的境界。白居易所爱的"闲""适"的至高境界,是通过"隐"(凭靠)"几"而坐的姿势,或者"枕

---

① "南郭子綦,隐几而坐,仰天而嘘,嗒焉似丧其耦。颜成子游,立侍乎前曰:'何居乎?形固可使如槁木,而心固可使如死灰乎?今之隐几者,非昔之隐几者也。'子綦曰:'偃,不亦善乎,而问之也?今者,吾丧我,汝知之乎?汝闻人籁,而未闻地籁,未闻天籁夫。'"

② "南海之帝为儵,北海之帝为忽,中央之帝为浑沌。儵与忽时相与遇于浑沌之地,浑沌待之甚善。儵与忽谋报浑沌之德,曰:'人皆有七窍,以视听食息,此独无有。尝试凿之。'日凿一窍,七日而浑沌死。"

③ "田开之见周威公。威公曰:'吾闻祝肾学生。吾子与祝肾游,亦何闻焉?'田开之曰:'开之操拔篲以侍门庭,亦何闻于夫子。'威公曰:'田子无让,寡人愿闻之。'开之曰:'闻之夫子,曰:"善养生者,若牧羊然。视其后者而鞭之。"'威公曰:'何谓也?'田开之曰:'鲁有单豹者,岩居而水饮,不与民共利。行年七十,而犹有婴儿之色。不幸遇饿虎,饿虎杀而食之。有张毅者,高门县薄,无不趋也。行年四十,而有内热之病以死。豹养其内,而虎食其外,毅养其外,而病攻其内。此二子者,皆不鞭其后者也。'……"

一卷书"而卧的姿势得以实现的。白居易通过将全部"身""心"委付于这个时空,想要将人生中不可避免的欲望、妄念、烦恼、悲哀都加以克服。"……五欲已销诸念息,世间无境可勾牵"(《睡觉》)、"……不论烦恼先须去,直到菩提亦拟忘……"(《道场独坐》)、"往事勿追思,追思多悲怆。来事勿相迎,相迎亦惆怅。不如兀然坐,不如兀然卧……"(《有感三首》其三)等诗,正表明了这种诗想。

关于"坐卧"所带来的"忘我自适"的极致境界,下引三首诗的描写是值得注意的。它们都是白居易40多岁时所作的五言古体诗:

新浴支体畅,独寝神魄安。况因夜深坐,遂成日高眠。春被薄亦暖,朝窗深更闲。都忘人间事,似得枕上仙。至适无梦想,太和难名言。全胜彭泽醉,欲敌曹溪禅。何物呼我觉,伯劳声关关。起来妻子笑,生计春落然。(《春眠》,元和六年〔811〕,40岁,下邽)

后亭昼眠足,起坐春景暮。新觉眼犹昏,无思心正住。淡寂归一性,虚闲遗万虑。了然此时心,无物可譬喻。本是无有乡,亦名不用处。行禅与坐忘,同归无异路。道书云"无何有之乡",禅经云"不用处",二者殊名而同归。(《睡起晏坐》,元和十一年〔816〕至元和十二年〔817〕,45岁至46岁,江州)

杲杲冬日出,照我屋南隅。负暄闭目坐,和气生肌肤。初似饮醇醪,又如蛰者苏。外融百骸畅,中适一念无。旷然忘所在,心与虚空俱。(《负冬日》①,元和十四年〔819〕,48岁,忠州)

在《白氏文集》中,这三首诗被归类于卷六"闲适"、卷七"闲适"、卷八"感伤",但诗的内容均述说了在舒适的坐卧之中浑然忘我的意趣。对白居易而言,睡眠的时空是比"饮酒"的"酩酊"与"坐禅"的"冥想"更高的,能保

---

① 本诗的诗题中,虽然没有讲到具体的姿势,但是因为纯粹且详细地咏了"坐"的空间,所以我引用于此。

证"身""心""自适"境界的环境。而且,佛教的"行禅"与老庄的"坐忘"①,在归于一性、遗忘万虑这一点上,被白居易理解为是完全相通的。背晒冬日的阳光,静静闭目而坐的时候,"百骸"得以舒展,"一念"也转归空无。"肉体"与"精神"、"自己"与"世界"等主客分隔的界限消失了,难以形诸语言的"忘我"的境界得以显现。我们可以得出结论,使白居易强烈地感受到"身""心"的忘失、融合、安定的时空,恰如在《庄子·齐物论》中登场的南郭子綦②与庄周③一样,是处于坐卧的睡眠姿势中的。通常人们站立的时候,因身体和精神置于与世界应酬、对峙的紧张环境中,所以"个体我"的意识不得不更加强化和变得鲜明。面对从外界源源不断涌来的信息与刺激,必须动员所谓"五感"(视、听、嗅、味、触)全体,积极且主动地应对。人的意识变得多方面地面对外部世界,其结果使得身心衰弱和损耗。而与此相反,躺卧时因四肢活动停止,筋肉的紧张得以松弛,加之通过让视线最大限度地下降,使得自己的感觉器官,特别是担负了大部分信息收集工作的视觉器官不必招致兴奋和疲敝。在这种静谧、安稳的身心状况下,自我保护性和攻击性变得更弱,针对外界的"我"(与社会对峙的"自我")的坚壳溶解了,人们易于拥有自身与时空一体的和谐感。如果这个观点可以成立,那么,立→倚立→坐→倚坐→卧这种从"高"到"低"的姿势变化,对诗人白居易的空间意识与时间意识,应该都产生了超乎想象的巨大影响。白居易通过使自己的视点下降,成功地使"内省洞察""养病复苏""身心融合""忘我自适"的时空膨胀。在这个闲适世界中,时间的流动变得更加缓慢,空间被更加亲切地感悟到。白居易通过自己的坐卧姿势,最终得以完成洛阳→履道里→白家→卧室→床上这个隔离世俗世界的闲适世界。会昌六年

---

① "颜回曰:'回益矣。'仲尼曰:'何谓也?'曰:'回忘仁义矣。'曰:'可矣,犹未也。'它日复见曰:'回益矣。'曰:'何谓也?'曰:'回忘礼乐矣。'曰:'可矣,犹未也。'它日复见曰:'回益矣。'曰:'何谓也?'曰:'回坐忘矣。'仲尼蹴然曰:'何谓坐忘。'颜回曰:'堕肢体,黜聪明,离形去知,同于大通。此谓坐忘。'仲尼曰:'同则无好也。化则无常也,而果其贤乎!丘也请从而后也。'"(《庄子·大宗师篇》)

② 参看本书第72页注①。

③ "昔者,庄周梦为胡蝶。栩栩然胡蝶也?自喻适志与!不知周也。俄然觉,则蘧蘧然周也。不知周之梦为胡蝶与,胡蝶之梦为周与?周与胡蝶,则必有分矣。此之谓物化。"(《庄子·齐物论》)

(846），白居易去世前不久所作的闲适诗的最末两句，是"支分闲事了，把背向阳眠"（《自咏老身示诸家属》）。经过数十年的试错，终于实现的闲适的至极境界，通过"背朝太阳卧"这一白居易自身极具象征性的睡眠姿势，打上了终止符。

六、结语

从第一节到第五节，我就白居易诗中姿势描写的特点和意义进行了论述。各节共通的一点，是姿势、姿态与意识、感情以非常紧密的关系连接在一起。在身体表现方面拥有显著特色的白居易的诗文，其必然的结果，就是在姿势描写领域取得了惊人的成果。特别是退居洛阳后白诗中蕴含的"诗想"，通过保持低视角，反而获得了更为深刻的视线。下面我想把已经得到确认的几个论点，再做一番简单归纳。

1. 白居易是对身体姿势很敏感的诗人，可以从以下两点得到明确的证明：①《唐诗选》中所收的四首诗例；②《白氏文集》中保存着大量且多样的描写姿势的词汇（立、倚、坐、卧……）。

2. 关于他人姿势的描写，虽然遍及唐代社会所有的阶层，然而，对于老人、妇女、孩童的逼真描写特别值得注目。一个个富有个性的姿势描写，虽然从根底上支撑着白氏的诗情，但是其大多数还停留在作为局部的个别素材的用法。

3. 作为素材的白居易自身姿势的描写，大致上可以分为：单一的姿势描写；使用对句的两种姿态描写；三种以上的姿势描写。其大部分并不只是描写"身体的姿态"，同时也是在吟咏"精神的姿态"，并对一首诗整体的意象结构和诗想产生了深刻影响。

4. 白居易以自身姿势为题材的作品，总计达到73首，其中在洛阳的作品占41首之多。在这些诗中，与白居易的闲适时空相关联，使"身""心"放松的"坐、卧"姿势得到了淋漓尽致的描写。

5. 这种"坐""卧"空间，大体上可以区分为："内省洞察"的环境；"养病复苏"的环境；"身心融合"（"忘我自适"）的环境。对这三种环境类型的吟咏和表现,成为白居易阐明"闲适"诗想最核心的"场所"。

从政治权力的中枢、经济富裕的中心脱离出来,白居易将自己"生"的全部委付于独善、自足的时空。我们可以推察到,这个时空阐释了"孤高""独立""恬淡"等词语无法解释的复杂的心理矛盾。如果白居易自己有意的话,步入荣华富贵的道路也会是非常畅通的。但他凭借自己的意志拒绝了,把自己关闭在洛阳白家与世隔绝的环境中。孤独、忧郁、后悔、嫉妒、羡慕、矛盾、迷茫等各种各样的情绪袭向晚年的白居易,这是不难想象的。他将闲散的坐卧空间作为"身心融合""忘我自适"的世界反复吟咏。此外,对于天还未亮就起身去宫中供职的长安官僚们,他也数次表现出同情①。但人生是"得失一体"的,执着于坐卧姿势所产生的闲适时空(因视点下降带来的独善、自足的时空)的白居易与作为政治家的白居易相比,所失去的东西是极其多的。但是其反面,作为诗人的白居易,通过赋予自己的"生"以意义与价值,最终收获了数量庞大的"闲适诗"。坐卧的时空本身,并不是被幸福感和舒适感所充满的,而是通过诗歌的语言赋予其意义和价值的。于是白居易的闲适时空,才愈发膨胀,逐渐变得丰满和真实。可以说,白居易的"诗",是与他的"生"密不可分地结合在一起的。

---

① 比如"……缅想长安客,早朝霜满衣。……"(《晏起》);"……鸡鸣一觉醒,不搏早朝人。"(《晓寝》);"……禾里头前倾一盏,何如冲雪趁朝人。"(《日高卧》);"……一觉晓眠殊有味,无因寄与早朝人。"(《晓眠后寄杨户部》)等。

本论二

衰老与疾病

第四章

关于白居易"白发"文学表现的考察

一、序

对于白居易来说,诗歌是作为"抒情之器""赋活之具"而存在的。吟诗这件事,可以认为是与他的生存本身相结合的必需活动。我认为,白居易与诗歌的这种密切关系得以最淋漓尽致发挥的,是当他直面自己日渐衰老的肉体的时候。在身体老、病、衰、损的环境中,白居易创作出了大量希求自我复苏的白氏独特的咏病诗。

可以断定,在中国历代文人中,白居易是特别热心于将自己的衰貌和病态文学化的诗人。在本章中,我将在这个前提的基础上,主要就白居易"白发"文学表现[①]所带有的各种各样的问题,尝试从传记论、作家论、意象论、诗语论、诗材论的角度进行集中解读。

在白居易的自撰诗文集《白氏文集》七十一卷中,有大量的"白发"表现存在。一般而言,在中国古典诗歌传统中,"白发"是最普遍的诗歌素材之一,而白居易的"白发"诗,不管在数量上还是在质量上,都完全压倒了其他诗人。白居易在中国文学史上,可称之为"白发诗人之典型"。把白诗中频繁出现的"白发"描写提取出来进行专门分析,这不仅仅是关于唐代某一个作家的研究领域,而且对再度整理和确认此类作品的创作方法、构思、意象、修辞等也是有一定意义的。可以判断,在长达数千年的诗歌创作史中,以"白发"为素材的文学意象,通过研究诗人白居易所存留的数量庞大的

---

① 本章将诗题中有与白发相关的语言和整首诗都以白发为主题的作品,界定为"狭义"的白发诗。除此以外,将以白发为素材部分地叙述的作品,界定为"广义"的白发诗。本章使用的"白发表现""白发描写",是包含上述两者的综合概念。

"白发诗"(诗句),将得到极为有效的解明①。

二、白发诗的谱系

在中国古典诗歌的世界中,白发被集中地吟咏②,是从汉代开始的。在作者不详的"乐府古辞"和"古诗"中,白发经常被选取为素材,成为明确表示老龄与老境的诗语。逯钦立辑校《先秦汉魏晋南北朝诗》(中华书局,1983年9月)上册《汉诗》中收录的"发白复更黑,延年寿命长"(相和歌辞《长歌行》)、"吾去为迟,白发时下难久居"(相和歌辞《东门行》)、"愿得一心人,白头不相离"(相和歌辞《白头吟》)、"座中何人,谁不怀忧,令我白头"(杂曲歌辞《古歌》)、"努力崇明德,皓首以为期"(《李陵录别诗》)等诗句,形成了最初的作品群,这一点令人注目。此外,吟咏无法与男子"共白发"的弃妇之情的相和歌辞《白头吟》,对后世拟古乐府诗的意象产生了巨大影响,这一点是需要特别注意的。

在汉代以后,"白发"表现成了"叹老""怀忧"类抒情诗的必备要素,并为魏晋时期的诗人所继承。曹丕《短歌行》(《魏诗》卷四)的"人亦有言,忧令人老。嗟我白发,生一何早"、张载《七哀诗二首》其二(《晋诗》卷七)的"忧来令发白,谁云愁可任。徘徊向长风,泪下沾衣襟"、陶渊明《饮酒二十首》其十五(《晋诗》卷十七)的"宇宙一何悠,人生少至百。岁月相催逼,鬓边早已白"等,正是印证了这个谱系的确切例证。

以上素材层面的白发描写的增加,其必然结果,就是以"白发"本身为题材的作品登场。这就是所谓从局部的、个别的素材,到整体的、统一的主

---

① 这个领域的先驱性论文,有田口畅穗《论白居易的"嗟发落"诗》(《鹤见大学纪要第一九号第一部国语·国文学篇》,1982年3月)。该论文是与本章研究主题相关的并行研究,可一并参考。

② 个别的例子亦散见于《诗经》。《鲁颂·閟宫》有"黄发台背,寿胥与试"之语,郑笺云:"黄发台背,皆寿征也。"

题之展开。在现存所有的六朝韵文中,以白发为主题的作品①,可以举出晋代左思的《白发赋》(《历代赋汇·外集》卷十九"人事")、梁代何逊的《秋夕叹白发诗》(《梁诗》卷九)、北周庾信的《尘镜诗》(《北周诗》卷四)、陈代张正见的《白头吟》(《陈诗》卷二)、陈代孔范的《和陈主咏镜诗》(《陈诗》卷九)5首。这些作品虽然包含了"赋←→诗""徒诗←→乐府诗""咏发←→咏镜"的差异,但在通过白发叹息衰老、述说胸中所怀的忧愁这点上是共通的。到了唐代急速成熟的白发表现,毫无疑问是以这些作品为基础徐徐发展而来的。特别是晋代左思的《白发赋》,是将白发题材化作品的嚆矢,而梁代何逊的《秋夕叹白发诗》追随其后,这是极为值得注意的。另外,这两篇韵文在唐代的代表性类书——欧阳询撰《艺文类聚》卷十七"人部·发"中也有所言及。从这点可以推断,这两篇韵文在唐代读书人(士大夫阶级)中广泛流传。作为参考,我在这里引用何逊五言古体诗的全文:

秋夕叹白发诗

何逊(《梁诗》卷九)

丝白不难染,蓬生直易扶。
唯见星星鬓,独与众中殊。
昔年十四五,率性颇廉隅。
直是安被褐,非敢慕怀珠。
何言志事晚,疲拙婴殊躯。
逢时乃倏忽,失路亦斯须。
郊郭勤二顷,形体憩一庑。
涸蚌困鱼目,笼禽触四隅。
宵长壁立静,廓处谢欢愉。
月色临窗树,虫声当户枢。
飞蛾拂夜火,坠叶舞秋株。
逐物均乘鹤,违俗等双凫。

---

① 刘宋的鲍照《代白头吟》(《宋诗》卷七所收〔《文选》卷二十八中作《白头吟》〕),虽然诗题中包含白发,但诗中完全看不到具体的白发描写。诗的重点在假托弃妇,讲述人情之理,在严格意义上不能算是以白发为主题的作品(狭义的白发诗)。白居易的五言古诗《反鲍明远白头吟》,性质也与此相同。

故人倘未弃，求我谷之嵎。

总体来说，这些将白发作为诗歌题材的诗，与将其作为诗歌素材的诗相比，数量是极其少的。在六朝时期白发表现的大多数例子中，都是强调因"身体衰老""人生短促""怀才不遇"等触发的忧愁和悲哀的素材之一而被使用的。这个事实，也从相反的意义上使以白发本身作为题材的少数诗人的存在得到进一步的聚焦关注。

唐诗中出现的白发描写，达到了超过六朝诗的可观数量。就算仅限于一般流行的几种唐诗选集——《唐诗选》《三体诗》《唐诗三百首》等，我们也能马上找出很多关于白发的名诗、名句。诗中有"白发"一词的有：张九龄《照镜见白发》、刘希夷《代悲白头翁》、王维《叹白发》、骆宾王《帝京篇》《在狱咏蝉》、陈子昂《题祀山烽树赠乔十二侍御》、贺知章《回乡偶书》、王维《酌酒与裴迪》、李白《秋浦歌》（其四、其十五）和《将进酒》、杜甫《春望》《登高》、高适《除夜作》《醉后赠张九旭》、岑参《寄左省杜拾遗》《西掖省即事》《首春渭西郊行呈蓝田张二主簿》、刘长卿《送郑说之歙州谒薛侍郎》、包何《寄杨侍御》、钱起《阙下赠裴舍人》、卢纶《长安春望》《晚次鄂州》、武元衡《题嘉陵驿》、白居易《闻夜砧》《新丰折臂翁》《卖炭翁》、元稹《行宫》、许浑《秋思》、李商隐《无题》等，可以说这只不过是其中微小的一部分而已。可以认为，从初唐至晚唐的近三百年间，"白发"表现已经广泛、深入地植根于诗人中间。至六朝末期所积累的白发描写的种种可能性，随着诗文创作阶层的扩大，在质和量两方面都得到了急速地开拓。

纵观现存的唐代49469首作品、已判明的2955位作者，使用"白发"表现次数最多且成功给予这个诗材以新的开拓的，就是中唐第一文人白居易。白居易的白发诗，是与其诗文及文学理论本质相通的。在下一节中，我想就其论据做进一步详细介绍。

三、白居易诗中白发表现的占比

在白居易诗中，白发表现的比重之大，可以从三个方面得到明确的证明。首先必须要确认的一点是，白居易使用的与白发相关的词汇，具有令人惊异的丰富性。在"古典汉语"中表示白发含义的词汇,几乎全都被网罗在《白氏文集》中,这样说并非夸大其词。《白氏文集》集中了如此多种多样的白发描写,在其他诗人的创作中很难看到同样的倾向。从这一点来说,我认为在作家论的研究领域也是具有很大意义的。白居易在其一生中留下了数量庞大的"白发"诗,逐一调查这些用例,把握其语言表现上的特色,是在分析相应诗篇的意象结构之前,无论如何也无法回避的基础工作。白居易全部作品(韵文与散文)中出现的表示白发的词语,大致上可以整理如下。检索主要依据平冈武夫、今井清《白氏文集歌诗索引》(同朋社,1989年10月)与我的读书笔记。

1. 与身体相结合的白发表现:白发、万茎白发、白发新生、白发生一茎、白发两三茎、烂斑白发新、白发新更新、白发生无数、苍发、华发;白头、苍头、半白头、白尽头、头因感白、头日已白、黑白半头、头白、头半白、头班、头斑、头斑白、头新白、头还白、头尽白、头仍未尽白、头已白、头又白、头早白;白鬓、(雪)鬓、白双鬓、衰鬓色、双鬓白、两鬓斑、两鬓苍、鬓苍苍、两鬓苍苍、两鬓苍然、两鬓半苍苍、旅鬓寻已白、两边蓬鬓一时白、鬓~成斑、鬓~先白、鬓上斑;白首;白须、白须无一茎、争向白须千万茎、苍须、须白、须间白、须上些些白;白髭;白髯、(雪)髯;头鬓白;头上白发多、头上新白发、半头白发、头生白发、头垂白发、白发头、白发半头、白发垂头、白发平头、白发满头、白发生头;鬓毛已斑白;鬓发班、鬓发苍浪、鬓发茎茎白、鬓发各苍然、鬓发三分白、鬓后苍浪发、白发更添今日鬓;白髭须,髭须半白,髭须白一色、髭须白、髭须早白;须发转苍浪、须发斑、鬓毛斑、鬓毛不觉白毵毵、鬓毛已斑白、素毛如我鬓;须鬓各皤然、须鬓转苍浪;齿发日衰白;头鬓眉须皆似(雪)等。

2. 与比喻相结合的白发表现:鹤发、鹤毳;云;丝、白丝、素丝、新丝、素丝缕、一茎丝、数茎丝、一把丝、万茎丝、二分丝、半成丝、半是丝、几多丝、尽成丝、镜中丝、丝千万白;霜、霜白、秋霜、秋霜白、扑霜、几许霜、斑白霜、数茎霜、霜一色;雪、雪白、雪色、斑斑雪、雪千茎;冰;经霜蓬、霜蓬~三分白、丝雪、如雪复如丝;雪霜、霜雪、从霜成雪、雪多于霜等。

3. 其他的白发表现:白、斑白、衰白、垂白、皤、皤皤、皤然、二毛、二毛来、二毛新、二毛生、二毛年、三十生二毛、生二毛、小校潘安、已过潘安三十年等。

　　以上词语,虽然也有单独使用的例子,但是互相关联、互相重复使用的场合居多。白居易的白发表现,毫无遗漏地遍及"头""首""鬓""眉""髯""髭""须"等身体各部位,它通过与丰富的比喻性词语自由自在地组合,创造出了更加复杂的意象。另外,头发变白最早的部位是"鬓"部(左右耳际所生的毛发),这一点也不可忽视。

　　其次需要论及的事实是,在白居易2700余首诗歌里,可以看到相当数量的以白发为诗题或者题材的狭义白发诗。诗题中包含白发的如《上阳白发人》、《初见白发》、《白发》(《白氏文集》卷九)、《樱桃花下叹白发》、《白发》(《白氏文集》卷二十)、《白发》(《白氏文集》卷三十四)等,以白发为主题的如《照镜》、《叹老三首》其一和其二、《新磨镜》、《白鹭》、《湖中自照》、《对镜吟》、《老戒》,等等,都是其代表作。除此之外,还有冷静透彻地观察毛发脱落现象的《因沐感发寄朗上人二首》、《叹发落》、《感发落》、《和微之诗二十三首》其四、《和祝苍华》、《嗟发落》等诗篇,使我们再度理解了,对于白居易的人生与文学来说,白发有着何等重要的意义。甚至可以说,在白居易的文学中,白发诗本身已经形成了一个独立的作品类别。

　　在诗人与白发的关系问题上,最后也是最重要的一点是,白居易是一位对自己身体的变化和健康状况非常敏感的诗人。这位具有"生活日志式作品风格"的诗人,在数十年的漫长时间中,仔细地持续记录着自己肉体(毛发)的变化过程。吟咏白发的中国诗人虽然很多,但是持续地保持对白发表现的执着,同时以白发作为自己一生不变的创作对象的诗人,除了白居易以外几乎举不出第二例。白居易对于自身白发生成的全过程,做了着实认真且细致地叙述。这种不断重复的热情,甚至是一种执着的病态。以下大致根据年龄区分,介绍一小部分具有特征的描写:

　　1.30多岁言及的状况①:"……不觉明镜里,忽年三十四。……<u>白发虽未生</u>,朱颜已先悴。……"(《感时》,34岁,长安)、"……<u>到官来十日,览镜生二毛</u>。……"(《权摄昭应早秋书事寄元拾遗兼呈李司录》,35岁,昭应)、

---

① 需要留意的是,白居易在30多岁落发比白发早这个事实。在这一点上,"多病多愁心自知,行年未老发先衰。随梳落去何须惜,不落终须变作<u>丝</u>"(《叹发落》,贞元十七年[801],30岁,创作地点不明)这首诗,是值得特别注意的。

"白发生一茎,朝来明镜里。勿言一茎少,满头从此始。……"(《初见白发》,36岁到37岁,长安)、"年来白发两三茎,忆别君时髭未生。……"(《寄陈式五兄》,39岁,长安)。

2.40多岁言及的状况:"……今朝日阳里,梳落数茎丝。家人不惯见,悯默与我悲。……"(《白发》,40岁,下邽)、"……朱颜消不歇,白发生无数。……"(《重到渭上旧居》,40岁,下邽)、"昔到襄阳日,髯髯初有髭。今过襄阳日,髭鬓半成丝。"(《再到襄阳,访问旧居》,44岁,长安至江州途中)、"……红樱满眼目,白发半头时。……临风两堪叹,如雪复如丝。"(《樱桃花下叹白发》,45岁,江州)、"行年四十五,两鬓半苍苍。……"(《四十五》,45岁,江州)、"两鬓千茎新似雪"(《醉吟二首》其二,47岁,江州)、"……况吾头半白,把镜非不见。……"(《花下对酒二首》其二,49岁,忠州)、"颔下髭须半是丝,光阴向后几多时。……"(《答山侣》,49岁,长安)。

3.50多岁言及的状况:"云发随梳落,霜毛绕鬓垂。……最憎明镜里,黑白半头时。"(《白发》,51岁,杭州。这个时期,"半头白发""白发半头生""半作白头翁""髭须半白时""头仍未尽白"等表现增加了)、"……除却髭须白一色……"(《闲出觅春戏赠诸郎官》,54岁,洛阳)、"……万茎白发直堪恨,一片绯衫何足道。……"(《日渐长赠周殷二判官》,55岁,苏州)、"……白发满头归得也……"(《咏怀》,55岁,苏州)、"……悲鬓万茎丝……"(《和微之诗二十三首》其二十《和晨兴因报问龟儿作》,57岁,长安)、"三分鬓发二分丝,晓镜秋容相对时。……"(《对镜》,58岁,洛阳)、"白头老人照镜时,掩镜沈吟吟旧诗。二十年前一茎白,如今变作满头丝。……"(《对镜吟》,58岁至60岁,洛阳)。

4.60岁以后言及的状况:"今朝览明镜,须鬓尽成丝。……"(《览镜喜老》,64岁,洛阳。此后,"白须千万茎""鬓丝千万白""白发万茎"等表现增加了)、"……霜蓬旧鬓三分白……"(《九月八日酬皇甫十见赠》,67岁,洛阳)、"……须尽白,发半秃。……"(《醉吟先生传》,67岁,洛阳)、"白发生来三十年,而今须鬓尽幡然。……"(《白发》,68岁,洛阳。至享年75岁的这段时间中,"满头霜雪""头雪白""白头""垂白发"等表现增加了)。

我们只要看一眼就能明白,白诗详细述说了白居易长达四十年白发增加的轨迹。对于白居易来说,作诗和将每日的喜怒哀乐记录在日记里的行为可以说是性质相同的。根据基于传记考证的作品系年,我们可以通过没有白发(30多岁前半期)——一茎产生(35岁前后)—数茎产生(30多岁后半期)—加速度的急剧增加(40多岁前半期)—头部一半变白(45岁至50多岁前半期)—头部三分之二变白(50多岁后半期)—白发进一步增多(60多岁前半期)—全部变白发以及头部一半秃头(60多岁后半期)的状态,直观地追踪到白居易白发增加以至秃头的全过程。白居易将出生以来初次看到白发时的感慨,吟咏为"勿言一茎少,满头从此始"(《初见白发》,元和二年〔807〕至元和三年〔808〕,36岁至37岁,长安),而这位多愁善感的诗人的预言可怕地言中了。从白居易一生的角度来看,可以判断,白发从其因服丧而退居下邽的40岁左右开始急剧地增加,接着44岁因流谪江州而加速增加了。可以认为,对于白居易的人生来说,40多岁在政治、经济、文学、家庭、身体等各方面都是分水岭。

从上述三个事项中,我想大概可以理解本章将白居易定为"白发诗人之典型"的旨趣了。接下来,我想就"白发"这一诗歌题材在白居易诗歌中的意象问题,试作更加深入的分析。

四、白发表现与意象结构

白居易对白发的强烈关注,也不断地扩散向自己以外的广泛人群。对于他者的白发描写,大致上可以归纳为三类:①前代知识阶层著名的人物(太公望吕尚、"四皓"、孟浩然等);②与自己相识的人或亲属(张籍、元稹、刘禹锡、萧悦、裴垍、杨巨源、杨汝士、白行简等);③其他(上阳宫人、梨园弟子、天宝乐叟、新丰折臂翁、卖炭翁)。比如吟咏"昔有白头人,亦钓此渭阳。钓人不钓鱼,七十得文王"(《渭上偶钓》)的白首贤人"太公望吕尚";于秦末汉初逃避乱世、移住商山的眉发皓白的四位隐士——"四皓";被时代洪流所裹挟、用白发象征青春一去不返的"上阳宫人""梨园弟子""天宝乐叟""新丰折臂翁";因严酷的劳动而变得"两鬓苍苍十指黑"的"卖炭翁";被分析为"君看裴相国,金紫光照地。心苦头尽白,才年四十四。乃知高盖车,乘者多忧畏"(《闲居》)的年轻白发宰相"裴垍"等,一个个白发表现与一个个令人印象深刻的人物形象紧密结合。这些"白发",并不仅仅是为了表现身体的衰老现象,而且是为了刻画高士、逸民、被命运蹂躏者、被时代淘汰者、因政事劳损身心的权力者的形象,作为包含着重要意义的记号而发挥着作用。在白居易身上,通过恰到好处的身体表现,将社会各阶层的人物区别描写的才能,几乎是与生俱来的。

在对他者白发描写中最后需要指出的是,吟咏白居易的弟弟白行简的作品。首先,我想引用一首可以确认的诗:

闻行简恩赐章服喜成长句寄之

(宝历元年[825],54岁,苏州)

吾年五十加朝散,尔亦今年赐服章。
齿发恰同知命岁,官衔俱是客曹郎。
荣传锦帐花联萼,彩动绫袍雁趁行。
大抵著绯宜老大,莫嫌秋鬓数茎霜。

这是宝历元年(825),白居易祝贺主客郎中白行简被下赐绯服之事而作的七言律诗。在这里特别要注意的是,比白居易小四岁的白行简 40 岁已经夹生白发的事实。有假说认为白氏族人早生白发可能是家族遗传,从《奉送三兄》(宝历二年[826],55 岁,苏州)中所见"少年曾管二千兵,昼听笙歌夜斫营。自反丘园头尽白,每逢旗鼓眼犹明。……"的记述来看,这个假说可以认为具有充分的说服力。白居易和白行简的头发变白,我推测可能既有先天的遗传原因,又有后天劳苦造成的影响。

在表现白居易自身白发的作品中可以看到的第一个特色,是化用晋代潘岳《秋兴赋》①(《文选》卷十三)的"悲秋"意象。在万物凋零的秋季,悲哀自己人生之秋(肉体衰老的晚年)的诗情,广泛地见于白居易的作品之中。秋季在镜中映现的"二毛"(夹杂黑白二色的头发),使诗人痛切地感受到每时每刻都在衰老的自己。

---

① "晋十有四年,余春秋三十有二,始见二毛。……"(序)、"……斑鬓彪以承弁兮,素发飒以垂领。……"另外,"二毛"的古例,可以指出《春秋左氏传》"僖公二十二年"的"君子不重伤,不擒二毛"(杜预注:头白有二色)、《礼记·檀弓下》的"古之侵伐者,不斩祀,不杀厉,不获二毛"(郑玄注:二毛,鬓发斑白)等。

曲江感秋

（元和四年[809]，38岁，长安）

沙草新雨地，岸柳凉风枝。
三年感秋意，并在曲江池。
早蝉已寥唳，晚荷复离披。
前秋去秋思，一一生此时。
昔人三十二，秋兴已先悲。
今我欲四十，秋怀亦可知。
岁月不虚度，此身随日衰。
暗老不自觉，直到鬓成丝。

新秋

（元和十四年[819]，48岁，忠州）

二毛生镜日，一叶落庭时。
老去争由我，愁来欲泥谁。
空销闲岁月，不见旧亲知。
唯弄扶床女，时时强展眉。

第二个应当指出的特色是，白居易将白发与"惜春"相关联的作品。在所有生命活动充实的春天，白居易的视线却朝向与此完全相反的自己衰老的身体。特别是在春天盛放的鲜花，通过与白发对比，使白居易产生一种复杂的感慨。白发悲秋既有的抒情图式，在这里被极大地更改了。可以得出结论：百花→白发→叹老→惜春这种新的抒情形式，是中唐时期白居易开创的。

樱桃花下叹白发

（元和十一年[816]，45岁，江州）

逐处花皆好，随年貌自衰。
红樱满眼日，白发半头时。
倚树无言久，攀条欲放迟。
临风两堪叹，如雪复如丝。

感樱桃花因招饮客

（元和十四年[819]，48岁，忠州）

樱桃昨夜开如雪，鬓发今年白似霜。

渐觉花前成老丑,何曾酒后更癫狂。
谁能闻此来相劝,共泥春风醉一场。

花前有感兼呈崔相公刘郎中

(大和二年〔828〕,57岁,长安)

落花如雪鬓如霜,醉把花看益自伤。
少日为名多检束,长年无兴可癫狂。
四时轮转春常少,百刻支分夜苦长。
何事同生壬子岁,老于崔相及刘郎。

除了这些在咏花诗中出现的白发表现之外,还有"春销不得处,唯有鬓边霜"(《早春》)、"唯有愁人鬓间雪,不随春尽逐春生"(《病中早春》)、"絮扑白头条拂面,使君无计奈春何"(《苏州柳》)等值得注意的诗句。可以看出,对于白居易的"惜春文学"而言,白发是何等重要的诗歌素材。

白发意象的第三个特色是,包含"失意""不遇""落魄"等人生价值和社会价值的含义。《史记》卷七十九《范雎蔡泽列传·赞》中"至白首,无所遇者",说的是到了发须皆白的年龄,依然未能在社会上受到赏识的悲哀。在白居易诗中,一方面经常表现自己身体的衰老和白发的出现,一方面又以自己的"青云之志"到了"白发之年"犹未实现的挫折感为中心进行吟咏。可以认为,白居易忠实地沿用了"白发"表现在中国古典文学中代表性的用法。

初见白发

(元和二年〔807〕至元和三年〔808〕,36岁至37岁,长安)

白发生一茎,朝来明镜里。
勿言一茎少,满头从此始。
青山方远别,黄绶初从仕。
未料容发间,蹉跎忽如此。

初授赞善大夫早朝寄李二十助教

(元和九年〔814〕,43岁,长安)

病身初谒青宫日,衰貌新垂白发年。
寂寞曹司非热地,萧条风雪是寒天。
远坊早起常侵鼓,瘦马行迟苦费鞭。

一种共君官职冷,不如犹得日高眠。

闻新蝉赠刘二十八

(大和二年〔828〕,57岁,长安)

蝉发一声时,槐花带两枝。

只应催我老,兼遣报君知。

白发生头速,青云入手迟①。

无过一杯酒,相劝数开眉。

第四个必须要言及的是,与"左迁""流谪""望乡""客愁"等含义结合的白发表现。这些表现,如果将置身他乡的要素搁置不论的话,将其理解为前述第三个要素的进一步扩大强化,也是可行的。

初贬官过望秦岭

(元和十年〔815〕,44岁,长安至江州途中)

草草辞家忧后事,迟迟去国问前途。

望秦岭上回头立,无限秋风吹白须。

酬元员外三月三十日慈恩寺相忆见寄

(元和十二年〔817〕,46岁,江州)

怅望慈恩三月尽,紫桐花落鸟关关。

诚知曲水春相忆,其奈长沙老未还。

赤岭猿声催白首,黄茅瘴色换朱颜。

谁言南国无霜雪,尽在愁人鬓发间。

前一首诗是白居易从长安被贬后不久所作的七言绝句,第四句"无限秋风吹白须"中,多层次地描写了"白秋→←白须""秋→←愁"这种"悲秋"与"流谪"的情绪。而后一首诗中,以"三月尽"这一"惜春"的情感为背景,通过令人印象深刻的白发表现,吟咏了居住长安的元宗简与贬谪江州的白

---

① 与此诗句相关,朱金城《白居易集笺校》第三册1810页中,说:"……城按:此诗汪本编在《后集》卷九。刘集外有《答白刑部新蝉》诗。据旧纪:居易大和二年二月自秘书监迁刑部侍郎,盖由于裴度、韦处厚两人之推荐。处厚即以是年之末暴卒于位,度亦行将出镇,居易所以不得不于三年乞归也。《闻新蝉》诗当作于二年之秋,是时禹锡已除主客郎中入京,其和诗亦作于是时。以官职论,居易正在最得意之时,而诗中有'催我老''入手迟'之语,疑居易求入相而未遂,致有此感慨耳。"

居易之间的友情。两诗共同的诗情,是不得不在远离故乡的他乡度过白发苍苍的老年的悲哀。

关于白居易和白发的关系,第五个可以确认的特征,是与具体的声音相伴的意象。"一催衰鬓色,再动故园情。"(《早蝉》)、"此时闻者堪头白,况是多愁少睡人。"(《酬和元九东川路诗十二首》其七《江上笛》)、"凭君向道休弹去,白尽江州司马头。"(《听崔七妓人筝》)、"应到天明头尽白,一声添得一茎丝。"(《闻夜砧》)、"朝钟暮角催白头"(《霓裳羽衣歌和微之》)等,猿、蝉、笛、筝、砧、钟、角等声音,时时在白居易的心中唤起强烈的忧愁。

关于白发表现第六个应当论述的是,直接吟咏"病"与"死"的作品。这不是单单述说肉体的衰弱和老化,而是明确地意识到死亡存在于白发之间的诗篇。可以认为,对于白居易而言,白发暗示着接近死亡。

白发

(元和六年〔811〕,40 岁,下邽)

白发知时节,暗与我有期。
今朝日阳里,梳落数茎丝。
家人不惯见,悯默与我悲。
我云何足怪,此意尔不知。
凡人年三十,外壮中已衰。
但思寝食味,已减二十时。
况我今四十,本来形貌羸。
书魔昏两眼,酒病沉四肢。
亲爱日零落,在者仍别离。
身心久如此,白发生已迟。
由来生老死,三病长相随。
除却无生忍,人间无药治。

六十六

(开成二年〔837〕,66 岁,洛阳)

七十缺四岁,此生那足论。
每因悲物故,还且喜身存。
安得头长黑,争教眼不昏。

> 交游成拱木,婢仆见曾孙。
> 瘦觉腰金重,衰怜鬓雪繁。
> 将何理老病,应付与空门。

梦微之

(开成五年[840],69岁,洛阳)

> 夜来携手梦同游,晨起盈巾泪未收。
> 漳浦老身三度病,咸阳宿草八回秋。
> 君埋泉下泥销骨,我寄人间雪满头。
> 阿卫韩郎①相次去,夜台茫昧得知不。

　　根据白居易自己的主观认识,他的白发,是以与生俱来的病弱体质、足以导致两眼视力低下的读书量、可称为宿命的饮酒癖、与亲爱的人生离死别带来的心理压力等为诱因,作为"焦心、滞血"的结果而必然产生的。在无可替代的亲人、友人相继去世的过程中,他头上如雪一般的白发,正好成为自己还艰辛地留在这个世上的确切证明。七言律诗《梦微之》的颈联"君埋泉下泥销骨,我寄人间雪满头",正是通过白发意象吟咏出了这种人生感悟的极致表现,值得特别注意。

　　作为白发描写的第七个类别,可以举出白居易率真地为自己活到白头而欢喜的作品。象征"长寿""长命"的白发,在这里具有正面的价值而受到积极的肯定。虽然白居易诗中述说着至"白头"无子嗣的伤感,但是尽管如此,他还是将"老"理解为"长生的证据",并赋予其白居易风格的各种意义。"乃知浮世人,少得垂白发。"(《闻哭者》)、"犹须自惭愧,得作白头翁。"(《新秋病起》)、"不老即须夭,不夭即须衰。晚衰胜早夭,此理决不疑。"(《览镜喜老》)、"老衰胜少夭,闲乐笑忙愁。试问同年内,何人得白头。"(《酬梦得比萱草见赠》)、"况观姻族间,夫妻半存亡。偕老不易得,白头何足伤。"(《二年三月五日斋毕开素当食偶吟赠妻弘农郡君》)、"白须如雪五朝臣,又入新正第七旬。大历年中骑竹马,几人得见会昌春。"(《喜入新年自咏》)等,只是其中寥寥数例而已。在这里,我想引用一首白居易通过将自己的白发与他人进行比较而赋予其意义的诗:

---

① 相关诗句的自注:"阿卫,微之小男。韩郎,微之爱婿。"

对镜吟

(大和三年〔829〕至大和五年〔831〕,58岁至60岁,洛阳)

<u>白头老人</u>照镜时,掩镜沈吟吟旧诗。
二十年前<u>一茎白</u>,如今变作<u>满头丝</u>。
吟罢回头索杯酒,醉来屈指数亲知。
老于我者多穷贱,设使身存寒且饥。
少于我者半为土,墓树已抽三五枝。
<u>我今幸得见头白</u>,禄俸不薄官不卑。
眼前有酒心无苦,<u>只合欢娱不合悲</u>。

我想要在意象分析的第八点中指出的是,与第三点中社会意义的凋落(示意、不遇、落魄)的意象完全相反,白发象征"高位""显官""荣达"的例子。另外,在该特点中的白发描写,是从出任杭州刺史、苏州刺史的50多岁左右开始急剧增加的,这一点也值得注意。在任苏州刺史时(55岁),白居易吟咏"年颜盛壮名未成,官职欲高身已老。<u>万茎白发真堪恨</u>,一片绯衫何足道。"(《日渐长赠周殷二判官》)的万千感慨,当次年于长安被拜命为秘书监时,升华为如下的诗情。在这首诗中已经<u>丝毫看不到悲叹白发的感情</u>了:

初授秘监并赐金紫闲吟小酌偶写所怀

(大和元年〔827〕,56岁,长安)

<u>紫袍</u>新秘监,<u>白首</u>旧书生。
<u>鬓雪</u>人间寿,腰金世上荣。
子孙无可念,产业不能营。
酒引眼前兴,诗留身后名。
闲倾三数酌,醉咏十余声。
便是羲皇代,先从心太平。

在白发意象中可以看到的第九个特色,是包含所谓"致仕""退老""隐栖"等价值的例子。在这些诗中,白居易通过白发来呈现"无官无位",表明了从政界退休的明确意志。58岁的刑部侍郎白居易,在赠给好友刘禹锡的诗中,有"<u>头垂白发我思退</u>,脚蹋青云君欲忙。"(《赠梦得》)之句,这在生平传记的意义上也是极为重要的资料。因为这显示了白居易在50多岁时,心中已经坚定了引退的决心。白居易一面提及西汉的隐者"商山四皓"中的两人：夏黄公和绮里季，一面阐述自己处世观的诗，如下所引。诗是白居易作为"太子宾客分司"，居于退老之地洛阳时的作品：

对镜

（大和三年〔829〕，58岁，洛阳）

<u>三分鬒发二分丝</u>，晓镜秋容相对时。
去作忙官应太老，<u>退为闲叟未全迟</u>。
静中得味何须道，稳处安身更莫疑。
<u>若使至今黄绮在</u>，闻吾此语亦分司。

作为第十个也是最后应当确认的是，诗人寄托于"白"之意象中的特别心情。白居易分外喜爱白鹤和白莲的"清廉洁白""孤高不群"，这种偏爱，若是没有以"白"为姓的诗人的自我意识和审美意识的话，是无法解释得通的。白邸的白鹤和白莲，并非单是作为赏玩用的动植物而存在的，而应被视为白居易理想人格的具象。白居易诗中所出现的"白"，尽管表现的程度不同，但包含了形容词、动词、普通名词、固有名词的各种意象，使所谓"双关语"性质的世界显现出来。若依照这种语境来考虑的话，我们就能明白，白居易吟咏从江南苏州带回东都洛阳的白鹤与白莲双双死去、枯萎的《苏州故吏》①（开成三年〔838〕，67岁，洛阳）一诗，极为明确地联想到自己的死亡。因为白居易饲养的白鹤也好，白居易移植的白莲也好，都是在其生命的延长线上的另一个自己本身。对于"清白""清净"意象的喜好，也对白发表现也产生了很强的影响。最后我想列举两首作于洛阳分司时期的"咏物诗""咏病诗"：

白羽扇

（大和九年〔835〕，64岁，洛阳）

<u>素是自然色</u>，圆因裁制功。
<u>飒如松起籁</u>，飘似鹤翻空。
盛夏不销雪，终年无尽风。
引秋生手里，藏月入怀中。

---

① "江南故吏别来久，今日池边识我无。不独使君头似雪，华亭鹤死白莲枯。"

麈尾班非疋,蒲葵陋不同。

何人称相对,清瘦白须翁。

老病幽独偶吟所怀

(开成五年〔840〕,69岁,洛阳)

眼渐昏昏耳渐聋,满头霜雪半身风。

已将心出浮云外,犹寄形于逆旅中。

觞咏罢来宾阁闭,笙歌散后妓房空。

世缘俗念消除尽,别是人间清净翁。

在本节中,我通过以上十项特色,对白居易的白发描写进行了探讨。总体倾向上,从第一项至第六项,是述说"悲秋""惜春""失意""流谪""望乡""怀友""忧愁""疾病""死"等否定性的意象;而从第七项到第十项,则是述说"长寿""荣达""致仕""退老""隐栖""清白""清净"等肯定性的意象。除此之外的用法,如"追忆""谐谑""仙界"的意象虽然也有若干,但白居易所吟咏的主要样式,几乎可以网罗穷尽了。从中我们发现,白发的诗材深深植根于白居易文学的所有领域,其多样且丰润的意象,在构成白居易式的诗情与诗境方面,几乎是不可或缺的要素。白发,通过与白居易的相遇,其意象的诗性得到了飞速的膨胀。

五、结语

白居易以外的大多数诗人,集中吟咏白发意象所唤起的负面情绪,这可以看作实践和遵守了汉魏六朝以来的传统创作方法。诗人白居易取得的卓绝成就,在于从性质上转变了以往被限定为悲愁含义的白发意象,大大开拓了白发意象作为包含正面意义的诗材、诗语的可能性。白居易一方面时常吟咏成为白发老人的忧愁与孤独,另一方面又反复述说长寿的"白头翁""白首翁""白须翁""白髯翁""雪髯翁""皤然一老夫""皤然七十翁",吟咏能够以高官身份退老的幸福。他一面追忆没有生出白发就变成"泉下人"的人们,一面率真地吐露自己在这个世上还能享受生命的喜悦。对于白居易来说,白发令人悲伤,同时又令人喜悦。

我们认为,白居易所要实现的白发意象,是像雪一般清净的,没有染上任何颜色的"清而白"的境界。在白居易的白发表现中,可以多次看到对西汉高士"商山四皓"的共鸣,这或许可以成为本章论述的有力旁证。我们必须说,从世俗所有的桎梏、执妄中解脱出来,自然而然的一直保持"白"（"素"）,对于同样以"白"为姓的诗人来说,实在是意味深长的。对于白居易而言,"白色"有着超越色彩的精神性的意义。

　　一般来说,白发是使自己切身觉察到衰老的具体物象。对体貌变化有着敏锐感觉的白居易,看着镜中满头的白发和日渐衰老的自己,不可能不抱有惊讶、畏惧和困惑。但是他并没有对自己的白发视而不见,反而是通过正视白发所代表的痛苦与死亡,完成了白氏独有的"白发文学"。经过漫长时间而逐渐变化的白发,通过诗歌语言,不断地为彼时彼环境的白居易生出新的意义与价值。在这个意义上,白居易是与诗材一起不断成长的。也可以说,正是通过"白发"表现,使白居易的人生变得充盈。对于自称"诗魔"、自觉背负前世"诗债"的白居易而言,"诗歌"正可谓是"宿业"。我们可以得出这样的结论:白居易"白发"文学的表现方式,正是他完成"宿业"的重要手段之一。

第五章

白居易与睡眠
——使"闲"与"适"充足之物

一、序

白居易可以说是具有哲学思想的诗人。其哲学思想的轨迹,与他所经历的现实人生密切相关。晚年分司洛阳以后,我认为他的哲学观变得更加稳固了。白居易诗文中表达的哲理,并非仅仅停留在观念层面,而是与他的处世观、人生观、死生观一直保持表里一体的关系。在这一点上,也可以说他是理念与实践并行不悖的诗人。这种思想的骨架,是在白居易少年时期所体验的流浪穷困的家庭环境以及以"牛李党争"为代表的中唐时期复杂的政治社会(人际关系)为背景逐渐形成的。如果忽视白居易生活的时代,就无法讲述他的思想、哲学。

一般在展开作家论的时候,有必要设定以下的视点:即"五情"(喜怒哀乐怨)是在怎样的状况中、朝着什么对象发生的。本书注意到,白居易独善自足的状态("喜"且"乐"的境界)更多集中于睡眠环境,于是想尝试考察白居易多层次诗想体系的一端。也就是说,我想对白居易的咏眠诗[①]与其文学史的定位;睡眠的意义;白居易的闲适世界与睡眠的关系等几点进行考察,并试着提出我所整理的、可以确认的白居易形象。也许通过设定这些论点,能够更加清晰地认识诗人白居易的价值观。作为题材诗的咏眠诗,在之前的文学研究中几乎没有涉及。通过对咏眠诗的观照,也是一种

[①] 在本文中,我将在诗题中出现"眠""寝""睡""卧"等语言、整首诗以睡眠为主题(theme)的作品,界定为狭义的咏眠诗。此外,我将以睡眠为素材、部分地加以叙述的作品理解为广义的咏眠诗,并在必要的时候提及。另外,关于作为题材诗的咏梦诗,我将其定位为狭义的咏眠诗的下级分类之一而加以使用。

把握白居易闲适文学的尝试。

二、咏眠诗的谱系

在中国古代，人们认为人的寿命上限是一百年。《诗经·唐风·葛生》中有"夏之日，冬之夜，百岁之后，归于其居（郑笺云：居，坟墓也）"的诗句，即是基于这种共通认识而吟咏的。假设人生有百年的话，其实这其中的三十年，已经被睡眠占去了。从这一点来说，吟咏与我们的日常生活无法分离的睡眠的行为，对重视现实性、具象性、个别性、典型性的中国文学传统而言，某种意义上也是必然的结果。选取睡眠作为诗材的倾向，随着诗人白居易的登场而达到了巅峰，到了唐代后期，几乎是随处可见的了。本节作为考察白居易咏眠诗的准备阶段，我想就汉魏六朝时期的这种题材诗的特征预先作一概观。这是为了了解白居易从前代那里承袭了怎样的要素，又新增加了怎样的要素。关于唐代以前的咏眠诗，如下所示，大致可以分为两个系统（依据逯钦立辑校《先秦汉魏晋南北朝诗〔上中下〕》，中华书局，1983年9月）。

1. 以"梦"本身为题材的作品：歌上《梦歌》，《先秦诗》卷一；许翙《梦诗》，《晋诗》卷二十一；鲍照《梦归乡诗》，《宋诗》卷九；梁武帝萧衍《十喻诗五首》其五《梦诗》，《梁诗》卷一；沈约《梦见美人诗》，《梁诗》卷六；何逊《夜梦故人诗》，《梁诗》卷九；王僧孺《为人述梦诗》，《梁诗》卷十二；武陵王萧纪《和湘东王夜梦应令诗》，《梁诗》卷十九；梁简文帝萧纲《十空诗六首》其四《如梦》，《梁诗卷》二十一；庾丹《夜梦还家诗》，《梁诗》卷二十七；姚翻《梦见故人诗》，《梁诗》卷二十八；卢元明《梦友人王由赋别诗》，《北魏诗》卷二；褚士达《梦人倚户授其诗》，《北齐诗》卷四；庾信《梦入堂内诗》，《北周诗》卷三；杂歌谣辞《炀帝梦二竖子歌》，《隋诗》卷八；杂歌谣辞《文中子梦颜子援琴歌》，《隋诗》卷八等。

2. 以"眠"本身为题材的作品：鲍照《拟阮公夜中不能寐诗》，《宋诗》卷九；沈约《直学省愁卧诗》，《梁诗》卷六；刘孝绰《夜不能眠诗》，《梁诗》卷十六；刘孝绰《秋雨卧疾诗》，《梁诗》卷十六；梁简文帝萧纲《咏内人昼眠诗》，

《梁诗》卷二十一;梁简文帝萧纲《卧疾诗》,《梁诗》卷二十一;刘孝先《和兄孝绰夜不得眠诗》,《梁诗》卷二十六;戴暠《咏欲眠诗》,《梁诗》卷二十七;江总《静卧栖霞寺房望徐祭酒诗》,《陈诗》卷八等。

从通史的角度看①,可以指出以下的事实:咏梦诗和咏眠诗都是大约从六朝末梁代开始被大量创作出来的。这恐怕与同时期所谓咏物诗流行的趋势有一定的关系。凝视花鸟风月和日常生活中的事物、摹写其形状、形态的咏物诗,以六朝贵族沙龙为中心被陆续创作出来。与好用对句、典故的倾向,以及摸索诗歌音调和谐的行为相平行,咏物诗的大量创作是那个时期文学最大的特色。在那些多种多样的咏物诗的影响下,咏梦诗、咏眠诗也作为新的题材诗被创作出来。上引诗歌的作者中,可见许多围绕在创作了大量咏物诗的梁简文帝萧纲周边的诗人,这一事实最能表现这一点。梁朝时各种题材诗的显著增加,是中国诗歌史上必须特别强调的现象之一。

就结论而言,六朝诗人(贵族出身的文人集团)诗歌创作的主要对象,并不是安闲自适境界的睡眠,而是能使他们与相恋的女性、亲密的友人得以情意相通的神秘的梦本身。在梦中返回怀念的故乡(或者是老家),虽然也常见于唐诗与白居易诗中,然而此种作品的起点,是南朝宋代鲍照的《梦归乡诗》和梁代庾丹的《夜梦还家诗》②,这是值得充分注意的。我们可以看到,对于梦这种题材、素材的热情,在六朝、唐以后的中国知识分子中间丝毫没有衰退。

当我们限定于白诗与睡眠的主题进行考察的时候,无论如何也不能无视的是,上述诗作中以"睡眠"本身作为主题的诗歌的存在。特别是《直学省愁卧诗》《静卧栖霞寺房望徐祭酒诗》等作品中可见的闲适氛围,与白居

---

① 《秋雨卧疾诗》和《卧疾诗》,严格地说应该归入咏病诗的类别,但是据其内容,我将其作为咏眠诗来处理。以下关于唐代诗歌依据同样的标准处理。

② "衔泪出郭门,抚剑无人逵。沙风暗塞起,离心眷乡畿。夜分就孤枕,梦想暂言归。孀妇当户叹,缫丝复鸣机。慊款论久别,相将还绮闱。历历檐下凉,胧胧帐里辉。刘兰争芬芳,采菊竞葳蕤。开奁夺香苏,探袖解缨徽。寐中长路近,觉后大江违。惊起空叹息,恍惚神魂飞。白水漫浩浩,高山壮巍巍。波澜异往复,风霜改荣衰。此土非吾土,慷慨当告谁。"(鲍照《梦归乡诗》)"归飞梦所忆,共子汲寒浆。铜瓶素丝绠,绮井白银床。雀出丰茸树,虫飞玳瑁梁。离人不相见,争忍对春光。"(庾丹《夜梦还家诗》)

易晚年的价值观相似,非常值得注意。

　　秋风吹广陌,萧瑟入南闱。<u>愁人掩轩卧</u>,高窗时动扉。虚馆清阴满,神宇暖微微。网虫垂户织,夕鸟傍楣飞。<u>缨佩空为忝,江海事多违</u>。<u>山中有桂树,岁暮可言归</u>。(沈约《直学省愁卧诗》)

　　绝俗俗无侣,修心心自斋。连崖夕气合,虚宇宿云霾。<u>卧藤新接户</u>,欹石久成阶。树声非有意,禽戏似忘怀。故人市朝狎,心期林壑乖。唯怜对芳杜,可以为吾侪。(江总《静卧栖霞寺房望徐祭酒诗》)

前一首诗收于《文选》卷三十,吟咏的是秋色正浓的时节,在学舍睡眠时作者心中忽然生起的退隐归乡之情;后一首是述说在远隔尘俗的寺院中闲卧境界的诗篇。两首诗中所描绘的睡眠,在相对于喧噪的环境(名利场)这一点上是共通的,可以认为,睡眠是使一首诗的整体意象得以实现的必需之物。

总而言之,六朝时期的诗人已经倾向于吟咏睡眠。但是,这些睡眠描写大部分是作为诗的素材,而不是作为诗的题材。我们可以判断,在六朝诗中,考察睡眠的意义,几乎是不可能的状况。因为我们几乎找不出将自己的人生哲学与睡眠活动相结合的诗人。南朝陈徐陵编纂的《玉台新咏》,虽然收录了很多所谓的闺怨诗,但是其中所引用的"眠"与"梦",大多未能超出作为素材的范围。即使我们通读从先秦到隋代的大量诗歌,作为纯粹的题材诗的咏眠诗、咏梦诗,也只能找出 20 余首而已。即使从中国韵文史各种题材诗的谱系中来考虑,这也是事实。我们必须要说,这一点与六朝时期创作了大量咏怀诗、咏史诗、游仙诗的事实形成鲜明的对照。

咏眠诗因中唐时期代表性诗人白居易的出现,得到巨大的发展。他在先前诗人几乎不曾触及的新领域中,取得了惊人的成果。白居易大量创作咏眠诗的行为,与其说是因本人持续的意志所造成的,不如认为是受其先天的虚弱体质("蒲柳之质")以及从"兼济"到"独善"的思想转换的影响。这样的理解也许更接近实情。在几乎不曾继承先前作品的影响这一点上,也许可以说,白居易的咏眠诗构成了其文学的核心部分。至少可以断定,咏眠诗是最能体现白居易个性的作品类型之一。在下一节中,我想进一步详细探讨这些作品。

三、作为素材的睡眠

在《白氏文集》七十一卷中,实际上可以看到很多关于睡眠(更准确地说是睡眠的环境)的描写。不管是作为素材还是题材,"睡眠的环境"作为构成白居易文学的诗材,几乎是不可或缺的。白居易与睡眠的关系,在此种题材诗,即所谓狭义的咏眠诗的领域中几乎是决定性的。不过,现在应当注意的是以下的事实:在睡眠被作为部分素材吟咏的作品中,也可以找到很多鲜明地反映彼时彼环境中作者重要价值观的例子。在这些作品中出现的睡眠,不单纯是作为场面描写,有不少几乎决定了一首诗整体的意象。下面我将引用几首这样的作品:

桂布白似雪,吴绵软于云。布重绵且厚,为裘有余温。<u>朝拥坐至暮,夜覆眠达晨</u>。谁知严冬月,支体暖如春。中夕忽有念,抚裘起逡巡。丈夫贵兼济,岂独善一身。安得万里裘,盖裹周四垠。稳暖皆如我,天下无寒人。(《新制布裘诗》)

<u>食罢一觉睡</u>,起来两瓯茶。举头看日影,已复西南斜。乐人惜日促,忧人厌年赊。无忧无乐者,长短任生涯。(《食后》)

龙蛇隐大泽,麋鹿游丰草。栖凤安于梧,潜鱼乐于藻。吾亦爱吾庐,庐中乐吾道。前松后修竹,<u>偃卧可终老</u>。各附其所安,不知他物好。(《玩松竹二首》其一)

<u>日高睡足犹慵起</u>,小阁重衾不怕寒。遗爱寺钟欹枕听,香炉峰雪拨帘看。匡庐便是逃名地,司马仍为送老官。心泰身宁是归处,故乡可独在长安。(《香炉峰下新卜山居草堂初成偶题东壁五首》其四①)

名利既两忘,形体方自遂。<u>卧掩罗雀门,无人惊我睡</u>。<u>睡足斗薮衣</u>,闲步中庭地。食饱摩挲腹,心头无一事。除却玄晏翁,何

---

① 关于本诗颔联中"欹枕""拨帘"的语义以及在唐代诗歌语言史中的产生与继承问题,参见本书"本论一:身体与姿势"第二章。

人知此味。(《寄皇甫宾客》)

短屏风掩卧床头,乌帽青毡白氎裘。卯饮一杯眠一觉,世间何事不悠悠。(《卯饮》)

上引各诗,虽然分别收录于《白氏文集》"讽谕"、闲适、感伤、律诗、格诗歌行杂体、半格诗(律诗附)的部类,创作年代和创作地点各不相同,但是对《白氏文集》的读者来说,都是广泛流传的作品。从诗题中也可以了解,虽然不是专门的将睡眠题材化的作品,但是其吟咏的各种睡眠,在构成一首诗整体的基调(keytone)方面,成了极其重要的要素。《新制布裘诗》是白居易前半生所作的典型的讽喻诗,因其出色地表现了白居易的人本关怀而享有盛名。这首诗与大和五年(831)白居易60岁时作的《新制绫袄成感而有咏》的情感相似,这一点也值得注意。另外,众所周知,《食后》《香炉峰下新卜山居草堂初成偶题东壁》《卯饮》作为白诗的名作,超越时间、空间而脍炙人口。虽然白居易文学中睡眠所占比重之大,已经明确地体现在这些以睡眠为素材的作品中,然而现在应当置于分析与考察中心的是,所谓的纯粹咏眠诗。在为数众多的唐代文学家中,我们无法找出像白居易那样执着于睡眠这一题材的诗人。他为何如此执着于将安眠熟睡的环境作为诗材呢?从白居易文学的基本性质(贴近日常生活),以及其自幼多病的体质来考虑的话,这或许可以说是必然的结果。但是,白居易对于这个题材(事物、现象)执着到了如此程度,到底意味着什么?我们不得不说,这一点对于白居易研究而言,确实是难以忽视的问题。

在广义的咏眠诗中,虽然也包含了以《八月十五日夜禁中独直对月忆元九》等为代表的所谓的宿直诗、宿泊诗,但是,当我们重点考察题材与诗想的关系时,应当注意的是他的咏梦诗、咏眠诗这两类作品。如果仅限于题材诗谱系的角度而言,可以认为白居易直接继承了汉魏六朝以来两类题材诗的传统。在之前传统咏法的基础上,白居易又增加了怎样的独创性?我想把问题集中到这一点上。

作为论证的步骤,我想首先概观一下白居易吟咏梦的诗,然后比较、探讨其与吟咏睡眠的作品之间的异同,最后再解释其意义(赋予其含义)。白居易狭义的咏梦诗,总共可以找出18首①,其中半数以上是所谓的怀友诗。这18首诗,从其内容考虑,大致可以分成三类②:①讲述在梦中拜访过去有记忆的地方的诗;②述说一般的梦的诗;③吟咏与亲近的人在梦中重逢的诗。属于第一类的作品,可以举出《禁中寓直梦游仙游寺》《梦亡友刘太白同游彰敬寺》《中书夜直梦忠州》《梦苏州水阁寄冯侍御》;属于第二类的作品,可以举出吟咏在梦中实现单独登顶嵩山的《梦上山》③,讲述已完全梦不到名利之地长安的《无梦》,用七言绝句诗型述说如梦般人世的《梦旧》《宝历二年八月三十日夜梦后作》《疑梦二首》等。相对于这些作品,第三类是叙述在梦中与隔绝的友人(元稹、刘禹锡、李宗闵、庚敬休、刘敦质、韦弘景、李建、崔玄亮)和亲人(白行简)④情意相通的作品,其大多数都是以友情、爱情为主题的。比如以下所列举的两首诗就很典型:

> 晨起临风一惆怅,通川溢水断相闻。不知忆我因何事,昨夜三回梦见君。(《梦微之》)

> 昨夜梦梦得,初觉思踟蹰。忽忘来汝郡,犹疑在吴都。吴都三千里,汝郡二百余。非梦亦不见,近与远何殊。尚能齐近远,焉用论荣枯。但问寝与食,近日两何如。病后能吟否,春来曾醉无。楼台与风景,汝又何如苏。相思一相报,勿复惮为书。(《梦刘二十八因诗问之》)

在白居易前半生中元稹的存在,与其后半生中刘禹锡的存在,为我们从"诗人与友情"这个视点展开白居易研究提出了重要的问题。与这两位个性鲜明(人格)的人保持终生不变的友情,可以说为我们理解白居易的个

---

① 《答山驿梦》《和梦春游诗一百韵并序》这两首诗,从内容和形式的特殊性来看,我不把它们算为狭义的咏梦诗。

② 为谨慎起见我补充一下,这三种分类只是相对的,也存在第一类和第三类重复的作品(如《梦亡友刘太白同游彰敬寺》)。另外,与第三类相关,将梦与女性结合而吟咏的例子,在白居易诗歌中几乎找不出来。

③ 会昌二年(842),71岁,作于洛阳。题下自注(南宋绍兴本)"时足疾未平"。顺便说一下,本诗首句那波道圆本作"夜梦健上山",马元调本作"夜梦上嵩山"。

④ "天气妍和水色鲜,闲吟独步小桥边。池塘草绿无佳句,虚卧春窗梦阿怜。"(《梦行简》)

性提供了极大的启示。如果说人们会在他人身上发现自己的同质性、异质性并产生共鸣的话，那么在白居易身上，这种东西到底是什么呢？

在白居易咏梦诗中出现的人物里，更应该引起注意的，与其说是当时还存世的他乡友人，不如说是死于遥远的过去、已经成为"泉下人"的旧友。与这些故人在梦中重逢和欢谈，对于白居易来说，当自己越来越衰老时，这样的场景就越成为其难以忍耐的悲哀、寂寞与忧愁。《梦裴相公》《梦亡友刘太白同游彰敬寺》《梦微之》等，正是表达出了这种情感。另外，还有一首题为《因梦有悟》（大和九年〔835〕，64岁，洛阳）的五言古体诗，虽然主题同样是"与亡友重逢"，但是与这一系列抒情诗的性质不同。

　　交友沦殁尽，悠悠劳梦思。平生所厚者，昨夜梦见之。梦中几许事，枕上无多时。款曲数杯酒，从容一局棋。初见韦尚书，金紫何辉辉。中遇李侍郎，笑言甚怡怡。终为崔常侍，意色苦依依。一夕三改变，梦心不惊疑。此事人尽怪，此理谁得知。我粗知此理，闻于竺乾师。识行妄分别，智隐迷是非。若转识为智，菩提其庶几。（《因梦有悟》）

"抒情"与"说理"的交错，构成了白居易诗歌的整体特征。对于白居易来说，作诗这种行为是在现实人生中一个个特定时间自我确认的过程，即通过理念的力量统驭激烈的情感流动的精神磁场。可以认为，"佛理"在使白居易晚年的精神变得安定、沉静方面，确实具有很大的力量。白居易想要通过援用"理"来管理以及统驭自己情念的姿态[①]，实际上较之这首咏梦诗，在咏眠诗的领域中，具有更加显著的特色。在白居易的咏眠诗里，"理"作为自我确认的手段，以各种各样的样态被吟咏。成为白居易后半生精神基础的闲适的世界观，尤其是在咏眠诗中被反复提及。下面，我想将焦点集中于这一类型的作品，试做进一步详细考察。

[①] 关于这一点，松浦友久著作选二《陶渊明白居易论——抒情与说理》（研文出版，2004年6月）有详尽的考察，请一并参考。

四、作为题材的睡眠

在诗题和诗文中都涉及睡眠环境的诗篇，全部加起来有50首，从内容上大致可以区分为从肯定方向上理解睡眠的和从否定方向上吟咏睡眠的两类。属于后者的诗，有《寒食卧病》《村居卧病三首》《卧疾》《卧疾来早晚》等所谓的咏病诗[①]，还有诉说失眠之苦与独眠之寂寞的《独眠吟二首》《昼卧》《不睡》等，但是这些诗在所有咏眠诗中所占的比例是极小的。白居易说的睡眠，几乎都是作为自我肯定、自足的环境，是为了更好地实现其"闲适"世界所必需的条件。作为使肉体与精神持续安定的绝对条件之一，他反复讲述着睡眠的意义。其执念之强，即使与李白、杜甫、韩愈等人的文学倾向、特色相比，也可以认定是明显不同的。因此我认为，这一点才是使白居易文学得以成立的核心特质。从《白氏文集》中，我提取出将睡眠作为独善自足、自我肯定、自我确认的"场"而积极地加以吟咏的作品，将这些诗篇依照白居易的生平传记再作整理，则如下所示：

1. 40岁至49岁期间，左赞善大夫、江州司马、忠州刺史、司门员外郎、主客郎中知制诰时期：40岁，下邽，《春眠》；45岁至46岁，江州，《睡起晏坐》；47岁，江州，《晓寝》；49岁，忠州，《卧小斋》。

2. 50岁至59岁期间，朝散大夫、上柱国、中书舍人、杭州刺史、太子右庶子分司东都、苏州刺史、秘书监、刑部侍郎、太子宾客分司东都、河南尹时期：52岁，杭州，《闲卧》；53岁，洛阳，《晏起》《小院酒醒》《临池闲卧》；54岁，苏州，《北亭卧》；55岁，苏州，《晚起》；59岁，洛阳，《安稳眠》《日高卧》《晚起》。

3. 60岁至75岁期间，河南尹、太子宾客分司东都、太子少傅分司东都、刑部尚书时期：62岁，洛阳，《睡觉偶吟》；64岁，洛阳，《闲卧有所思二首》；六十五岁，洛阳，《闲卧寄刘同州》《晓眠后寄杨户部》《秋雨夜眠》；69岁至

[①] 关于白居易与"疾病"的关系，参考本书"本论二：衰老与疾病"第六章与第七章。

74岁,洛阳,《春眠》;74岁,洛阳,《闲眠》。

一目了然的是,随着白居易年龄的增长,睡眠作为独善自足的"场"被更强烈、更多地吟咏。虽然将睡眠作为诗材的诗人,在白居易以前也有很多,但是可以认为,像白居易那样一直以正面形象来吟咏"睡眠环境"的作家几乎是没有的。即使考虑到白居易留下了数量庞大的诗歌这一点,这种创作倾向也是显而易见的。在"体力衰退""自觉衰老""对于分司生活的共鸣"这些意识形成的过程中,大量创作咏眠诗或许也可以认为是必然的。而将"睡眠环境"("安息的场")与自己的诗想结合、反复肯定的姿态,与其他诗人的文学相比较,也可以判断是明显特殊的。这也是与他作诗的理想状态直接相关的重要问题。

白居易所吟咏的独善自足的睡眠,实际上是通过各种各样的意象来表现的。其意象的扩充、深入,通过诸如禁中、小斋、小院、后亭、北亭、水堂、水窗、床上、枕上、马上①、松阴、日向等表示睡眠场所的词语,以及春眠、夏眠、秋眠、晓眠、昼眠、午睡、醉眠、老眠、独眠等频繁出现的词语,也能够为我们所充分地感知。在这些作品中,首先需要指出的是,将能够安眠熟睡到太阳高升的自己在洛阳的境遇,与"五更"开始就必须去宫城供职的长安高级官僚的生活进行对比吟咏的作品:

  鸟鸣庭树上,日照屋檐时。老去慵转极,寒来起尤迟。厚薄被适性,高低枕得宜。神安体稳暖,此味何人知。睡足仰头坐,兀然无所思。如未凿七窍,若都遗四肢。缅想长安客,早朝霜满衣。彼此各自适,不知谁是非。(《晏起》)

  转枕重安寝,回头一欠伸。纸窗明觉晓,布被暖知春。莫强疏慵性,须安老大身。鸡鸣一觉睡,不博早朝人。(《晓寝》)

  怕寒放懒日高卧,临老谁言牵率身。夹幕绕房深似洞,重裀衬枕暖于春。小青衣动桃根起,嫩绿醅浮竹叶新。未裹头前倾一盏,何如冲雪趁朝人。(《日高卧》)

  重裘暖帽宽毡履,小阁低窗深地炉。身稳心安眠未起,西京

---

① "长途发已久,前馆行未至。体倦目已昏,瞌然遂成睡。右袂尚垂鞭,左手暂委辔。忽觉问仆夫,才行百步地。形神分处所,迟速相乖异。马上几多时,梦中无限事。诚哉达人语,百龄同一寐。"(《自望秦赴五松驿马上偶睡睡觉成吟》)

朝士得知无。(《即事重题》)

软绫腰褥薄绵被,凉冷秋天稳暖身。一觉晓眠殊有味,无因寄与早朝人。(《晓眠后寄杨户部》)

在这里所使用的"老""慵""疏""懒""安""稳""暖"等词语,最为直接地反映出白居易所提倡和实践的独善自足的情趣,一定要特别加以注意。白居易晚年价值认识的基础,已经清晰地体现在"知足安分""乐天知命""止足不辱"等常用表现之中,细究起来,这正是在肉体和精神的双重维度上"闲"与"适"的同时充实。这种价值观,是"蒲柳之质"的白居易,从痛切地自觉到身体衰老之时(具体说是因为丁忧而退居下邽金氏村的 40 多岁前半期左右)开始逐渐萌生出来的,其后随着年龄的推移而加速被强化了。贵族(任子)与士族(举子)残酷的权力斗争、宦官势力与地方军阀的跋扈(白居易晚年的社会环境),可以认为进一步强化了他对闲适独善境界的追求。立足于这些前提,读前面那些诗的时候,白居易相较于在名利之地长安从早朝开始狂奔的人们的优越感,就能够真切地为我们所理解了。白居易"闲""适"世界的实现,是依靠名利寡少的退老之地"洛阳",以及中央政府分部的闲职"分司"所保证的。被称作"人生达人"的白居易,选择洛阳作为退老之地,选择分司作为终老之职,可以说确实具有卓越的见识。白居易对于"洛阳""分司"的积极肯定,在大和九年(835)其 64 岁时,作于洛阳的两首七言律诗《闲卧有所思》(其一、其二)中,得到了极为明确的表现:

向夕褰帘卧枕琴,微凉入户起开襟。偶因明月清风夜,忽想迁臣逐客心。何处投荒初恐惧,谁人绕泽正悲吟。始知洛下分司坐,一日安闲直万金。(《闲卧有所思》其一)

权门要路足身灾,散地闲居少祸胎。今日怜君岭南去,当时笑我洛中来。虫全性命缘无毒,木尽天年为不才。大抵吉凶多自致,李斯一去二疏回。(《闲卧有所思》其二)

中唐时期,长期持续的"牛李党争"与大和九年(835)十一月突然发生的"甘露之变",无疑使白居易清晰地认识到长安中央政界的阴暗和腐败。"始知洛下分司坐,一日安闲直万金",可以认为是当时白居易无伪的真实感受。白居易咏眠诗的显著特色,大致上可以概括为"说理的性质"与"闲适的性质"两点,而上引两首诗,最为直白地显示了这些特征。白居易将对

"理"(公、私的道理)的援用作为自我肯定、自我确认的一种手段,虽然在他的全部文学中都能看到这一倾向,但是其特征,还是在他的咏眠诗(特别是狭义的咏眠诗)中更为显著地体现了出来。被导入抒情诗的"理",在统驭白居易的"情"方面,确实发挥了很大的作用。

最后应当确认的是,如何定位"睡眠磁场"和"闲适世界"之关系。对于白居易来说,安眠熟睡的空间,是作为毫无身心束缚与不和谐感的境界(所谓"闲"且"适"的境界)而存在的。这也与他晚年沉浸其中的禅的境界("无"的境界)相通。

<u>后亭昼眠足</u>,起坐春景暮。新觉眼犹昏,无思心正住。<u>淡寂归一性,虚闲遗万虑</u>。了然此时心,无物可譬喻。本是无有乡,亦名不用处。行禅与坐忘,同归无异路。(《睡起晏坐》)

如果我们将"身心的完全安定充实"作为所谓闲适概念的核心来理解的话,睡眠的环境是白居易所追求的"场所"。当然,白居易的"闲"且"适"的境界,并不仅仅局限于睡眠的环境中。但我们必须要说,如果无视白居易与睡眠的关系,要想把握这种闲适观的全貌几乎是不可能的。安眠作为使白居易闲适世界得以成立的核心活动,被一遍又一遍地加以叙述。以"眠"为核心,"食""酒""茶""琴""莲""鹤""谈笑""散步""观花""泛舟"等一个个价值意象呈同心圆状扩展,构成了丰富的精神世界——这样说最接近真实情况。吟咏"眠、酒、琴、茶"四者所构成的闲适空间的作品,我们可以举出以下两首诗为例:

烂熳<u>朝眠</u>后,频伸晚起时。暖炉生火早,寒镜裹头迟。<u>融雪煎香茗</u>,调酥煮乳糜。慵馋还自哂,快活亦谁知。<u>酒</u>性温无毒,<u>琴</u>声淡不悲。荣公三乐外,仍弄小男儿。(《晚起》)

软褥短屏风,昏昏<u>醉卧</u>翁。鼻香<u>茶</u>熟后,腰暖日阳中。伴老<u>琴</u>长在,迎春<u>酒</u>不空。可怜闲气味,唯缺与君同。(《闲卧寄刘同州》)

白居易所感受到的"闲"且"适"的空间与时间,大多是以某种形式与睡眠的环境相连接的。在以"睡眠"为素材、题材的诗中,配有大量的"闲"("适")词汇。反过来说,以"闲适"为主题的诗中,很多都以"眠"("睡")为主观意象。"登山临水""探花尝酒""咏月嘲花""醉舞狂歌",虽然各自都能使白居易的身心获得充实感,但是能持续意识到的闲适世界,正是白居易家中"安息安眠"的环境。

  新浴支体畅,独寝神魄安。况因夜深坐,遂成日高眠。春被薄亦暖,朝窗深更闲。都忘人间事,似得枕上仙。至适无梦想,太和难名言。全胜彭泽醉,欲敌曹溪禅。何物呼我觉,伯劳声关关。起来妻子笑,生计春落然。(《春眠》)

  收于《白氏文集》卷六"闲适"部的这首五言古体诗,是白居易40多岁时在下邽创作的,该诗将春天惬意的睡眠和喜悦认定为"闲"与"适"的至高境界。退休洛阳后正式得以确立的闲适世界,在白居易40多岁时就被明确地表现了出来,这在传记意义上实在是意味深长的。

五、结语

  从第一节至第四节,我以分析咏眠诗为中心,阐述了白居易与睡眠的关系。并且最后,关于白居易的闲适观和睡眠以何种关系联系起来的问题,又增加了若干意见。如果我将这些议论的要点总结一下的话,大体上可以概括为以下三点:

  1. 作为题材诗的咏眠诗、咏梦诗的谱系,虽然有汉魏六朝以来的漫长传统,但是白居易在这个谱系中,特别是在咏眠诗的领域,取得了令人瞩目的成果。可以认为,其作品的数量和质量,在唐代文学史中占有首屈一指的地位。

  2. 白居易咏眠诗的最大特色,大体上可以概括为"说理的性质"和"闲适的性质"两点,在诗中描写的睡眠,多被吟咏为身心安定自足的空间、毫无拘束感和不和谐感的境界。这种文学倾向,在白居易59岁作为太子宾客分司退居洛阳开始加速增强。

  3. 在白居易以"睡眠"为素材、题材的作品中,"闲"与"适"的价值,或者是作为其类型的"安""稳""慵""懒""幽""暖""饱"等价值,被大量咏入诗中。反过来说,在以"闲适"为素材、题材的作品中,以"眠"为中心,"酒""茶""琴""歌"等多元的、多层的价值,呈同心圆状被表现出来。

"闲"且"适"的时候，白居易更多是在睡眠的环境中。对于白居易来说，安眠休息的环境，是构成其"闲""适"世界的最小单位。因为白居易与生俱来的病弱体质，他自幼就是一个与睡眠环境关系很深的人。支撑着白居易文学之一端的"咏病诗""咏眠诗"的存在，最为象征性地显示了这一事实。白居易的文学语言中共通的与日常生活密切的联系，也可以认为进一步助长了这种创作倾向。因为"疾病"也好，"睡眠"也好，都是与日常生活不可分割的事物和现象。

　　白居易在后半生创作的咏眠诗中，反复地表达对于洛阳（退休终老的陪都）的执着、对于分司（另外设置的事务官）一职的喜爱、对于睡眠空间（身心自足的环境）的肯定。这种倾向，并不仅限于咏眠诗这种特定题材的作品，而是广泛地见于白居易所有题材的诗中。可以看出，白居易在作诗活动中，安抚着动摇的感情。可以认为，白居易对于生命和生活中一个又一个严重的问题，在诗歌创作中，更严密地说，是在"情"与"理"的对抗中，得出应有的结论，并决定着自己人生的方向。围绕着睡眠的空间（使"闲"与"适"同时充实的空间），成了白居易晚年自我确认、自我肯定、自我统御的核心环境。对于白居易来说，诗歌是与其人格一体相连的。

第六章

关于白居易咏病诗的考察
——将诗人与题材结合之物

一、序

极端而言,无论是谁,可以说都是向着死亡这个终点而活着的。这虽然不是目标,但所有生命体的最终归宿都是死亡,这个事实是不可否定的。在这一点上,表示死亡之意的"归天""归土""归世""归古"等现代中文,暗示了有限生命的转瞬而逝,是意味深长的。这种从"诞生",然后"成长",走向"衰老",最后"死亡"的人生中,诗人死亡观、疾病观的表露,到了身体衰病期的老年,会变得更加显著。如果将白居易的文学与传记对照考察,这种倾向是很明显的。

任何诗人毫无例外都是将个体作为凝视对象的,但是在数十年间持续审视自己所患的各种"疾病",在这一点上白居易是极为特异的存在。本章主要从身体论[①]出发,将焦点集中于为题材诗的所谓的"咏病诗"[②]上,对白居易文学之一端试做一番考察。白居易不管在何时、何地,都在吟咏自己的疾病。而且可以观察出,其咏法与作品风格,都随着年龄的增长而变化,他通过体验多种疾病而获得的思想、哲学,也变得更加深刻和坚固。从结

---

① 中国文学以外的领域中关于身体论的著作很多,比如总论身体的有市川浩《作为精神的身体》,劲草书房,1986 年 2 月;汤浅泰雄《身体》,收入《丛书·身体的思想4》,创文社,1986 年 6 月;小阪修平《思考的讲座 1,身体之谜》,作品社,1986 年 9 月。比喻论有苏珊·桑塔格《作为隐喻的疾病》,1982 年 4 月。作品论有柄谷行人《日本近代文学的起源·病的意义》,讲谈社,1981 年 2 月,等等。

② 在本文中,我将诗题中包含有"病""疾"等语、整首诗以疾病为主题(theme)的作品界定为狭义的咏病诗。此外,我将以疾病为素材、在局部叙述的作品界定为广义的咏病诗,作为辅助资料而使用。

论而言,对于白居易咏病诗的考察和分析,已经超越了单纯的健康论、养生论等范畴,可以认为是足以触及其文学特质(白居易的个性)的有效方法之一。白居易为何大量创作咏病诗?因为"疾病"这个题材的特殊性,自然包含了饶有深趣的视点。对于白居易来说,疾病到底是什么?在白居易身上,将疾病在诗中吟咏究竟意味着什么?这些课题,当我们想要追究、解明白居易的作家形象时,终究是无法回避的。通过解读、分析具体作品,我将对该题材诗所具有的各种可能性予以考察。

二、咏病诗的谱系

中国文学(特别是古典韵文)中各种题材诗的谱系,如悼亡诗、临终诗、招隐诗、游仙诗、咏怀诗、讽谏诗、咏史诗、览古诗等,各自都拥有其漫长的历史与传统。但是,从诗题和内容中可以判断为纯粹地吟咏自己疾病的作品,在唐代白居易之前,并未被大量创作出来。在唐代以前,虽然可以看到像刘桢、谢灵运、鲍照那样①,将疾病作为局部素材的例子,但是真正的咏病诗的例子,几乎是找不到的。植根于日常生活的"疾病"这个题材,带着某种能量开始得到吟咏,是在中唐时期,而不是文学的生产者和享受者大部分为贵族的六朝时期。下面,我将以时代顺序列出这个时期的咏病诗②。

1. 汉:乐府古辞《病妇行》③,《汉诗》卷九;
2. 南朝齐:谢朓《在郡卧病呈沈尚书诗》,《齐诗》卷三;同前《移病还园示亲属诗》,《齐诗》卷三;同前《和王长史卧病诗》,《齐诗》卷四;王秀之《卧

---

① 刘桢《赠五官中郎将诗四首》其二,逯钦立辑校《先秦汉魏晋南北朝诗》(中华书局,1983年9月)所收《魏诗》卷三;谢灵运《斋中读书诗》,同前书《宋诗》卷二;谢灵运《命学士讲诗》,同前书《宋诗》卷二;谢灵运《初至都诗》,同前书《宋诗》卷三;鲍照《松柏篇》,同前书《宋诗》卷七,等等。

② 各诗诗题、诗文,根据逯钦立辑校《先秦汉魏晋南北朝诗》(中华书局,1983年9月)。

③ "妇病连年累岁,传呼丈人前一言。当言未及得言,不知泪下一何翩翩。属累君两三孤子,莫我儿饥且寒,有过慎莫笪笞。行当折摇,思复念之。乱曰,抱时无衣,襦复无里。闭门塞牖,舍孤儿到市。道逢亲交,泣坐不能起。从乞求与孤买饵,对交啼泣,泪不可止。我欲不伤悲不能已。探怀中钱持授交,入门见孤儿,啼索其母抱。徘徊空舍中,行复尔耳。弃置勿复道。"

疾叙意诗》,《齐诗》卷六;

3. 南朝梁:江淹《卧疾怨别刘长史诗》,《梁诗》卷三;同前《杂体诗三十首》其二十六《王徵君微养疾》,《梁诗》卷四;沈约《和左丞庾杲之移病诗》,《梁诗》卷六;刘孝绰《秋雨卧疾诗》,《梁诗》卷十六;刘孝威《和简文帝卧病诗》,《梁诗》卷十八;梁简文帝萧纲《喜疾瘳诗》,《梁诗》卷二十一;同前《卧疾诗》,《梁诗》卷二十一;朱超《岁晚沈疴诗》,《梁诗》卷二十七;

4. 北周:庾信《卧病穷愁诗》,《北周诗》卷三;同前《问疾封中录诗》,《北周诗》卷四;释亡名《五苦诗》其三《病苦》,《北周诗》卷六;江总《妇病行》,《陈诗》卷七;

5. 隋:王胄《卧疾闽越述净名意诗》,《隋诗》卷五;释慧净《于冬日普光寺卧疾值雪简诸旧游诗》,《隋诗》卷十。

谢朓有三首咏病诗,是上述诗人中最多的,但是其中一首,是对他人咏病诗的"和韵",所以严格地说,可以认为他与梁简文帝并列为两首。作为题材诗的咏病诗,虽然到了六朝后期开始逐渐被创作出来,但是全部只有12首,数量很少,并且在白居易咏病诗中那些吟咏疾病的"连作诗"与吟咏"特定的病"的诗等有特色的作品还完全看不到。另外,我们可以判断,到了白居易,赋予咏病诗说理性质的特点变得显著;而在唐代以前的咏病诗中,可称为"疾病哲学"的"理"的表露还很难见到。

在咏病诗的谱系上,最应当引起注意的,正是代表中唐文学的白居易。从10岁后半期至70岁前半期,白居易创作了76首咏病诗,可以说他是一个持续不断地与自己的疾病对峙的诗人。对白居易而言,咏病的行为(<u>不是疾病本身</u>),并没有使他的精神衰退。这一点极为明白地显现于以下的事实中:即以作品数量著称的杜甫(约1500首)和李白(约1000首),其咏病诗分别不过5首和1首[①]。可以认为,这种题材诗与包括"咏物"在内的其他多种题材诗相比,<u>更明确地反映了诗人自身的关注点</u>。积极地吟咏作

[①] 比如《杜诗详注》(中华书局,1979年10月)中,有《送孔巢父谢病归游江东兼呈李白》(卷一)、《病后过王倚饮赠歌》(卷三)、《老病》(卷十五)、《耳聋》(卷二十)、《江阁卧病走笔寄呈崔卢两侍御》(卷二十二)5首。王琦注《李太白全集》有《淮南卧病书怀寄蜀中赵徵君蕤》(卷十三)1首。可以认为,作为题材(而非素材)的咏病诗,即使是对于代表唐诗的杜甫、李白而言,也没有占到很大的比重。

为身体负面状态的疾病的行为,恐怕其本质是与白居易的人物形象(个体、个性)直接相关的。虽然在白居易咏花诗中,也能够明显地反映出他的感慨,但是,在理解其老年时期的生死观方面,咏病诗提供了重要的视角。

不过,白居易咏病诗的独特性,与其说在于76首的诗歌数量,不如从其内容方面加以强调。白居易文学中咏病诗的不可或缺性,也可以为以下事实所证明。比如在设立了"疾病"类目的各种诗歌选集中,白居易的诗会被大量收录。元代方回撰评、李庆甲集评校点《瀛奎律髓汇评》卷四十四"疾病类"(上海古籍出版社,1986年4月)10首①,明代张之象撰《唐诗类苑》卷一三〇"人部·疾病"52首,清代戴明说等编《唐诗类苑选》②(内阁文库本)卷二十一"人部·疾病"5首,不仅都是白居易咏病诗的代表作,而且在唐代咏病诗的谱系中,被认为占有重要的地位③。作为参考,我把包括白居易在内的唐代诗人的咏病诗的数量列举如下:

1.《唐诗类苑》的情况:白居易(52首)、元稹(16首)、皮日休(10首)、陆龟蒙(10首)、卢纶(8首)、韦应物(6首)、孟郊(6首)、钱起(5首)、李端(5首)、杜甫(5首)、吕温(5首)、韩愈(4首)、张籍(4首)、王建(4首)、许浑(4首)、孟浩然(3首)、包佶(3首)、王维(3首)、李商隐(3首)。

2.《唐诗类苑选》的情况:皮日休(6首)、白居易(5首)、卢纶(3首)、陆龟蒙(3首)、许浑(2首)、杜甫(2首)。

两种诗歌选集的"疾病"部中收录的,大半是白居易、元稹、皮日休、卢纶等活跃于中唐到晚唐时期的诗人,这如实地表明了这种题材诗的创作高峰是在唐代后半期。特别是白居易的咏病诗,不管在哪个选集中都是以高比例入选的,这个结果也显示了他在该诗歌领域中的独特性。这种"作诗

---

① 五言中选录了《病中诗十五首并序》其一《初病风》、《病人新正》、《卧疾来早晚》、《病疮》、《马坠强初赠同座》5首,七言中选录了《春尽日宴罢感事独吟》《改业》《眼病二首》《病眼花》5首。

② 《卧疾来早晚》《村居卧病三首》其一、《病中诗十五首》其九《送嵩客》、《病中诗十五首》其十二《别柳枝》、《病起》。

③ 为谨慎起见说一句,三种咏物诗选集"疾病"部中所收录的诗篇,有很多诗题中没有包含疾病等词语的所谓广义咏病诗(参看本书第111页注②)。这虽然出于各个编纂者概念界定的差异,但即使把这一点也考虑进去,白居易咏病诗在数量和质量上的优势也是不可动摇的,他与其他诗人的差异是非常明显的。

数量"与"评价度"的平行关系,相对来说在其他诗人的创作上是难以发现的倾向,可以说是白居易文学值得注意的表征之一。在咏物诗选集"疾病"部中所见到的这种偏差,可以认为如实地显示出白居易文学的核心。

时间如果是通过一个个具体的经验而被认识、知觉的话,那么可以认为,作为身体异常体验的疾病,正是使白居易认真重新审视生命、时间、人生等问题的一大契机。

三、白居易的病历

白居易于唐代宗大历七年(772)生于郑州新郑县东郭宅,于唐武宗会昌六年(846)卒于洛阳履道里宅。在其七十五年的生命中,他的种种感情(喜怒哀乐恶)和理念(思想、哲学),原原本本地陈列于保存率达99%的《白氏文集》中。白居易文学最大的特色,是彻底紧贴现实生活的日常性。在闲适诗中所显示的对日常生活的描写、在白话类词汇与语法的大量使用中所显示的语言感觉,都明晰地印证了这一点。对白居易来说,特殊的题材、特异的词汇,并不能使他抱有持续的热情和关心。在白居易的诗中,常常会吟咏近亲者①、朋友与自己的疾病,这正是因为疾病是与人的日常生活紧密相关的。

白居易对自己常患的疾病有非常详细的记述。《白氏文集》的读者,大约会注意到咏病诗之多,以及在其他的题材诗中也有大量的关于疾病的描写。这些记述,多半与白居易生平事迹有着微妙的关系,映照出其深厚感情。本节主要从身体论的角度出发,将这些资料按照年代顺序进行整理,

---

① 白居易的妻子(杨氏)也是病弱的,这从"独对多病妻,不能理针线"(《秋霁》)"莱妻卧病月明时,不捣寒衣空捣药"(《秋晚》)"贫友远劳君寄附,病妻亲为我裁缝"(《元九以绿丝布白轻裕见寄制成衣服以诗报知》)等诗句中可以知道。

并对白居易的病历作一概观①。因为我认为,将从何时开始患什么病的问题,作为正式论述白居易咏病诗之前的导入和序说是必要的。

白居易言及疾病的诗歌,虽然总数很庞大,但仔细探讨这些诗,按照年龄顺序重新编排的话,他的病历和病期,就会以某种因果关系精确地浮现在我们面前。以《白氏文集》七十一卷为对象,调查的结果如下(对于初次出现的疾病名称,加上"＊"记号,并完整地给出所对应的原诗诗题):

1. 从30岁到39岁期间(校书郎、盩厔县尉、集贤校理、翰林学士、左拾遗、京兆府户曹参军时期):39岁,因病休假。

2. 从40岁到49岁期间(左赞善大夫、江州司马、忠州刺史、司门员外郎、主客郎中知制诰时期):40岁,眼疾,掉一齿＊(《自觉二首》其一);41岁,眼疾;43岁,眼疾,风痰＊(《病中早春》);44岁,风痰,眼疾;45岁至46岁,眼疾;46岁至47岁,眼疾,齿发衰②,肺疾＊(《闲居》《浔阳岁晚寄元八郎中庾三十三员外》);49岁,眼疾。

3. 从50岁到59岁期间(朝散大夫、上柱国、中书舍人、杭州刺史、太子右庶子分司东都、苏州刺史、秘书监、刑部侍郎、太子宾客分司东都、河南尹时期):50岁,眼疾;51岁,齿衰,眼疾,肺疾;52岁,眼疾,讲述因病辞职的决

---

① 关于白居易的病历、病状、病因(并非文学本身),今井清《白乐天的健康状态》(《东方学报》三十六,东方学会,1964年10月)、三浦国雄《白乐天的养生》(收荒井健《中华文人的生活》,平凡社,1994年1月)、小高修司《白居易(乐天)疾病考》(《日本医史学杂志》第四十九第四号,2003年12月)中有详细的考查,与本章第三节有关,可作参考。另外,就白居易的疾病与文学关系进行论述的,有丹羽博之《白乐天的病状》(《大手前女子大学论集》二十五号,1991年12月)、镰田出《唐代诗人的疾病观——以白居易为中心》(《都留文科大学研究纪要》第三十六集,1992年3月)。这些著作选取了共同的研究主题,可一并参考。

② 从30多岁后半段开始正式生出的白发,使白居易强烈地感觉到身体的衰老。在他的诗中,虽然终生近乎异常地提及白发,但是40岁时作于下邽的《白发》,作为吟咏其生死观的作品,值得注意。"白发知时节,暗与我有期。今朝日阳里,梳落数茎丝。家人不惯见,恼默与我悲。我云何足怪,此意尔不知。凡人年三十,外壮中已衰。但思寝食味,已减二十时。况我今四十,本来形貌羸。书庸昏两眼,酒病沉四支。亲爱日零落,在者仍别离。身心久如此,白发生已迟。由来生老死,三病长相随。除却无生忍,人间无药治。"详参第四章。

心①;53岁,眼疾,风痰(气嗽),54岁,因病休假;55岁,眼疾,肺疾,痰气(嗽声),头风*(《九日寄微之》),落马引起的腰痛*(《马坠强出,赠同座》),《酬别周从事二首》其一;57岁,眼疾,肺疾,因病休假;58岁至59岁,齿发衰,眼疾,肺疾。

4. 从60岁到69岁期间(河南尹、太子宾客分司东都、太子少傅分司东都):60岁,眼疾,头风,宿醉*(《洛桥寒食日作十韵》);61岁,头风,齿牙衰,宿醉,因病休假;62岁,头风,眼疾,宿醉;63岁,眼疾,病疮痏*(《二月一日作赠韦七庶子》);64岁,因病辞退赴任同州刺史②,听力障碍的征兆*(《短歌行》);65岁,头风,齿痛*(病中赠南邻觅酒),眼疾;66岁,掉二齿,听力障碍;68岁,风痹,左腿不自由(《病中诗十五首并序》其一、其二、其三);69岁,头风,风痹,眼疾,听力障碍,齿缺损,足疾*(《足疾》)。

5. 从70岁至75岁期间(太子少傅分司东都、刑部尚书时期):70岁,头风,因病致仕;71岁,风痹,头风,眼疾,足疾,听力障碍;73岁至75岁,眼疾,肺疾,听力障碍。

白居易在七十五年间所体验的疾病,程度从重到轻,从慢性病到急性病,实在是多种多样,而且可以理解为遍及了呼吸器官、循环器官、视听器官等身体所有部位。从传记方面来考察的话,疾病多发的时期,是40岁以后在下邽服丧的时期以及外任时期,特别集中于江州司马、杭州刺史、苏州刺史等地方官的任上,这一点令人感到意味深长。自从60岁以后,退居洛阳后常常得病,如果联想到白居易由于高龄而身体衰弱的话,这也是自然的了。但是,从40岁到60岁的二十年间,白居易患了那么多病,是需要引起注意的。就结论而言,可以认为,对于典型北方体质的白居易来说,江南地区的气候、风土,总体来说并未对他产生好的影响。不论在江州、杭州,还是苏州,白居易特别苦恼于呼吸系统疾病的事实,客观旁证了这个推测。

---

① "城头传鼓角,灯下整衣冠。夜镜藏须白,秋泉漱齿寒。欲将闲送老,须著病辞官。更待年终后,支持归卧看。"(《祭社宵》)

② "同州慵不去,此意复谁知。诚爱俸钱厚,其如身力衰。可怜病判案,何似醉吟诗。劳逸悬相远,行藏决不疑。徒烦人劝谏,只合自寻思。白发来无限,青山去有期。野心惟怕闹,家口莫愁饥。卖却新昌宅,聊充送老资。"(《招授同州刺史病不赴任因咏所怀》)

在外任期间，特别是从宝历元年（825）五月至宝历二年（826）十月的苏州时期，白居易连续经历了呼吸器官障碍、落马后的跌伤、眼疾等疾病（或者重复发病），不难想象，这一系列的疾病给他的精神留下了相当严重的阴影。在任苏州刺史时期所作的诗篇中佳作很少，可能也是由于这个原因。白居易一生中经历过五次因为生病而被免职①，而苏州刺史一职是其最早的例子。

白居易的主要疾病，大致上可以分为眼疾、肺病、风痹（中风）三类。其中，引发肺病的直接原因是喝酒的习惯，间接原因是赴任地的气候②。虽然可以想见，咳与痰、喉咙渴等症状会使他十分忧郁，但是从病状和病期两方面考察白居易文学的时候，更需要引起注意的，可以限定为眼疾和风痹这两个疾病。前者作为长达数十年的持续性疾病具有特殊的意义；而与此相对，后者作为白居易68岁冬十月突然袭来的突发病具有特殊的意义。当我们考察白居易咏病诗的时候，要完全无视这两种疾病几乎是不可能的。关于白居易的眼疾，大致上可以整理为以下四点：①有近视、散光、远视等视力障碍（所谓飞蚊症、眼花、花生眼，等等）；②对于具体症状的自觉，从白居易20多岁后半期至30多岁前半期开始，直至75岁去世，眼疾是一直持续着的；③病因如《与元九书》中所述的那样③，眼疾的病因也可以认为是为了科举及第而过度的应试学习；④视力障碍在其一生中都是诱发头风（头痛）的主要原因。风痹是因为饮酒习惯、衰老、寒冷的季节（冬天）这三个条件重合在一起而发病的，对于格外爱酒的白居易而言，这可以说是宿命之

---

① 《醉中得上都亲友书以予停俸多时忧问贫乏偶乘酒兴咏而报之》中咏到"头白醉昏昏，狂歌秋复春。一生耽酒客，五度弃官人。……"另外，原诗的自注（《南宋绍兴本》卷三十六）中云："苏州刑部侍郎河南尹同州刺史太子少傅，皆以病免也。"

② 关于白居易的肺病，如前述今井清论文所说的那样，不是严重的肺结核，而是支气管炎程度的疾病。从白居易活到75岁高寿及终生没有一次咯血这两点，也可以佐证今井清的猜测。

③ "……仆始生六七月，乳母抱弄于书屏下，有指'无'字'之'字示仆者，仆口未能言，心已默识，后有问此二字者，虽百十其试，而指之不差。则仆习文之缘，已在文字中矣。及五六岁，便学为诗。九岁谙识声韵。十五六，始知有进士，苦节读书。二十已来，昼课赋，夜课书，间又课诗，不遑寝息矣。以至于口舌成疮，手肘成胝。既壮而肤革不丰盈，未老而齿发早衰白，瞥瞥然如飞蝇垂珠在眸子中者，动以万数，盖以苦学力文所致，又自悲矣。……"

病。风痹和眼疾这两种不同性质的疾病,给他的精神(或者文学)造成了各种各样的影响,这一点从白居易所有的咏病诗中,只有关于眼病和风痹创作了"连作诗"的事实中也可以窥知。其中风痹,如《病中诗十五首并序》这一长篇连作诗所显示的那样,对白居易的文学有着重要的影响。

对于白居易来说,所谓"病",是为他重新探求个人(肉体和精神)本质提供"时间"和"环境"的契机。一个人的性情,或许正是当身体从"正""实"向"负""虚"过渡的病态中,才会更为显著地表现出来。至少可以说白居易是这种类型的人。下面,我将以他的咏病诗为中心,进行更加详细的考察。

四、白居易咏病诗的样态

白居易 76 首咏病诗,从其内容来看,可以明确地分为两类:吟咏自己的疾病①和吟咏他人的疾病。属于吟咏他人疾病的诗有《酬杨九弘贞长安病中见寄》《酬张太祝晚秋卧病见寄》《闻微之江陵卧病以大通中散碧腴垂云膏寄之因题四韵》《梦得卧病携酒自寻先以此寄》4 首,都是探望好友病情的所谓的友情诗。对此相对,吟咏自己的疾病的作品有 72 首,是纯粹将自身疾病题材化的作品,更进一步分类,可以区分为吟咏特定的病和吟咏一般疾病两类。在本节中,我想特别以其吟咏自身疾病的 72 首咏病诗作为考察对象,就之前白居易研究中从未被整理过的这种题材诗的产生发展与创作风格的变化问题进行一些考察。

"蒲柳质"一语②所象征的白居易的病弱体质,除了遗传因素之外,幼年时期贫穷生活导致的营养不良也是原因之一。再加上青年时期压力巨大

---

① 在吟咏他人疾病的例子中,有言及过去的文人的作品。比如关于汉代的司马相如的消渴(糖尿病),白居易咏道"慵于嵇叔夜,渴似马相如"(《酬令狐留守尚书见赠十韵》)。关于唐诗中消渴的隐喻,参考镰田出《司马相如的病——唐代的咏病诗与消渴》(《中国诗文论丛》第十集,1992 年 2 月)。

② "我貌不自识,李放写我真。静观神与骨,合是山中人。蒲柳质易朽,麋鹿心难驯。何事赤墀上,五年为侍臣。况多刚狷性,难与世同尘。不惟非贵相,但恐生祸因。宜当早罢去,收取云泉身。"(《自题写真》)

的应考学习,导致了眼疾等各种各样的疾病。作于18岁的《病中作》,可以被定位为白居易咏病诗最早的作品,吟咏了多愁善感的青年复杂的思虑。

病中作

久为劳生事,不学摄生道。

少年已多病,此身岂堪老。

前两句说自己为生活的劳苦所迫,不能顾及自己的健康,这也暗示了当时白家的家庭状况,值得注意。贫穷的生活,因内乱导致的一家离散、病弱的自己、对于未来的不安等,所有导致疾病的因素都已经在这首诗中表露了出来。

如果我们考察白居易前半生咏病诗创作风格变化的问题,那么就必须特别注意白居易因服其母陈氏之丧而退居下邽渭村时的作品。作于下邽的咏病诗,全部加起来可以找出12首。首先我将这些作品的诗题全部列举出来:《首夏病间》《病中哭金銮子》《病气》《寄同病者》《村居卧病三首》《病中友人相访》《眼暗》《病中作》《病中得樊大书》《得钱舍人书问眼疾》。

在"丁母忧"的三年半服丧期中,白居易连续作了12首咏病诗,而且这些作品都具有很大的特色。在短时期内大量创作咏病诗这一现象,可能与元和六年(811)对白居易来说并非幸福之年有很深的关系吧。那年冬天,母亲死后,他在病中还失去了最爱的独生女金銮:

病中哭金銮子

岂料吾方病,翻悲汝不全。

卧惊从枕上,扶哭就灯前。

有女诚为累,无儿岂免怜。

病来才十日,养得已三年。

慈泪寻声迸,悲肠遇物牵。

故衣犹架上,残药尚头边。

送出深村巷,看封小墓田。

莫言三里地,此别是终天。

从诗的内容来看,这是与白居易30多岁前的其他作品完全不同的咏病诗。白居易一生之中虽然经历过祖母、父、母、兄、弟、女儿、儿子、女婿、好友、熟人等死亡,但是仅 3 岁就夭折的长女金銮,使他真切地痛感到作为父亲的悲哀。

下邽期间咏病诗的特异性,在《病中哭金銮子》中已经明显地表现出来,其最大的特色,可以归纳为下述三点:第一,如《眼暗》《得钱舍人书问眼疾》那般,吟咏的对象并非一般的病,而是特定的病(眼疾)。以眼疾为题材的作品,还有苏州时期的《眼病二首》《病眼花》,但是下邽时期的咏眼病诗是我们能够找到的最早的例子。第二点应当注意的,是白居易在下邽初次尝试连续创作咏病诗的事实。白居易咏病诗的连作诗①,以 68 岁的《病中诗十五首》而暂告完结;而《村居卧病三首》则位于这些作品的起点,具有重要的意义。第三点需要提及的是,说理性、哲理性的问题②。一般来说,在白居易身上,可以看到用诗的语言"说理"的倾向,而这种现象在他的咏病诗中变得更为明显。如果"具有哲学气质的诗人"这一说法可以被允许的话,那么我们可以断定,白居易正是这种诗人的典型。七言绝句《病气》,哲理性的表白贯穿了整首诗,对于理解白居易 40 多岁时的疾病观,是不可忽视的。

病气

> 自知气发每因情,
> 情在何由气得平。
> 若问病根深与浅,
> 此身应与病齐生。

如果气被不能不变的"情"所支配的话,那么"气"也不得不变。这样看的话,我们肉体之"身"也不得不直接受到"情"与"气"的影响。以"情""气""身"三者的关系为前提,我们就能明白,只要人还活着,因"病气"而生的种种病状是绝对不可避免的。在白居易晚年咏病诗中经常见到的对"理"的陈述,很早就在这首七绝诗中清楚地显现出来。

---

① 《村居卧病三首》《眼病二首》《病中诗十五首并序》《五年秋病后独宿香山寺三绝句》。

② 关于这一点的详细讨论,参考松浦友久著作选二《陶渊明白居易论——抒情与说理》中的"白居易中的陶渊明:以诗的说理性的继承为中心"(研文出版,2004 年 6 月)。

我们可以断定，母亲的死、女儿的死、在僻乡忧郁的服丧生活、多病的自己、下邽特殊的生活环境等因素，使白居易创作了很多咏病诗，其诗风与创作方法有了显著的变化。可以认为，客观地审视自己疾病的诗人之眼，在这几年间，得到了更加牢固的确立。

如果将白居易前半生咏病诗的创作高峰期定在下邽时期的话，那么后半生咏病诗的创作高峰期，我想就是隐退洛阳的68岁前后。虽然下邽以后，包括在外任的江州（2首）、杭州（5首）、苏州（3首），白居易几乎一直毫无间断地创作着咏病诗，但从量和质两方面来看，不得不说白居易68岁时所作的咏风痹的《病中诗十五首并序》的存在意义是非常大的。这十五首连作诗，从以下几点来看都是颇有特色的作品：①作为白居易咏病诗，它首次拥有157字组成的序文；②连作诗中又包括了《病中五绝句》5首小连作诗；③15首分别是由七绝（11首）、七言六句（1首）、五律（1首）、七律（1首）、七排（1首）这些多样的诗型所构成。但是，这里我想提醒的是，除了这些形式方面的特征以外，这些诗具有通过客观的理来吟咏主观的情的说理性和抒情性。说理性是在下邽以后的白居易咏病诗中逐渐显现的特征，而《病中诗十五首》最为明显地呈现出这种说理的性质，这一点必须予以注意。尤其是：

其一《初病风》

六十八衰翁，乘衰百疾攻。

<u>朽株难免蠹</u>，<u>空穴易来风</u>。

其二《枕上作》

甘从此后支离卧，赖是承前烂熳游。

……

<u>若问乐天忧病苦</u>，<u>乐天知命了无忧</u>。

其四《病中五绝句》其一

世间生老病相随，此事心中久自知。

<u>今日行年将七十</u>，<u>犹须惭愧病来迟</u>。

其五《病中五绝句》其二

方寸成灰鬓作丝，假如强健亦何为。

<u>家无忧累身无事</u>，<u>正是安闲好病时</u>。

其七《病中五绝句》其四

目昏思寝即安眠,足软妨行便坐禅。
身作医王心是药,不劳和扁到门前。

其十四《岁暮呈思黯相公皇甫朗之及梦得尚书》

岁暮皤然一老夫,十分流辈九分无。
莫嫌身病人扶侍,犹胜无身可遣扶。

从上引诗句中,我们可以明确地感知到,白居易想要通过视角的转换(达观)以肯定的姿态把握痛苦的疾病。在既定的条件与状况中,如何才能不丧失自我地活着?这种自我管理的方法,可以说极为概括地贯穿在这一系列的咏病诗中。可以认为,"知足安分""乐天知命"的思想,主要在精神层面给予因风痹后遗症而痛苦的白居易很大的支持。而将下邽服丧期与洛阳退居期的咏病诗区别开来的决定性要素,可以认为在于这些说理性(说理性的抒情性)的强弱。仅限于白居易咏病诗而言,围绕疾病的哲理议论,越到老年时期就越为显著。

综上,本节对白居易咏病诗的创作风格的变化及其性质分两个时期进行了考察。其结果,可以明确显示出这种题材诗与白居易的人生紧密相连。咏病诗被大量创作的第一要因,如其字面意思,无疑是白居易终生多病的事实。但是在这里更重要的是,白居易将疾病作为观照对象的作家的意识。白居易是以持续的精力不断吟咏日常生活的诗人。<u>日常性的诗化</u>,是赋予其文学特征的最大要素。同时我们判断,这也意味着<u>作诗行为的日常化</u>。对于白居易来说,以作诗的行为记录每一天的哀乐,其中不可或缺的<u>生活日志式的要素</u>是很强的。诗文自注和自序的存在、年月日的标明都明确显示了白居易诗作的生活日志的性质。白居易大量创作咏病诗的最大理由,正应当从他的全部文学中都可见的"日常性的诗化""作诗的日常化""生活日志式的创作风格"等特色中寻求。因为在日常生活中,大概没有什么像疾病那样能被切身体会的了。可以说,白居易通过作诗,消减了疾病所带来的孤独、忧郁、苦恼、痛苦等负面情绪。白居易咏病诗中所表达出来的"理"(条理、道理、哲理),是用来平缓这些负面情绪的。

五、白居易的养生观

体质虚弱的白居易,虽然多年来为多种疾病所苦,却获得了七十五年的寿命,这意味着什么？最后,在本节中我想就这个问题加以考察,并试述几点私见。

白居易对于疾病的应对方法,有服药、点药、散药、安眠、饮食疗法、散步、斋戒、坐禅等,不一而足。白居易好像还很精通本草学的知识,《白氏文集》中散见着具体的中药材的名称。其应对疾病的方法有如此广泛的范围,而与药相关的需要注意的还有他对酒的认识。《郡斋暇日辱常州陈郎中使君早春晚坐水西馆书事诗十六韵见寄亦以十六韵酬之》《衰病无趣因吟所怀》《夜闻贾常州崔湖州茶山境会想羡欢宴因寄此诗》《酬梦得见喜疾瘳》《病后寒食》等诗中,述说了所谓的药用酒,这是考察白居易与酒的关系的重要诗作。在白居易的咏病诗中,也能频繁看到他对一般性的酒的描述。

病中赠南邻觅酒

头痛牙疼三日卧,
妻看煎药婢来扶。
今朝似校抬头语,
先问南邻有酒无。

对于病中、病后的白居易来说,饮酒的行为,未必只是起到消极的作用。在他饮酒的背景中,除了单纯的陶醉与欢乐以外,还有养生(增进体力)、遣兴(发散压力)等积极部分,这是要注意的。当然,吟咏因为衰老、疾病而不能饮酒的作品也大量存在。另外,还可以清楚地看到其对于痛饮伤身的自觉。但是,在病状较轻且兴致好的时候,他都会酌酒。这种倾向,即使在他68岁因风痹病倒以后,也几乎没有改变①。

---

① 比如,白居易在68岁因风痹病倒时所作的《病中诗十五首》其十三《就暖偶酌戏诸诗酒旧侣》中咏道"低屏软褥卧藤床,异向前轩就日阳。一足任地为外物,三杯自要沃中肠。头风若见诗应愈,齿折仍夸啸不妨。细酌徐吟犹觉在,旧游未可便相忘。"白居易与酒的关系,从疾病的视角来看,包含着微妙而复杂的问题。

第六章 关于白居易咏病诗的考察——将诗人与题材结合之物

这些行动上的应对疾病的方法,都会带来有效的结果。然而更应当置于考察中心的,是在前节中部分引用过的说理类咏病诗的存在。疾病应当在精神上如何应对的问题,对于自幼多病的白居易而言,肯定有深刻的理解。从以下引用的四首诗中,可以直接看出白居易的疾病观、健康观,其中说理(谈理)的内容也是饶有趣味的:

> 四十未为老,忧伤早衰恶。前岁二毛生,今年一齿落。形骸日损耗,心事同萧索。夜寝与朝餐,其间味亦薄。同岁崔舍人,容光方灼灼。始知年与貌,衰盛随忧乐。畏老老转迫,忧病病弥缚。不畏复不忧,是除老病药。(《自觉二首》其一)

> 自学坐禅休服药,从他时复病沉沉。此身不要全强健,强健多生人我心。(《罢药》)

> 卧在漳滨满十旬,起为商皓伴三人。从今且莫嫌身病,不病何由索得身。(《病免后喜除宾客》)

> 荣枯忧喜与彭殇,都似人间戏一场。虫臂鼠肝犹不怪,鸡肤鹤发复何伤。昨因风废甘长往,今遇阳和又小康。春暖来,风痹稍退也。还似远行装束了,迟回且住亦无妨。(《老病相仍以诗自解》)

《自觉二首》和《罢药》虽然不是本章所界定的狭义咏病诗,但是作品的主题(theme)表现的都是疾病,也可以认为是说理类咏病诗的代表作。这四首诗共同的视角是:正如对于人来说衰老是不可避免的那样,生病也是必然的①。即从衰老和疾病不可避免的角度而言,畏惧、哀叹衰老和疾病是没有必要的,不断保持完美的、健康的身体也没有必要。也就是说,生病亦不过是日常变化的一种。这种达观的态度,使白居易产生了多元的、肯定性的重新理解疾病的心理。除了以上引用的四首诗,在白居易其他的咏病诗中也时常可以看到这样的逻辑:并非仅仅从苦恼、焦躁、孤独这方面来把握疾病,而是通过安于此种境遇并开拓出新的视角。不以一元的方式把握现象的白居易,其内心具有强大的复原力,可以认为,这给他的精神(或者包括肉体)带来了正面的力量。在疾病这种负面环境中,白居易的自我管

---

① 白居易的这种认识,在以下的倾向中也鲜明地表现出来,即他说到"病"的场合,大多是通过与"老"的对语来表现的。

理能力之高,着实令人感佩。这种精神的达观,在行动疗法以外,给了白居易的身体以好转的力量,这一点恐怕是无法否定的。白居易对于疾病的应对方法多种多样,在这点上可以说与杜甫等诗人是截然相反的。白居易虽然病弱,却能够活到七十五岁的天寿,从这些意义来看也不能说是纯粹的偶然。

六、结语

本章以白居易的咏病诗为考察对象,就其文学特色进行了考察。这些论点的中心,在于为什么白居易好以疾病为题材与素材这个部分。若将各节中得以确认的事项分别归纳总结的话,则表示如下:

1. 作为题材诗的咏病诗,诗人个人开始大量创作,是在中唐以后。汉魏六朝、隋、初唐、盛唐各时期,咏病诗尚未被大量创作出来。

2. 在唐代诗人中,创作咏病诗最多的是白居易。对于后世"咏物诗选集"的编者们来说,这些作品在量和质上拥有着无法忽视的意义。

3. 白居易身上的疾病是多种多样的,其中慢性(持续性)的眼疾、急性(突发性)的风痹,可以认为给他的人生观、生死观、健康观、疾病观带来很大影响。就病期这一点来说,服丧期(40 岁至 43 岁)、外任期(44 岁至 55 岁)、退居期(63 岁以降)这三个时期需要特别注意。

4. 白居易大量创作咏病诗的主要原因,除了自身病弱体质这一事实以外,还必须指出其文学中显著的"生活日志式的性质"。也就是说,在白居易文学中可以明显看到"作诗的日常化""日常性的诗化"等要素。可以判断,疾病这一题材正是这些要素的有机组成部分。

5. 白居易诗的一大特色,即说理、谈理、哲理的倾向,更加浓厚地反映在他的咏病诗中。在这些说理类的咏病诗中,白居易常常议论在疾病负面环境中如何谋求精神安定与自足的问题,而这种"理"的陈述,其结果是带给白居易强有力的肉体和精神的复原力(身心复苏的力量)。

我们可以观察到,白居易通过在诗中描述疾病的行为,试图减轻、克服苦恼、不安、悲哀与孤独等感情。对于白居易来说,凝视、吟咏自己的疾病,

第六章　关于白居易咏病诗的考察——将诗人与题材结合之物

并不会使他精神变得消沉,相反给了他强有力的复原力。作诗的行为,如果可以认为是与诗人的人生(生活)直接联系的话,那么白居易正是这种类型的诗人。可以认为,作为释放压力(独善自足)的作诗行为,也是与其生活日志式的特质("作诗行为的日常化""日常性的诗化")相呼应的。初唐四杰之一、因病苦而自杀的卢照邻①,盛唐的大诗人李白,都没有创作过咏病诗,这无外是因为他们作诗的理念及风格,在本质上与白居易大相径庭的缘故。白居易是一个在作诗行为中解决了自己所面临的严重问题的人。"诗魔"这个词,最为象征地显示了白居易与诗歌的因果关系,令人感到意味深长。我们判断,明晰白居易与咏病的紧密关系,对于精准理解白居易的文学特征,有着非常重要的启示。

---

① "卢照邻,字升之,幽州范阳人也。年十余岁,就曹宪、王义方授《苍》《雅》及经史,博学善属文。初授邓王府典签,王甚爱重之,曾谓群官曰:'此即寡人相如也。'后拜新都尉。因染风疾去官,处太白山中,以服饵为事。后疾转笃,徙居阳翟之具茨山。著《释疾文》《五悲》等诵,颇有骚人之风,甚为文士所重。照邻既沉痼挛废,不堪其苦,尝与亲属执别,遂自投颍水而死,时年四十。文集二十卷。"(《旧唐书》卷一九〇上《文苑》上)

第七章

白居易的眼疾
——视力障碍带给诗人的影响

一、序

白居易是与疾病共生的诗人。他体验过的疾病种类多到令人吃惊。其病状和病期,不仅对白居易的人生,而且对他的文学整体带来了重大的影响。在遍及全身部位的多种疾病①中,值得特别注意的是"眼疾"和"风痹"。我们注意到,前者是白居易一生所患的慢性病,后者是他60多岁后半段突然发作的急性病。本章从他众多的疾病中专门选取眼疾来研究,一方面是想确认其咏病诗特有的创作风格,另一方面想对关于诗人白居易认识的样态问题,试加以具体的探讨。

一般来说,人们通过视觉(目)、听觉(耳)、味觉(舌)、嗅觉(鼻)、触觉(皮肤)即所谓"五感"的全体,接受外界各种各样的信息与刺激。这五种感觉器官,只要人们还面对着世界而生活,可以说几乎是必需之物。其中,视觉器官因为担负着从外部世界收集信息的大部分工作,是人类在认识事物时绝对不可缺少的。在被称为"精神之窗""肉体之光"的双眼②生病、受伤、损坏的时候,多愁善感的诗人与现实世界之间的对应关系将伴随何种样态出现在我们面前?下面我将一边解读咏病诗人白居易的作品,一边思考这些问题。

---

① 关于这一点,详参第六章及本书第116页注①的论文。
② 参考阿德·德·弗里斯著,山下主一郎主译《意象与象征辞典》(大修馆书店,1984年5月)219—223页"眼"条(原著 Adde Vries, dictionary of symbols and imagery);麦克·法伯著,植松靖夫译《文学象征物辞典》(东洋书林,2005年8月)294—296页"眼"条(原著 Michael Ferber, A dictionary of literary symbols)。

二、先行研究中的观点和问题

　　医学博士、眼科医院院长萱沼明的《白居易的眼疾》（《日本经济新闻》第十二版，1961年2月10日），是最早发表的关于白居易眼疾研究的论文。这篇论文主要从眼科医生的专业角度出发，包括"读诗卷而眼痛""眼痛是什么病""没有吟咏失明的诗句""神经过度疲劳、衰弱所致""年轻时已经得病""是严重的近视眼吗"等多个方面，对白居易的眼病进行了详细的诊断。他的论点杂多，其所指出的全部要点，我想归纳为以下几条。因为在对具体作品进行分析之前，确认先行相关研究著作的内容，是必需的工作。

　　1."把君诗卷灯前读，诗尽灯残天未明。<u>眼痛灭灯犹暗坐</u>，逆风吹浪打船声。"（《舟中读元九诗》）中所咏到的眼痛，并不是由视网膜、脉络膜疾病所引起的，因为这部分没有痛觉神经的分布。剩下的可能性，有三种情况可以考虑，即三叉神经分布领域的疾病、绿内障和神经症。在三叉神经分布的领域中有结膜、角膜、巩膜、睫状体，虽然当结膜或角膜中进入异物时会感觉疼痛，但在外面下着雨的情况下，异物尘埃飞不进舟中来。如果是巩膜炎的话，虽然会有轻微的紫色隆起并有压痛感，但仅限于用手按压的时候。虹彩睫状体炎虽然也会伴有疼痛，但角膜的后面会出现沉淀物，在眼眩的同时，较之疼痛，视力模糊才是主要症状。如果是绿内障的话，会先有疼痛，大都会伴随呕吐，最后引起视神经萎缩，导致失明。但是从白乐天的诗集来看，找不到吟咏失明的诗句。

　　2.从以上几点来看，《舟中读元九诗》所吟咏的白居易的眼痛，可以诊断为因左迁失意和生活的劳苦等，由神经过敏、神经衰弱、神经过度疲劳引发的神经性视疲劳。

　　3.此外还有"二十已来，昼课赋，夜课书，间又课诗，不遑寝息矣。以至于口舌成疮，手肘成胝，……瞀瞀然如飞蝇垂珠在眸子中者，动以万数。……"（《与元九书》）；"散乱空中千片雪，蒙笼物上一重纱。纵逢晴景如看雾，不是春天亦见花。僧说客尘来眼界，医言风眩在肝家。……"（《眼病二首》其一）。从这些诗句来看，可以认为白乐天患了飞蚊症，而飞蚊症有疾

129

病性和生理性的。疾病性的飞蚊症,有玻璃体混浊和白内障初期所显现的水晶体混浊的症状,但是从白乐天当时的年龄来看,几乎可以排除白内障的可能性;如果是玻璃体混浊的话,虽然会有网膜玻璃体出血或者眼色素层炎(葡萄膜炎)等晚期症状,但是对于20岁左右努力治学的年轻人来说,很难想象会有这种恶疾。从这些症状中,还是考虑为生理性的飞蚊症比较稳妥。玻璃体中的映像,因为投影在视网膜上,虽然一般很难察觉,但是在过度疲劳后常常能够感知。此外,白居易好像患有一定程度的近视。因为前面提到"蒙笼物上一重纱",是说眼前的物体好像罩有一层薄纱,这并非单纯的飞蚊症,而可以视为裸视近视的症状。

4. 从以上事实可以诊断出,白乐天的飞蚊症是生理性的,因为过度疲劳而暂时性地变严重了。他原本就有近视眼,没有使用合适的矫正眼镜,也是导致这种病症的原因之一。

5. 这样解释的话,我们才能理解白居易自己所说的"苦学力文"之意,作为医生诊断之语"风眩在肝家"(肝脏疲劳所引起的目眩)的诗句,其情趣也可以说鲜活起来了。

萱沼先生的主张,基于引用资料(三种)的分析以及白居易没有失明的事实,将白居易的眼病锁定为"视疲劳""飞蚊症""近视眼"这三点。然后指出,其中的飞蚊症,从为了参加科举考试而拼命学习的20多岁时就已经自我觉察到了,这一点也令人注目。但是关于"飞蚊症"的发病时期,(1)白居易最初提到这个疾病(所谓眼花、花生眼),如"漠漠病眼花,星星愁鬓雪"(《别行简》,元和九年〔814〕,43岁,下邽)中所示,是在40多岁的前半期。(2)"二十已来,昼课赋,夜课书,间又课诗,不遑寝息矣。以至于口舌成疮,手肘成胝,既壮而肤革不丰盈,未老而齿发早衰白。瞥瞥然如飞蝇垂珠在眸子中者,动以万数。"(《与元九书》,元和十年〔815〕,44岁,江州),在中文语境中,充其量只是讲述了20多岁青年时期埋首于应考学习之中,而"飞蚊症"的正式出现,我们推测是在"既壮""未老"的40岁前后。(3)白居易明确地察觉到自己的"齿发"趋向衰退的时间,从"白发生一茎,朝来明镜里。勿言一茎少,满头从此始。……"(《初见白发》,元和二年〔807〕至元和三年〔808〕,36岁至37岁,长安),"四十未为老,忧伤早衰恶。前岁二毛生,今年一齿落。……"(《自觉二首》其一,元和六年〔811〕,40岁,下邽)等表现来看,推定为 40 岁前后是妥当且自然的。从以上三点来考虑的话,20 多岁发病的说法几乎是难以认同的。白居易早在五六岁就开始作诗,为了进士及第,从十五六岁就开始了超乎想象的读书生活,他从非常早的阶段就过度用眼的事实,我并无意质疑。但是基于对自己身体的状况和变化异常敏感的性格,在 40 岁以前完全没有吟咏自己眼疾的诗歌(包括眼睛的异常),我们必须要说,这显然是不自然的①。另外,当我们考虑到"日常性的诗化""作诗的日常化""生活日记式的性质"这三点为白居易文学显著的特色时,萱沼先生认为白居易青年时期就患有严重的眼病这一说法的不合理性就显得更明显了。

综上所述,我们可以得出结论:"视疲劳""飞蚊症""近视眼"这三种症状,并发式地、重复不断地折磨着白居易的身心,是在他为母亲陈氏"丁忧"而退居下邽的 40 岁(元和六年〔811〕)以后的事。在下一节中,我想进一步从生平传记的侧面,更加详细地追踪白居易的眼疾症状,并试着重新整理与呈现其特征与倾向。

三、白居易的眼疾

《白氏文集》中所描写的眼疾,在 40 岁到 74 岁的三十四年间,其所吟咏的地点也是多种多样的:长安(6 例)、洛阳(26 例)、下邽(7 例)、江州(4 例)、忠州(1 例)、杭州(3 例)、苏州(7 例)、赴任途中(1 例)。其度过晚年的洛阳占了多数的 26 例,这是自然的。此外,在下邽和苏州描写眼睛不适的诗句增加了,这一点也应引起注意。白居易的眼病,虽然免于完全失明("盲目"),但是作为经常性的慢性疾病,往往不择时间、不择地点而发作。眼疾对于白居易的影响,首先要在其具有传记性质的诗歌中寻求。

如果挑出吟咏眼睛的不适感与不快感的全部作品(散文、韵文),归纳

---

① 同样的见解亦见于本书第 116 页注①中今井清的论文,论文第 403 至第 404 页中说:"博士(萱沼明)解读为眼花,即博士所谓的作为裸视近视的自觉症状的飞蚊症,从二十岁左右就有了。但是在二十岁左右至四十岁左右的作品中,尽管这一时期的作品数量相对来说比较少,但该症状并未出现。因此,这一点还留有疑问。"

其特征的话,白居易眼疾的全貌就会浮现出来。在本节中,我想按照时间顺序记下对应的诗句,先试着归纳白居易一生视力障碍的发展经过。根据原典,对其病状、病情进行再确认,这在我们追究其所谓的咏病诗、咏眼诗①所具有的文学意义时,可以提供重要的视角。

1. 从40岁(元和六年[811])至49岁(元和十五年[820])期间,地点:下邽、赴任途中、江州、忠州、长安。40岁:"双眸昏",41岁:"病眼昏似夜""昏两眼",43岁:"漠漠病眼花"、《眼暗》、"眼损"、《得钱舍人书问眼疾》、"春来眼阁",44岁:"眼痛",45岁:"眼昏""旧目疾",45岁至45岁:"眼犹昏",46岁至47岁:"眼昏",47岁:"眼花",49岁:"两眼日将阁""病眼"。

2. 从50岁(长庆元年[821])至59岁(大和四年[830])期间,地点:杭州、洛阳、苏州、长安。51岁:"目已昏""觉眼昏",52岁:"病眼昏",53岁:"两眼春昏""眼昏",55岁:"眼昏""日觉双眸暗""眼暗"、《眼病》"不是春天亦见花""眼藏损伤来已久""眼暗""眼昏",57岁:"目昏""目眩""病眼",58岁:"眼痛""眼不明",59岁:"眼慵""老眼～暗""眼花""病眼",58岁至60岁:"病眼花"。

3. 从60岁(大和五年[831])至69岁(开成五年[840])期间,地点:洛阳。60岁:《病眼花》"目眩""花发眼中",61岁:"眼昏",62岁:"眼病""眼已暗""眼昏",63岁:"眼～病",64岁至65岁:"眼暗",65岁:"眼重",66岁:"眼涩""争教眼不昏""眼未全昏",68岁:"目眩""目昏""眼随老减""眼昏",69岁:"眼渐昏昏""眼昏"。

4. 从70岁(会昌元年[841])至75岁(会昌六年[845])期间,地点:洛阳。71岁:"眼昏""右眼昏花",73岁至74岁:"眼暗",74岁:"眼阁"②。

我们稍做观察就能发现,白居易的眼疾是由眼昏("眼阁"或"眼暗")、眼痛、眼花这三大症状构成的。特别是意味着视力下降的"昏""阁""暗"三

---

① 本章将诗题中带有指称眼疾的词语且整首诗以眼病为主题(theme)的作品,定义为狭义的咏眼诗。除此之外,将以眼疾作为局部素材叙述的作品,视为广义的咏眼诗。使用"眼疾表现"一语作为包含两者的综合概念。咏病诗的定义亦仿此。顺便说一下,白居易狭义的咏眼诗,只有《眼暗》《得钱舍人书问眼疾》《眼病二首》《病眼花》5首,广义的咏眼诗占其多数。

② 明代马元调校本《白氏文集》中"眼"作"眠"。

字的多次出现,显示了白居易对症状的自觉,必须特别注意。这种视力障碍,可以认为是白居易为科举应考而学习、长年过度用眼的结果,其后随着年龄的增长而逐渐恶化了。然后我们可以得出结论,他的眼病,虽然是"眼未全昏耳未聋"(《赠梦得》)的状态,但是肯定没有治愈和恢复,而是持续了一生。这一点在"书魔昏两眼"(《白发》)、"眼为看书损"(《渭村退居寄礼部崔侍郎翰林钱舍人诗一百韵》)、"眼昏久被书料理"(《对镜偶吟赠张道士抱元》)、"两眼日将闇"(《不二门》)、"日觉双眸暗"(《重咏》)、"眼渐昏昏耳渐聋"(《老病幽独偶吟所怀》)、"眼闇看花人。……七十四年春"(《斋居春夕感事遣怀》)等诗中得到了明确的证实。另外,我们判断,他的视力障碍,并不单单会使眼痛、眼花并发,而且会诱发"头风""头旋"等强烈的头痛,这给白居易带来了恒常性的精神压力。进而在71岁的时候,如果我们重视其吟咏的"右眼昏花左足风"(《病中看经赠诸道侣》)这一诗歌内容的话,可以推测出,诗人左眼与右眼的疾病种类和程度有微妙的差异。

白居易诗中大量的眼疾表现,正是诗人与疾病之间进行的"苦斗的轨迹"。对于数十年来持续苦恼的病症,白居易进行了详细叙述。比如以下所引的三首诗,都是将眼疾本身题材化的狭义的咏眼诗。如果我们想要更加准确地理解白居易的眼病,这三首诗是必需的基础资料。因为这三首诗,对各年龄段的具体病状,详细地进行了自我解说:

> 早年勤倦看书苦,晚岁悲伤出泪多。眼损不知都自取,病成方悟欲如何。夜昏乍似灯将灭,朝闇长疑镜未磨。千药万方治不得,唯应闭目学头陀①。(《眼暗》,元和九年〔814〕,43岁,下邽)
>
> 散乱空中千片雪,蒙笼物上一重纱。纵逢晴景如看雾,不是春天亦见花。以上四句,皆病眼中所见者。僧说客尘来眼界,医言风眩在肝家。两头治疗何曾差,药力微茫佛力赊。(《眼病二首》其一,宝历二年〔826〕,55岁,苏州)

---

① 白居易《和梦游春诗一百韵》(元和五年〔810〕,39岁,长安)最末一句的自注为"微之常以《法句》及《心王头陀经》相示,故申言以卒其志也"。关于唐代《法句经》《心王头陀经》的考证,详见陈寅恪《元白诗笺证稿》(上海古籍出版社,1978年3月)第四章"艳诗及悼亡诗",98—99页;朱金城《白居易集笺校(全六册)》(上海古籍出版社,1988年12月)第二册,868页。

头风目眩乘衰老,只有增加岂有瘳。《传》云:有加而无瘳。花发眼中犹足怪,柳生肘上亦须休。大窠罗绮看才辨,小字文书见便愁。必若不能分黑白,却应无悔复无尤。(《病眼花》,大和五年〔831〕,60岁,洛阳)

在40多岁前期所作的《眼暗》中,主要述说了起因于近视眼的视力模糊。在50多岁中期吟咏的《眼病二首》中,说到了飞蚊症①与近视眼混合的视觉异常的症状。然后在老年时期的60岁的作品《病眼花》中,除以上两种症状之外,还吟咏了所谓的远视眼(老花眼)引起的不适。不管是"罗绮"的"大窠"、还是"文书"的"小字"都看不清的状况,使我们充分地感知到,白居易的双眼伴随着睫状体和晶状体的弹性变差导致的远视眼、老花眼的加深。

若按照白居易自己的认识,这些眼疾,是《眼暗》中所陈述的"早年勤倦看书苦,晚岁悲伤出泪多"的必然结果。这个事实,当我们想起同样因长年饮酒导致他在68岁那年冬天发作了风痹(痛风)时,实在可以说是意味深长。此外,他还指出了另外一个病因,即经历了很多不可代替的人的去世——因为多次恸哭,严重损伤了两眼的机能。"朝哭心所爱,暮哭心所亲。……悲来四支缓,泣尽双眸昏"(《自觉二首》其二),这作为白居易的实感认知,是值得注意的。白居易亲近以《心王头陀经》(《眼暗》所引)为代表的佛典,毫无疑问其目的基本上是为了平复与抑制自己动摇不定的悲伤、悲痛之情。除此以外的病因,还有《眼病二首》中所写的"僧说客尘来眼界,医言风眩在肝家"两种说法,它们分别是基于佛教教义和中医学的立场得出的见解与诊断,我们如果想了解当时士人社会中的疾病观和养生理论,这两句诗会是很有意思的材料。

---

① 其他言及飞蚊症的韵文作品,有"漠漠病眼花"(《别行简》);"浮生抵眼花"(《对酒》);"若向花中比,犹应胜眼花"(《和微之叹槿花》);"独有病眼花,春风吹不落"(《落花》)。通过所谓"眼花"的介入,咏花诗与咏眼诗得以联结起来。顺便说一下,飞蚊症是因与近视眼的老化现象伴随的玻璃体崩塌(collapse)而引起的,最坏的情况会导致视网膜剥离而引起失明,但是白居易身上并没有看到如此严重的症状,可以认为是轻中度的生理性飞蚊症。关于飞蚊症的病理,参见池田光男、池田几子《思考眼睛的老化》(平凡社,《自然丛书》28,1995年9月)第四章。

四、白居易诗中的眼疾表现

正如前文所概述的,白居易的眼疾是由多种不同的重度病状所构成的,在没有矫正近视、远视、散光眼镜的社会中,我们认为这些病状只会恶化,绝不可能好转。白居易处于这种不快、不适的疾病环境中,陆续地创作出了大量描写眼疾的文学作品。可以看到,他通过冷静透彻地观察病因及病状,扩充了自己的诗材,成功地深化了诗歌主题。并且,白诗中的眼疾表现,大半都具有与自己的生存(如何减轻痛苦,如何才能从苦闷中解脱出来)直接关联的深刻主题。在这些吟咏如何应对眼疾的作品中,首先应当列举的,是白居易所提到的本草学(中医)的点药与服用药,以及中国古代的眼病外科疗法——金篦术①。虽然这些疗法似乎缺少实际效果,但白居易为了克服眼疾,在尽可能的范围内尝试了各种治疗方法。

春来眼闇少心情,点尽黄连尚未平。唯得君书胜得药,开缄未读眼先明。(《得钱舍人书问眼疾》,元和九年〔814〕,43岁,下邽)

二毛晓落梳头懒,两眼春昏点药频。唯有闲行犹得在,心情未到不如人。(《自叹二首》其二,长庆四年〔824〕,53岁,杭州)

眼脏损伤来已久,病根牢固治应难。医师尽劝先停酒,道侣多教早罢官。案上谩铺龙树论,合中虚撚决明丸②。人间方药应无益,争得金篦试刮看。(《眼病二首》其二,宝历二年〔826〕,55岁,苏州)

右眼昏花左足风,金篦石水用无功。金篦刮眼病,见《涅槃经》。磁石水治风,见外台方。不如回念三乘乐,便得浮生百疾空。无子同

---

① 《汉语大词典(全十二册)》第十一卷(汉语大词典出版社,1993年6月)"金篦术"条解释为"治眼病的医术";同书"金錍"条中详述道:"古代治眼病的工具。形如箭头,用来刮眼膜,据说可使盲者复明。《涅槃经》卷八'如目盲人为治目故,造诣良医,是时良医即以金錍决其眼膜。'《周书·张元传》'其夜,梦见一老公,以金錍治其祖目'。唐杜甫《秋日夔府咏怀奉寄郑监李宾客一百韵》'金篦空刮眼,镜象未离铨'。"

② 明代马元调校本《白氏文集》中作"盒中虚撚决明丸"。

居草菴下,见《法华经》。有妻偕老道场中。何烦更请僧为侣,月正新归伴痛翁。时适谈氏女子,自太原初归。维摩诘有女名月上也。(《病中看经赠诸道侣》,会昌二年〔842〕,71 岁,洛阳)

第二种应对方法,是极力控制双眼的使用程度,避免用眼过度,努力做到平静。为此,白居易在实践中做到了睡眠充足,尽量不看小字。可以认为,在点眼药、服药、金篦等医学疗法没有取得明显效果时,为了维持和尽可能恢复两眼的机能,扎实的安眠熟睡是不可或缺的。在中国历代文学家中,白居易可以说是最理解睡眠效能的诗人之一。这种生活习惯、生活态度,散见于诸如《闲居》、《宿东亭晓兴》、《慵不能》、《病中诗十五首》其七、《病中五绝》其四等作品中,下面所要介绍的诗篇,可以说是其中典型的作品:

卧听冬冬衙鼓声,起迟睡足长心情。华簪脱后头虽白,堆案抛来眼校明。闲上篮舆乘兴出,醉回花舫信风行。明朝更濯缨尘去,闻道松江水最清。(《晚起》,宝历二年〔826〕,55 岁,苏州)

与君俱老也,自问老何如。眼涩夜先卧,头慵朝未梳。有时扶杖出,尽日闭门居。懒照新磨镜,休看小字书。情于故人重,迹共少年疏。唯是闲谈兴,相逢尚有余。(《咏老赠梦得》,开成二年〔837〕,66 岁,洛阳)

与这些极为现实的举措并行,应当注意的是,白居易通过寻求佛教信仰——佛的保佑,想要从包括眼病在内的一切疾苦(苦界)中摆脱出来的行动。第三种方法,即是对宗教的皈依。白居易从初次强烈意识到眼病存在的下邽时期(40 多岁初)开始就是真诚的佛教信徒了。对于因身体虚弱之故不得不与疾病共生的白居易来说,宗教可以认为是一个强大的精神支柱。在这里我只想引用一首诗,这是白居易祈愿从烦恼中解脱出来的代表作:

朝哭心所爱,暮哭心所亲。亲爱零落尽,安用身独存。几许平生欢,无限骨肉恩。结为肠间痛,聚作鼻头辛。悲来四支缓,泣尽双眸昏。所以年四十,心如七十人。我闻浮图教,中有解脱门。置心为止水,视身如浮云。斗薮垢秽衣,度脱生死轮。胡为恋此苦,不去犹逡巡。回念发弘愿,愿此见在身。但受过去报,不结将

来因。誓以智惠水,永洗烦恼尘。不将恩爱子,更种忧悲根。(《自觉二首》其二,元和六年[811],40岁,下邽)

这首诗是白居易退居下邽时,直面不断袭来的"病"与"死"而作的五言二十八句古体诗,可以定位为白居易咏怀诗的杰作,包含了说理性的抒情性①。依靠佛教的力量,白居易想要保持心如"止水",希望从与骨肉(母亲与女儿)死别的忧悲、哭泣中(其结果就是两眼机能的损伤)尽量解脱出来的愿望。特别是最后四句"誓以智惠水,永洗烦恼尘。不将恩爱子,更种忧悲根",直接显示出白居易因对亲人难以割舍的爱而苦恼的内心世界。

第四点应当指出的是,白居易特有的达观心态。在物理意义上,不管处于多么困难的状况,他都会通过自己独特的逻辑,试图闯破难关(闭塞的状况)。为了驾驭失控的情绪、防止身心的损耗,白居易总是尝试冷静地看清感情产生的原因,即事物的道理。白居易通过作诗这种理智的操作,将眼疾带来的不可避免的情感冲动相对化、对照化、客观化,想要尽可能准确把握自己所处的位置及意义。对于天生好"论"的白居易来说,自己的诗文是作为"抒发"摇动之"情"、"说"应然之"理"、对彼时彼环境中人生进行再确认的"场"而持续存在的。对于白居易来说,作诗行为已经成为有效的疾病对策之一。试看白居易在55岁至63岁期间所作的四首诗:

日觉双眸暗,年惊两鬓苍。病应无处避,老更不宜忙。徇俗心情少,休官道理长。今秋归去定,何必重思量。(《重咏》,宝历二年[826],55岁,苏州)

不愁陌上春光尽,亦任庭前日影斜。面黑眼昏头雪白,老应无可更增加。(《任老》,大和六年[832],61岁,洛阳)

幸免非常病,甘当本分衰。眼昏灯最觉,腰瘦带先知。树叶霜红日,鬓须雪白时。悲愁缘欲老,老过却无悲。(《答梦得秋日书怀见寄》,大和七年[833],62岁,洛阳)

酒酣后,歌歇时。请君添一酌,听我吟四虽。年虽老,犹少于韦长史。命虽薄,犹胜于郑长水。眼虽病,犹明于徐郎中。家虽

---

① 关于白居易诗中所见的说理性的抒情性以及其功能问题,参考松浦友久著作选二《陶渊明白居易——抒情与说理》(研文出版,2004年6月)"白居易中的陶渊明——以诗的说理性的继承为中心"。

贫,犹富于郭庶子。省躬审分何侥幸,值酒逢歌且欢喜。<u>忘荣知足委天和</u>,亦应得尽生生理。分司同官中,韦长史绩,年七十余。郭庶子求,贫苦最甚。<u>徐郎中晦</u>,<u>因疾丧明</u>。予为河南尹时,见同年郑俞,始受长水县令。因叹四子而成此篇也。(《吟四虽》,大和八年〔834〕,63岁,洛阳)

在决意辞去苏州刺史时作的五言律诗《重咏》中,白居易自我分析说:对每个人来说,生病(视力的衰退)是必然的,无论怎样努力都是找不到避难场所的;然后白居易说年老后最好专注于身心的修养,并提出一个"休官道理长"的"理"。而在七言绝句《任老》中,他说衰老和疾病如果达到了极限的话,就不会变得更差了,即通过所谓"任老"的达观,以此使自己受伤的身心得到恢复。另外,在五言律诗《答梦得秋日书怀见寄》中,白居易一方面为目前幸免于"非常病"(致命的疾病)而感到喜悦,另一方面述说在注视光源(灯或月亮等)时,强烈地感觉到视力的衰退,并向好友刘禹锡叙说自己觉悟到的道理——在完全衰老的人的身上,已不再有悲愁。如果凭借这些"居易""乐天""知命""委顺""任老"的心态,依然无法实现自我复苏的话,这时白居易就会关注那些处于比自己更不幸境遇的人。在《吟四虽》这首杂言古诗中,白居易通过导入四个"尺度"(年老、命薄、眼病、家贫),将自身所处现状的不幸——或者正相反是幸福的程度,一个一个慎重地进行了验证和确认。因长年的眼疾而烦恼的白居易的"<u>心</u>",通过与因病完全失明的徐晦做比较,确实得到了安慰,变得平静下来。尽管自己"<u>身体</u>"的病状没有得到丝毫改善,但诗中所展开的"道理""原理""条理""哲理",却抑制住了不堪忍受的情感泛滥,可以说发挥了"知性的水利"的功能。"忘荣知足委天和,亦应得尽<u>生生理</u>"这两句,客观地证明了白居易这种心理的存在。可以认为,白居易的诗歌世界,是生产、验证、获得这个"<u>生生之理</u>"①,并且是为了最大限度地适用于"生"的文学空间。白居易的诗不仅是"抒情之器",同时也是"赋予活性的工具"。对于白居易来说,作诗的行为被认为是与更好的"生"相联系的,原因即在于此。

---

① 关于这一点,参考花房英树《白居易研究》第三章"文学的立场"(世界思想社,1971年3月);同《白乐天》(《人与思想》87)第二章"思想理念"(清水书院,1990年8月)。

第七章 白居易的眼疾——视力障碍带给诗人的影响

就这样,白居易因自身所患眼疾,留下了与眼疾相关的大量诗歌。从结论来说,作为诗材的眼疾以及眼疾表现,在从先秦到唐末漫长的中国古典诗歌史中,成为了白居易独领风骚的舞台。他通过吟咏从题材到素材的眼疾表现,成功地给自己的文学赋予了独特的广度和深度。若仅限于以眼病为诗题的作品,在逯钦立辑校《先秦汉魏晋南北朝诗(全三册)》中一例也没有①。即使是收诗众多的《全唐诗》中,也仅有4例而已:①"天寒眼痛少心情,隔雾看人夜里行。年少往来常不住,墙西冻地马蹄声。"(王建《眼病寄同官》,《全唐诗》卷三〇一);②"三秋伤望眼,终日哭途穷。两目今先暗,中年似老翁。看朱渐成碧,羞日不禁风。师有金篦术,如何为发蒙。"(刘禹锡《赠眼医婆罗门僧》,《全唐诗》卷三五七);③"卷尽轻云月更明,金篦不用且闲行。若倾家酿招来客,何必池塘春草生。"(刘禹锡《裴侍郎大尹雪中遗酒一壶兼示喜眼疾平一绝有闲行把酒之句斐然仰酬》,《全唐诗》卷三六五);④"三年患眼今年校,免与风光便隔生。昨日韩家后园里,看花犹似未分明。"(张籍《患眼》,《全唐诗》卷三八六)。即使考虑到其他作为局部素材言及眼病的作品,中唐时期的白居易在中国古典文学史中也可以说是眼疾文学的创始者,这个客观事实是无可动摇的。因为从质和量两方面,白居易与其他诗人的差异都是显而易见的。就算是作为眼病诗人名气很大的张籍②,在其诗中部分地提到自己眼病的作品,也不过《咏怀》(《全唐诗》卷三八四)、《答开州韦使君寄车前子》(《全唐诗》卷三八六)、《闲游》(《全唐诗》卷三八六)3首而已,我们并不认为眼疾对于张籍的诗文框架产生了很大的影响。

如上所述,实际生活中患有眼疾一事,并不直接反映到大部分诗人的

---

① 顺便说一下,在一首诗中将眼病作为部分素材吟咏的作品,只有陆机《百年歌十首》其八(《晋诗》卷五)、仙道《太上皇老君哀歌七首》其三(《北魏诗》卷四)这两首而已。另外,南朝梁的刘孝绰有《咏眼诗》(《梁诗》卷十六)1首,但这首作品是所谓的咏物诗,所以不算眼疾诗。

② 白居易在咏张籍的时候,有的作品特别记载了他的眼病与住所,这一点值得注意。比如"……怜君将病眼,为我犯尘埃。远从延康里,来访曲江滨。"(《酬张十八访宿见赠》);"……如何欲五十,官小身贱贫。病眼街西住,无人行到门。……"(《读张籍古乐府》)等。

文学创作中①，可以说这也从另一个方面明确显示了白居易文学的特质。白居易虽然体质孱弱，身体多病，却最终活到七十五岁的高寿，他对自己的身心状况，尤其对身体的不适和疾病敏感，这种心性和气质，结果就是产生了大量的与人的身体样态有关的诗歌表现②。对自己、对他人身体的感性关注，必然也会强烈地作用于自己的眼疾，使得几乎从未被其他诗人开拓的新文学领域的出现成为可能。连每日折磨自己的病苦，白居易也积极地视作诗歌创作的对象，在其创作过程中，构筑更多样、更强韧的"诗想"，从中可以清楚地看出，因"宿习之缘"③而与诗歌结缘的"诗魔"白居易独特的创作个性。这是自我分析、自我省察的文学，同时也是自我复原、自我复苏的文学，另外，也可以说是因永生的"因""缘"所规定的"业""过"的宿命文学④。

就这样，白居易的视力障碍，加速了他天生具有的内省与自我观照性格的形成，结果就是使其创作出大量的抒情与说理交错的咏病诗。在这些作品中可以看到共通的倾向是，较之"上升"更多是"沉潜"、较之"未来"更多是"过去"、较之"外界"更多是"内界"、较之"全体"更多是"个人"、较之"扩散"更多是"凝集"、较之"执着"更多是"恬淡"、较之"兴奋"更多是"镇静"等一系列意识之"流"⑤。下面我只引用四首包含眼疾

---

① 比如晚唐诗人杜牧的人生，因为带着患眼疾的弟弟杜顗而受到了很大的制约（参见《樊川文集》卷十六《上宰相求湖州第二启》，上海古籍出版社，1978年9月），但他完全没有创作与此相关的"咏眼诗"（眼疾表现）。这暗示了白居易与杜牧之间，两人文学的样态（方法、目的等）是异质的。同样的倾向在初唐诗人卢照邻身上也可以见到，关于这一点，参考第六章"结语"以及本书第127页注①。

② 关于这一点，参考本书"本论一：身体与姿势"第一章与第三章。

③ "仆始生六七月时，乳母抱弄于书屏下，有指'无'字'之'字示仆者，仆虽口未能言，心已默识。后有问此二字者，虽百十其试，而指之不差。则知仆宿习之缘，已在文字中矣。……"（《与元九书》）

④ "……我有本愿。愿以今生世俗文字之业，狂言绮语之过，转为将来世世赞佛乘之因，转法轮之缘也。……"（《香山寺白氏洛中集记》）

⑤ 由于视觉衰弱，反而使其他感觉器官（特别是听觉）变得敏锐的倾向，若限于白居易咏眼诗来看，并不是很强烈。大概因为他没有体验过完全失明的状态吧。"年来私自问，何故不归京。佩玉腰无力，看花眼不明。老慵难发遣，春病易滋生。赖有弹琴女，时时听一声。"但这首《自问》属于例外。

第七章 白居易的眼疾——视力障碍带给诗人的影响

表现的作品：

> 病眼昏似夜，衰鬓飒如秋。除却须衣食，平生百事休。知君善易者，问我决疑不。不卜非他故，人间无所求。（《答卜者》，元和七年〔812〕，41岁，下邽）

> 老眼花前暗，春衣雨后寒。旧诗多忘却，新酒且尝看。拙定于身稳，慵应趁伴难。渐销名利想，无梦到长安。（《无梦》，大和四年〔830〕，59岁，洛阳）

> 眼渐昏昏耳渐聋，满头霜雪半身风。已将心出浮云外，《维摩经》云：是身如浮云也。犹寄形于逆旅中。觞咏罢来宾阁闭，笙歌散后妓房空。世缘俗念消除尽，别是人间清净翁。（《老病幽独偶吟所怀》，开成五年〔840〕，69岁，洛阳）

> 风雨萧条秋少客，门庭冷静昼多关。金羁骆马近赏却，罗袖柳枝寻放还。书卷略寻聊取睡，酒杯浅把粗开颜。眼昏入夜休看月，脚重经春不上山。心静无妨喧处寂，机忘兼觉梦中闲。是非爱恶销停尽，唯寄空身在世间。（《闲居》，开成五年〔840〕，69岁，洛阳）

这些诗篇极为明确地显示出，生活在社会中的人的意识与思考的形态，不得不与从视觉中获取的外界信息与刺激紧密相关。视力下降与视野模糊，在积极的意义上保证了白居易从"人世间"往上爬的志向和追逐欲望的身心桎梏中获得自由。用诗人自己的话说，就是"不卜非他故，人间无所求""渐销名利想，无梦到长安""世缘俗念消除尽，别是人间清净翁""是非爱恶销停尽，唯寄空身在世间"，而这些价值判断，都是以"病眼昏似夜""老眼花前暗""眼渐昏昏耳渐聋""眼昏入夜休看月"的"视朦"（世界轮廓的消失）为前提而引导出来的，这一点在研究白居易时需要特别注意。可以看出，情感细腻且多愁善感的白居易，因为两眼机能受损，反而确保了更加清晰的透过现象看到本质的视线。因看不清而变得看清，因为丧失而获得——这种非常具有白诗（白居易个人）特色的性质，在"咏眼诗""咏病诗""白发诗"这种与身体联系的题材诗中，成为了最值得注意的特色。

五、结语

本章选取白诗中大量出现的眼疾表现,从总论和分论两方面进行了考察,论述了眼疾作为诗材的意义以及对于诗人的影响。通过一系列分析而得到确认的事项,大致可以概括为以下五点:

1. 折磨白居易的眼病,由"眼昏"(近视、远视、散光等引起的视力障碍)、"眼痛"(眼睛疲劳的主要症状)、"眼花"(飞蚊症 myodesopsia)三类组成。我认为,这些并发症状的正式出现,是白居易为母服丧而退居下邽渭村的元和六年(811),即40岁以后的事。

2. 这三种病状发生的主要原因是:白居易为了进士科及第而持续十五年以上的应考学习,终生维持不改的读书习惯,多次经历无可替代的亲人与朋友的逝世而过度哭泣等。病症直至其75岁逝世为止,只有渐次恶化,绝没有好转和治愈。

3. 以这种不自由的身体状况为背景,《白氏文集》中吟咏了多种眼病对策,包括①基于本草学知识的点药、服药,以及中国古代的眼病外科疗法——金篦术;②安眠熟睡的贯彻实行;③读书方法的改善;④基于佛教信仰,志求从烦恼(客尘)中解脱;⑤最大限度地有效使用相对化、客观化、视点转移等方法。通过这些方法,以追求身心"居易""乐天""知命""委顺""任老"的具有白居易特色的达观心态。多种多样的应对之举令人吃惊,这也使得白居易的"眼疾文学"(咏眼诗)变得更加丰富。

4. 在先秦至唐末的中国古典诗歌史中,眼疾几乎从未被当作诗材。在这一点上,白居易的眼疾表现,不管从量上还是质上都是极为特异的,他可以被定位为这种文学题材的创始者与开拓者。

5. 两眼机能的衰退和损伤,加速了白居易与生俱来的内省与自我观照的性格沉淀。与此相关,在抒情与说理交错的白居易眼疾表现中,我们可以清楚看到一系列的趋向:较之"上升"更多是"沉潜"、较之"未来"更多是"过去"、较之"外界"更多是"内界"、较之"全体"更多是"个人"、较之"扩散"更多是"凝聚"、较之"执着"更多是"恬淡"、较之"兴奋"更多是"镇静"。这说明眼病(视觉障碍)对于白居易的意识和人生思考产生了重大的影响。

在因文字而损坏眼睛、用诗文吟咏疾病、用文学实现人生理想的白居易形象中,我们可以看出,白居易把自己整个人生全部投入诗歌的执念("魔")。在既存的传统框架因"安史之乱"遭受破坏的中唐时期,白居易接受了这个时代的邀请,完成了向身体观照回归的独特文学。从这一点来说,白居易创作前代诗人几乎从未尝试过的"咏眼诗"(眼疾表现)是必然的。由于丧失了正常的眼部机能,诗人白居易获得了一种与之前截然不同的全新文学。我们可以得出结论:这也是一种从"负面"开拓出"正面"的白居易独特"诗想"的产物。

本论三

住所与家人

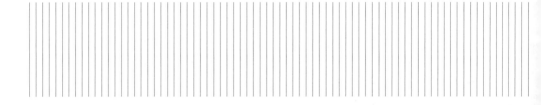

第八章

白居易诗歌中关于房屋的文学表现
——与闲适的诗想相关联

一、序

李白殁后十年,杜甫死后两年,在中国北方的郑州新郑县诞生了一位诗人,他就是后来以作品数量位居唐代第一,获得了广泛读者阶层(享受阶层)认可的白居易。他的作品风格,虽然大体上可以分为左迁江州以前所展开的"讽喻""兼善"与其后变得显著的"闲适""独善"两类,但是其一贯的特色是"平易畅达"。无论作品的数量还是质量,白居易都是中唐诗坛最伟大的诗人。

在本章中,我想以他的自撰集《白氏文集》七十一卷(其中阙四卷)为对象,就文集中出现的大量居住空间问题,尝试系统地考察。白居易是一个对自己的房屋一直抱有特别关心的诗人,这在汉魏六朝至隋唐五代的诗人群体中,是格外突出的。白居易诗歌中的房屋表现,不拘泥于诗歌样式(古体、近体)和内容(讽喻、闲适、感伤)而频繁出现,其大部分都是与白居易的身心状况密切纠缠在一起的。对于白居易而言,维系身体与居住空间的到底是什么?对于这个问题的解答,大约是我们在考察其闲适文学的结构时,所必须要解决的。

白居易晚年,在洛阳履道里宅中所正式展开的闲适世界,是他花了很长时间准备并制定周密的计划,到了60多岁时才最终完成的。在他七十五年的人生中,经历了数次搬家。在本章中,我想尝试通过对白诗中房屋表现的分析,追踪其长达数十年实现"闲适"的轨迹,最终讨论构成其文学特征的"居易"(居于易)诗想,并使新的诗人形象浮现出来。

二、房屋的文学表现与五个视点

　　就《白氏文集》中所见房屋表现的意义进行论述之前,我们必须要再次确认的一点是:白居易不管作为"私人",还是作为"诗人",对于构成身心依靠的居住空间(生活空间),一直都给予着非比寻常的关注。其结果是,他创作了合计超过 160 首以房屋空间为主题的韵文作品。此外,如果我们考虑到还有大量的局部描写与散文作品(《庐山草堂记》《冷泉亭记》《池上篇并序》)的存在,则不得不说,白居易的这个倾向几乎是显而易见的。而且,这些作品都是白居易闲适文学的精髓(essence),这是我们必须要特别注意的。在创作和积累了大量诗篇的唐代三百年中,我们找不出像白居易那样将房屋和住宅咏入诗歌的诗人。这种显著的特征,我们只要通览一下《全唐诗》全部的诗题,就能够理解。就结论而言,所谓"咏家诗"这种题材诗的谱系,由于白居易的登场而达到了巅峰。

　　我们判断,白居易将自身的居住空间积极地诗材化——即题材化与素材化的姿态,是以下三点要素为背景时,必然会形成的:(1)紧贴日常事物的文学性;(2)想要安居的愿望、追求安定的人生观;(3)作为"白氏子"担负生活的全部责任。第一点意味着在白居易诗中普遍能看到的"日常性的诗化""诗作的日常化""日常生活词汇的导入""生活日志式的作品风格"等性质。第二点是由于贫困和战乱,不得不在中国各地辗转漂泊的青春时期的灰暗体验给他留下的阴影。而第三点显示了由于在科举考试前 23 岁时丧父(白季庚),又在贬官江州后 46 岁时失去兄长(白幼文),所以作为一族(寒门)出人头地的希望,白居易必须庇护白家全体成员的立场。当我们考虑白居易与房屋的联系时,以上三点是最基础的视角。

　　然而,比上述三点更重要的一点是以下事实:白居易是一个对自己的"身心"状况和状态极为敏感的人。我们推测,这种性情与气质,是以与生俱来的病弱体质为中心,由于从幼年到青年时期的人生经验与家庭环境而逐渐形成的。对生活敏锐的体验,一直布满了围绕其"身""心"的空间。对于白居易而言,构成实际生活的房屋空间,已不仅仅停留在建筑物的层面。

第八章　白居易诗歌中关于房屋的文学表现——与闲适的诗想相关联

即是说,房屋空间作为肉体与精神的延长,被看作持续地意识与把握的对象。白居易大量创作"咏家诗"的要因,虽然也可以说是从"兼善"(对"他"的视角)变成"独善"(对"己"的视角)的诗想转换;但更本质的,是这位诗人独有的身心观和闲适观。在《白氏文集》各卷中,大量且多样地使用着与"身""心""闲""适"相关的重要词汇。"身""心"的"闲""适",或者作为与其相对的"忙""不快"的有无和强弱,得到了反复的探讨和确认。这种到了偏执程度的执拗,在如以下所示的常用表现中,最为明显地表现出来。白居易的反复吟咏,将"身""心"的"闲"境与"适"境无尽地吟咏了出来。其常用性之强,着实令人惊讶。

1.吟咏"身""闲"的例子:"身闲","终身闲","身更闲","身安闲","我身日已闲"……

2.吟咏"身""适"的例子:"身适","形适","体适","足适","适我口","适吾口","体非道引适"……

3.吟咏"心""闲"的例子:"心闲"("闲心"),"神闲","思闲"("闲思"),"意闲"("闲意"),"闲情","心境闲","心觉闲弥贵","意无江湖闲"……

4.吟咏"心""适"的例子:"心适","中适","适意","适性","适情","心中适","心适然","心又适","心欢适","心不适","意不适","不适意","人心不过适"……

5.吟咏"身心""闲适"价值的例子:"心泰身宁","身心安乐","身稳心安","体适心悠","外适内和","体宁心恬","心宽体长舒","心安体亦舒","身意闲有余","身轻心无系","神安体稳暖","身闲心无事","体与心同舒","形神闲且逸","身穷心甚泰","身穷心不穷","但能心静即身凉","身似浮云心似灰"……

经过"身闲""身适""心闲""心适",最终收敛为"身与心——闲而适"的五个视点,是我们在解读白居易特色的闲适世界时不可或缺的条件。如果对于所有人来说,使身心舒畅的亲密空间就是房屋(家庭)的话,那么对自己身体环境敏感的白居易,以获得与完成"闲而适"的住所为目标,反复搬家的理由也就容易被我们理解了。白居易的房屋,不仅是现实日常生活与社会生活的据点,而且是使其诗歌充满生机的最重要的文学空间。他的"咏家诗",在根源上是与身体本身相连续的。在以下各节中,为了证实这些观点,我将对具体作品进行细致解读。

三、他人的住宅空间

　　白居易的房屋表现,可以明确地区分为表现自己的和表现他人的两类。在本节中,我将就专门描写后者的诗篇整理其创作方法与作品风格,并加以若干考察。他人的住宅空间,最应当注意的是《白氏文集》卷一到卷四讽喻诗中"贵人""高官""将军"的宅邸。在可以确认的四首诗中,有三首也是收录于《秦中吟十首并序》《新乐府五十首》的诗作,而且也是可以窥知白居易30多岁时住宅观的诗作。他在《凶宅》、《秦中吟十首》其三《伤宅》、《新乐府五十首》其二十四《两朱阁》、《新乐府五十首》其三十九《杏为梁》等诗中,就人与住所的关系进行了理智的分析。讲述因权势而骄慢者必然会遭到灾难和不幸的《凶宅》;控诉一般庶民住宅困难、呼吁有效利用闲置土地的《两朱阁》;指责豪华的大宅邸与其主人末路的《伤宅》《杏为梁》等,这些诗中所咏的房屋空间,被时为左拾遗的白居易取材、观察、检视、判定。因为每首诗都是重要的作品,所以我想全部引用如下:

　　　　长安多大宅,列在街西东。往往朱门内,房廊相对空。枭鸣松桂枝,狐藏兰菊丛。苍苔黄叶地,日暮多旋风。<u>前主为将相,得罪窜巴庸。后主为公卿,寝疾殁其中</u>。连延四五主,殃祸继相踵。<u>自从十年来,不利主人翁</u>。风雨坏檐隙,蛇鼠穿墙墉。<u>人疑不敢买</u>,日毁土木功。嗟嗟俗人心,甚矣其愚蒙。但恐灾将至,不思祸所从。我今题此诗,欲悟迷者胸。凡为大官人,年禄多高崇。权重持难久,位高势易穷。骄者物之盈,老者数之终。四者如寇盗,日夜来相攻。假使居吉土,孰能保其躬。因小以明大,借家可谕邦。周秦宅崤函,其宅非不同。一兴八百年,一死望夷宫。寄语家与国,人凶非宅凶。(《凶宅》,元和元年〔806〕至元和六年〔811〕,35岁至40岁,长安)

　　　　谁家起甲第,朱门大道边。丰屋中栉比,高墙外回环。累累六七堂,栋宇相连延。一堂费百万,郁郁起青烟。洞房温且清,寒

第八章　白居易诗歌中关于房屋的文学表现——与闲适的诗想相关联

暑不能忾。高堂虚且迥,坐卧见南山。绕廊紫藤架,夹砌红药栏。攀枝摘樱桃,带花移牡丹。主人此中坐,十载为大官。厨有臭败肉,库有贯朽钱。谁能将我语,问尔骨肉间。岂无穷贱者,忍不救饥寒。<u>如何奉一身</u>,<u>直欲保千年</u>。<u>不见马家宅</u>,<u>今作奉诚园</u>①。(《秦中吟十首》其三《伤宅》,元和五年〔810〕,39 岁,长安)

　　两朱阁,两朱阁,南北相并起。借问何人家,<u>贞元双帝子</u>②。<u>帝子吹箫双得仙</u>,五云飘飖迎上天。<u>第宅亭台不将去</u>,<u>化为佛寺在人间</u>。妆阁妓楼何寂静,柳似舞腰池似镜。花落黄昏悄悄时,不闻歌吹闻钟磬。寺门敕榜金字书,尼院佛庭宽有余。青苔明月多闲地,比屋齐人何处居。忆昨平阳宅初置,吞并平人几家地。<u>仙去双双作梵宫</u>,<u>渐恐人家尽为寺</u>。(《新乐府五十首》其二十四《两朱阁刺佛寺寖多也》,元和四年〔809〕,38 岁,长安)

　　<u>杏为梁</u>,<u>桂为柱</u>,何人堂室李开府。碧砌红轩色未干,去年身没今移主。高其墙,大其门,谁家第宅卢将军。素泥朱板光未灭,今岁官收别赐人。开府之堂将军宅,未造成时头已白。<u>逆旅重居逆旅中</u>,<u>心是主人身是客</u>。更有愚翁念身后,心虽甚长计非久。穷奢极丽越规模,付子传孙令保守。莫教门外过客闻,抚掌回头笑杀君。君不见,<u>马家宅子犹存</u>,宅门题作奉诚园。君不见,<u>魏家宅属他人</u>,<u>诏赎赐还五代孙</u>。元和四年,诏特以官钱赎魏徵胜业坊中旧宅,以还其后孙,用奖忠俭③。俭存奢失今在目,安用高墙围大屋。

---

①　关于马燧旧宅的变迁,详见朱金城《白居易集笺校(全六册)》(上海古籍出版社,1988 年 12 月)第一册 86 页。
②　参考陈寅恪《元白诗笺证稿》(上海古籍出版社,1978 年 3 月)"两朱阁"条。
③　"李师道奏请出私财,收赎魏徵旧宅事宜。右,今日守谦宣,令撰与师道诏:所请收赎魏徵宅,还与其子孙,甚合朕心,允依来奏者。臣伏以魏徵是太宗朝宰相,尽忠辅佐,以致太平,在于子孙,合加优恤。今缘子孙穷贱,旧宅典卖与人,师道请出私财收赎,却还其后嗣。事关激劝,令出朝廷,师道何人,辄掠此美。依宣便许,臣恐非宜。况魏徵宅内旧堂,本是宫中小殿,太宗特赐以表殊恩。既又与诸家旧宅不同,尤不宜使师道与赎。计其典卖,其价非多。伏望明敕有司,特以官钱收赎,使还后嗣,以劝忠臣。则事出皇恩,美归圣德。臣苟有所见,不敢不陈。其与师道诏,未敢依宣便撰。伏待圣旨,谨具奏闻。谨奏。"(《论魏徵旧宅状》,元和四年〔809〕,38 岁,长安)

(《新乐府五十首》其三十九《杏为梁刺居处奢也》，元和四年〔809〕，38岁，长安）

这四首诗所共同描写的，不是温柔地保护、慰藉居住者的"生"的住宅空间，而是磨灭了主人的生命，同时急速地走向腐蚀和解体的"死"的住宅空间。诗人冷峻的目光投向长安数一数二的大宅邸：马燧邸、德宗二公主邸、李锜邸、卢从史邸、魏徵邸，彻底解剖和揭示了一般房屋所内含的宿命性，即改观性、可塑性、消亡性。左拾遗、翰林学士时期的白居易，最大限度地利用讽喻诗独特的说理功能，明确指出房屋（家）是与主人一同生存、一同死亡的。可以认为，失去了管理者与所有者，急速地被时间侵蚀的房屋形象，从根底处支撑着上述四首诗的讽喻性。特别是《杏为梁》中"逆旅重居逆旅中，心是主人身是客。更有愚翁念身后，心虽甚长计非久"四句，可以认为是这种说理性的抒情性的典型。因为这里直接说到了身体与房屋的共通性质，即时间与空间意义上的客寓性。

此外，在他人的房屋表现中，白居易吟咏最多的是自己人际关系网中的人们的房屋。在这些诗中，作为确认彼此"社交""友谊"之场所，白居易描写了各种人物的家。刘敦质（长安宣平里）、周皓（长安光福里）、元稹（长安靖安里与洛阳履信里）、元宗简（长安升平里）、元集虚（江州庐山相辞涧）、皇甫镛（洛阳宣教里）、裴度（洛阳集贤里）、杨虞卿（长安靖恭里）等人的宅邸，不过是其中一小部分而已。属于此类的"咏家诗"约有50首之多，其创作方法和内容，大致可以分为以下六类：①讲述在相识者宅中谈笑的作品，如《题施山人野居》《题王处士郊居》《题元八豀居》《春雪过皇甫家》等；②拜访左迁友人空宅的作品，如《微之宅残牡丹》；③祝贺友人新居落成之作，如《和元八侍御生平新居四绝句》《题崔少尹上林坊新居》等；④答复好友夸耀自己房子，或者相反，表现为谦虚、卑逊的作品，如《答微之夸越州州宅》《微之重夸州居其落句有西州罗刹之谑因朝兹石聊以寄怀》《酬梦得贫居咏怀见赠》等；⑤以邻宅为话题的作品，如《招东邻》《欲与元八卜邻先有是赠》《早春闻提壶鸟因题邻家》《赠东邻王十三》《以诗代书寄户部杨侍郎劝买东邻王家宅》《病中赠南邻觅酒》等；⑥吟咏在名士宅邸中举行宴会的作品，如《宴周皓大夫光福宅》《题周皓大夫新亭子二十二韵》《房家夜宴喜雪戏赠主人》等。以友爱、友情为主题的这些诗，是我们理解白居易

第八章　白居易诗歌中关于房屋的文学表现——与闲适的诗想相关联

"咏家诗"风格时所必须预先确认的。

然而，与以上所述的以"讽谕""友谊"为第一要义的作品相并行的，是以"怀旧"为主题的"咏家诗"。尤其不能忽视的，是述说拜访已经去世的熟人、朋友家时感慨的作品。在"永远地丧失了主人的房屋"这一点上，这些诗与前面的讽喻诗是共通的，因为这些诗全部都是以白居易与屋主深刻的个人回忆与体验为背景而创作的，所以是更加纯粹的吟咏悲哀、忧愁、悔恨的感伤诗。在检索得到的十首诗中，我试着介绍五首：

不见刘君来近远，门前两度满枝花。朝来惆怅宣平过，柳巷当头第一家。(《过刘三十二故宅》，永贞元年〔805〕，34岁，长安)

青苔故里怀恩地，白发新生抱病身。涕泪虽多无哭处，永宁门馆属他人。(《重到城七绝句》其二《高相宅》，元和十年〔815〕，44岁，长安)

鸡犬丧家分散后，林园失主寂寥时。落花不语空辞树，流水无情自入池。风荡醺船初破漏，雨淋歌阁欲倾欹。前庭后院伤心事，唯是春风秋月知。(《过元家履信宅》，大和六年〔832〕，61岁，洛阳)

梁王捐馆后，枚叟过门时。有感人还泣，无情雪不知。台亭留尽在，宾客散何之。唯有萧条雁，时来下故池。(《雪后过集贤裴令公旧宅有感》，开成四年〔839〕，68岁，洛阳)

风吹杨柳出墙枝，忆得同歌共醉时。每到集贤坊北过，无曾一度不低眉。(《过裴令公宅二绝句》其一，会昌元年〔841〕，70岁，洛阳)

上引五首诗，虽然创作年份(壮年、老年)、创作场所(长安、洛阳)、诗型(绝句、律诗)各不相同，但是在以生前的房屋为媒介表明对亲近的人的悲思这一点上是一致的。白居易校书郎时期亲近的同僚刘敦质；因担任礼部考试"知贡举"（主考官）被白居易当作毕生恩师①的高郢；被世人并称为"元白"的独一无二的好友元稹；中唐首屈一指的权臣、与晚年白居易深交的裴度等，他们每个人的人格与个性，都如实地投射到了宅屋之中。这里所表现的住宅空间，已不再是房屋本身，而成了去世的相识者可怀、可慕的分身。这种强烈的感情，不仅限于"门""墙""馆""亭""池""庭"这些构成房屋空间的各个（建筑）单位，而且渗透到了"宣平""永宁""履信""集贤"这些房屋周边的地名（里名）。可以认为，这些专有名词，作为对白居易来说无可替代的人的象征，已经成为具有特殊意义的符号。这些房屋形象一旦被符号化（人格化），如《高相宅》中"永宁门馆属他人"所示的那样，即使房屋已经让与他人之手，记忆也决不会变得淡薄。可以认为，这种房屋空间，永远是第一人称的，是主观的、可感知的，是缅怀知己、故人的可以长久停留的记忆空间。

将"房屋"与"故人"结合起来形成的感知空间，有时甚至能牢固到穿透数百年的时间阻隔。江州司马时期的白居易在访问东晋诗人陶渊明的故乡与故宅时所作的诗，最为雄辩地道出了这个事实。敬爱、思慕陶靖节文学与人格的白居易，在写下"予夙慕陶渊明为人，往岁渭川闲居，尝有效陶体诗十六首。今游庐山，<u>经柴桑</u>，<u>过栗里</u>，<u>思其人</u>，<u>访其宅</u>，不能默默，又题此诗云"的序文之后，又以180字吟咏了如下的诗句：

> 垢尘不污玉，灵凤不啄膻。呜呼陶靖节，生彼晋宋间。心实有所守，口终不能言。永惟孤竹子，拂衣首阳山。夷齐各一身，穷饿未为难。先生有五男，与之同饥寒。肠中食不充，身上衣不完。连徵竟不起，斯可谓真贤。<u>我生君之后</u>，<u>相去五百年</u>。每读五柳传，目想心拳拳。昔常咏遗风，著为十六篇。<u>今来访故宅</u>，<u>森若君在前</u>。不慕樽有酒，不慕琴无弦。慕君遗荣利，老死此丘园。<u>柴桑古村落</u>，<u>栗里旧山川</u>。不见篱下菊，但余墟中烟。子孙虽无闻，

---

① "……清风久销歇，迨此尚千载。……惟有高仆射，七十悬车盖。……"（《高仆射》，元和五年〔810〕，39岁，长安）"宦途自此心长别，世事从今口不言。岂止形骸同土木，兼将寿夭任乾坤。胸中壮气犹须遣，身外浮荣何足论。还有一条遗恨事，高家门馆未酬恩。"（《香炉峰下新卜山居草堂初成偶题东壁五首》其五，元和十二年〔817〕，46岁，江州）

族氏犹未迁。每逢姓陶人,使我心依然。(《访陶公旧宅并序》,元和十一年[816],45岁,江州)

这首五言古诗收于《白氏文集》卷七"闲适三"中,在引用《史记》卷六十一《伯夷列传》伯夷、叔齐故事①的同时,细致地勾勒出陶靖节在穷乏生活中的高洁人格。"今来访故宅,森若君在前"这一句,房屋本身分明就是作为陶渊明其人的身体而被意识到的②。另外,这里的"柴桑里""栗里"这些与陶渊明有关联的村名,也是作为与逝者皮肤和肉体相连的"亲切的空间"而被感知到的。白居易寄予"陶公旧宅"的怀恋之情,因陶氏子孙依然定居在这片土地上这一事实而得到了增强。可以说,对于"姓陶人"所住村落的描写,映射出超越时间与空间的障碍而一直存在的另一个房屋形象。它植根于"血缘"与"地缘",是失去了主人后依然持续存在的住宅形象。与之前的讽喻诗截然不同的房屋意象,在这里得到了展开。

包含了站、走、坐、卧、眠、话、憩、饮、食这些人类生活全部领域的房屋空间,可以说是完完全全涵盖了住在那里的人的生理的空间。正因为如此,每座个性化的房屋、庭园所展现的氛围,可以反映出居住者的嗜好、性格、气质、身份、地位、经济能力、处世观、人生观。对于经营家庭的人来说,如何居住这个问题,是与如何"生"这个课题直接关联的。以这一视角观察,房屋(周边)也可以理解为是住在其中的人的"生命痕迹"最为集中的空间。这与单纯的遗物、纪念品不同,因为房屋拥有被区隔出来的平面上的扩展,所以更加鲜活地显示了曾经的居住者的存在。白居易在讽喻诗和感

---

① "伯夷、叔齐,孤竹君之二子也。父欲立叔齐,及父卒,叔齐让伯夷。伯夷曰:'父命也。'遂逃去。叔齐亦不肯立而逃之。国人立其中子。于是伯夷、叔齐闻西伯昌善养老,盍往归焉。及至,西伯卒。武王载木主,号为文王,东伐纣。伯夷、叔齐叩马而谏曰:'父死不葬,爰及干戈,可谓孝乎?以臣弑君,可谓仁乎?'左右欲兵之。太公曰:'此义人也。'扶而去之。武王已平殷乱,天下宗周,而伯夷、叔齐耻之,义不食周粟,隐于首阳山,采薇而食之。及饿且死,作歌。其辞曰:'登彼西山兮,采其薇矣。以暴易暴兮,不知其非矣。神农、虞、夏忽焉没兮,我安适归矣?于嗟徂兮,命之衰矣!'遂饿死于首阳山。"

② 在这种意识化的背景中,需要特别注意的是,陶渊明文学中房屋表现的量和质的比重之大。言及住宅空间的《九日闲居并序》《归园田居五首》《移居二首》《癸卯岁始春怀古田舍二首》《还旧居》《戊申岁六月中遇火》《归去来兮辞并序》《五柳先生传》等,都是他诗文的代表作。

伤诗中,之所以非常细致地吟咏故人(死者)的住宅空间,也是因为他强烈地感受到,"生命痕迹"(确实存在过的证据)至今依然凝缩和集中于这个被封闭的空间中。逝者朽坏的身体,在现存的房屋空间中得到了真实的再生。不管白居易自觉性的强弱如何,他确是一个对房屋所具有的身体性和内涵性异常敏感的诗人。这种过度敏感的诗性,结果就是在吟咏他人宅屋的诗篇中,带来了讽喻、怀友、怀旧等值得注目的特色。房屋表现与身体感觉的牢固结合,也在白居易吟咏自己住宅的作品中如实地显现出来。在以下诸节中,我将集中关注白居易的各个宅邸,尝试更加深入地挖掘这个问题。

四、白居易宅邸变迁小史

白居易自大历七年(772)出生于郑州新郑县东郭宅,至会昌六年(846)于洛阳履道里病殁,七十五年间经历了多次搬家和移居。为了俯瞰其整体特征,我将白居易的生平分为漂泊、仕官、外任、吏隐、退休五个时期①。对各个时期迁移与定居的经历,通过地名来整理是最有效的。如果依据王拾遗《白居易生活系年》(宁夏人民出版社,1981年6月)、朱金城《白居易年谱》(上海古籍出版社,1982年6月)、罗联添《白乐天年谱》(台湾编译馆,1989年7月)、妹尾达彦《白居易与长安洛阳》(《白居易两京居住表稿》,收入《白居易研究讲座》第一卷《白居易的文学与人生Ⅰ》,勉诚社,1993年6月)等研究成果试作整理的话,则大体如下:

1. 漂泊期(大历七年〔772〕1岁至贞元十七年〔801〕30岁):新郑、荥阳→符离(埇桥)→江南(苏杭)→越中(浙江)→符离→襄阳→符离(丁父忧)→浮梁→洛阳→宣城(乡试及第)→洛阳→长安(进士科及第)→洛阳→浮梁→符离……

2. 仕官期(贞元十八年〔802〕31岁至元和十年〔815〕44岁):符离→长

---

① 关于这种生平划分,参见堤留吉《白乐天研究》前篇、第三章、系年(春秋社,1969年12月)。

安(书判拔萃科及第、常乐里的故宰相关播宅东亭)→许昌→符离→下邽(卜居)→长安(才识兼茂明于体用科及第、永崇里的华阳观)→长安(永乐里①)→鳌头→长安(新昌里)→长安(宣平里)→下邽(丁母忧)→长安(昭国里)……

3. 外任期(元和十一年〔816〕45岁至宝历二年〔826〕55岁):江州(庐山草堂)→忠州→长安(卜居、新昌里)→江州→杭州→洛阳(卜居、履道里的故散骑常侍杨凭旧宅)→苏州→新郑、荥阳→洛阳……

4. 吏隐期(大和元年〔827〕56岁至会昌元年〔841〕70岁):洛阳→长安(新昌里、这个时期卖掉)→洛阳→下邽→洛阳……

5. 退休期(会昌二年〔842〕71岁至会昌六年〔846〕75岁):洛阳。

在前面提及的妹尾达彦的论文中,关于白居易在长安、洛阳的居住倾向,举出了四点,并进行了详细考察,即:①长达三十三年的两京生活;②在长安时频繁地搬家,而在洛阳时居住在同一地方;③伴随着官品升高,从租房到自己拥有房子;④在街东中南部的新兴住宅区内的搬家意向。这每一点,作为中唐时期的住宅论、都市论都是有重要参考价值的②。在本章中,我想以这些要点为基础,主要从诗人论、闲适论的视角出发,以解读白居易各种住宅空间的意义。可以认为,白居易住宅变迁的历史,可以直接置换为完成至高"闲适"境界的路程。可以认为,从10多岁前半期到50多岁前半期,通过在大量的住所(旅馆、租的房子、自己拥有的家、官舍、草堂、道观、寺院)间移居,白居易获得了自己的房屋空间所应有的理想形态。而获得实现"身""心"完全"闲""适"状态的洛阳履道里邸,实际上花费了五十三年之久的岁月。

---

① "忆昔嬉游伴,多陪欢宴场。寓居同永乐,幽会共平康。……";《江南喜逢萧九彻因话长安旧游戏赠五十韵》(《唐人选唐诗》"才调集"卷一,上海古籍出版社,1978年9月)。另外,斋藤茂《关于白居易的〈话长安旧游赠〉——从作为风俗资料的侧面考察》(《中国诗文论丛》第五集,中国诗文研究会,1986年6月)中也提及永乐里。

② 妹尾达彦的著作包含了与本章的论述共通的主题,可一并参看。

五、长安居住期的租房之家

　　作为白居易的居住空间,我们认为,最先应当予以关注的是其长安仕官期间的租房。仕官时期的白居易,在长安至少经历了六次搬家。以校书郎(正九品上)为开端的官僚生活始于常乐里(32 岁);为了制科及第,与元稹一起埋头学习是在永崇里(34 岁);与终身伴侣杨氏度过新婚生活是在新昌里(37 岁);贬官江州的出发地是昭国里(44 岁)等,这些白居易前半生重要的分节点,毫无例外全部都是在租赁的临时住所。在物价高昂的都城长安,他要等到成为俸禄比较优厚的"五品官"(主客郎中、中书舍人)之后,才有能力购买属于自己的住宅,其时白居易 50 岁。

　　首先我要引用一首五言古体诗,这首诗讲述了白居易任秘书省校书郎时期在常乐里的租房生活。这首作品收于《白氏文集》卷五"闲适一"的卷首,可以定位为白居易"卜居"的原点,这时白居易 32 岁:

　　　　帝都名利场,鸡鸣无安居。独有懒慢者,日高头未梳。工拙性不同,进退亦遂殊。幸逢太平代,天子好文儒。小才难大用,典校在秘书。三旬两入省,因得养顽疏。<u>茅屋四五间,一马二仆夫</u>。俸钱万六千,月给亦有余。既无衣食牵,亦少人事拘。<u>遂使少年心</u>,日日常晏如。勿言无已知,躁静各有徒。兰台七八人,出处与之俱。旬时阻谈笑,旦夕望轩车。谁能雠校闲,<u>解带卧吾庐</u>。窗前有竹玩,门外有酒沽。何以待君子,数竿对一壶。(《<u>常乐里闲居偶题十六韵兼寄刘十五公舆王十一起吕二炅吕四颖崔十八玄亮元九稹刘三十二敦质张十五仲元时为校书郎</u>》,贞元十九年〔803〕,32 岁,长安)

　　白居易在政治之都长安最初的生活据点,是由"茅屋四五间,一马二仆夫"组成的常乐里故宰相关播旧宅东亭。这首诗传递出青年官僚白居易虽然是租房,但是获得了像拥有自己住房的那种喜悦之情,"遂使少年心,日日常晏如",正是这种心情的无伪告白。白居易对大都会独身生活的期待

第八章　白居易诗歌中关于房屋的文学表现——与闲适的诗想相关联

溢于言表,而这首诗中"解带<u>卧吾庐</u>"的姿势表现是值得注意的①。白居易将自宅描写为"吾庐"的例子,总共可以找出 13 例,而本诗用例在白居易的生平中是最早的。白居易初期的闲适空间,是以沿袭陶渊明"斯晨斯夕,言<u>息其庐</u>"(陶澍注,戚焕埙校《靖节先生集》卷一《时运并序》)、"朝为灌园,夕<u>偃蓬庐</u>"(同前,卷一《答庞参军并序》)的房屋表现形式而发轫的。此后,通过不断地搬家,白居易的住宅空间一点点地得到了修正和改善。使用"卧吾庐"、凝视"房屋"与"身心"关系的作品,还有《松斋自题》。这是白居易 37 岁时在长安新昌里的寓所中创作的,可以算是 30 多岁时闲适诗的杰作:

  非<u>老</u>亦非<u>少</u>,年过三纪余。非<u>贱</u>亦非<u>贵</u>,朝登一命初。<u>才小分易足</u>,<u>心宽体长舒</u>。充肠皆美食,<u>容膝即安居</u>。况此松斋下,一<u>琴数帙书</u>。<u>书不求甚解</u>,<u>琴聊以自娱</u>。夜直入君门,晚归<u>卧吾庐</u>。<u>形骸委顺动</u>,<u>方寸付空虚</u>。持此将过日,自然多晏如。昏昏复默默,非<u>智</u>亦非<u>愚</u>。(《松斋自题时为翰林学士》,元和三年〔808〕,37 岁,长安)

"松斋"是白居易的书斋名。这首五言古体诗是白居易自己"题识(志)"的。我们可以再次确认,对于白居易来说,吟咏房屋空间的行为,是与其对自己身心状态、人生前途的追问直接相关的。白居易通过将"老少""贱贵""才分""心体""形骸与方寸""琴与树""君门与吾庐""智与愚"相对化,试图冷静地确认影响闲适时空的因素。白居易的闲适世界,建立在微妙的平衡之上。作为每天被束缚的官吏,为了保有自由舒适的私人空间,不偏向、不埋没于特定的"场"中的绝妙的距离感和平衡感是必要的。为了毫不犹豫地将仅够"容膝"的狭窄的房屋空间"即"刻断言为"安居",多元化把握和捕捉事物的强韧且柔软的精神是不可或缺的。这首诗作为早期作品即拥有了白居易晚年"咏家诗"的特色,是值得特别注意的。

  综上考虑,长安的租房生活,对白居易来说,也不是百分之百舒适和安稳的。这从他几乎每隔两年都会搬一次家的事实中,可以得到明确的证

---

① 关于白居易文学中"坐卧姿势"与"闲适诗想"的关系,参考本书"本论一:身体与姿势"第三章第五节。

明。虽然有定期的俸禄支给,白居易得以免于"冻馁",但是面积狭小的新昌里邸(《松斋自题》)、远离职场的昭国里邸(《昭国闲居》①)等,常常使白居易意识到租房的局限性。在这个时期的"咏家诗"中,"穷巷""贫家""地僻""居处僻""门深""昼掩关""何须广居处""丈室可容身""门巷昼寂寂"等表现经常被使用。以大宅邸为题材的一系列讽喻诗,也集中创作于这段寓居长安的时期,这并不是单纯的偶然。我们必须要说,在白居易的身体与房屋之间,俨然存在着难以填补的沟壑。为了"体"与"心"遍布整个住所,以致能够强烈地主张人生的姿态,我想白氏私人的居住空间(白家)的确立是绝对必要的。这样的居住空间是何时、何地、如何实现的?追究这个过程本身,意味着接近以"闲适""自适"为生活原理的诗人白居易的本质。

六、下邽渭村宅

作为白居易自身的房屋空间,接下来应当考察的,是被认为白氏一族墓葬地的下邽渭村宅。华州下邽县义津乡金氏村(俗名紫兰村②)的白家,如"旧居清渭曲,开门当蔡渡"(《重到渭上旧居》)中所吟咏的那样,位于渭水南岸,面临"蔡渡"的渡口。关于下邽的白氏宅周边的地形,通过五言古体诗《西原晚望》,就能得到大体了解。总体来说,诗人白居易对围绕自己身体的种种环境,进行了非常细致的描写。《白氏文集》的热心读者,通过精读下邽(渭村)时期的诗歌作品(总计129首),就能够很容易地想象出这个地方当时的空间特色。

花菊引闲行,行上西原路。原上晚无人,因高聊四顾。南阡

---

① "贫闲日高起,门巷昼寂寂。时暑放朝参,天阴少人客。槐花满田地,仅绝人行迹。独在一床眠,清凉风雨夕。勿嫌坊里远,近即多车役。勿嫌禄俸薄,厚即多忧责。平生尚恬旷,老大宜安适。何以养吾真,官闲居处僻。"

② 参考朱金城《白居易年谱》(上海古籍出版社,1982年6月);同《白居易集笺校(全六册)》(上海古籍出版社,1988年12月);左忠诚《白居易故里考释》第二节"白居易'卜居渭上'的故居在渭南市信义乡上太庄西南"(《文博》1985年第4期〔总7期〕)。

第八章 白居易诗歌中关于房屋的文学表现——与闲适的诗想相关联

<u>有烟火</u>,北陌连墟墓。村邻何萧疏,<u>近者犹百步</u>。<u>吾庐在其下</u>,寂寞风日暮。门外转枯蓬,篱根伏寒兔。故园汴水上,离乱不堪去。<u>近岁始移家</u>,飘然此村住。新屋五六间,古槐八九树。便是衰病身,<u>此生终老处</u>。(《西原晚望》,元和七年〔812〕至元和八年〔813〕,41岁至42岁,下邽)

除此以外,如"下邽田地平如掌,何处登高望梓州"(《九日寄行简》)所吟咏的那样,我们可以知道,下邽平原的地势缺乏起伏,居住的人家集中于渭水南岸,与位于渭水北侧的墓地连在一起,仿佛包围着"金氏村"(40户人家)①。在这首诗的后半部分,白居易说道,连距离最近的邻家都有"百步"之遥,还提到了从符离搬来的经过和新居的样子。在最后一句中,白居易以这里是吾"生"的"终老"之地作结。白居易毕生吟咏的诗语"终老",合计达15例之多,而这里的"此生终老处"是最早用于修饰空间的例子②。关于由"新屋五六间,古槐八九树"所构成的下邽白邸的生活情况,在《孟夏思渭村旧居寄舍弟》一诗中描述颇详③,不过更值得留意的是,几乎同时期,

---

① "……请看原下村。……一村四十家。……"(《九日登西原宴望》);"……试问旧老人,半为绕村墓。"(《重到渭上旧居》);"……送出深村巷,看封小墓田。莫言三里地,此别是终天。"(《病中哭金銮子》)。顺便说一下,这里所说的"三里地",如果解释为实数的话(出于五律排律的"诗律结构"〔平仄式〕,无法否定选择"三"〔平声〕字的可能性),那么从金氏村到墓场的距离用唐代度量衡来计算大约是1680米。

② 以宅屋修饰"终老"的最早例子,可以举出下面这首诗。这首诗的内容是以在下邽时期的疾病为题材的,这两点都值得注意。"三十生二毛,早衰为沉疴。四十官七品,拙宦非由他。年颜日枯槁,时命日蹉跎。岂独我如此,圣贤无奈何。回观亲旧中,举目尤可嗟。或有终老者,沈贱如泥沙。或有始壮者,飘忽如风花。穷饿与夭促,不如我者多。以此反自慰,常得心平和。寄言同病者,回叹且为歌。"(《寄同病者》,元和七年〔812〕,41岁,下邽)。

③ "……故园渭水上,十载事樵牧。手种榆柳成,阴阴覆墙屋。兔隐豆苗大,鸟鸣桑葚熟。……诗书课弟侄,农圃资僮仆。日暮麦登场,天晴蚕坼簇。弄泉南涧坐,待月东亭宿。兴发饮数杯,闷来棋一局。……"(《孟夏思渭村旧居寄舍弟》,元和十二年〔817〕,46岁,江州)。另外,关于下邽时期白居易的专论,详见渡边信一郎《白居易的惭愧——唐宋变革期农业结构的发展与下级官僚阶层》第二节"下邽县金氏村与白居易的农业经营"(《京都府立大学学术报告》第三十六号,1984年);芳树弘道《白居易与下邽退居》(《学林》第十八号,中国艺文研究会,1994年11月)。因为与本章第六节有关联,可一并参考。

白居易自己所造的"高亭"①的存在。其概况在下面这首诗中写得很详细：

　　平台高数尺，台上结茅茨。东西疏二牖，南北开两扉。芦帘前后卷，竹簟当中施。清冷白石枕，疏凉黄葛衣。开衿向风坐，夏日如秋时。啸傲颇有趣，窥临不知疲。东窗对华山，三峰碧参差。南檐当渭水，卧见云帆飞。仰摘枝上果，俯折畦中葵。足以充饥渴，何必慕甘肥。况有好群从，旦夕相追随。（《新构高亭示诸弟侄》，元和七年〔812〕至元和九年〔814〕，41岁至43岁，下邽）

高数尺的"平台"，其上所建的"茅茨"，东西的"牖"，南北的"扉"，布置在室内的"芦帘""竹簟""白石枕"，等等，白居易以某种执着，非常具体地逐一描写了在下邽初次构筑的私人空间"高亭"的外部和内部装饰。诗人自己惬意的坐卧姿势，从住处可以望见华山和渭水的美好风景，可以充饥解渴的野菜和果树，一家人齐聚的生活等，都显示出虽然贫穷，但是这个房屋是面向世界的、明朗的、被解放的，即所谓"充满生机的空间"。另外，这个"下邽高亭"是后来在江州营造的"庐山草堂"的雏形，这一点也必须要特别留意。

但是，这种使身心从疲惫中恢复、复苏过来的"惬意""安憩""平静"的空间，并未能长久保持。在下邽所咏的房屋形象，相对来说，绝大部分②是被阴沉、忧郁、不祥的气氛所支配的。在已确认的8首诗中，我想列举重点的部分如下：

　　……插柳作高林，种桃成老树。因惊成人者，尽是旧童孺。试问旧老人，半为绕村墓。浮生同过客，前后递来去。……人物日改变，举目悲所遇。回念念我身，安得不衰暮。朱颜消不歇，白发生无数。……（《重到渭上旧居》，元和六年〔811〕，40岁，下邽）

　　戚戚抱羸病，悠悠度朝暮。……四时未尝歇，一物不暂住。

---

① 虽然那波道圆本《白氏文集》、南宋绍兴刊本《白氏文集》、明马元调校刊本《白氏文集》等诸本都作"亭台"，但是本章从金泽文库本《白氏文集》作"高亭"。

② 为谨慎起见补充一下，在下邽的房屋表现中，吟咏"闲居"之貌的作品也不是完全没有，如《闲居》（元和六年〔811〕，40岁，下邽）、《闲居》（元和七年〔812〕至元和九年〔814〕，41岁至43岁，下邽）等。但是，这些作品大多是在"不适"的环境下，想要尽量努力发现、获得一些"适"的时空所创作的"闲适诗"，这样解释可能更符合实际。白居易在居住下邽时期创作的狭义的"闲适诗"，可以认为是基于同样的理由。

第八章　白居易诗歌中关于房屋的文学表现——与闲适的诗想相关联

唯有病客心,沉然独如故。(《村居卧病三首》其一,元和七年〔812〕至元和八年〔813〕,41岁至42岁,下邽)

新秋久病客,起步村南道。尽日不逢人,虫声遍荒草。……草木犹未伤,先伤我怀抱。朱颜与玄鬓,强健几时好。况为忧病侵,不得依年老。(同前,其二,同前)

种黍三十亩,雨来苗渐大。种韭二十畦,秋末欲堪刈。望黍作冬酒,留韭为春菜。荒村百物无,待此养衰瘵。葺庐备阴雨,补褐防寒岁。病身知几时,且作明年计。(同前,其三,同前)

金氏村中一病夫,生涯漠落性灵迂。唯看老子五千字,不蹋长安十二衢。药铫夜倾残酒暖,竹床寒取旧毡铺。……(《村居寄张殷衡》,元和九年〔814〕,43岁,下邽)

荒村破屋经年卧,寂绝无人问病身。……(《病中得樊大书》,元和九年〔814〕,43岁,下邽)

……生计虽勤苦,家资甚渺茫。尘埃常满甑,钱帛少盈囊。弟病仍扶杖,妻愁不出房。……眼为看书损,肱因运甓伤。病骸浑似木,老鬓欲成霜。少睡知年长,端忧觉夜长。……(《渭村退居寄礼部崔侍郎翰林钱舍人诗一百韵》,元和九年〔814〕,43岁,下邽)

门闭仍逢雪,厨寒未起烟。贫家重寥落,半为日高眠。(《村居二首》其二,元和九年〔814〕,43岁,下邽)

以上所引诗作,描写的是被贫穷①、饥饿、疾病、衰老、孤独所占据的不健全的居住空间。这些停滞、闭塞、丧失了活力的住宅形象,在"尘埃常满甑""厨寒未起烟"的诗句中极为形象地表现出来。沾满灰尘的、从不被使用的"甑",不点火的寒冷的"厨",虽然是表示贫困生活的古典诗歌常用表

---

① 白居易因为丁忧而退居下邽,过着穷困的生活。从物质、心理两方面支援、激励他的,是当时被贬官江陵府士曹参军的好友元稹。《寄元九》(元和九年〔814〕,43岁,下邽)中说:"一病经四年,亲朋书信断。穷通合易交,自笑知何晚。元君在荆楚,去日唯云远。彼独是何人,心如石不转。忧我贫病身,书来唯劝勉。上言少愁苦,下道加餐饭。怜君为谪吏,穷薄家贫褊。三寄衣食资,数盈二十万。岂是贪衣食,感君心缱绻。念我口中食,分君身上暖。不因身病久,不因命多蹇。平生亲友心,岂得知深浅。"述说了对终生好友的诚挚谢意。

163

现,但因为这些"烹饪、饮食的环境"与人的生理、生活密切相关,在那里生活的人们的生命感、生活感的缺损与缺失,就被赋予了更加鲜明的印象。

这种荒凉的情景,又进一步与不健康的人物形象结合,深刻地影响了作品的整体意象。在"荒村"的"破屋"中长年"病卧";"寂"绝于中央政界官场(音信全无、沉寂),被忘却和遗弃的白居易;由于生病,没有"杖"连自己的身体都"扶"不起来的弟弟白行简;离开故乡(长安),因失去长女(金銮)而"愁",不愿走出"房"门一步的病妻①杨氏等,他们每个人都成了隐喻(metaphor):身心的生命力被消耗和减损,其结果是家庭成员的分裂。白居易"寄"给回到娘家以后,半年多没有回下邽住所的妻子的诗,明确地旁证了我的观点:

> 桑条初绿即为别,柿叶半红犹未归。不如村妇知时节,解为田夫秋捣衣。(《寄内》,元和六年[811]至元和八年[813],40岁至42岁,下邽)

将白居易牢牢地禁锢在内,使其不断地意识到所谓"生""老""病""死"的下邽白宅的性质,与那里本质上是骨肉之灵长眠的家族墓地的事实绝非毫无关系。元和六年(811,40岁)至元和八年(813,42岁)的渭村丁忧时期,对于我们考察白居易的生死观和家族观,是非常重要的切入点。以最爱的母亲与幼女之死为直接契机,白居易把在下邽的数年时间,全都用在将下邽变作白家一门灵魂"故里"(住处)上了。从韩城分出一支的下邽白氏的谱系,在这里正式形成了,白居易可以说是其实际意义上的创始者。白居易集中性地经营坟墓的活动,作为参考整理如下。顺序按照时间经过,括号内是相应的文献资料。

1.母陈氏,元和六年(811)四月三日于长安宣平里宅邸死去,享年57岁,同年葬于下邽县北原。当时白居易40岁,从京兆府户曹参军任上辞职,开始了以后长达数年的服丧退居生活。(《太原白氏家状二道》其二《襄州别驾府君事状》、元稹《祭翰林白学士太夫人文》〔《元氏长庆集》卷六十〕)。

---

① "……月出砧杵动,家家捣秋练。独对多病妻,不能理针线。……"(《秋霁》,元和六年[811],40岁,下邽)。详参平冈武夫《白居易——生涯与岁时记》第二部《白居易的家庭》之"白居易与他的妻子"(朋友书店,1998年6月)。

第八章　白居易诗歌中关于房屋的文学表现——与闲适的诗想相关联

2. 长女金銮,元和六年(811)于下邽白宅中发病十日后死去,享年3岁,同年葬于下邽县北原。(《金銮子二首》《病中哭金銮子》《重伤小女子》)。

3. 祖父白锽,大历八年(773)五月三日于长安病死,享年68岁,同年殡于下邽县下邑里。三十八年后的元和六年(811)十月八日,改葬于下邽县北义津乡北原。(《太原白氏家状二道》其一《故巩县令白府君事状》)。

4. 祖母薛氏,大历十二年(777)六月十九日死于新郑县的私第,享年70岁,同年殡于新郑县临洧里。三十四年后的元和六年(811)十月八日,改葬于下邽县北义津乡北原。(《太原白氏家状二道》其一《故巩县令白府君事状》)。

5. 父白季庚,贞元十年(794)五月二十八日于襄阳官舍死去,享年66岁,同年殡于襄阳县东津乡南原。十七年后的元和六年(811)十月八日,改葬于下邽县义津乡北原。(《太原白氏家状二道》其二《襄州别驾府君事状》)。

6. 外祖母陈氏,贞元十六年〔800〕四月一日于徐州古丰县的官舍病死,享年70岁,同年殡于符离县南偏。十三年后的元和八年(813)二月二十五日,改葬于下邽县义津乡北原。(《唐故坊州鄜城县尉陈府君夫人白氏志铭并序》)。

7. 末弟幼美,小名金刚奴,贞元八年(792)九月于符离县的私第病死,享年9岁,同年殡于符离县南原。二十一年后的元和八年(813)二月二十五日,改葬于下邽县义津乡北冈——父亲的"宅兆"东三十步的地方。(《祭小弟文》《唐太原白氏之殇墓铭并序》)。

将分散埋葬于各地的近亲者的遗骨,在这么短的时间内迁移、整合到下邽这件事,给丁忧退居中的白居易增加了难以估量的经济和精神负担①。但是,出于自己的责任感,白居易想将此处认定为"家族墓地",想要创造一个将白氏的"血""灵""心"牢固统一的祭祀空间——充满向心力的核心意义上的神圣空间。在这个意义上,也可以判断,下邽的家从一开始就被赋

---

① 关于这一点,参考平冈武夫《白居易》之"白居易的生活"(筑摩书房,1977年12月);同《白居易——生涯与岁时记》第二部《白居易的家庭》之"关于白居易家庭环境的问题"第七章"墓葬地"(朋友书店,1998年6月)等。

予了与外界孤立的、封闭的秘密场所之宿命。可以认为,下邽的家是凝视死亡的空间,是与死者无限邻近的地界,是更多地连接过去(回忆)的领域。白居易通过与同族(祖父母、父母、弟弟、女儿等)的灵魂一同生活,抚平了短时间内失去无可替代的母亲与女儿的悲伤,也可以说强烈地追求到了"一族一体"的宗教上的认同感。这是他精神的安居之地。但是总的来说,在下邽的日常生活,是"身""心"俱病、损耗、衰弱的,充满了苦恼、烦闷、忧愁、不安与孤独。白居易在临终之际,并未选择合葬自己一族的下邽义津乡北原作为自己的埋骨之地,而是遗命将自己葬于佛道前辈如满大师长眠的洛阳龙门香山寺的佛塔之侧①,从这点看来,不得不说是意味深长的。下邽的白家,对于白居易的灵魂而言,终究未能成为"易居"的场所。这个事实,对于解明白居易的生死观,可以说是最为重要的要素之一。

七、任职地的官舍

白居易从32岁(贞元十九年〔803〕)初拜秘书省校书郎(正九品上),至71岁(会昌二年〔842〕)以刑部尚书(正三品)致仕为止,经历了近四十年的官僚生活。他常常在诗中言及各个时期官服的异同、俸禄的增减②,基本上包括了数次外任(司马、刺史)在内的长时期为官经历③。在漫长的官僚生涯中,白居易也会热心吟咏赴任地的官舍。白居易对自己生活住所(不管是自己家还是官舍)的关心,是终生不变的。

作为白居易的第三个居住空间,在本节中,我想主要选取任官地的官舍,通过分析白诗的创作方法,思考白居易与房屋表现之间内在的关系。诗题中明确有"官舍""官宅"的作品,可以找到以下5首。此外,还有述说

---

① "……遗命不归下邽,可葬于香山如满师塔之侧。家人从命而葬焉。"(《旧唐书》卷一六六《白居易传》)

② 参看宋代洪迈《容斋随笔》卷八"白公说俸禄"条(上海古籍出版社,1978年7月)及清代赵翼《瓯北诗话》卷四"白香山诗"条(人民文学出版社,1981年9月)等。

③ 关于白居易一生的为官经历,详见布目潮渢《白居易作为官僚的经历》(收入《白居易研究讲座》第一卷《白居易的文学与人生Ⅰ》,勉诚社,1993年6月)。

第八章 白居易诗歌中关于房屋的文学表现——与闲适的诗想相关联

官舍内被细小分割的个别空间(亭、堂、馆等)的诗歌作品,以及在诗题中包含"闲居""山居"等词语的作品,如果把这些全部都算进去的话,这一类作品的总数达到近20首①。

风竹散清韵,烟槐凝绿姿。日高人吏去,闲坐在茅茨。葛衣御时暑,蔬饭疗朝饥。持此聊自足,心力少营为。亭上独吟罢,眼前无事时。数峰太白雪,一卷陶潜诗。人心各自是,我是良在兹。回谢争名客,甘从君所嗤。(《官舍小亭闲望》,元和二年〔807〕,36岁,盩厔)

帘下开小池,盈盈水方积。中底铺白沙,四隅甃青石。勿言不深广,但取幽人适。泛滟微雨朝,泓澄明月夕。岂无大江水,波浪连天白。未如床席前,方丈深盈尺。清浅可狎弄,昏烦聊漱涤。最爱晓暝时,一片秋天碧。(《官舍内新凿小池》,元和十一年〔816〕,45岁,江州)

职散优闲地,身慵老大时。送春唯有酒,销日不过棋。禄米獐牙稻,园蔬鸭脚葵。饱餐仍晏起,余暇弄龟儿。龟儿,即小侄名。(《官舍闲题》,元和十一年〔816〕,45岁,江州)

高树换新叶,阴阴覆地隅。何言太守宅,有似幽人居。太守卧其下,闲慵两有余。起尝一瓯茗,行读一卷书。早梅结青实,残樱落红珠。稚女弄庭果,嬉戏牵人裾。是日晚弥静,巢禽下相呼。喷喷护儿鹊,哑哑母子乌。岂唯云鸟尔,吾亦引吾雏。(《官舍》,长庆三年〔823〕,52岁,杭州)

红紫共纷纷,只承老使君。移舟木兰棹,行酒石榴裙。水色窗窗见,花香院院闻。恋他官舍住,双鬓白如云。(《官宅》,宝历二年〔826〕,55岁,苏州)

---

① 白居易吟咏住宅的诗篇之一,是元和十年(815,44岁)从长安到江州赴任途中所作的《再到襄阳访问旧居》。这是一首所谓的"感伤诗",诗歌述说了重访二十多年前住过的旧居时的复杂感慨。而其中所咏的旧宅,如果把它当作是父亲白季庚的临终场所"襄阳官舍"的话,那就属于以官舍为主题的诗歌,这首诗可以被定位为极其特殊的作品。为便于参考,引录全文如下:"昔到襄阳日,髯髯初有髭。今过襄阳日,髭鬓半成丝。旧游都似梦,乍到忽如归。东郭蓬蒿宅,荒凉今属谁。故知多零落,闾井亦迁移。独有秋江水,烟波似旧时。"

盩厔、江州、杭州、苏州等地各具情趣的官舍样态,在诗中与社会身份相对应,作为被区隔的情绪化的空间,即与县尉、司马、刺史的地位相对应的日常生活空间而被描写,这一点是饶有趣味的。上引五首诗中,吟咏官舍生活中充足的衣食住;"慵"的坐卧姿势;闲适的身心;可爱的孩子们;与美丽歌妓的交往等,有力地诉说着每天生活在官舍中的人的感情。而且,这也成了清晰反映白居易各个时期人生观的"场"。可以认为,在这里人与空间互相交流,没有明显的隔离。

然而,在这些以官舍为题材的作品中,首先需要注意的是,每个住所的形象,是与当地特有的地形、地质、气候紧密结合而被表现出来的。这个倾向,如《官舍内新凿小池》"岂无大江水,波浪连天白",在任江州司马时期的官舍表现中,成了最为显著的特色。在中国北方出生长大的白居易,对贬谪地九江(庐山)的风土及当地房屋的特征,反复详述:

庐宫山下州,滋浦沙边宅。宅北倚高冈,迢迢数千尺。上有青青竹,竹间多白石。茅亭居上头,豁达门四辟。前楹卷帘箔,北牖施床席。江风万里来,吹我凉渐渐。日高公府归,巾笏随手掷。脱衣恣搔首,坐卧任所适。时倾一杯酒,旷望湖天夕。口咏独酌谣,目送归飞翮。惭无出尘操,未免折腰役。偶获此闲居,谬似高人迹。(《北亭》,元和十一年[816],45岁,江州)

雨径绿芜合,霜园红叶多。萧条司马宅,门巷无人过。唯对大江水,秋风朝夕波。(《司马宅》,元和十三年[818],47岁,江州)

疏散郡丞同野客,幽闲官舍抵山家。春风北户千茎竹,晚日东园一树花。小盏吹醅尝冷酒,深炉敲火炙新茶。能来近日宫棋否,太守知慵放晚衙。(《北亭招客》,元和十一年[816],45岁,江州)

自作浔阳客,无如苦雨何。阴昏晴日少,闲闷睡时多。湖阔将天合,云低与水和。篱根舟子语,巷口钓人歌。雾鸟沉黄气,风帆蹴白波。门前车马道,一宿变江河。(《霖雨苦多江湖暴涨块然独望因题北亭》,元和十一年[816],45岁,江州)

雨量多、地势低、闷热的九江独特的风土,与建于"滋浦""沙边"的寂寞

第八章 白居易诗歌中关于房屋的文学表现——与闲适的诗想相关联

的司马宅,一同被速写了出来。长江流域所谓"卑湿"的天气①,常常会导致大洪水;这种惊异和不和谐感,在《霖雨苦多江湖暴涨块然独望因题北亭》"自作浔阳客,无如苦雨何""篱根舟子语,巷口钓人歌""门前车马道,一宿变江河"等诗句中得到了直率的陈述。"江""湖""波""雨""雾""山""冈""竹"等词汇,被频繁地用于江州谪居期间的房屋描写中,这即使与同属外任期的杭州、苏州相比,也是性质不同的。另外,在这个时期的作品中,带着潮气的"江风"等以皮肤感觉为中心的诗歌表现反复出现,这也是不可忽视的。

作为以官舍为题材的诗,第二点需要留意的是,《官舍内新凿小池》的解释(赋予意义)问题。这是收于《白氏文集》卷七"闲适三"的狭义的、纯粹的"闲适诗",其时白居易45岁。这首诗是白居易初次以住宅空间中的"造园"为主题创作的诗,在这个意义上是非常重要的作品。白居易基于自己严格的审美意识,在官舍内作小水池,想在这个小小的被区隔出来的水边小宇宙中发现"自适自足"的境界,这种精神明显是与晚年在洛阳履道里宅邸的池边所展开的白氏极致的闲适世界相连的。我们不妨认为,《池上篇并序》(大和三年〔829〕,58岁)中所叙述的洛阳的闲适时空,其原点就是在左迁地的江州官舍内新设的仅仅一丈见方的"小池"。被吟咏为"勿言不深广,但取幽人适""岂无大江水,波浪连天白。未如床席前,方丈深盈尺"的情趣,的确被后来建造的庐山草堂与洛阳白居易宅邸的氛围继承和发展。

概而言之,对于住在那里的人来说,所有官舍共有的性质是,都存在并非永住之地的感觉。因为地方工作而暂时居住的房屋,与在故乡和两京的自己本来的家不同,必然伴随着某种疏冷的、冷漠的意识。官舍是衙署暂时借与白居易的,被托付以有时间限制的管理权,基本上是与居住者的依恋感和亲密感疏远的空间。这不是可以根据自己的喜好自由自在地加工改造的私人所有空间。江州司马时期的白居易,在公家的官舍内,只作了

---

① "……九江地卑湿,四月天炎燠。……"(《孟夏思渭村旧居寄舍弟》,元和十二年〔817〕,46岁,江州);"……青芜卑湿地,白露沈寥天。……"(《西楼》,元和十一年〔816〕,45岁,江州);"卑湿沙头宅,连阴雨夜天。……"(《雨夜赠元十八》,元和十二年〔817〕,46岁,江州)。

(只能作)一个小池作为庭园的装饰,就至为明显地表明了这一点。可以想见,虽然住在官舍里,却无法成为其真正的主人,这种感情和印象,对于在住宅空间、生活空间、身体空间方面一直抱有特殊讲究的白居易来说,是绝对无法接受的。这种敏锐的客寓意识,比如白居易想要在官舍的庭园中种植自己喜欢的树木(草花)时,立刻鲜明地显现了出来:

<u>亦知官舍非吾宅</u>,且劚山樱满院栽。上佐近来多五考,少应四度见花开。(《<u>移山樱桃</u>》,元和十一年〔816〕,45岁,江州)

<u>官舍非我庐</u>,官园非我树。洛中有小宅,渭上有别墅①。既无婚嫁累,幸有归休处。归去诚已迟,犹胜不归去。(《自咏五首》其五,宝历二年〔826〕,55岁,苏州)

一般来说,个人的庭园是最能表明家主精神面貌的环境。一个个的摆设和建筑物的形态自不必说,就连栽种的草木的种类、数量、大小、间隔、配置,到管理状况、保存状态的"好坏",这些空间秩序都可以理解为直接或间接地将其所有者自身的世界观和人生观具象化、可视化。初次拥有自己住宅的古代文人士大夫,更多地会关注庭园的创造和改造,因为他们意识到庭园是铭刻和主张自我存在的最合适的场所。彰显自身个性的庭园,正是在自己身体的延长线上确立起来的另一个自我。

白居易是一个会将细腻的感情无所不至地触及自己庭园的一草一木的人。对于这样的人来说,地方官的官舍,毕竟只是假寓、客寓之地,可以说无论如何都是无法与自己同化的对象。所以,为了让包括庭园在内的房屋整体宛如自己的分身一样被感知,就有必要在官舍以外创设一个新的个人空间,即庐山草堂。元和十二年(817),白居易46岁的时候,在江州庐山北香炉峰与遗爱寺之间所建的白氏草堂②,其建筑材料、房间布局、家具、用品、庭、池、泉、石、阶、砌等,凡构成住宅空间的所有要素,都在白居易40多岁时形成的闲适观支配下毫无遗漏地完全统一了起来。白居易的人格,充

---

① 白居易购入洛阳履道里的"故散骑常侍杨凭宅"(《旧唐书》卷一六六《白居易传》)是在长庆四年(824)的秋天其53岁时,两年后就已经将下邽白氏邸明确称为"别墅",这与本章第六节以及第十节有关联,需要充分注意。

② 关于白氏草堂的遗迹,渡部英喜《汉诗的故里》(新潮社,1996年9月)233—235页有探访记。据报告称,土台石与石壁至今犹存。

溢在这个被"人化"的小草堂的角角落落。关于成为内省洞察自己人生核心环境的庐山草堂的意义,在下一节中,我将在慎重地探讨散文、韵文作品的同时,进行更加系统的考察。

八、庐山草堂

对于诗人白居易来说,对人生与文学进行彻底的再审察与再评估,是在元和十年(815)冬至元和十四年(819)的江州时期。可以认为,自撰诗集(十五卷)与文学上的自传(《与元九书》),在作为"诗魔"的白居易自我评估的过程中,几乎是必然产生的行为。加上中国南方屈指可数的风景名胜之一、佛寺道观林立的圣地庐山,为总结自己过去生活的白居易提供了最佳的环境。于元和十二年(817)其46岁春建成的白氏草堂,作为白居易在江州"沉思熟考""静居闲住"的一大据点,可以说具有极为重要的意义。在充分体验了人生挫折的40多岁,庐山草堂可以说是白居易为了追求真正"独善""自足"的实验场而被创建的。可以确认,白居易自身想要完成草堂的想法,早在到任江州的次年即元和十一年(816),就明确地形成了。

> 行年四十五,两鬓半苍苍。清瘦诗成癖,粗豪酒放狂。老来尤委命,安处即为乡。<u>或拟庐山下,来春结草堂</u>。(《四十五》,元和十一年[816],45岁,江州)
>
> 已任时命去,亦从岁月除。中心一调伏,外累尽空虚。名宦意已矣,林泉计何如。<u>拟近东林寺,溪边结一庐</u>。(《岁暮》,元和十一年[816],45岁,江州)

在诗中所谓"四十五"岁的人生阶段,在"岁暮"即这一年的末尾,白居易一方面冷静地凝视着现在与未来,另一方面陈述了"来春"要在"庐山"下、在"东林寺"附近、在"溪"边结一草堂的决心("林泉计")。而且这个决心,是以"老来尤委命,安处即为乡""中心一调伏,外累尽空虚"的判断与认识为前提而被引导出来的,这一点也值得注意。

白居易被贬谪为江州司马不久,强烈地意识到为自己建造草堂的必要性,这恐怕是因为白居易家庭环境的变化对其产生了巨大的影响。元和十一年(816)夏,长兄白幼文带着没有家人可以投靠的弟妹六七人,来到白居易任职的江州①。再加上照顾弟弟白行简的儿子龟儿②以及女儿阿罗的诞生等,可以判断,白居易身边的状况变得非常忙乱。我们推测,被咏为"溢浦沙边宅"(《北亭》)的江州官舍,大约从元和十一年(816)夏开始,便被琐碎的日常杂事与多达九人的小孩们的吵闹占据了。虽然与充满活力的、可爱的幼儿们交流,在某种意义上抚慰了左迁中的白居易的心灵,但是,那样的空间,与静谧和平静相距甚远。在这样的生活环境下,白居易于是就新造了作为私人空间的草堂。

时年 45 岁秋,与庐山非常亲近的白居易,于东林寺与西林寺之间,香炉峰的北面,遗爱寺的西边,与自己理想中的土地和风景命运般相遇了。事情的经过,他在《与微之书》中是这样述说的:

> ……仆去年秋始游庐山,到东西二林间香炉峰下,见云木泉石,胜绝第一,爱不能舍,因置草堂。堂前有乔松十数株,修竹千余竿。青萝为墙垣,白石为桥道,流水周于舍下,飞泉落于檐间。红榴白莲,罗生池砌。大抵若是,不能殚记。每一独往,动弥旬月。平生所好者,尽在其中。不唯忘归,可以终老。……

这封信,是在写了《与元九书》(元和十年[815],44 岁,江州)的两年后再寄给元稹的。在信中,白居易简单介绍了完工不久的庐山草堂的样子。"乔松""修竹""青萝""白石""流水""飞泉""红榴""白莲"等景物,就是白居易所说的"胜绝第一,爱不能舍""平生所好者,尽在其中"的具体对象。而且其留恋心之强,在一出门就能连着待上十日,最后可以"忘归"长安,于此环境"终老"的表达中如实地表现了出来。

---

① "……前月中,长兄从宿州来,又孤幼弟姪六七人,皆自远至。……"(《答户部崔侍郎书》,元和十一年[816],45 岁,江州);"……长兄去夏自徐州至,又有诸阮孤小弟妹六七人,提挈而来。……"(《与微之书》,元和十二年[817],46 岁,江州)。顺带提一下,关于长兄白幼文是白居易异母兄弟的可能性,详见谢思炜《白居易集综论》下编"白居易的家世和早年生活"(中国社会科学出版社,1997 年 8 月)。

② "职散优闲地,身慵老大时。送春唯有酒,销日不过棋。禄米獐牙稻,园蔬鸭脚葵。饱餐仍晏起,余暇弄龟儿。龟儿,即小侄名。"(《官舍闲题》,元和十一年[816],45 岁,江州)、"怜渠已解咏诗章,摇膝支颐学二郎。莫学二郎吟太苦,才年四十鬓如霜。"(《闻龟儿咏诗》,元和十三年[818],47 岁,江州)

第八章　白居易诗歌中关于房屋的文学表现——与闲适的诗想相关联

综合《祭匡山文》《祭庐山文》《庐山草堂记》《游大林寺序》等文献记述可知,白氏草堂在元和十二年(817)季春(三月下旬)一经建成,而后白居易便马上入住了。成为"参禅养素""罢去烦恼""渐归空门""外适内和""体宁心恬"之实践环境的草堂建筑,从白居易与房屋的历史(交往)来说,庐山遗爱草堂才是真正属于自己的、自己所建的、为自己而建的居住空间。过去服丧期间,白居易在下邽蔡渡的房子中构造了"高亭",而到庐山草堂才终于发展为拥有庭园与居室的真正的个人住房。因为这里从庭园的设计、树木的配置到草堂的结构、家具的种类,其所有空间的全部领域,都成了被白居易特有的世界观、闲适观所贯彻和整合的空间。到了白居易50岁以后的晚年,在洛阳履道里宅邸的池边所展开的白氏极致的闲适世界,可以确定无疑地认为,大体上是以在江州所构筑的草堂为原型而发展起来的。

关于庐山草堂的详细结构,首先必须介绍的是散文资料《庐山草堂记》(元和十二年〔817〕,46岁,江州)中的记载。由834字组成的《庐山草堂记》,可以说兼有语言化设计图(蓝图)的要素。从叙述内容来看,大体可以分为四段。为了把握作品的整体轮廓,我将各段的要旨、原文及条目分段列举如下:

1. 关于草堂的位置。"匡庐奇秀,甲天下山。山北峰曰香炉,峰北寺曰遗爱寺,介峰寺间,其境胜绝,又甲庐山"。位于北香炉峰与遗爱寺中间的庐山第一风景胜地。

2. 关于草堂完成的经过与草堂自身的结构。"元和十一年秋,太原人白乐天见而爱之,若远行客过故乡,恋恋不能去。因面峰腋寺作为草堂。明年春,草堂成。三间两柱①,二室四牖,广袤丰杀,一称心力。洞北户,来阴风,防徂暑也;敞南甍,纳阳日,虞祁寒也。木斫而已,不加丹,墙圬而已,不加白。碱阶用石,羃窗用纸,竹帘纻帏,率称是焉。堂中设木榻四,素屏

---

① 关于草堂的居室结构,王汝弼《白居易选集》(上海古籍出版社,1980年10月)366页中有详述:"一间堂屋,两间侧室,合计三间。正侧三间,中以柱隔之,故曰二柱。又作者《香炉峰下新卜山居草堂初成偶题东壁》一首,其第一句为'五架三间新草堂',则似侧房中分为二,前后各一间,或堂室之前,又有两间耳房,故云'五架三间'。"

二,漆琴一张,儒道佛书各三两卷①"。

此段记述创建的动机、完成时间、房屋的结构(三间两柱、二室四牖、洞北户、敞南甍),建材的处理(木斫而已不加丹、墙圬而已不加白),建材的种类(石砌阶、纸幂窗、竹帘、纻帏),家具器物的说明(木榻四、素屏二、漆琴一张、儒道佛书各三两卷)。

3. 关于草堂周围的结构与景观。"乐天既来为主,仰观山,俯听泉,傍睨竹树云石,自辰至酉,应接不暇。俄而物诱气随,外适内和。一宿体宁,再宿心恬,三宿后颓然嗒然,不知其然而然。自问其故,答曰:是居也,前有平地,轮广十丈,中有平台,半平地,台南有方池,倍平台。环池多山竹野卉,池中生白莲白鱼。又南抵石涧,夹涧有古松老杉,大仅十人围,高不知几百尺。修柯戛云,低枝拂潭,如幢竖,如盖张,如龙蛇走。松下多灌丛,萝茑叶蔓,骈织承翳,日月光不到地,盛夏风气如八九月时。下铺白石,为出入道。堂北五步,据层崖积石,嵌空垤块,杂木异草,盖覆其上。绿阴蒙蒙,朱实离离,不识其名,四时一色。又有飞泉植茗,就以烹燀。好事者见,可以永日。堂东有瀑布,水悬三尺,泻阶隅,落石渠,昏晓如练色,夜中如环佩琴筑声。堂西倚北崖右趾,以剖竹架空,引崖上泉,脉分线悬,自檐注砌,累累如贯珠,霏微如雨露,滴沥飘洒,随风远去。其四傍耳目杖屦可及者,春有锦绣谷花,夏有石门涧云,秋有虎溪月,冬有炉峰雪。阴晴显晦,昏旦含吐,千变万状,不可殚纪,觙缕而言,故云甲庐山者"。

此段记述带来外适内和、体宁心恬之境的草堂:前方的平地(轮广十丈),中间的平台(半平地→五丈),台南的方池(倍平台→十丈),池畔生长着很多的山竹野卉,池中的白莲、白鱼,夹南石涧的古松、老杉,松下的灌丛萝茑,铺设白石的道路(出入道),堂北五步开外层崖上的绿荫朱实,飞泉,茗园,堂东的瀑布,堂西的引泉,草堂四周的绝景(春有锦绣谷花、夏有石门涧云、秋有虎溪月、冬有炉峰雪)。

4. 关于草堂落成的喜悦与现实的境遇及心境。"噫,凡人丰一屋,华一簀,而起居其间,尚不免有骄稳之态。今我为是物主,物至致知,各以类至,

---

① 白居易草堂内部同时放置着儒教、道教、佛教相关书籍的事实,作为房屋论、诗人论的论据,值得充分注意。草堂的居室空间没有完全按照某一特定的思想或宗教统一起来,这显示出白居易与三教(儒、释、道)的实际关系是错综复杂的。

第八章　白居易诗歌中关于房屋的文学表现——与闲适的诗想相关联

又安得不外适内和,体宁心恬哉。昔永、远、宗、雷辈十八人,同入此山,老死不反。去我千载,我知其心以是哉。矧予自思,从幼迨老,若白屋,若朱门,凡所止,虽一日二日,辄覆篑土为台,聚拳石为山,环斗水为池,其喜山水病癖如此。一旦蹇剥,来佐江郡,郡守以优容而抚我,庐山以灵胜待我,是天与我时,地与我所,卒获所好,又何以求焉。尚以冗员所羁,余累未尽,或往或来,未遑宁处。待予异时弟妹婚嫁毕,司马岁秩满,出处行止,得以自遂,则必左手引妻子,右手抱琴书,终老于斯,以成就我平生之志。清泉白石,实闻此言。时三月二十七日,始居新堂。四月九日,与河南元集虚、范阳张允中、南阳张深之、东西二林长老凑、朗、满、晦、坚等凡二十二人,具斋施茶果以落之。因为《草堂记》"。

此段记述被庐山所迷倒的先人(永、远、宗、雷辈十八人)。自己与生俱来的喜好山水(庭园)的志向(从幼迨老,若白屋,若朱门,凡所止,虽一日二日,辄覆篑土为台,聚拳石为山,环斗水为池,其喜山水病癖如此),作为江州司马的自己与庐山的灵胜的宿缘,表明将草堂作为"终老"之地、在这里成就"平生之志"的决心,明确表示入居的日期(三月二十七日)与落成庆祝的日期(四月九日)。

通读白居易《庐山草堂记》,首先需要留意的是,白居易对水边风景("水阁")不同寻常的关注。比如在文章的第三段中,池①、涧、潭、飞泉、瀑布、引泉的描写占了大部分,在理解诗人的庭园观与审美意识的时候,这是非常重要的一节。作为其典型,我想再度引用描写瀑布、引泉周边情趣的部分:

……堂东有瀑布,水悬三尺,泻阶隅,落石渠,昏晓如练色,夜中如环佩琴筑声。堂西倚北崖右趾,以剖竹架空,引崖上泉,脉分线悬,自檐注砌,累累如贯珠,霏微如雨露,滴沥飘洒,随风远去。……

在文中,白居易从视觉、听觉、触觉三方面,表现了充满纤细的动感与

---

① 关于这个池的景观,详见以下诗篇:"淙淙三峡水,浩浩万顷陂。未如新塘上,微风动涟漪。小萍加泛泛,初蒲正离离。红鲤二三寸,白莲八九枝。绕水欲成径,护堤方插篱。已被山中客,呼作白家池。"(《草堂前新开一池养鱼种荷日有幽趣》,元和十二年〔817〕,46岁,江州)。这是将初作于江州官舍的一丈见方的"小池"进一步发展、扩大的产物,值得留意。

音乐感的具有湿感的水边风情。姿态和形状每时每刻都在变化的清澄的人工空间,是强烈表明白居易审美意趣的环境。把剖开的竹子架在空中,从堂西北的山崖上引来流水,如贯珠般落下、如雨露般飞散的样子,与位于堂东的瀑布一起,可能是草堂中最富有动感的风景。泻在石砌上的飞泉与绕阶的流水,是在草堂中起居的白居易分外喜爱的景色。这个景色,虽然随着季节变化包含着复杂的样貌——或者明暗与荫翳,但是可以观察出,基本上是以"清"的感觉为核心的。在这一点上,以草堂为主题的诸作品中出现的"清泉""清源""清流""清净""清冷"等词汇,在我们理解白居易任江州司马时期闲适(独善与自足)的本质时,是应当注意的关键词。可以认为,白居易对于"清"所寄托的特别的念想,暗示了其左迁时期处世观的一个方面。

从《庐山草堂记》中可以窥见的第二个特色,是与"清"的共鸣联动的对于"白"的描写,即是对排除了多余文饰的质朴境界与景物的偏爱志向。极端的、过分突出的装饰性,和白氏草堂无缘,被坚决地排斥。原文第二段、第三段、第四段中频繁出现的"木斫而已,不加丹。墙圬而已,不加白""素屏二""池中生白莲白鱼""下铺白石为出入道""清泉白石,实闻此言"等,正是确切的例证。对住在江州草堂("白屋")的"白氏"而言,"素屏""白莲""白鱼""白石"等事物,被赋予以下意义:日常性地确认和象征着贬谪中的白居易的处身之道和理想的精神状态。比如,关于设置于庐山草堂内东西壁的"素屏二",白居易用饱含深情的口吻进行了吟咏,吟咏出了对"素""白""真"的强烈执着。

<u>素屏素屏</u>,孰为乎不文不饰,不丹不青。当世岂无李阳冰之篆文,张旭之笔迹,边鸾之花鸟,张藻之松石。<u>吾不令加一点一画于其上者</u>,欲尔保真而全白。吾于香炉峰下置草堂,二屏倚在东西墙。<u>夜如明月入我室</u>,晓如白云围我床。<u>我心久养浩然气,亦欲与尔表里相辉光</u>。尔不见当今甲第与王宫,织成步障银屏风。缀珠陷钿贴云母,五金七宝相玲珑。贵豪待此方悦目,然肯寝卧乎其中。<u>素屏素屏</u>,物各有所宜,用各有所施。尔今木为骨兮纸为面,舍吾草堂欲何之。(《三谣三首》其二《<u>素屏谣</u>》,元和十三年〔818〕,47岁,江州)

第八章　白居易诗歌中关于房屋的文学表现——与闲适的诗想相关联

白居易偏爱"素屏"所具有的"保真而全白"的姿态,直接化为了自己面对世界的精神姿态,这一点值得注意①。在这"全白"一语中,深刻地镌入了对保"全""白"氏人生,即与白姓者相应的清廉洁白的人生的特别心愿。我们再度理解了,兼含情念与理念的白居易完整的人格,被无所不至地反映到已被"人性化""情绪化"的草堂的细节之中。我们必须要说,诗人纤细而柔软的神经,已极深地渗透到其所拥有的一物一品、一草一木当中,房屋和庭园就更不用说了。

最后应当指出的特质是,《庐山草堂记》第三段记述的居住空间与身心状况之间亲密的交流关系。白居易重复说了两遍,以草堂空间作为媒介,很容易达成并体验到肉体的"适""宁"与精神的"和""恬"。特别是"一宿体宁,再宿心恬,三宿后颓然嗒然,不知其然而然",明确显示了"身""心"的"闲""适"与实现这种状态的房屋之间的理想关系,这是很有趣味的。在与自己的个性完全一体化的空间中,连"身""心"的界限都融解了的至高闲适境界("颓然嗒然"的境界)明确地显现了出来。庐山草堂的整体氛围,可以说是与白居易的"人格"完美一致且协调的。

使疲惫的身体放松、浮躁的心灵平静,使人忘却俗世争执的草堂,在白居易的韵文作品中也时常被提到。在这些诗篇中,反复地确认着一点,即这里是最适合当下自己的场所。这反复多次的心情告白,道出了在江州的白居易是如何与激烈的内心矛盾做斗争的。在详细地吟咏这种意识和感情的作品中,以下这首咏怀诗最为著名。这是在草堂完成后不久,白居易自己在庭石上书写("题")的五言三十八句古体诗:

> 香炉峰北面,遗爱寺西偏。白石何凿凿,清流亦潺潺。有松数十株,有竹千余竿。松张翠伞盖,竹倚青琅玕。其下无人居,惜哉多岁年。有时聚猨鸟,终日空风烟。时有沉冥子,姓白字乐天。平生无所好,见此心依然。如获终老地,忽乎不知还。架岩结茅

---

① 开成三年(838),白居易67岁时在洛阳创作的五言古体诗《三年除夜》云:"晰晰燎火光,氲氲腊酒香。嗤嗤童稚戏,迢迢岁夜长。堂上书帐前,长幼合成行。以我年最长,次第来称觞。七十期渐近,万缘心已忘。不唯少欢乐,兼亦无悲伤。素屏画居士,青衣侍孟光。夫妻老相对,各坐一绳床。顾虎头画维摩居士图,白衣素屏也。"可以说"素屏""白衣"也是与"维摩居士"有关的意象。

宇,厨壑开茶园。何以洗我耳,屋头飞落泉。何以净我眼,砌下生白莲。左手携一壶,右手挈五弦。傲然意自足,箕踞于其间。兴酣仰天歌,歌中聊寄言。言我本野夫,误为世网牵。时来昔捧日,老去今归山。倦鸟得茂树,涸鱼反清源。舍此欲焉往,人间多险艰。(《香炉峰下新置草堂即事咏怀题于石上》,元和十二年〔817〕,46岁,江州)

这首诗前半描绘了"沉冥子""白乐天"与作为"终老地"的"茅宇"之间的亲密交流,吟咏了净化、慰藉自己被政界污染的"耳""眼"的"飞泉"与"白莲"。然后在后半段的八句中,检验了迄今为止的官僚人生,最后以"舍此欲焉往,人间多险艰"直抒胸臆的咏怀表现作结。对于被长安这一权力中央放逐的白居易来说,庐山草堂就是为了从自我否定、自我崩坏中逃脱出来的最后据点。换言之,它是为了防止自己存在意义的丧失,期盼重生、再生的绝对不可或缺的空间。如果这样考虑的话,白居易想要以"清白"意象来统一草堂内外的事实,也就容易理解了。

与《香炉峰下新置草堂即事咏怀题于石上》近似的诗情、诗境,还有大约同时期创作的五首连作诗《题壁诗》,这里我仅引用其中的三首:

喜入山林初息影,厌趋朝市久劳生。早年薄有烟霞志,岁晚深谙世俗情。已许虎溪云里卧,不争龙尾道前行。从兹耳界应清净,免见啾啾毁誉声。(《香炉峰下新卜山居草堂初成偶题东壁五首》其二,元和十二年〔817〕,46岁,江州)

长松树下小溪头,斑鹿胎巾白布裘。药圃茶园为产业,野麋林鹤是交游。云生涧户衣裳润,岚隐山厨火烛幽。最爱一泉新引得,清泠屈曲绕阶流。(同前,其三,同前)

日高睡足犹慵起,小阁重衾不怕寒。遗爱寺钟欹枕听,香炉峰雪拨帘看。匡庐便是逃名地,司马仍为送老官。心泰身宁是归处,故乡可独在长安。(同前,其四,同前)

以上所引三首诗中共通的房屋形象,都是温柔地守护着居住者的身心、给居住者添加力气、净化着居住者的"闲而适""清而白"的空间。第六节已经论述,下邽的白氏宅是基于"骨肉一体"的宗教祭祀上的团结而建造的。与此相对,庐山草堂则完全是作为白居易个人的"私人场所"而存在

第八章　白居易诗歌中关于房屋的文学表现——与闲适的诗想相关联

的。若根据这个基本的性质，构成草堂的全部要素（构思设计、机能等），都是被白居易独特的情感色彩所渲染过的。这正是房屋与人之间天衣无缝的一体化。这样所建造的住所，对于居住者来说，仿佛是自己的身体一般。"石阶""桂柱""竹编墙""南檐""北户""洒砌飞泉""拂窗斜竹"等①，这些全都是在白居易肌肤的延长线上，被不断意识和把握的白居易的分身。在这个意义上，庐山草堂可以认为是白居易一生中第一次得到的使心灵感到安"易"的"居"所。这种寄托于房屋的情感，在《别草堂三绝句》中得到了毫无保留地述说。这组诗是白居易从江州司马调任忠州司马的元和十四年（819）春所作的七言绝句：

　　正听山鸟向阳眠，黄纸除书落枕前。<u>为感君恩须暂赴，炉峰不拟别多年</u>②。（《别草堂三绝句》其一，元和十四年[819]，48岁，江州）

　　久眠褐被为居士，忽挂绯袍作使君。<u>身出草堂心不出</u>，<u>庐山未要动移文</u>。（同前，其二，同前）

　　三间茅舍向山开，一带山泉绕舍回。<u>山色泉声莫惆怅</u>，<u>三年官满却归来</u>。（同前，其三，同前）

从下画线部分可以看出白居易强烈的留恋。这种留恋在此后二十年白居易持续创作的追忆、回想草堂的诗篇中，也极为明显地显现出来。《郡斋暇日忆<u>庐山草堂</u>兼寄二林僧社三十韵多叙贬官已来出处之意》（元和十四年[819]，<u>48岁</u>，忠州）、《钱侍郎使君以题庐山草堂诗见寄因酬之》（长庆元年[821]，<u>50岁</u>，长安）、《题别遗爱草堂兼呈李十使者》《重题》（长庆二年[822]，<u>51岁</u>，江州）、《忆庐山旧隐及洛下新居》（大和元年[827]，<u>56岁</u>，长安）、《寄题庐山旧草堂兼呈二林寺道侣》（开成五年[840]，<u>69岁</u>，洛阳）

---

①　参看《香炉峰下新卜山居草堂初成偶题东壁五首》其一（元和十二年[817]，46岁，江州）

②　顺便说一下，平野显照《白居易与庐山草堂》（《文艺论丛》第三十，大谷大学文艺学会，1988年）中，将本诗最后一句解释为"没有想到在炉峰住了那么多年"，但本章不采用这个解释。另外，平冈武夫、今井清校定《白氏文集（全二册）》（京都大学人文科学研究所，1973年3月）第一册334页中，提到了这部分文字的异同，说："别，各本作住。摺本讹往。今从金泽本、管见钞本。上云'为感君恩须暂赴'，第二首又云'庐山未要动移文'，可知'住'字误。"

等,都是以庐山草堂为题材的作品。其中,《题别遗爱草堂兼呈李十使者》是在赴任杭州刺史的途中,拜访阔别数年的昔日草堂,吟咏当时复杂感慨的作品①;《寄题庐山旧草堂兼呈二林寺道侣》是二十年后白居易69岁时,在洛阳宅邸所作的所谓的"寄题诗"。"遗爱草堂"正如其名——把爱遗留下来那样,成了白居易一生难以忘怀的亲切记忆。

　　草堂,如其名所示,是为个人(私人)而建的房屋空间。另外,也是不考虑永住、常住的临时别宅(second house)。家族全体成员喜怒哀乐与共的一般住宅的性质,在那里被无限地稀释了。对于白居易来说,草堂在庐山幽远的自然中,纯粹作为一个人自我凝视、关照的空间而发挥着作用②。这可以看作是与"一族同居"所带来的某种"温情"或"连带感"性质不同的空间。白居易置身于贬谪这个不可靠的环境之中,所以想获得更加确实可靠的东西,想尽可能给自己的生命赋予意义,从这种趋向的欲求中,孕育出了草堂。可以说,远离故乡(中国北方)的庐山草堂,是白居易在贬谪到灵峰庐山这个特殊的环境中,为了自我保全而不得不创造出来的"私人性恢复的环境"。从白居易50岁时买入长安新昌里宅邸以后,庐山草堂作为与洛

---

　　① "曾住炉峰下,书堂对药台。斩新萝径合,依旧竹窗开。砌水亲开决,池荷手自栽。五年方暂至,一宿又须回。纵未长归得,犹胜不到来。君家白鹿洞,闻道亦生苔。"(《题别遗爱草堂兼呈李十使君李十使尝隐庐山白鹿洞》,长庆二年[822],51岁,江州);"泉石尚依依,林疏僧亦稀。何年辞水阁,今夜宿云扉。谩献长杨赋,虚抛薜荔衣。不能成一事,赢得白头归。"(《重题》,长庆二年[822],51岁,江州)。

　　② 为谨慎起见我补充一下,与庐山草堂相关的谈及与妻儿同居的作品也不是没有。比如"……从此万缘都摆落,欲携妻子买山居。"(《端居咏怀》,元和十一年[816],45岁,江州);"……来春更茸东厢屋,纸阁芦帘着孟光。"(《香炉峰下新卜山居草堂初成偶题东壁五首》其一,元和十二年[817],46岁,江州);"……待于异时弟妹婚嫁毕,司马岁秩满,出处行止,得以自遂,则必左手引妻子,右手抱琴书,终老于斯,以成就我平生之志。"(《庐山草堂记》,元和十二年[817],46岁,江州)等。但这些文献,首先是假想将来与妻儿同居的生活,单纯只是陈述想法而已。与包括妻儿在内的白氏一门的共同生活,在围绕草堂的众多描写中是完全看不到的,这个事实与本节的论点相关,需要特别注意。反过来,白居易专门集中在江州官舍中吟咏与白氏一族的交流,这一点在考察白居易庐山草堂的意义时,也是必须要特别留意的。

阳履道里宅邸性质完全相对的房屋，作为一处无法忘记的、可亲的"住处"①，被白居易终生持续地念想着。

九、长安新昌里宅邸

白居易在江州度过的年月，从元和十年（815）十月至元和十三年（818）十二月为止，大约有三年。从年龄来说，相当于从44岁至47岁。虽然从江州司马、忠州司马转任司门员外郎，终于被召回长安，但是从元和十五年（820）白居易49岁时，在极大地打乱其人生步调的武元衡暗杀事件发生以后，实际上已经过了六年的岁月。长达六年的贬谪后终于得以归京的心情，在题为《恻恻吟》的诗篇中，得到了毫无保留的吐露，这是在司门员外郎任上所作的八句杂言古体诗：

恻恻复恻恻，<u>逐臣返乡国</u>。前事难重论，少年不再得。泥涂绛老头斑白，炎瘴灵均面黧黑。<u>六年不死却归来</u>，道著姓名人不识。（《恻恻吟》，元和十五年〔820〕，49岁，长安）

"弃置在泥涂里的绛（县）老人"（《春秋左氏传》）②，"被放逐到炎瘴之地而自杀的灵均（屈原）"（《楚辞》）等人物形象，并不单单是比喻，而是作为饱尝心酸的白居易的实感性认识而存在的。在吟咏为"六年不死却归来，道著姓名人不识"的长安生活中，白居易优先考虑的事情，是确保足以成为自我防御据点的真正的私宅。白居易早在归京第二年的长庆元年

---

① "形骸俛偃班行内，骨肉勾留俸禄中。无奈攀缘随手长，亦知恩爱到头空。草堂久闭庐山下，竹院新抛洛水东。自是未能归去得，世间谁要白头翁。"（《忆庐山旧隐及洛下新居》，大和元年〔827〕，56岁，长安）

② "襄公三十年"条："二月癸未，晋悼夫人食舆人之城杞者。绛县人或年长矣，无子而往，与于食。有与疑年，使之年。曰臣小人也。不知纪年。臣生之岁，正月甲子朔，四百有四十五甲子矣。其季于今三之一也。……赵孟问其县大夫，则其属也。召之而谢过焉曰：武不才，任君之大事，以晋国之多虞，不能由吾子，使吾子辱在泥涂久矣，武之罪也。敢谢不才。……"

(821)二月初①,已经在长安街东中南部的新昌里拥有了自己的住宅。白氏新昌里宅邸就是这样诞生的。购置自宅时的官职,从"司门员外郎"(从六品上)→"主客郎中"(从五品上)→"知制诰"(从五品上)→"中书舍人"(正五品上)逐步晋升,当我们考虑到这个时期白居易的经济能力时,这一点是需要特别注意的。在被视为天下的中心、所有价值体系核心的帝都长安,举子出身的白居易成为那里真正的居民,花了五十年的时间。

白居易谈到作为房产的新昌里宅邸②的诗篇,总共可以找到 26 首。在探讨具体作品的内容之前,我想先整理和呈现这些作品的诗题、创作年代、创作场所等。白居易吟咏新昌里宅邸的诗歌,大致上可以作以下的分类:

1. 专门吟咏长安新昌里邸的作品:《竹窗》(长庆元年〔821〕,50 岁,长安),《卜居》(同前),《题新居寄元八》(同前),《题新昌所居》(同前),《新昌新居书事四十韵因寄元郎中张博士》(同前),《新居早春二首》(同前),《庭松》(长庆二年〔821〕,51 岁,长安),《晚庭逐凉》(同前),《南院》(大和元年〔827〕,56 岁,长安),《新昌闲居招杨郎中兄弟》(同前),《松斋偶兴》(同前),《秋斋》(同前),《北窗闲坐》(大和二年〔828〕,57 岁,长安),《斋月静居》(同前),《自题新昌居止因招杨郎中小饮》(大和三年〔829〕,58 岁,长安),《南园试小乐》(同前),《闻崔十八宿予新昌弊宅时予亦宿崔家依仁新亭一宵偶同两兴暗合因而成咏聊以写怀》(大和四年〔830〕,59 岁,洛阳)。

2. 部分提及长安新昌里邸的作品:《行简初授拾遗同早朝入阁因示十二韵》(长庆元年〔821〕,50 岁,长安),《思竹窗》(长庆二年〔822〕,51 岁,自长安至杭州途中),《吾庐》(长庆四年〔824〕,53 岁,洛阳),《闲出》(大和元年〔827〕,56 岁,长安),《早朝》(大和二年〔828〕,57 岁,长安),《新雪二首》其二(大和四年〔830〕,59 岁,洛阳),《诏授同州刺史病不赴任因咏所怀》(大和九年〔835〕,64 岁,洛阳),《得潮州杨相公继之书并诗以此寄之》

---

① "……今春二月初,卜居在新昌。……"(《竹窗》,长庆元年〔821〕,50 岁,长安)

② 白居易住在租屋的新昌里邸的时间,是自元和二年(807,36 岁)秋至元和五年(810,39 岁)春的左拾遗、翰林学士时期。在白居易的人生中,住在新昌坊的时期,包括租房和自己拥有房子,总共有三个分期。详见本章第五节。

第八章　白居易诗歌中关于房屋的文学表现——与闲适的诗想相关联

(会昌三年[843]至会昌四年[844],72岁至73岁,洛阳)。

中唐时期的新昌里周边,是位于长安街东中南部干燥高台下的新兴住宅地,附近有青龙寺、乐游原、慈恩寺、曲江池等风景名胜①。白居易决意于新昌里定居的理由,除了这两个因素以外,可能还和这里是其30多岁时与妻子杨氏度过新婚时期充满美好回忆的地方有关系。失去最爱的母亲陈氏的宣平里,作为江州之行起点的昭国里等,都是与悲伤的负面记忆(悲哀、悔恨、屈辱)相关联的,白居易不会再选择它们了。

与新昌里相邻的靖恭里,有妻家亲族杨汝士与杨虞卿的家,白居易与他们频繁往来的事实,可以从《新昌闲居招杨郎中兄弟》《自题新昌居止因招杨郎中小饮》等诗题中窥知。另外,在这个地区周边,住着一些与白居易关系亲密的人,比如升平里的元宗简②(元八、元郎中),这一点需要注意。可以认为,在追名逐利、勾心斗角的喧嚣都城长安,刚从左迁地回京的白居易,定居新昌里以保证与朋友、亲戚的交流,是极为妥当且自然的选择。因为依存于熟悉的空间,确实可以使不安的心安定下来。

此后,白居易新昌里宅邸,作为其进入长安政界的立脚点发挥了作用。白居易想要从漫长的租房生活中摆脱出来,想要拥有自己房子的强烈愿望,在下面这首七言律诗《卜居》中明显地表现了出来:

游宦京都二十春,贫中无处可安贫。长羡蜗牛犹有舍,不如硕鼠解藏身。且求容立锥头地,免似漂流木偶人。但道吾庐心便足,敢辞湫隘与嚣尘。(《卜居》,长庆元年[821],50岁,长安)

从"长羡蜗牛犹有舍,不如硕鼠解藏身。且求容立锥头地,免似漂流木偶人"等诗句中,我们再次理解了白居易是何等重视"衣食住"的"住"。就白居易来说,"住"是植根于生存本能的欲求。哪怕房子狭小,但是拥有自己住房的意义,只有经历客寓生活的悲惨、艰辛的人才能切实体会。

---

① 关于这一点,本章第四节所引妹尾达彦论文第二章"中唐的长安与洛阳"、第三章"白居易的都市景观"中有极为详细的考察。
② 关于白居易与元宗简的关系,小松英生《白居易与元宗简》(《藤原尚教授广岛大学定年祝贺纪念中国学论集》,溪水社,1997年3月);丸山茂《白氏交游录——白宗简》(《研究纪要》第五十六号,日本大学文理学部人文科学研究所,1998年10月)中有细致的分析,可一并参考。

从新昌里的房屋表现中可以看到的第一个特点,是从当初买入的时候开始,这个住所就明显偏离了白居易的理想诉求。这个难以消除的不和谐感,很早就从上述《卜居》诗的"容立锥头地""湫隘""嚣尘"中明显地表现了出来。同样,从入住不久后其50岁所作的其他诗篇中,也能很容易看出来。白居易终于可以在帝都拥有自己房子的满足感,与偏离了理想的不满感,这两种互相矛盾的感情并存,这在我们思考白居易新昌邸的特质时,是最重要的切入点。

……<u>阶庭宽窄才容足</u>,<u>墙壁高低粗及肩</u>。莫羡升平元八宅,自思买用几多钱。(《题新居寄元八》,长庆元年〔821〕,50岁,长安)

<u>宅小人烦闷</u>,<u>泥深马钝顽</u>。街东闲处住,日午热时还。<u>院窄难栽竹</u>,<u>墙高不见山</u>。唯应方寸内,此地觅宽闲。(《题新昌所居》,长庆元年〔821〕,50岁,长安)

……新园聊划秽,旧屋且扶颠。檐漏移倾瓦,梁欹换蠹椽。平治绕台路,整顿近阶砖。<u>巷狭开容驾</u>,<u>墙低垒过肩</u>。……省吏嫌坊远,豪家笑地偏。……(《新昌新居书事四十韵因寄元郎中张博士》,长庆元年〔821〕,50岁,长安)

白居易对于新居的不满,大致上可以归纳为以下十点:①地势低;②湿气多;③房屋占地狭小;④吵闹;⑤家小;⑥庭院狭小;⑦泥深;⑧巷子狭;⑨距离工作地点远;⑩眺望景致不佳。而且可以判断,这种居住环境,并不是通过主体努力就可以得到很大改善的。自咏为"一家二十口"(《庭松》)的长安白邸,从"卜居""入居"的阶段开始,就存在多个难以修复的严重缺陷。若对照这个语境来考虑,我们就能够更加准确地把握《题新居寄元八》的自嘲式表现("莫羡升平元八宅,自思买用几多钱")中所包含的白居易的心情了。户主与住房之间的裂痕,此后随着时间的流逝,变得更加扩大和显化了。

在这个完全无法得到满足的住宅中,白居易采取的一个有效对策,是在已拥有的房屋中,创造出隔离的小空间,以求在那里发现自己人生的积极意义。即使在狭小受限的不如意的家中,白居易也想要确保一个可以慰藉和解放自己身心的环境,他的这种意志在以下两首作品中可以清晰地看

第八章　白居易诗歌中关于房屋的文学表现——与闲适的诗想相关联

到。在无法避免的种种限定条件中,如何才能不迷失自己地活着——这是白居易在谪居江州的数年中彻底、深入思考的。作为在新昌里邸内有意图地构建包含特殊意义的场所,必须要指出的是"面向种植着竹子的北窗"和"生长着十棵松的庭院":

> 常爱辋川寺,竹窗东北廊。一别十余载,见竹未曾忘。今春二月初,卜居在新昌。未暇作厩库,且先营一堂。开窗不糊纸,种竹不依行。意取北檐下,窗与竹相当。绕屋声渐渐,逼人色苍苍。烟通杳蔼气,月透玲珑光。是时三伏天,天气热如汤。独此竹窗下,朝回解衣裳。轻纱一幅巾,小簟六尺床。无客尽日静,有风终夜凉。乃知前古人,言事颇谙详。<u>清风北窗卧,可以傲羲皇</u>。(《竹窗》,长庆元年〔821〕,50岁,长安)

> 堂下何所有,十松当我阶。乱立无行次,高下亦不齐。高者三丈长,下者十尺低。有如野生物,不知何人栽。接以青瓦屋,承之白沙台。朝昏有风月,燥湿无尘泥。疏韵秋槭槭,凉阴夏凄凄。春深微雨夕,满叶珠濉濉。岁暮大雪天,压枝玉皑皑。四时各有趣,万木非其侪。去年买此宅,多为人所哂。一家二十口,移转就松来。移来有何得,但得烦襟开。<u>即此是益友,岂必交贤才</u>。顾我唯俗士,冠带走尘埃。未称为松主,时时一愧怀。(《庭松》,长庆二年〔822〕,51岁,长安)

上引两首五言古体诗吟咏了随意栽种的松与竹所酝酿出的绝妙情趣。这两首诗所共同描绘的是,对可以安慰紧张与疲敝身心的时空的无限依恋。色彩新鲜的"松竹",以及吹拂其中的"清风",是在新昌里居住时期白居易最为喜欢的景物。随着四季与昼夜的推移变化,景观呈现不断变化的"竹窗""松斋①"周边,恐怕是长安白邸中具有重要意义的场所。我们也可以认为,这是从社会身份回到私人状态的白居易首先可以放松自己的领域。在这里,居住者和住所以亲密的关系互相应答,各个实景强烈地投射出居住者白居易的性格。《庭松》中"即此是益友,岂必交贤才",直率地表

---

① "置心思虑外,灭迹是非间。约俸为生计,随官换往还。耳烦闻晓角,眼醒见秋山。赖此松檐下,朝回半日闲。"(《松斋偶兴》,大和元年〔827〕,56岁,长安)。顺便说一下,"松斋"是白居易书斋的名称。

现了这种实际感受。可以说，以"松竹"为中心的闲适风景，成了消除白居易"烦襟"的"益友"。

另外，白诗中可见的空间身体化，多半是以坐卧姿势为媒介而成立的，这一点也值得注意。"竹窗""松斋"，仅仅因为白居易采取了坐卧的姿势，马上变成了蕴含闲适独善至高境界的意象。虽然空间很小，但是这里寄托着白居易深厚的信赖，这在《竹窗》最末两句"清风北窗卧，可以傲羲皇"中明显地表现了出来。关于"松竹"与"坐卧"的紧密关系，我们只要读一下下面两首组诗，就能更加明确地理解了：

<u>龙蛇隐大泽</u>，<u>麋鹿游丰草</u>。<u>栖凤安于梧，潜鱼乐于藻</u>。<u>吾亦爱吾庐</u>，庐中乐吾道。<u>前松后修竹，偃卧可终老</u>。各附其所安，不知他物好。(《玩松竹二首》其一，长庆二年〔822〕，51岁，长安)

<u>坐爱前檐前，卧爱北窗北</u>。<u>窗竹多好风，檐松有嘉色</u>。幽怀一以合，俗念随缘息。在尔虽无情，于予即有得。<u>乃知性相近，不必动与植</u>。(同前，其二，同前)

上引两首诗，白居易陈述的是对"窗竹""檐松"的强烈执着，和对"坐""卧"的显著关注。可以看出，以视点下降、解除身体紧张状态的坐卧姿势为媒介，白居易与这两个场所之间的关系变得更加亲密了。这些场所并不是单纯作为房屋的一部分而物理性存在的，而是作为享受自己的"道"、与自己的"性"亲近的对象而被强烈地认知的。有众多缺点的长安新昌里宅邸的居住环境，通过在其内部创造出"竹窗""松斋"这样的（拥有重要意义的）小空间，终于具备了实现白居易闲适境界的基本条件。一直对生活环境极为讲究的白居易，在对"吾庐"内日常各处赋予意义和价值的行为上，发挥了其与生俱来的能力。可以认为，他是自由地割取空间、任意地驯化空间，使之成为己物的达人。

关于白氏新昌里宅邸的特色，第二个应当指出的要点是，这是与水边风景完全无缘的家宅。白居易是对在家中作池特别热心的人，但是在没有水渠的新昌坊中，最终未能创造出池边的风景。在江州官舍与庐山草堂所作的小池，对于白居易40多岁时的闲适世界来说是象征性的存在——精神性的存在。但这个最重要的部分，在新昌里邸中却完全缺失了。漂浮着白莲、休憩着白鹤的白氏池，吹过水面的柔风和令耳朵感到惬意的潺潺水

第八章 白居易诗歌中关于房屋的文学表现——与闲适的诗想相关联

声等后来在洛阳履道里宅邸中生机勃勃地展开的白居易所喜好的风景,在长安宅中被完全地遗漏了。这种对家中作池的渴望,被吟咏为"松声疑涧底,草色胜河边"(《新昌新居书事四十韵因寄元郎中张博士》)这种不太贴切的比喻。他只能在松风的声音中听出谷涧的流水声,在满院的草色中联想青青的水边景色。白居易好不容易拥有了自己的家,却不能营造喜欢的池,于是他在"卜居"后不久,频繁地造访离自己家很近的曲江池和熟人家里的池苑。《曲江感秋二首并序》(长庆二年〔822〕,51岁,长安)、《曲江忆李十一》(同前)、《同韩侍郎游郑家池吟诗小饮》(同前)、《过骆山人野居小池》(同前,自长安至杭州途中)等,这样的作品是值得特别留意的。池边风景的丧失,不得不通过自宅以外的环境来填补。

我们一定要提及的第三个特质,是在以新昌邸为题材的多首诗篇中,白居易慢慢地吟入了对长安政界、官界的距离感和不和谐感——对沉浸于权力斗争与人事报复的人们的态度。原本长安新昌里宅邸是作为其进入政治权力中枢,即所谓"升官发财"的据点而买下的,但这种当初很显著的性质,随着时间的流逝,慢慢地被稀释了。而且,这一倾向在解任杭州①、苏州刺史之职返回长安的大和元年(827)白居易56岁以后,可以说尤为显著。我想引用一些诗句,以充当这个观点的旁证。居住者官场进取志向的衰退,从其房屋描写中,也得到了具体的表现。

……壮志从中减,流年逐后催。只应如过客,病去老迎来。(《南院》,大和元年〔827〕,56岁,长安)

……但有双松当砌下,更无一事到心中。金章紫绶看如梦,皂盖朱轮别似空。……(《新昌闲居招杨郎中兄弟》,同前)

置心思虑外,灭迹是非间。……耳烦闻晓角,眼醒见秋山。赖此松檐下,朝回半日闲。(《松斋偶兴》,同前)

……清风两窗竹,白露一庭松。阮籍谋身拙,嵇康向事慵。……(《秋斋》,同前)

---

① 与其说白居易出任杭州刺史,是自求外任,不如说实质上是贬谪。关于这一点,芳村弘道《白居易的外调杭州刺史》(《学林》二十一,立命馆大学中国文学会,1994年7月)中有全面的考察。在理解长安新昌里邸居住时期(50岁至64岁)白居易的政治环境时,需要特别注意。

187

虚窗两丛竹,静室一炉香。门外红尘合,城中白日忙。……
(《北窗闲坐》,大和二年[828],57岁,长安)

长安新昌里邸的意义,第四点需要分析的,是与白居易传记事迹的关联。新昌里宅邸,从白居易50岁买入到64岁卖出,总计有十五年归白居易所有。而在这段岁月中,白居易身上不断地有值得注意的事件发生。我们可以推察,这些事件的聚积,影响了白居易对其房屋的定位。在白居易身边状况所发生的种种变化中,以下五点,我认为具有特别重要的意义:

1. 连续出任杭州刺史、苏州刺史,与此相随的是长安家宅的长期无人居住。长庆二年(822,51岁)七月至长庆四年(824,53岁)五月,白居易任杭州刺史。宝历元年(825,54岁)三月至宝历二年(826,55岁)九月,任苏州刺史。从苏州回到长安的白居易再度住到长安家宅中,估计已经是在拜秘书监的大和元年(827,56岁)三月以后,所以在总计长达四年的时间中,长安的白宅是无人居住的。作为无人居住的房屋形象①,值得注意。

2. 新购入洛阳履道里宅邸,与对东都分司的心理倾斜。在从杭州回来的长庆四年(824,53岁)秋,白居易得到了洛阳故散骑常侍杨凭旧履道里宅邸。此后,这里就成了白居易实质上的"最终的住处"。自从定居东都洛阳以后,如①长庆四年(824,53岁)五月太子左庶子分司东都;②大和三年(829,58岁)三月太子宾客分司东都;③大和七年(833,62岁)四月太子宾客分司东都;④大和九年(835,64岁)十月太子少傅分司东都,白居易对任职分司的希望加速度式地急剧增强。另外,与此相关,同时期白居易以疾病为由,不停地长期休假,这也是值得注意的。

3. 爱弟白行简与好友元稹的相继死去。宝历二年(826,55岁)冬,白居易四兄弟中唯一在世的白行简在长安病故。此外,大和五年(831,60岁)七月,被世人并称为"元白"的白居易终生挚友元稹,在任所武昌病逝。由于失去了心灵寄托,60岁以后,白居易对于长安的住所的执着便

---

① 白居易居住洛阳邸时,吟咏长安空宅的作品有《闻崔十八宿予新昌弊宅时予亦宿崔家依仁新亭一宵偶同两兴暗合因而成咏聊以写怀》(大和四年[830],59岁,洛阳):"陋巷掩弊庐,高居敞华屋。新昌七株松,依仁万茎竹。松前月台白,竹下风池绿。君向我斋眠,我在君亭宿。平生有微尚,彼此多幽独。何必本主人,两心聊自足。"

第八章 白居易诗歌中关于房屋的文学表现——与闲适的诗想相关联

急剧消失了。

4. 嫡男崔儿的诞生与夭逝。大和三年(829,58 岁)冬,嫡男在洛阳宅中出生,缘朋友之姓取名叫"崔儿"①,但是三岁时就夭折了。当时白居易 60 岁,已经是无法再有后嗣的老人。过去入住新昌里邸的时候,他曾经说过"或望子孙传"(《新昌新居书事四十韵因寄元郎中张博士》),那种希望和决心,在丧失独生子崔儿的时候,可以说几乎完全被摧毁了。白居易想培养家系(直系)考取进士(高级官僚)的秘密心思,也以突然丧失幼子的方式而被斩断了。新昌里邸作为没有继嗣的房屋形象,是值得注意的。

5. 女儿阿罗的结婚和父亲职责的完成。在卖掉长安住宅的大和九年(835,64 岁),女儿阿罗嫁给谈弘谟。白居易积年的任务终于顺利完成。这一时期前后,白居易的经济支出甚大,这也可以从"……野心惟怕闹,家口莫愁饥。卖却新昌宅,聊充送老资"(《诏授同州刺史病不赴任因咏所怀》,大和九年[835],64 岁,洛阳)的叙述中得以窥见。卖掉新昌宅的原因之一,就是阿罗的结婚,这是极为值得注意的。本来应该由长子崔儿继承的长安白邸,因为独生女阿罗结婚,被白居易毫不吝惜地处理掉了。

以上所述五点白居易生平方面的原因,虽然互为因果,然而可以想见,它们使得长安新昌里邸的存在意义逐渐减弱,愈发促使这所房子的边缘化。白居易卖掉长安宅邸的大和九年(835,64 岁),是他人生的分界点②,在其传记论、房屋论中具有分水岭的意义。因为这显示了白居易凭着自己的主体意志,完全放弃了在高官云集的中央政界活跃和荣达的机会。自白居易从苏杭两州回到长安的大和元年(827,56 岁),至此,长安这个地方的

---

① "相看鬓似丝,始作弄璋诗。且有承家望,谁论得力时。莫兴三日叹,犹胜七年迟。我未能忘喜,君应不合悲。嘉名称道保,乞姓号崔儿。但恐持相并,兼葭琼树枝。"(《和微之道保生三日》,大和三年[829],59 岁,洛阳)

② 顺便说一下,这一年的十一月二十一日,发生了震惊长安政界的"甘露之变"。在思考白居易出处进退的意义时,这是极富有启示性的。因为,这显示了权力中枢到了腐败的极点。对白居易来说,对长安家宅的处理,直接意味着对自己官僚生涯的清算。

权力结构和政治人脉,已经不再令白居易喜好了①。再加上与白行简、崔儿这些骨肉至亲的生离死别,可以想象,这足以消萎白居易在长安永住的心情。从结论而言,作为长安政界落脚点的新昌里家宅,在其主要任务已经完成的阶段,就遭遇了自然边缘化的命运。对于重视居住空间的白居易而言,房屋形象与处世观是紧密结合、表里一体的关系。

　　长安新昌里的宅邸,并不是与白居易的身心毫无间隙地一体化的房屋。长安白宅对于一家人共同居住来说极端狭窄,又缺少清凉静谧的池边风景,对诗人所志求的"吏隐独善"的最终境界的完成,不管在物理意义上、地理意义上,还是在心理意义上,都有许多不尽人意的地方。于是,白居易晚年极致的闲适空间,就移交给他分外怜爱的洛阳履道里宅邸了。在新昌里邸中创造的"竹窗""松斋"的氛围,是如何被吸收和改良的?在下一节中,在包含这一点的基础上,我想进行更加详细的观察。

十、洛阳履道里宅邸

　　白居易作为官僚住在长安与洛阳的时间,加起来约有三十三年,其中晚年的十八年,是以履道里宅邸作为生活据点的东都分司时期。通过任职"太子左庶子分司"(正四品上)"太子宾客分司"(正三品)"太子少傅分司"(正二品),白居易真正实践了所谓"吏隐退休""闲适独善"的生活,在每天反复的思索与实际创作中,连续创作出许多优秀的闲适诗。我想在充

---

①　比如大和二年(828),57岁的白居易在长安创作的、赠给刘禹锡的《闻新蝉赠刘二十八》云:"蝉发一声时,槐花带两枝。只应催我老,兼遣报君知。白发生头速,青云入手迟。无过一杯酒,相劝数开眉。"另外,朱金城的笺注(《白居易集笺校》第三册,1810页)是这样说明的:"……据旧纪,居易大和二年二月自秘书监迁刑部侍郎,盖由于裴度、韦处厚两人之推荐。处厚即以是年指末暴卒于位,度亦行将出镇,居易所以不得不于三年乞归也。《闻新蝉》诗当作于二年之秋,是时禹锡已除主客郎中入京,其和诗亦作于是时。以官职论,居易正在最得意之时,而诗中有'催我老''人手迟'之语,疑居易求入相而未遂,致有此感慨耳。"

第八章　白居易诗歌中关于房屋的文学表现——与闲适的诗想相关联

分考察诗人与房屋表现的视角基础上,在这里就白居易的洛阳履道里宅邸①的意义,试作重点考察。可以判断,当我们解读白居易的作家生活与精神时,提取创作于白氏履道里宅的所有作品,把握其中所展开的闲适的精髓,是绝对无法回避的要点。关注人与房屋(家)的紧密交流并以此解明其文学特色的手法,在终生执着于自己住所的文人白居易身上,可以认为是最为有效的尝试之一。

在分析、探讨《白氏文集》中所吟咏的洛阳白邸之前,必须要确认的是,从1992年到1993年,中国社会科学院考古研究所实施的对白居易旧宅的发掘调查。出于确定故居的位置;解明居住区以及园林部分结构与建筑物的特色;在白邸复原时为地方政府提供可以信赖的科学数据等目的,前后共进行了两次发掘作业,第一次从1992年10月14日至1993年1月4日,第二次从1993年3月10日至5月10日,累计140天,总面积延及724平方米。中国科学院考古研究所洛阳唐城队《洛阳唐都履道坊白居易故居发掘简报》(《考古》1994年第8期)详细报告了这次考古发掘的成果,其中有多张图版和照片。为了理解论文梗概,我试列出各项内容,如下:

1. 遗址附近地形及地层情况。
2. 遗迹(唐代遗迹〔灰坑、渠道、道路、宅院遗迹、圆形砖砌遗迹〕;宋代遗迹〔砖瓦砌迹〕)。
3. 遗物(唐代遗物〔建筑材料〈长方形砖、方形花砖、板瓦、筒瓦、瓦当〉,生活用品〈陶器:罐〉〈瓷器:壶、罐、盆、澄滤器、碗、盂、盘、杯、茶托、茶碾、盒、砚〉〈石器:石砚、磨石〉,生产工具〈铁斧、铁镰〉,经幢,其他〈三彩器:小型人物俑、禽兽俑、小壶、小罐、铃铛、口哨〉〈小瓷塑:瓷狮、瓷马、瓷狗、瓷鸟、妇女骑马俑〉〈铜器:饰片、钉子、掏耳勺、小棒〉〈骨器:骨梳、骨簪〉〈玉器:小棒、帘〉〈钱币:铜钱、铁钱、铅钱〉];宋代遗物〔建筑材料〈长方形砖、方形砖、板瓦、筒瓦、瓦当〉,生活用品〈陶器:陶钵、陶砚〉〈瓷器:碗、盘、盆、

---

① 介绍履道里白居易故宅的文章,有松浦友久编《汉诗辞典》(大修馆书店,1999年1月)"三名诗的故里(诗迹)"(植木久行执笔)。另外,讨论白居易"闲适诗"与西晋潘岳的《闲居赋》(《文选》卷十六)关系的文章,有西村富美子《白居易的"闲居"——以履道里为中心》(《爱媛大学法文学部论集》文学科编第二十三号,1990年),可一并参考。

盂、盒、枕、炉〉,碑刻,铜钱〕)。

4. 结语。

该发掘报告确定白居易宅邸遗迹在洛阳市东南郊外、狮子桥村东北约150米处的田地。西边地势稍高的地区,大致上相当于唐代履道坊遗迹的西界,对多达45处考古调查的结果,报告称出土了大量的考古遗物。另外,报告还指出,发掘地层是由第一层(近现代耕土层)、第二层(宋代文化层)、第三层(唐代文化层)组成的,第三层下部的古渠道内所沉淀的土砂中包含了数量很多的唐代遗物。

另外,在"渠道"部分,报告称这次发现的两条水渠(宽度从9.2米至11米)的方向,与清代徐松撰、张穆校补《唐两京城坊考》(《中国古代都城资料选刊》,中华书局,1985年8月)中的记述("按:居易宅在履道里门,宅西墙下临伊水渠,渠又周其宅之北")是完全一致的,这被认为大概就是白诗(《题新居寄宣州崔相公》等)中时常提到的"南园"池沼遗迹。此外,报告还评论说,可以充分地看出伊水渠与白氏庭院的密切关系。另外,在"宅院遗迹"中,从发掘出来的"墙基"(墙壁的土台)"散水"(小段〔散水坡〕部分)的状况来看,可以推测,白邸的南边有门房(门卫的房间)、北边有上房(主屋),分别与回廊相连,同时又拥有前后两个中庭的结构。

遗物中引起特别注意的是两件"经幢"(铭刻佛教经文的六角形的石柱)①。在一件仅存下部的经幢上,刻着用楷书书写的300余字的"陀罗尼经文",据说其中还可以看到"开国男白居易造此佛顶尊胜大悲"等内容。在另一件经幢残片(两面)的26字中,有"唐大和九年……心陀罗尼"的字样,从中可以得出结论:这些经幢与白居易晚年和佛僧频繁往来的事实密切相关,肯定是他自己出资建造的。

另外,结语中通过实地调查弄清了旧宅配置、结构、形态,均可以从白居易的诗文描写中得到佐证。产地各异的精品陶瓷器、砚台、酒具、茶具、经幢等遗物,形形色色地展现出当时洛阳商业的繁荣与勤于作诗、饮酒、喝茶且有着佛教信仰的白居易的真实生活。

---

① 在温玉成《白居易故居出土的经幢》(《四川文物》2001年6月第3期)中,就这个经幢上所刻的总计300余字的"陀罗尼",谈到了白居易自身书写的可能性,指出:"审视白居易的书法墨宝,知其书风远承欧阳询、褚遂良而近慕徐浩,自成一格。"

第八章 白居易诗歌中关于房屋的文学表现——与闲适的诗想相关联

以上,关于洛阳履道里宅邸的发掘概况,简单说明了地形、地层、遗迹、遗物等几个重要的点。该考古调查展示了现代中国令人惊异的学术成果。在此基础上,我想进一步深入探究具体作品中展现的白氏履道里宅邸的诸方面。

白居易买入洛阳履道里邸是在长庆四年(824)秋 53 岁的时候。长达两年的杭州刺史任期终了,转任太子左庶子分司东都,这件事成了白居易在洛阳构筑住所的直接契机。此后,白居易转任苏州刺史、秘书监、刑部侍郎等,虽然有暂时不在洛阳家中的时候,但是最终,这个家成了白居易在 75 岁终其天年为止的生前最后的住处,即晚年实践闲适境界的环境。关于购入新居的经过,白居易自己是这样说的:

……遂就无尘坊,仍求有水宅。东南得幽境,树老寒泉碧。池畔多竹阴,门前少人迹。未请中庶禄,且脱双骖易。买履道宅,价不足,因以两马偿之……(《洛下卜居》,长庆四年[824],53 岁,长安)

履道坊西角,官河曲北头。林园四邻好,风景一家秋。门闭深沉树,池通浅沮沟。拔青松直上,铺碧水平流。篱菊黄金合,窗筠绿玉稠。……(《履道新居二十韵》,同前)

……谁知始疏凿,几主相传受。杨家去云远,田氏将非久。天与<u>爱水</u>人,终焉落吾手。此池始杨常侍开凿,中间田家为主,予今有之。蒲浦、桃岛,皆池上所有。(《泛春池》,宝历元年[825],54 岁,洛阳)

白居易宅邸位于没有尘埃(俗事)的洛阳东南地区、履道里的西角、弯曲的官河(伊水)的北面。这里是充满水景(泉、池、河、沟)与树木(竹、松、菊)的幽境,可以认为是这位自称"爱水"诗人的最合适的居住环境。买宅邸的资金不够,就把自己仅有的两匹马卖掉。白居易对于事情经过的说明,不经意地显示了他对获得这个住所的执着,值得特别留意。关于此宅的位置与样式,大和三年(829)白居易 58 岁时作的《池上篇并序》中也说:"都城风土水木之胜在东南偏,东南之胜在履道里,里之胜在西北隅,西闲北垣第一第即白氏叟乐天退老之地。地方十七亩,屋室三之一,水五之一,竹九之一,而岛树桥道间之。"这与《洛下卜居》《履道新居二十韵》两诗以及现在的发掘发现是完全一致的。

193

"十七亩"见方的履道里宅邸,水边的风景占了五分之一。可以认为,包含三个岛的池苑与流水的存在,正是白居易想要获得这所房屋的首要原因。特地从杭州带回来的"天竺石两片""华亭鹤一只"(《洛下卜居》),也是因配置在松竹生长的池边,才成了白居易诗文中闲适的表征。因白居易独特的审美意识而被挑选出的来自江南的各种物品,是绝不会搬入缺失了水渠、水景的长安新昌里邸里的。《泛春池》的诗文与自注中,列举了宅地的历代所有者:杨家→田氏→白氏。最早开凿履道池的散骑常侍杨凭[①],与白居易的妻子杨氏[②]同是"弘农"出身,虽然没有直接的交往,却是白家的远亲。类似的事例,在前引《池上篇并序》"弘农杨贞一与青石三,方长平滑,可以坐卧"中也可以见到。当我们考察洛阳居住时期白居易的人际关系时,这些都是饶有趣味的事实。不管怎么样,可以判断的是,履道里的宅邸,与白居易有着难以言说的缘分。白居易与洛阳宅邸的交流,在这里全面地开始了。

　　白居易在洛阳的文学作品,韵文和散文加起来达到了1019首。也就是说,《白氏文集》全部作品的近三分之一都是在东都创作的。以洛阳的白宅为题材的诗,从内容和咏法来看,大体上可以区分为:将白家房屋整体总括起来吟咏的诗;仅限于对房屋中特定部分吟咏的诗;与邻家房屋结合而吟咏的诗三大类。下面我将按照这种区分,依次进行探讨。

　　先看将白家房屋整体总括起来吟咏的例子,可以进一步分为两类:即以房屋为诗题的作品,以及以"闲居""幽居""斋居"等作为诗题的作品。首先我将按照创作年龄顺序列举属于这个系列的作品[③]:

　　《移家入新宅》(53岁)、《履道新居二十韵》(同前)、《吾庐》(同前)、《新葺新居》(54岁)、《题新居呈王尹兼简府中三掾》(同前)、《忆洛中所居》(55岁)、《履道春居》(57岁)、《归履道宅》(58岁)、《令狐尚书许过弊

---

① "杨凭字虚受,弘农人。举进士,累佐使府。微为监察御史,不乐检束,遂求免。累迁起居舍人、左司员外郎、礼部兵部郎中、太常少卿、湖南江西观察使,入为左散骑常侍、刑部侍郎、京兆尹。……"(《旧唐书》卷一四六"列传"第九十六)

② 参考《妻初授邑号告身》(长庆元年〔821〕,50岁,长安);《二年三月五日斋毕开素当食偶吟赠妻弘农郡君》(会昌二年〔842〕,71岁,洛阳)等。

③ 顺便说一下,讽喻性地描写他人宅邸的《题洛中宅》和吟咏74岁时"尚齿之会"的《七老会诗》不包含在内。

居先赠长句》(同前)、《履道居三首》其一和其三(61岁)、《罢府归旧居》(62岁)、《咏兴五首》其二《出府归吾庐》(同前)、《晚春闲居杨工部寄诗杨常州寄茶同到因以长句答之》(63岁)、《闲居自题》(63岁至64岁)、《小宅》(64岁)、《闲居春尽》(65岁)、《洛下闲居寄山南令狐相公》(66岁)、《幽居早秋闲咏》(同前)、《晚夏闲居绝无宾客欲寻梦得先寄此诗》(67岁)、《春日闲居三首》(68岁)、《闲居》(69岁)、《李卢二中丞各创山居俱夸胜绝然去城稍远来往颇劳弊居新泉实在宇下偶题十五韵聊戏二君》(70岁)、《闲居偶吟招郑庶子皇甫郎中》(70岁至71岁)、《闲居自题戏招宿客》(同前)、《履道西门二首》(71岁)、《闲居贫活》(71岁至74岁)、《斋居春夕感事遣怀》(74岁)、《斋居偶作》(75岁)。

这32首诗的内容,有搬进新居后不久吐露感情的诗,有春天修葺屋顶时述说感触的诗,有描写与友人、相识、亲戚的亲睦关系与社交的诗,有在外任地苏州追忆空房的诗,有辞去在长安任职的刑部侍郎回到自己家时的诗,虽然内容多种多样,但这些诗篇共同的倾向是,居住空间全部被白居易浓密地身体化了。这种倾向,虽然在江州庐山草堂、长安新昌里宅中也可以看到,但是在洛阳履道里邸中被更彻底地强化了。在这些诗中,所谓房屋空间,强烈地主张着居住者的个性。白居易一回到长期不在的家中,最先做的就是来回检查家里的角角落落,他必须一个一个地亲自确认现状(白居易就是这种类型的人)。大和三年(829),白居易以生病为由,辞去刑部侍郎一职,回到任太子宾客分司的洛阳家中时所作的《问江南物》,如实地体现了这位诗人的性格与气质:

> 归来未及问生涯,先问江南物在耶。引手摩挲青石笋,回头点检白莲花。苏州舫故龙头暗,王尹桥倾雁齿斜。别有夜深惆怅事,月明双鹤在裴家。(《问江南物》,大和三年〔829〕,58岁,洛阳)

从江南地区运到洛阳宅中的青石笋、白莲花、双鹤,并不是单纯的庭石和动植物,而是在白居易身体、皮肤的延长线上被牢固地把握的,是被拿到手里摩挲、回家必须要清点的亲近对象。所以当白居易看到损伤状况恶化、龙头部分变得凋暗的"苏州舫"(涂绿的木板船),没有修补、被倾斜放置的"王尹桥"(王起修筑的桥),因把鹤让给"裴家"(裴度)导致池中没有鹤的时候,在爱惜这些事物的家主身上,能够真切地感受到痛苦和悲哀。白居易这种纤细的神经,触及了履道里宅邸的所有领域。明晰白居易这种性格的同时,我想将前述白居易咏家诗 32 首的特征逐一指明。

首先需要指出的倾向是,充满了对整个白宅(木、水、光、风、土)清新生动的描写。白居易所拥有的园林和池沼,从树木、草花的种类到小径、庭石、桥梁的配置,通过他独特的审美眼光得到统一。吹拂其间令人惬意的微风,从天空中柔和地射进来的日月之光,池的水面清澄的细波,都是作为白居易晚年的闲适诗所必需的风景而被反复描写的。这种使身心解放、惬意的四季情趣,可以说是真实地继承和发展了江州司马时期其所创建的庐山草堂的氛围。我想仅举两首代表作,以供参考:

门前有流水,墙上多高树。竹径绕荷池,萦回百余步。波闲戏鱼鳖,风静下鸥鹭。寂无城市喧,渺有江湖趣。吾庐在其上,偃卧朝复暮。洛下安一居,山中亦慵去。时逢过客爱,问是谁家住。此是白家翁,闭门终老处。(《闲居自题》,大和八年〔834〕至大和九年〔835〕,63 岁至 64 岁,洛阳)

岸僻嚣尘外,清凉水木间。卧风秋拂簟,步月夜开关。且得身安泰,从他世险艰。但休争要路,不必入深山。轩鹤留何用,泉鱼放不还。谁人知此味,临老十年间。(《幽居早秋闲咏》,开成二年〔837〕,66 岁,洛阳)

关于履道里邸必须要言及的第二点,是白居易所爱的松竹被赋予了何种价值的问题。关于树木描写的意义,固然与前文所述的部分有一定关系,但对于白居易来说,松竹与白莲、白鹤并列,是同样拥有特别意义的。我想将可以确认的诗句列举如下:

……拔青松直上,铺碧水平流。篱菊黄金合,窗筠绿玉稠。……(《履道里新居二十韵》,长庆四年〔824〕,53 岁,洛阳)

……新昌小院松当户,履道幽居竹绕池。莫道两都空有宅,林泉风月是家资。(《吾庐》,同前)

江州司马日,忠州刺史时。栽松满后院,种柳荫前墀。……平旦领仆使,乘春亲指挥。移花夹暖室,洗竹覆寒池。池水变绿色,池芳动清辉。寻芳弄水坐,尽日心熙熙。一物苟可适,万缘都

第八章 白居易诗歌中关于房屋的文学表现——与闲适的诗想相关联

若遗。……(《春葺新居》,宝历元年〔825〕,54岁,洛阳)

……厌绿栽黄竹,嫌红种白莲。醉教莺送酒,闲遣鹤看船。……(《忆洛中所居》,宝历二年〔826〕,55岁,苏州)

……屈曲闲池沼,无非手自开。青苍好竹树,亦是眼看栽。石片抬琴匣,松枝阁酒杯。……(《罢府归旧居》,大和七年〔833〕,62岁,洛阳)

朝天笔直地矗立在严冬中也不失常绿的松竹①,是孤高、高洁的标志,它们被风吹拂而演奏的清韵,也是温柔地赋予想要在独善(不遇之际犹能正确地持守自己的处世之道)中生活的白居易以勇气与慰藉的存在。另外,以户外的松为代表的长安新昌里邸、池边的竹为象征的洛阳履道里邸,各个宅邸的个性被极为明确地意象化,这也是值得注意的。履道里宅的主角,是屈曲的池沼,是户主自己指挥布置的竹林。这也是白乐天将这个家称为"池馆""竹阁"的原因。洛阳的白居易邸,完全接纳了身心俱疲的自己,并使疲劳的身心复苏。居住在那里的诗人的心情,清晰地反映在《春葺新居》"寻芳弄水坐,尽日心熙熙。一物苟可适,万缘都若遗"四句中。在完全自由的时空("闲")中,白居易想要将自己保存在毫无牵绊的状态("适")中,他的这种想法强烈地作用于其毕生所爱的竹上②。比如在题为《洗竹》的五言古体诗中,白居易吟咏如下:

布衾寒拥颈,毡履温承足。独立冰池前,久看洗霜竹。先除老且病,次去纤而曲。剪弃犹可怜,琅玕卜余束。青青复簌簌,颇异凡草木。依然若有情,回头语僮仆。小者截鱼竿,大者编茅屋。勿作篲与箕,而令粪土辱。(《洗竹》,开成三年〔838〕,67岁,洛阳)

白居易从被霜打过的竹子中,剔除一些"老""病""纤""曲"的竹子,甚至详细地指示僮仆们这些竹子以后的用途,这样的姿态非常引人注目,显

---

① 以松竹为对句咏亡友李建、元稹的例子有:"李君墓上松应拱,元相池头竹尽枯"(《病中五绝》其三),从诗歌的意象方面应当留意。

② 详细分析《白氏文集》中出现的竹的论文,有中田文纪子《关于白乐天的"竹"意象的考察》(《御茶水女子大学中国文学会报》九,1990年4月)。另参考本书第九章第二节与第四节。

现出白居易将竹所包含的高雅、高洁的意象作为自己处世支柱的执着。对于他来说，竹子不管对于自身还是对于他者，都能明确地指示出自己的生存姿态。贞元十九年(803)，白居易32岁时在长安租房时期撰写的《养竹记》的世界，经过二十年以上的试错，终于在洛阳履道里宅以理想的形态得到了呈现。另外，在退居洛阳时期，关于竹的诗语急剧增加，这也是值得留意的。

洛阳宅邸是各种各样的植物、动物与居住者和谐生活的共同体。被咏为"家僮十余人，枥马三四匹"(《咏兴五首》其二《出府归吾庐》)的这个家，经常有妻儿、亲族、宾客、友人、僧侣、仆婢、家妓(陈结之、樊素)、小臧获①等数十人生活，形成了房屋(house)和家庭(home)机能一体的富有生命力的白家。与每天生活在一起的这些实际存在的人物同等重要的，是在咏家诗中时常登场的过去的著名知识分子。关于洛阳履道里宅邸应当列举的第三个特色，是关于白居易终生敬慕的对象：东晋文人陶渊明。首先我想引用四首对应的诗篇：

微雨洒园林，新晴好一寻。低风洗池面，斜日折花心。暝助岚阴重，春添水色深。<u>不如陶省事，犹抱有弦琴</u>。(《履道春居》，大和二年[828]，57岁，洛阳)

小宅里闾接，疏篱鸡犬通。渠分南巷水，窗借北家风。<u>庾信园殊小，陶潜屋不丰</u>。何劳问宽窄，宽窄在心中。(《小宅》，大和九年[835]，64岁，洛阳)

<u>陶士爱吾庐，吾亦爱吾屋</u>。屋中有琴书，聊以慰幽独。……(《春日闲居三首》其一，开成四年[839]，68岁，洛阳)

冠盖闲居少，箪瓢陋巷深。称家开户牖，量力置园林。俭薄身都惯，营为力不任。……<u>樽有陶潜酒，囊无陆贾金</u>。莫嫌贫活计，更富即劳心。(《闲居贫活》，会昌二年[842]至会昌五年[845]，71岁至74岁，洛阳)

各诗所叙述的闲居、吾庐、无弦琴、酒、贫，最为恰当地显示了守"真"

---

① 参看《池上篇并序》、《咏兴五首并序》其五《小庭亦有月》诗文及自注。

第八章 白居易诗歌中关于房屋的文学表现——与闲适的诗想相关联

"靖""节"的隐逸诗人①陶靖节的生平。可以观察到,白居易通过将陶渊明的生活方式(闲居独善)恭敬地咏入诗中,积极肯定了自己所处的现状——物质上有很大局限,并将陶渊明的处世观作为自己人生的准则。而最终,通过对陶氏(陶诗)的共鸣,白居易成功获得了诸如"何劳问宽窄,宽窄在心中""屋中有琴书,聊以慰幽独""莫嫌贫活计,更富即劳心"等具有白氏风格的轻快而强韧的诗想。陶渊明所说的"闲居""结庐""吾亦爱吾庐""守拙"等生活方式,与充满权谋术数的长安政界拉开了很大距离,对以狭小封闭的"吾庐"为据点,想要贫且"独善""自足"地生活的白居易,虽然是间接的,但确实给予其很大的力量。在履道里邸的建筑布局中,可以说折射出了陶渊明的影子。

述说房屋整体的诗篇中第四个显著的特性,是大量出现的饮食风景的意义。衣服、饮食与住房,是人类生活的基本条件,而在白居易的闲适文学中,衣食的描写尤其多。换言之,这也是在饥寒冻馁中庇护自己与家人,使得家庭生活变得充足的房屋形象。

……厨晓烟孤起,庭寒雨半收。<u>老饥初爱粥</u>,<u>瘦冷早披裘</u>。……病惬官曹静,闲惭俸禄优。琴书中有得,<u>衣食外何求</u>。……(《履道新居二十韵》,长庆四年〔824〕,53 岁,洛阳)

<u>鱼笋朝餐饱</u>,<u>蕉纱暑服轻</u>。欲为窗下寝,先傍水边行。……(《晚夏闲居绝无宾客欲寻梦得先寄此诗》,开成三年〔838〕,67 岁,洛阳)

……<u>今日非十斋</u>,<u>庖童馈鱼肉</u>。<u>饥来咨餐歠</u>,<u>冷热随所欲</u>。饱竟快搔爬,筋骸无检束。岂徒畅支体,兼欲遗耳目。便可傲松乔,何假杯中渌。(《春日闲居三首》其一,开成四年〔839〕,68 岁,洛阳)

履道西门有弊居,池塘竹树绕吾庐。豪华肥壮虽无分,饱暖安闲即有余。<u>行灶朝香炊早饭</u>,<u>小园春暖撷新蔬</u>。夷齐黄绮夸芝蕨,比我盘飧恐不如。(《履道西门二首》其一,会昌二年〔842〕,71

---

① "其源出于应璩,又协左思风力。文体省净,殆无长语。笃意真古,辞兴婉惬。每观其文,想其人德。世叹其质直。至如欢言酌春酒、日暮天无云,风华清靡,岂直为田家语邪? 古今隐逸诗人之宗也。"(〔梁〕钟嵘《诗品》"中品"《宋徵士陶潜诗》)

……饥烹一斤肉,暖卧两重衾。……(《闲居贫活》,会昌二年〔842〕至会昌五年〔845〕,71岁至74岁,洛阳)

上引诸诗中处处点缀着闲适状态中衣食无缺的快适感。白居易认为,自己饱食安眠①的境界,与伯夷、叔齐,夏黄公、绮里季的生活相比自不必说,就是与赤松子、王子乔的仙境及杯中酒所带来的醉境相比,都是超乎其上的。这种幸福感与自足感的描写,因其与人的生理感觉深深地结合在一起,所以以更强的说服力传达给读者,并为读者所理解。人的各种各样的行为活动,特别是"食"这一行为,是与对当下自我的直观感受及再确认的行为相联系的。人不饮食就无法生存,所以其中总是伴随着复杂且严肃的感情。白居易特别着意于描写美味的食材与快乐的饮食情景,因为他在这个时空中真切地感受到了当下生存的确切证据和充溢的生命力。另外,几乎没有事务束缚,官位俸禄也不错的东都分司一职(在洛阳分司任职),在经济方面切实地保证了白居易闲暇的吏隐生活及适意的衣食住行。白居易丧失了在长安官场的政治前途,作为交换,他获得了在洛阳私邸的鲜活的生命力。白居易有《食笋》(45岁至46岁,江州)、《烹葵》(46岁,江州)、《食后》(46岁至47岁,江州)、《食饱》(52岁,杭州)、《饱食闲坐》(63岁,洛阳)、《残酌晚餐》(65岁,洛阳)、《二年三月五日斋毕开素当食偶吟赠妻弘农郡君》(71岁,洛阳)等所谓的咏食诗,我想介绍一下在履道里所作的两首:

　　红粒陆浑稻,白鳞伊水鲂。庖童呼我食,饭热鱼鲜香。箸箸适我口,匙匙充我肠。八珍与五鼎,无复心思量。扪腹起盥漱,下阶振衣裳。绕庭行数匝,却上檐下床。箕踞拥裘坐,半身在日旸。可怜饱暖味,谁肯来同尝。……(《饱食闲坐》,大和八年〔834〕,63岁,洛阳)

　　……鲂鳞白如雪,蒸炙加桂姜。稻饭红似花,调沃新酪浆。佐以酺醢味,间之椒薤芳。老怜口尚美,病喜鼻闻香。娇騃三四孙,索哺绕我傍。山妻未举案,馋叟已先尝。……(《二年三月五日

---

① 关于白居易的"饱食""食饱"的文学表现,泽崎久和《白居易诗"饱食"考——白居易诗中的身体与精神》(《福井大学教育学部纪要第一部》人文科学〔国语学・国文学・中国学编〕第四十七号,1996年12月)中有详细的考察。

斋毕开素当食偶吟赠妻弘农郡君》,会昌二年〔842〕,71 岁,洛阳)

上引两首诗都是大量描写充足的饮食场景,并从根底处支撑着整首诗的诗情。"庐舍自给,衣储自充,……颓然自适,盖河洛间一幸人也"(《咏兴五首并序》其一《解印出公府》,大和七年〔833〕,62 岁,洛阳)、"闲适有余,酣乐不暇,苦词无一字,忧叹无一声"(《序洛诗》,大和八年〔834〕,63 岁,洛阳)——白居易自己所倡导的闲适情趣,通过对饮食生活细致的叙述得到了象征和强调。

除以上引用的作品外,还有从履道里邸中抽出特定的空间专门吟咏的诗歌。白邸是以池为中心,由东边的粟廪、北边的书库、西边的琴亭与石樽等区隔出来的诸空间组成的总和。而这些单位,如各自的名称所示,被赋予了特别的意义与机能。比如池西的琴亭和小楼,因是白居易的家妓桃叶(陈结之)与春草(樊素)的居住区域,因此成为宾客宴饮舞乐的场所,这就是一个典型。白居易将自己家中的池、岛、桥、舟、径、亭、堂、阁、楼、园、门、库①等空间全部当成了作诗的对象,在那里的饮酒、喝茶、散步、睡眠、吟咏、思索、读书、欢谈、弹琴、游兴等活动,都成了白居易闲适世界的要素。可以认为,白居易每天涌出的闲适的诗情,并不是漫不经心地吟咏出来的,而是与邸内具有特色的场所与风景牢固结合而被表现出来的。白居易在开成三年(838)其 67 岁时作的《醉吟先生传》,以"醉吟先生者,忘其姓字、乡里、官爵,忽忽不知吾为谁也。宦游三十载,将老退居洛下。所居有池五六亩,竹数千竿,乔木数十株,台榭舟桥,具体而微,先生安焉"起篇,我们可以得出结论,对于以饮酒("醉")与作诗("吟")为毕生宿业的诗人来说,被数千竿竹与数十株乔木围绕的池畔,是具有重大意义的境域。白居易的大作《池上篇并序》及大量池上诗的存在,就是这个推论的确切佐证。我举三首七言律诗,均是描绘咏酒、食物与水交织的环境的:

洛下林园好自知,江南境物暗相随。<u>净淘红粒炊香饭,薄切紫鳞烹水葵</u>。雨滴蓬声<u>青雀舫</u>,浪摇花影<u>白莲池</u>。<u>停杯</u>一问苏州客,何似吴松江上时。(《池上小宴问程秀才》,大和四年〔830〕,59 岁,洛阳)

---

① 《自题酒库》(开成三年〔838〕,67 岁,洛阳)等。

卯时偶饮斋时卧，林下高桥桥上亭。松影过窗眠始觉，竹风吹面醉初醒。就荷叶上苞鱼鲊，当石渠中浸酒瓶。生计悠悠身兀兀，甘从妻唤作刘伶。（《桥亭卯饮》，同前）

高卧闲行自在身，池边六见柳条新。幸逢尧舜无为日，得作羲皇向上人。四皓再除犹且健，三州罢守未全贫。莫愁客到无供给，家酝香浓野菜春。（《池上闲吟二首》其一，大和八年〔834〕，63岁，洛阳）

通过对偶、平仄严格的七律诗型，白居易简洁且细致地勾勒出与水边风光一体的饮酒境界。虽然绝非奢侈的生活，但是一边品味着每一道精心制作的菜肴，一边饮酒，仿佛如小船荡漾在水中一般，白居易身心畅游醉境的姿态令人印象深刻①。可以认为，池中的桃岛、西溪、南潭……西平桥与中高桥，苏州造的青板舫，池边散布的大小不一的建筑群，对于醉饮忘归的白居易来说，是他分外喜爱的场所。

当我们考虑白居易洛阳履道里邸的意义时，无论如何也不能忽视的作品，是与邻宅、邻人相关联而吟咏的诗作。诗题和诗句中有关邻家的作品，总计可以确认12首，如果将这些作品按照创作年龄顺序排列的话，则如下所示：

《题新居寄宣州崔相公所居南邻即崔家池》（53岁）、《寄皇甫七》（54岁）、《赠东邻王十三》（57岁）、《偶吟》（58岁）、《赠邻里往还》（同前）、《闻乐感邻》（61岁）、《履道居三首》其二（同前）、《咏兴五首》其一《解印出公府》（62岁）、《洛中春游呈诸亲友》（同前）、《雪中晏起偶咏所怀兼呈张常侍韦庶子皇甫郎中杂言》（63岁）、《以诗代书寄户部杨侍郎劝买东邻王家宅》（65岁）、《病中赠南邻觅酒》（同前）。

吟咏翻墙偷听白居易狂吟的邻家女孩的《寄皇甫七》《偶吟》，以与邻人交际和饮酒作为话题的《题新居寄宣州崔相公》《赠东邻王十三》《病中赠南邻觅酒》，劝妻兄杨汝士买下无人居住的邻宅的《以诗代书寄户部杨侍郎劝买东邻王家宅》等，都是显示白居易对邻家关心与关照的富有个性的作

---

① 描述类似诗境的作品，还可以找出《闲题家池寄王屋张道士》（开成五年〔840〕，69岁，洛阳）。

第八章　白居易诗歌中关于房屋的文学表现——与闲适的诗想相关联

品。然而比这些诗篇更重要的是以下两首诗,描写了白邸周边的邻宅陆续走向解体的样子:

老去亲朋零落尽,秋来弦管感伤多。<u>尚书宅畔悲邻笛,廷尉门前叹雀罗</u>。东邻王大理,去冬邻云亡。南邻崔尚书,今秋薨逝。<u>绿绮窗空分妓女</u>,绛纱帐掩罢笙歌。欢娱未足身先去,争奈书生薄命何。(《闻乐感邻》,大和六年〔832〕,61岁,洛阳)

<u>东里素帷犹未彻,南邻丹旐又新悬</u>。衡门蜗舍自惭愧,收得身来已五年。(《履道居三首》其二,同前)

白居易的南邻崔群、东邻王大理,都是交往很深的善邻和友人,他们分别于大和五年(831)冬、大和六年(832)秋去世。因为丧失一家之主,各家歌妓相继离散,生前笙歌欢宴、熙熙攘攘的宅邸也人迹全无,逐渐失去光彩并走向凋零。这种房屋意象,从外部使白居易宅邸变得孤立。在十年后白居易71岁时所作的诗中,他吟咏如下:

花边春水水边楼,一坐经今四十秋。<u>望月桥倾三遍换,采莲船破五回修</u>。园林一半成乔木,邻里三分作白头。<u>苏李溟蒙随烛灭,陈樊漂泊逐萍流</u>。苏庶子弘、李中丞道枢及陈、樊二妓,十余年皆楼中歌酒中伴,或殁或散,独予在焉。虽贫眼下无妨乐,纵病心中不与愁。自笑灵光岿然在,春来游得且须游。(《会昌二年春题池西小楼》,会昌二年〔842〕,71岁,洛阳)

白居易从53岁获得履道里邸开始,通过各种各样的方式,匠心独运,在封闭的空间内创造出了闲适的理想境地。对他来说,住宅(房屋)是希望,是现实,是个性,也可以看作是他自己本人。但是住宅像人的肉体一样,会因为时间以及外部力量被歪曲、被腐蚀,结果演变为不完美的事物。即是说,房屋和身体都是沿着时间轴不可避免地走向衰残的。住宅和人一样,会成长然后衰颓——如果在这个前提下,我们就能明白,前述《会昌二年春题池西小楼》,是白居易冷静地看清了白家沿着抛物线的轨迹走向解体的趋势而写作的。桥与船的损坏,植物的生长与邻人的衰老,宴友的去世与爱妓的离散等,全都可以理解为白家命运的前兆。守护并赋予白居易力量的明朗的、充满朝气的家(房屋与家人),随着时间流逝,一点点积蓄起负面的形象,在当初所保有的调和与均衡间,产生了深刻的嫌隙。弟弟白行简之死(55岁)，嫡子崔儿之死(60岁)，白鹤之死、白莲的枯萎(67岁)，风疾发作、苏州青板舫的朽废(68岁)，与歌妓的离别(68岁至69岁)，女婿谈弘谟之死(71岁)等一系列事件，成为加速这种变动的契机。房屋与住在那里的家人，在无法保持恒久不变的生活中，成为更加值得爱惜的、无可替换的存在。

可以认为，白居易委以身心的洛阳履道里宅邸的闲适世界，就是在这样不安定且脆弱的基础上，好不容易才实现的时空。挚友"四君子"李建、元稹、崔玄亮、刘禹锡的先后去世①，因来客的断绝而导致的不可救药的闭塞感，沉重而不得自由的衰病身体，没有后嗣的绝望与孤独，对于老后生计的持续不安，在死亡逼近的阴影中度过的日常生活，等等，在这些"不适"的沉重环境中，白居易拼命地摸索和追求着更好的生活"适"境。白居易的闲适诗，是为了追求当下生活的意义而创作的。与平淡的诗境相反，这些诗是以沸腾的、激动的情感为根源而吟咏的。白居易一方面将身心委付予庞大的"闲"的时空，一方面又为了不被其吞没，不至于颓废地生活，于是那种不迷失自己的强韧的精神，和不断给其人生赋予意义的行为，就变得绝对不可缺少了。一般来说，人如果没有找到人生的意义就无法生活。保持清"白"的心境，"居""易"②，"乐""天"，"履"行独善、自足之"道"③的白居易(白乐天)的履道里宅邸，通过在闲适诗的语言空间里被赋予意义，经受住了时间的侵蚀，与居住者白居易一体化，成为恒久"生存"下去的理想的房屋。

---

① 参见《感旧并序》。

② 作为名讳的"居易"(居于易)，虽然是基于《礼记·中庸》以及郑玄注的一般用法，但是如果遵从《史记》卷四《周本纪》中所见到的用例("自洛汭延于伊汭，居易毋固，其有夏之居")，也可以读为"居处易"。从居住地(房屋)是白居易的自我暗示这个观点出发，需要特别注意。

③ "古人云，穷则独善其身，达则兼济天下。仆虽不肖，常师此语。大丈夫所守者道，所待者时。时之来也，为云龙，为风鹏，勃然突然，陈力以出；时之不来也，为雾豹，为冥鸿，寂兮寥兮，奉身而退。进退出处，何往而不自得哉。故仆，志在兼济，行在独善，奉而始终之，则为道。言而发明之，则为诗。谓之讽谕诗，兼济之志也。谓之闲适诗，独善之义也。故览仆诗，知仆之道焉。"(《与元九书》)

第九章

白居易的松与竹

一、序

　　当我们考察中国文学中的题材与意象问题时，基本上可以设定两种方法。第一种是将历代诗人所尝试的种种题材与诗歌意象放在中国文学史时代序列中，试着解析出其"典型"（中心）与"个性"（周边）的差异。这种方法，在解读生活于特定时期的人物的意识方面，可认为是特别有效的。第二种是确认特定的诗人，某种题材和意象是以何种轨迹而展开的。可以判断，在探究诗人个性的作家论中，这是无法回避的论点。在本章中，关于前者的问题，我将依据一些既有的研究成果；同时对于后者的问题，我想就白居易的诗文进行系统的考察。这次所选取的题材——"松""竹"，对白居易的闲适论和住房论也产生了重要的影响，其诗歌意象的分析，也是与阐释白居易的精神世界相联系的。在中国古代，松、竹、梅并称为"岁寒三友"，是高士、隐者的住所与庭园中必备的树木。对于特别喜爱植物的诗人白居易来说，松、竹又具有何种意义？在以下各节中，我将以这一点为中心进行详细的探讨。

二、松与竹的基本意象

　　松与竹，常见于《诗经》《礼记》《书经》《周易》《左传》《论语》等先秦时期的各种文献中，是中国古籍中频繁出现的树木。在唐代编纂的主要类书如欧阳询编的《艺文类聚》（〔松〕卷八十八木部上、〔竹〕卷八十九木部下）、徐坚编的《初学记》（〔松、竹〕卷二十八果木部）、白居易编的《白氏六帖事类集》(〔竹〕〔松柏〕卷三十)中,大量收录了截止唐代所积累的文史哲领域的用例。

在这里,我想在这些类书所引用的内容基础上,先说一下松与竹所具有的一般性基本意象。在《中国图像·象征物小辞典》(《解读中华世界的60个项目》,植木久行等执笔,大修馆书店,1996年5月),赤祖父哲二等编《日中英语言文化事典》(金文京等执笔,麦克米伦外语出版社,2000年5月),王敏、梅本重一编《中国象征物图像事典》(东京堂书店,2003年4月)中,引用多种典故,对松、竹的象征性与比喻性进行了简洁的说明。将其整理和概括一下的话,则大体如下。关于重要的意象,我将一并列出已确认的典故:

1. 松:①树龄很长,在严寒季节也能保持青绿之姿,与常绿柏树并称为松柏,象征永远的繁荣与永恒不变的坚固节操(青松心),出自《论语·子罕》①《礼记·礼器》《庄子·让王》《荀子·大略》②《诗经·小雅·斯干》;②因为松的形状似青龙,以及松脂(松膏)作为药品与仙药受到珍视,所以象征不老不死与长寿长命;③借助松柏所具有的常绿不变的特性,成为社(土地神)的灵木,也成为祈愿死者永远安息的坟墓树(墓标),出自《论语·八佾》③。

2. 竹:①中空有节,在霜雪中也能保持常绿直立的形状,所以象征君子的高洁人格、不屈节操,出自《诗经·卫风·淇奥》《礼记·礼器》;②青竹由于清逸、高雅的风致,象征不染俗尘的高士、隐者、文人的理想形象,出自《晋书》卷四十九《嵇康传》④、《晋书》卷八十《王羲之传》⑤;③因密集生长形成竹林的旺盛的繁殖力,被认为具有保佑生子的力量。另外,可被广泛用于制造钓竿、建材、容器、武器、乐器等,具有实用性,出自《诗经·小雅·

---

① "子曰,岁寒,然后知松柏之后凋也。"
② "岁不寒无以知松柏,事不难无以知君子。……"
③ "哀公问社于宰我,宰我对曰,夏后氏以松,殷人以柏,周人以栗。……"
④ "……所与神交者惟陈留阮籍,河内山涛,豫其流者河内向秀,沛国刘伶,籍兄子咸,琅邪王戎,遂为竹林之游,世所谓竹林七贤也。……"
⑤ "……时吴中一士大夫家有好竹,欲观之,便出坐舆造竹下,讽啸良久。主人洒扫请坐,徽之不顾,将出,主人乃闭门,徽之便以此赏之,尽欢而去。尝寄居空宅中,便令种竹。或问其故,徽之但啸咏,指竹曰:何可一日无此君邪。……"

斯干》《礼记·月令》。

我们可以理解,松与竹虽然在冬天不枯的常绿性与顽强的生命力,松籁和竹韵具有净化人心的效果等方面是共通的,但是其形状与用途是不一样的。不管怎么说,对于古代中国人来说,松、竹是附有神性的特殊树木,可以认为,松(柏)被誉为"百木长"(《史记》卷一二八《龟策列传》),竹获得"此君"(《晋书》卷八十《王羲之传》)的异名,也是根据这些意象的多种含义。松林具有的蕴含中国古代文人士大夫道德追求的象征意义,从汉魏六朝至唐宋明清,被数量众多的诗人广泛地运用到文学作品中。其中,中唐的白居易特别热心于吟咏松竹,可以认为是大大拓展了此种题材的诗人之一。通过阅读与比较白居易的咏松诗与咏竹诗,就能更加明了这种诗材的意象内涵。

三、咏松诗

在《白氏文集》七十一卷中,以松为题材的咏松诗,合计有15首。其中最早的作品,据考证是作于贞元十六年(800)的《题流沟寺古松》;最晚的作品,是白居易56岁时在长安任秘书监时所作的《松下琴赠客》。从整体来看,白居易咏松诗的创作集中于活跃在长安政界的前半生,这一点特别值得注意。担任左拾遗、翰林学士、太子左赞善大夫、中书舍人、秘书监等职位时所吟咏的松,分别被赋予了独特的含义。首先我将以白居易创作年龄的顺序列出作为考察对象的诗篇题目,并且写下各个时期的官职名:

《题流沟寺古松》(29岁以前,徐州)、《寄题鳌屋厅前双松》(39岁,长安,翰林学士)、《赠卖松者》(36岁至37岁,长安,翰林学士)、《松斋自题》(37岁,长安,左拾遗及翰林学士)、《松声》(37岁至39岁,长安,左拾遗及翰林学士)、《新乐府五十首》其二十七《涧底松》(38岁,长安,左拾遗及翰林学士)、《和答诗十首》其七《和松树》(39岁,长安,左拾遗及翰林学士)、《栽松二首》(41岁至42岁,下邽,丁母忧)、《和元八侍郎升平新居四绝句》其四《松树》(44岁,长安,太子左赞善大夫)、《李十一舍人松园饮小酌酒得元八侍御诗序云在台中推院有鞠狱之苦即事书怀因酬四韵》(同前)、《题遗爱寺前溪松》(47岁,江州,江州司马)、《庭松》(51岁,长安,中书舍人)、《松斋偶兴》(56岁,长安,秘书监)、《松下琴赠客》(同前)。

关于白居易咏松诗,首先需要指出的是,"山上的松"与"涧底的松"是完全不同的意象。白居易和韵元稹而作的《和答诗十首》其七《和松树》,从"亭亭山上松,一一生朝阳"开始,这个"山上松"被赋予了即将被砍伐、当作天子明堂建筑材料(栋、梁)的性质。见于第21句至第24句的"尚可以斧斤,伐之为栋梁。杀身获其所,为君构明堂",正是其直接表现。与此相对,《新乐府》五十首中的《涧底松》,则遵循小序"念寒俊也"的主张,吟咏如下:

涧底松

(元和四年〔809〕,38岁,长安)

有松百尺大十围,生在涧底寒且卑。
涧深山险人路绝,老死不逢工度之。
天子明堂欠梁木,此求彼弃两不知。
谁谕苍苍造物意,但与之材不与地。

……

白居易在诗中将困于贫贱的在野俊才比喻为生长在"寒"且"卑"的"涧底"之巨"松",抨击了本应成为宫中"梁木"的优秀人才至死不能得到任用的社会矛盾(官僚录用机构的弊病)。矗立在深山幽谷里不为人知的孤高的松树,是怀藏着优异才能却终生不遇的知识分子的象征。将生长谷底的青松比喻为有用的人才(君子)的咏法,在西晋左思的《咏史八首》其二(《晋诗》卷九)、东晋刘琨的《扶风歌》(《晋诗》卷十一)、南齐谢朓的《高松赋》(《历代赋汇》卷一一五)、初唐王绩的《古意六首》其四(《全唐诗》卷三十七)、王勃的《涧底寒松赋》(《历代赋汇》卷一一五)、刘希夷的《孤松篇》(《全唐诗》卷八十二)、张宣明的《山行见孤松成咏》(《全唐诗》卷一一三)中也可以明确地看到①。白居易的《涧底松》,是在六朝以来咏松文学(诗

---

① 我依据的是中尾健一郎《论六朝初唐的咏松诗——关于王勃与刘希夷诗中"涧底松"的源流》(《九州中国学会报》四十一,2003年)的观点。他对至初唐为止中国咏松诗的谱系与表现做了详细的分析。另外,边土名朝邦《陶渊明"孤松"考》(《活水日文》十二,1985年3月),部分谈及了以陶潜为中心的六朝时期的咏松诗,可一并参考。

赋)的传统与谱系的基础上,通过引入彻底的讽喻性,确立了新乐府独特的诗境①。

白居易对于这种"涧底松"意象的强烈执着,如"始怜涧底色,不忆城中春"(《寄题鳌峚厅前双松》)、"一束苍苍色,知从涧底来"(《赠卖松者》)、"苍然涧底色,云湿烟霏霏"(《栽松二首》其一)等,从讽喻诗以外的三首感伤诗的描写中也可以窥知。另外,《白氏文集》中可以发现三例"涧松"的诗句②,这也可以补充前面的观点。"山上松""涧底松"中共通的君子形象,即保持着节操、等待出仕机会的士大夫形象,深深植根于白居易的咏松诗中。

白居易与松的关系中其次需要注意的是,与特定的场所(固有名词)紧密联结而吟咏的"古松""双松""溪松"。以下所举的三首诗,虽然七绝、五古、五排体裁各异,但是都运用了松树的意象。依次探讨如下:

题流沟寺古松

(贞元十六年〔800〕以前,29 岁以前,徐州)

烟叶葱茏苍尘尾,霜皮驳落紫龙鳞。

欲知松老看尘壁,死却题诗几许人。

寄题鳌峚厅前双松两松自仙游山移植县厅

(元和二年〔807〕,36 岁,长安)

忆昨为吏日,折腰多苦辛。

归家不自适,无计慰心神。

手栽两树松,聊以当嘉宾。

乘春日一溉,生意渐欣欣。

清韵度秋在,绿茸随日新。

---

① "凡九千二百五十二言,断为五十篇。篇无定句,句无定字。系于意,不系于文。首句标其目,古十九首之例也。卒章显其志,诗三百之义也。……总而言之,为君为臣为民为物为事而作,不为文而作也。元和四年为左拾遗时作。"(《新乐府序》)并参考本书第 35 页注①。

② "……山苗与涧松,地势随高卑。……"(《悲哉行》,讽喻);"……风雪折劲木,涧松摧为薪。……"(《续古诗十首》其四,讽喻);"涧松高百寻,四时寒森森。……"(《赠能七伦》,闲适)。

始怜涧底色,不忆城中春。
有时昼掩关,双影对一身。
尽日不寂寞,意中如三人。
忽奉宣室诏,征为文苑臣。
闲来一惆怅,长似别情亲。
早知烟翠前,攀玩不逡巡。
悔从白云里,移尔落嚣尘。

题遗爱寺前溪松

(元和十三年[818],47岁,江州)
偃亚长松树,侵临小石溪。
静将流水对,高共远峰齐。
翠盖烟笼密,花幢雪压低。
与僧清影坐,借鹤稳枝栖。
笔写形难似,琴偷韵易迷。
暑天风瑟瑟,晴夜雨凄凄。
独憩依为舍,闲行绕作蹊。
栋梁君莫采,留着伴幽栖。

另外,白居易还有一首《乱后过流沟寺》,朱金城笺(《白居易集笺校》卷十三)云"流沟寺当在符离流沟山"。徐州符离是白居易度过多愁善感的青年时期的地方,《题流沟寺古松》即是以这个地方的"古松"为题材。诗中描写了庄严的松树,将人生的无常(死灭)与松的长生(不灭)对照。大体说来,松树的成长很慢,所以寿命很长,常绿繁茂的枝叶向天空延展的"古松",让人感受到人类存在的微渺与脆弱。松树的这种恒久性与不灭性①,也成了《栽松二首》的基调②。松树的这种含义,也可以认为是中国咏松诗

---

① 顺便一提,对松的不灭性与不老长寿的认识,在西方文学研究领域也有同样的体现。详参山下主一郎主译《意象与象征辞典》(大修馆书店,1984年3月,原著 Ad de Vries, *Dictionary of symbols and imagery*)497—498页"pine 松树"项。

② "小松未盈尺,心爱手自移。苍然涧底色,云湿烟霏霏。栽植我年晚,长成君性迟。如何过四十,种此数寸枝。得见成阴否,人生七十稀。"(《栽松二首》其一);"爱君抱晚节,怜君含直文。欲得朝朝见,阶前故种君。知君死则已,不死会凌云。"(《栽松二首》其二)。

常用的典型意象。

《寄题盩厔厅前双松》是已成为天子侧近的翰林学士白居易,追忆以前的任职地"盩厔"县厅内的"两棵松"而"寄题"的感伤诗。根据诗题下的自注,这两棵松树是白居易自己从仙游山移植到县厅的,所以可以体察到诗人寄予"双松"的非比寻常的钟爱感情。诗的前半部分是与慰藉了"折腰""苦辛""不适"的官吏生活的"双松"之间的交流,后半部分吟咏了召还长安时伴随的别离与悔恨之情。诗人与松树的亲密程度,通过"聊以当嘉宾""意中如三人""长似别情亲""移尔落嚣尘"这总计达4次的拟人写法贯彻始终[①]。松树通过"清韵""绿茸"之力,使白居易受伤的身心得以复苏,甚至还暗示了处世之道,是其无可替代的"嘉宾""交亲"。松树被移植到"喧尘"(喧嚣污秽的俗界)后依然保持着不变、不屈的贞节,其象征性对于在官场中生活的白居易来说,可以说确实成了规范自我的巨大精神支柱。

白居易对于松树的钟爱和信赖,在贬谪地江州所作的《题遗爱寺前溪松》中表现得更为显著。在五言排律严密整齐的韵律结构中,白居易叙述了庐山遗爱寺附近的"溪树",详细描绘了春夏秋冬各季的雅趣。然后以末二句"栋梁君莫采,留着伴幽栖"作结,表达了欲以遗爱寺的松树作为幽居隐栖伴侣的决心。拥有十株乔松与千余竿修竹的庐山草堂,对于被逐出长安中央政界的白居易来说,是逃离自我迷失环境的最后据点,即私人性恢复的环境。而位于其近旁的"遗爱寺前溪松",可以认为是白居易近乎终生难忘的对象。这正是可以治愈孤独、给予失意之人以力量的人格化的松树。

白居易咏松诗的最后要点,是以"松斋"名其书房的长安新昌里邸的意义。虽然具有租房(40岁以前)和自己拥有的房产(50岁以后)两种性质,但无论是哪个时期,"松斋"都是具有重要意义的空间。述说"中庸""中正"境界的《松斋自题》(37岁,左拾遗以及翰林学士)和述说"半日闲"的《松斋偶兴》(56岁,秘书监)就是其代表作。两首诗共同吟咏的是,在繁忙的公务之暇,在"松斋"中深切感受到的独善自足的时空。"身""心"都没

---

① 类似的拟人写法,可以举出《栽松二首》其二的例子。在该诗中总共4次称松树为"君"。

有拘束感与不和谐感的"闲"境与"适"境,以面对着种植得不整齐的十株松树的书斋为中心得到了展开。而这些长安新昌里邸的松树,对于一直没能脱离官吏生活的白居易来说,也是令其深愧的存在("顾我犹俗士,冠带走尘埃。<u>未称为松主</u>,<u>时时一愧怀</u>。"《庭松》,51岁,中书舍人)。我们必须要说,诗人想成为"松斋""松主"的愿望与希求,通过长安任职期间的咏松诗强烈地表现了出来。

四、咏竹诗

对于白居易文学中咏竹的诗文,过去已有的研究成果①就其量和质的意义进行了详细的探讨。这些研究,根据《白氏文集》中300余篇言及竹的韵文、散文作品,特别强调了"作品风格与传记""生活与心情""意象与思想"等要点。在本节中,我将以已有的研究成果为前提,试图再度考察白居易与竹的关系,并提出几个新确认的论点。以竹作为整首诗主题的狭义的咏竹诗,可以找出以下20首②。作为参考,我将其创作年龄与场所并记如下:

《题李次云窗竹》(29岁,创作场所不明),《新栽竹》(35岁,盩厔),《酬元九对新栽竹有怀见寄》(39岁,长安),《题卢秘书夏日新栽竹二十韵》(44岁,长安),《浔阳三题》其二《溢浦竹》(44岁至47岁,江州),《食笋》(45岁至46岁,江州),《东楼竹》(48岁,忠州),《别桥上竹》(49岁,忠州),"竹窗"(50岁,长安),《西省北院新构小亭种竹开窗东通骑省与李常侍隔窗小饮各题四韵》(同前),"思竹窗"(51岁,自长安至杭州途中),《画竹歌并序》(51岁至52岁,杭州),《宿竹阁》(51岁,杭州),《题小桥前新竹招客》(52岁,杭州),《竹楼宿》(53岁,杭州),《池上竹下作》(54岁,洛阳),《和令狐相公新于郡内栽竹百竿拆壁开轩旦夕对玩偶题七言五韵》(57岁,长

---

① 比如堤留吉《白居易与竹》(《东洋文学研究》八号,1960年3月);同《白乐天研究》(春秋社,1969年12月);中西文纪子《关于白乐天的"竹"意象之考察》(《御茶水女子大学中国文学会报》第九号,1990年4月)等。

② 从作品的内容来看,与《竹枝词》相关的五首作品全部省略。

安),《问移竹》(59 岁,洛阳),《洗竹》(67 岁,洛阳),《北窗竹石》(71 岁,洛阳)。

通读全部作品,首先可以理解的是以下事实:咏竹诗是白居易从 20 多岁至 70 多岁持续创作的,其吟咏方法与意象含义随着年龄的增长而扩大深化的。这种倾向,在部分吟咏竹的广义的咏竹诗中更为显著。以竹为素材的例子,总计有 292 首①,是白居易逐渐大量创作出来的,这一点很有意思。特别是自白居易 53 岁那年秋天买入洛阳履道里宅邸以后,白居易咏竹的频率极大增加,这一点值得注意。

从白居易所好咏的琅轩、竹丛、竹风、竹韵、竹色、竹气等意象中,可以看到"贞洁""节操""秋竹心""青苍""孤直""劲健""心虚""清虚""幽独""余清""清凉""清冷"等正面价值的含义。白诗中包含儒家的道德观念与道家的隐逸思想的竹意象,明显是以白居易 32 岁时在长安写作的《养竹记》为起点的②:

> 竹似贤,何哉?竹本固,固以树德。君子见其本,则思善建不拔者。竹性直,直以立身。君子见其性,则思中立不倚者。竹心空,空以体道。君子见其心,则思应用虚受者。竹节贞,贞以立志。君子见其节,则思砥砺名行、夷险一致者。夫如是,故君子人多树之为庭实焉。……

这是白居易在乡试(28 岁)→礼部试进士科(29 岁)→吏部试书判拔萃科(32 岁)三次科举考试中连续及第、拜受秘书省校书郎(正九品上)不久后写的散文作品。在文中,竹的属性被把握为"本固"(善建不拔)、"性直"(中立不倚)、"心空"(应用虚受)、"节贞"(砥砺名行、夷险一致)等儒家的处世观与人性观。踏上高级官僚之路的年轻的白居易,通过竹这个意象明确道出了自己的抱负与理想。白居易自己拥有和管理竹林的理想模式,经

---

① 基于本书第 212 页注①所载中西文纪子论文中所收的"《白居易集》的'竹'资料一览"的数据。顺便说一下,在总数 292 首咏竹诗中,在洛阳咏竹的诗篇有 130 首之多,作为部分素材的竹,在白居易居住洛阳的后半生中被集中地大量创作出来,这个事实需要了解。

② 李昉等奉敕编撰的《文苑英华》卷八二九"记"中,除白居易《养竹记》以外,还收录了刘岩夫《植竹记》、刘宽夫《剃竹记》,从中可以看出唐代士大夫对于竹的观念。

过江州庐山草堂、长安新昌里宅、洛阳履道里邸数次变化,最终得以完成。而《养竹记》可以说正是其雏形。称颂雪中青竹的《题李次云窗竹》、描写不为风霜所侵的竹具有的孤直并与盟友元稹相誓的《酬元九对新栽竹有怀见寄》、述说"竹解心虚即我师"的《池上竹下作》、挂念与平常草木相异的冬竹的《洗竹》,都是与这个谱系直接相连的诗歌作品。这些诗中所吟咏的竹,明显是白居易其人的分身、人格的具现。

在竹的描写中,第二个需要留意的特点是,白居易对于住所中部分窗户明显的眷爱。朝向外界的窗子,与从窗中眺望竹丛(庭竹、池竹)的妙趣,伴随着生理感觉与皮肤感觉,被白居易重复不断地吟咏。这种倾向,若与吟咏窗前松的例子之少相比的话,是极为鲜明的。《题李次云窗竹》《竹窗》《西省北院新构小亭种竹开窗东通骑省与李常侍隔窗小饮各题四韵》《思竹窗》《北窗竹石》,全部都是在诗题中包含窗的作品,这强烈地反映了白居易寄予该场所的特别感情。可以得出结论:白邸中的"窗竹""池竹",是其闲适文学中不可或缺的诗性意象。我想列举一下吟咏窗前竹的诗句:

佐邑意不适,闭门秋草生。何以娱野性,种竹百余茎。……已觉庭宇内,稍稍有余清。最爱近窗卧,风枝秋有声。(《新栽竹》)

……森然一万竿,白粉封青玉。卷帘睡初觉,欹枕看未足。……楼上夜不归,此君留我宿。(《东楼竹》)

尝爱辋川寺,竹窗东北廊。……今春二月初,卜居在新昌。……开窗不糊纸,种竹不依行。意取北檐下,窗与竹相当。绕屋声渐渐,逼人色苍苍。烟通香蔼气,月透玲珑光。是时三伏天,天气热如汤。独此竹窗下,朝回解衣裳。……无客尽日静,有风终夜凉。……清风北窗卧,可以傲羲皇。(《竹窗》)

不忆西省松,不忆南宫菊。惟忆新昌堂,萧萧北窗竹。窗间枕簟在,来后何人宿。(《思竹窗》)

穿篱绕舍碧逶迤,十亩闲居半是池。食饱窗间新睡后,脚轻林下独行时。水能性淡为吾友,竹解心虚即我师。何必悠悠世人上,劳心费目觅亲知。(《池上竹下作》)

一片瑟瑟石,数竿青青竹。向我如有情,依然看不足。况临

北檐下,复近西塘曲。筠风散余清,苔雨含微绿。有妻亦衰病,无子方老独。莫掩夜窗扉,共渠相伴宿。(《北窗竹石》)

从"北窗"眺望"青竹",听着"清风"所奏的"竹声",将我"身"委付于"坐卧"时空的时候,官吏生活导致的"不适""心"情逐渐得到净化,"清"的"闲适"至高境界得以显现。关于这种"清福",白居易以敬爱的陶渊明的作品为典故①,说"乃知前古人,言事颇谙详。清风北窗卧,可以傲羲皇"(《竹窗》),断言自己甚至可以达到上古三皇伏羲的境界。《白氏文集》中数量众多的竹,尤其是窗与池周边的竹,蕴含着可以真实体验到独善自适境界的特殊意义。

五、结语

对于白居易来说,松与竹是象征自己人生观的特殊诗材。从青年时期开始,白居易就在自己身边有意识地栽种松竹,并在人生的各个阶段都对松竹赋予了各种价值。在贬谪地江州创建的庐山草堂;作为复归政界据点的长安新昌里宅;一面实践着吏隐与中隐②之道,一面使白居易的终极闲适世界得以完成的洛阳履道里邸等,白居易居住的庭院中一定会有松竹。诗人对于松竹的这种心思,在《玩松竹二首》中得到了毫无保留地吟咏。在这首诗中,"北窗竹"与"前檐松"被身体化,其不可代替的性质,伴随着具有白居易特色的说理表现,得到了自我解说式的陈述。松竹不仅是白居易的生活伴侣,还是明确显示其人生坐标的精神性表征。

---

① "少学琴书,偶爱闲静。开卷有得,便欣然忘食。见树木交荫,时鸟变声,亦复欢然有喜。常言五六月中,北窗下卧,遇凉风暂至,自谓是羲皇上人。意浅识罕,谓斯言可保。……"(《与子俨等疏》,清代陶澍注《靖节先生集》卷七)

② "大隐住朝市,小隐入丘樊。丘樊太冷落,朝市太嚣喧。不如作中隐,隐在留司官。似出复似处,非忙亦非闲。不劳心与力,又免饥与寒。终岁无公事,随月有俸钱。君若好登临,城南有秋山。君若爱游荡,城东有春园。君若欲一醉,时出赴宾筵。洛中多君子,可以恣欢言。君若欲高卧,但自深掩关。亦无车马客,造次到门前。人生处一世,其道难两全。贱即苦冻馁,贵则多忧患。唯此中隐士,致身吉且安。穷通与丰约,正在四者间。"(《中隐》,大和三年〔829〕,58岁,洛阳,太子宾客分司)

白诗中松和竹的不可或缺性,虽然是决定性的,然而若仔细分析这两个诗材所包含的意象的话,还是能够发现其微妙的差异。松竹虽然在"常绿不变""上升屹立""有德君子""松声竹韵"的意象上是共通的,但是松所包含的栋梁(人才)之喻与悠久不灭的象征性质,在竹意象里是几乎看不到的①。也就是说,松的意象也包含了"公"的因素,而与此相对②,我们可以找出微妙的差异,即竹的意象更倾向于"私"的要素。这样考虑的话,以下的事实并非全无道理:成为进入政界桥头堡的西京长安新昌里宅,以庭院中耸立的随意栽种的十株松与命名为"松斋"的书房为代表③;而作为半官半隐的东都分司居住的洛阳履道里邸,更多地以弯曲的池沼与池边的千竿修竹为象征④。我们可以得出结论:白居易诗中所见的松与竹,一方面表明了他作为文人官僚的处世观、住所观、庭园观,另一方面其意象在具有共通性的同时保持着各自独特的内涵,构筑了白诗中丰润的意象世界。

---

　　① 以松、竹为对句,吟咏去世的挚友李建、元稹的诗,有"李君墓上松应拱,元相池头竹尽枯"(《病中诗十五首》《病中五绝》其三,开成四年〔839〕,68岁,洛阳),其自注云:"李、元皆予执友也。杓直长予八岁,即世已十九年。微之少予七岁,薨逝已八年矣。今予始病,得非幸乎。"作为墓标的松的成长(生)与失去主人的竹丛的枯朽(死)对比描写,这与松竹各自具有的意象含义相关联,需要特别留意。因为这暗示了松的生存时间(悠久)与竹的生存时间(有限)的差异。
　　② 与此相关,盩厔县尉时期的白居易,在自己任职的官府(公的空间)移植两株松树的行为,可以认为具有特殊的意义。参读《寄题盩厔厅前双松》。
　　③ 长庆元年(821)二月初旬(50岁),白居易在长安新昌里获得的白邸,具有种竹林则土地狭隘(《题新昌所居》)、想造池却缺少水渠与水源等结构上的致命缺陷。这个事实又与以下一点密切相关,即长安新昌里宅具有较之竹更适合由松来象征的倾向。一并参考本书第八章第九节。
　　④ 大和三年(829)白居易58岁时作于洛阳的《池上篇并序》,是叙述履道里邸中闲适境界精髓的大作,竹在作品中反复登场,反之,松的描写完全没有。这个事实也与本章的观点相关联,值得特别注意。

第十章

白居易《池上篇》考
——水边的时空与闲适的最高境界

一、序

在支撑白居易研究的多种方法论中，从各个诗材的分析入手以解明诗歌结构的手法，是值得特别注意的。对于白居易来说，诗文既是抒发性情之物，同时也是作为论说人生重要问题的方法。这种白氏(白诗)的特性，虽然在讽喻、闲适、感伤三大领域中都能看到，但是在基于"独善之义"叙述"退公独处""移病闲居""知足保和"情趣①的闲适类作品中特别显著。白居易的"吏隐"生活，从最初拜命太子左庶子分司东都的长庆四年(824，53岁)五月以降，逐渐变得正式化，而成其中心环境的，是同年秋购入的洛阳履道里宅邸。曾经是"故散骑常侍杨凭宅"(《旧唐书》卷一六六《白居易传》)的这个家，作为字面意义上的白氏"终老"之地，成了白居易近二十年闲适生活的据点。幼时体验过贫困流浪的生活，又完整经历过住旅馆、租房、住官舍、自己拥有房子的白居易，是最能深刻理解房屋所具有的本质意义的诗人。可以认为，为绿色植物与水所围绕的洛阳履道里宅，是为生计奔波、辗转了很多个家的白居易在晚年好不容易实现的心仪的房屋形象。

本章重点选取的是履道里邸内部白居易构造的"池边风景"，试着讨论其闲适含义。因为可以判断，在洛阳白居易家中，白居易自己设计的池苑，是最为浓厚地表现了他的审美意识与价值观(闲适的精髓)的空间。水边

---

① "……又或退公独处，或移病闲居，知足保和，吟玩情性者一百首，谓之闲适诗。……古人云：'穷则独善其身，达则兼济天下。'……故仆志在兼济，行在独善。奉而始终之，则为道。言而发明之，则为诗。……谓之闲适诗，独善之义也。故览仆诗，知仆之道焉。……"(《与元九书》，元和十年〔815〕，44岁，江州)

的时空与闲适的最高境界在诗人白居易的作品中是如何被统一的？探究这个问题，即使从诗材与诗想的关系来看，也可以说是极其富有趣味的问题。

二、江州官舍以及庐山草堂的池边空间

在享年75岁的一生中，白居易最初吟咏自己所拥有的水池，是在江州谪居时期（44岁至49岁）。这也可以解释为，其完整人格遭到否定的被贬江州司马一事，确实是白居易创造池边空间的一大契机。现在已经得到公认的观点是，他的文学以江州时期为转折点发生了巨大的性质变化。自撰诗集的正式编纂、文学理论的创立、庐山草堂的创建、"诗魔"的发现等，这些都是作为白居易在江州杰出的成果而经常被提及的。但是，在这几点以外，更重要的是以下事实：白居易正是在贬官之地，人生中第一次为自己创造了一个小小的水池。在江州官舍内所建的小池，作为与多年后的洛阳履道里宅邸相关联的原点，具有重大的意义。住在包含鄱阳湖、浔阳江，充满水边景色的水乡江州，陷入失意深渊的白居易，特意造出一个"小池"的意图是什么？分析诗人这样做的意图，对于我们解读白居易40多岁时的闲适观，或许能带来重要的启示。我们首先必须指出，白居易吟咏个人私有水池的起点，是以下所引的五言古体诗。这是收于《白氏文集》卷七"闲适三"的一首狭义的闲适诗：

官舍内新凿小池

（元和十一年[816]，45岁，江州）

帘下开小池，盈盈水方积。
中底铺白沙，四隅甃青石。
勿言不深广，但取幽人适。
泛滟微雨朝，泓澄明月夕。
岂无大江水，波浪连天白。
未如床前席，方丈深盈尺。
清浅可狎弄，昏烦聊漱涤。

第十章 白居易《池上篇》考——水边的时空与闲适的最高境界

最爱晓暝时,一片秋天碧。

这首诗讲述了在司马官舍内的"帘下""床席前","凿"一个"方丈"大的"小池",并望着这个池子度日的"幽人"(隐遁者、蒙罪者)的"适"境。我们知道,"中底"敷"白沙""四隅"配"青石"的池,是身心都没有束缚感与不协调感的境界("适")本身,同时也是温柔地慰藉烦闷愁苦之人的存在。伴随着湿润与光辉、随朝夕推移时刻变化的池边景色,对白居易疲惫受伤的神经复苏发挥了极大的作用。白居易在对分外喜爱的"小池"的描写中,咏入了令人舒心的清凉感与清澄感,这是特别值得留意的。散见于诗中的"清浅""白沙""青石""一片秋天碧"等感觉,对此后不久登场的庐山草堂中池的氛围,产生了巨大影响。对净化人心的"清""静"环境的信赖,从下面的组诗(《白氏文集》卷七"闲适三")中,也可以得到清楚确认。对于白居易来说,池边是治愈身心的场所,是产生闲适文学的环境。

小池二首

(元和十二年〔817〕,46 岁,江州)

其一

昼倦前斋热,晚爱小池清。
映林余景没,近水微凉生。
坐把蒲葵扇,闲吟三两声。

其二

有意不在大,湛湛方丈余。
荷侧泻清露,萍开见游鱼。
每一临此坐,忆归青溪居。

元和十二年(817),白居易 46 岁晚春时落成的庐山草堂,是其在流谪地江州"闲适独善""沉思熟考""静居闲住"的一大据点,即是为了避免自我崩溃(自我认同丧失)的危机而构筑的"私人性恢复环境"。在这个白氏草堂的结构与景观中,他最喜爱与亲近的,就是由"池""涧""潭""飞泉""瀑布""引泉"等组成的水边风景。这就是白居易把这个草堂称为"水阁"(《重题》,长庆二年〔822〕,51 岁,长安至杭州途中)的原因。关于"水阁"的整体特色,《庐山草堂记》(元和十二年〔817〕,46 岁,江州)第三段中有详细描写,这里我想引用相关部分的内容。总字数 834 字的《庐山草堂记》,

实际上有三分之一的篇幅是在叙述富有湿度感的水边风情。

> ……是居也,前有平地,轮广十丈,中有平台,半平地,台南有方池,倍平台。环池多山竹野卉,池中生白莲、白鱼。又南抵石涧,夹涧有古松、老杉,大仅十人围,高不知几百尺。修柯戛云,低枝拂潭,如幢竖,如盖张,如龙蛇走。松下多灌丛,萝茑叶蔓,骈织承翳,日月光不到地,盛夏风气,如八九月时。下铺白石,为出入道。堂北五步,据层崖积石,嵌空垤堄,杂木异草,盖覆其上。绿阴蒙蒙,朱实离离,不识其名,四时一色。又有飞泉植茗,就以烹燀。好事者见,可以永日。堂东有瀑布,水悬三尺,泻阶隅,落石渠,昏晓如练色,夜中如环佩琴筑声。堂西倚北崖右趾,以剖竹架空,引崖上泉,脉分线悬,自檐注砌,累累如贯珠,霏微如雨露,滴沥飘洒,随风远去。……

文中描写了台南的方池、池畔生长的众多山竹野卉、池中的白莲白鱼、南边石涧的古松老杉、白石的铺道、悬于堂北五步开外层崖上的飞泉、堂东的瀑布、堂西的引泉等,这些事物的全部情趣,可以看作诗人白居易审美的集大成。各个空间被白居易自由自在地切分并设定边界,各个部分分别被赋予特别的价值。而所有这些都是清冽且澄澈的、充满了纤细的动感与声响的人工空间。可以认为,它基本上沿袭了江州官舍内造设小池的意象("清而白"),同时又是扩充与发展的产物。漂着白莲、游着白鱼的方池,注泻到石砌上的引泉和绕阶的流水,是庐山草堂的象征性存在,同时又强有力地表现了白居易的精神格局。在以草堂为主题的诗歌作品中,时常被吟咏的"清泉""清源""清流""清静""清冷""白石""白莲""白鱼"等意象,是我们在把握白居易江州时期"闲适独善"境界时无法忽视的重要词汇。对于"清""白"之物的强烈执着,暗示了左迁中的白居易的世界观与处世观。最后我要介绍唯一一首将草堂南侧的池题材化的闲适诗。可以理解,白居易所拥有的池,并不是与外部环境隔离的停滞之物,而是富于生动变化的小世界(小宇宙):

草堂前新开一池养鱼种荷日有幽趣

(元和十二年[817],46岁,江州)

淙淙三峡水①,浩浩万顷陂。

未如新塘上,微风动涟漪。

小萍加泛泛,初蒲正离离。

红鲤二三寸,白莲八九枝。

绕水欲成径,护堤方插篱。

已被山中客,呼作白家池。

在《官舍内新凿小池》中描述的"岂无大江水,波浪连天白。未如床前席,方丈深盈尺"的"小池",发展为"淙淙三峡水,浩浩万顷陂。未如新塘上,微风动涟漪"的"白家池"(白姓者所拥有的具有清白之趣的水池)。一般而言,从官府那里按期租借的官舍,对于居住者来说,是与亲、爱之情相距甚远的房屋。更何况这一场所是不能任凭个人喜好自由变形、加工和驯化的空间。任江州司马的白居易,在"湓浦沙边"的官宅中所建的仅"方丈"大的"小池",由于其性质,不得不说自然地包含着局限性。而到了自己出资建造的庐山草堂内的"白家池",池边的所有空间才在真正意义上归属于白居易一人。可以认为,庐山草堂的池才是白居易在洛阳履道里实现的极致的池边空间的原型。白居易所追求的闲适情景,是花了约三十年的漫长时间,在反复试错的过程中逐渐形成的。而一直占有其中心地位的,可以说是水与绿融合的、清新的池畔风景。诗人与池边空间交流的历史,与完成闲适独善的路程完美地重合在一起。

三、《池上篇并序》与洛阳履道里邸

白居易从江州司马转任忠州刺史,又因任尚书司门员外郎而返回长安,是在元和十五年(820)其49岁的时候。时隔六年重返帝都的他,在生活方面最先做的,是购买位于长安街东中南部的新昌里邸。获得这所房屋

---

① 那波道圆本《白氏文集》中"三"作"冰"。

的所有权,作为白居易重返中央政界的确凿证明,具有非常重要的意义。房子虽然狭小,但在首都长安能够获得"吾庐"的那种安心感,从题为《卜居》的七言律诗中也可以看出来。但是,从长庆元年(821)其50岁仲春开始住的这个家宅,对于原本就怀有强烈"吏隐退休"志向的白居易来说,却有致命性的重大缺陷,那就是水景的完全缺失。在没有涌泉,也不通水渠的新昌里中,始终未能实现让白居易身心放松的流水、池苑情景。为了治愈这种渴望感,他创造了"檐松""窗竹"这种区隔出来的小领域,将其作为仅有的留给自己精神世界的象征。《玩松竹二首》(长庆二年〔822〕,51岁,长安)的诗境①,证明了这个事实。

无法拥有美丽水景的长安宅邸,在白居易获得洛阳宅邸后,加速丧失了吸引力,终于在白居易64岁的时候被卖掉了。对充斥着阴险权力斗争的长安中央政界的不和谐感、对淡泊名利的平静安稳的退老之地洛阳的亲近感、对中央政府机关分局闲职分司的心理倾斜、嫡男崔儿的夭折与女儿阿罗结婚这些家庭内的事情等,以此为背景,白居易晚年生活的城市从红尘滚滚的陆都长安切换到了绿树丰茂的水都洛阳②。白居易买到面临伊水支渠的履道里邸的喜悦,表白在《泛春池》(宝历元年〔825〕,54岁,洛阳)的"……谁知始疏凿,几主相传受。杨家去云远,田氏将非久。天与爱水人,终焉落吾手"中。洛水、伊水、大运河等河流在此交错,有大量的桥梁、池亭、园林点缀的文化都市洛阳,给自称"爱水人"的白居易提供了最好的居住环境。在履道里的白氏宅邸里,白居易凝聚精魂而造的池苑风景的全貌,通过《池上篇并序》(大和三年〔829〕,58岁,洛阳)得到了相当精确的再现。这首作品包括539字的序文与123字的诗文,全篇由四段构成,内容详细,作品的每部分对于理解白居易在洛阳展开的"半官半隐"的闲适世界都是不可或缺的资料。我想将各段的条目、原文和要点提示如下:

---

① "龙蛇隐大泽,麋鹿游丰草。栖凤安于梧,潜鱼乐于藻。吾亦爱吾庐,庐中乐吾道。前松后修竹,偃卧可终老。各附其所安,不知他物好。"(《玩松竹二首》其一);"坐爱前檐前,卧爱北窗北。窗竹多好风,檐松有嘉色。幽怀一以合,俗念随缘息。在尔虽无情,于予即有得。乃知性相近,不必动与植。"(同前,其二)。

② 关于长安与洛阳对于白居易的意义,妹尾达彦《白居易与长安、洛阳》(《白居易研究讲座》第一卷《白居易的文学与人生》一,勉诚社,1993年6月)中有细致的分析与考察,可参考。

第十章　白居易《池上篇》考——水边的时空与闲适的最高境界

1. 关于白乐天邸的位置与性质。"都城风土水木之胜在东南偏,东南之胜在履道里,里之胜在西北隅,西闬北垣第一第即白氏叟乐天退老之地。"(位于东都城内的东南偏,履道里的西北隅,西闬〔西边的坊门〕、北垣〔北边的坊墙〕的第一间宅第,就是白乐天退老之地)。

2. 关于白乐天邸的结构与池边风景改造的经过。"地方十七亩,屋室三之一,水五之一,竹九之一,而岛树桥道间之。初乐天既为主,喜且曰'虽有台池,无粟不能守也',乃作池东粟廪。又曰'虽有子弟,无书不能训也',乃作池北书库。又曰'虽有宾朋,无琴酒不能娱也',乃作池西琴亭,加石樽焉。乐天罢杭州刺史时,得天竺石一、华亭鹤二以归,始作西平桥,开环池路。罢苏州刺史时,得太湖石、白莲、折腰菱、青板舫以归,又作中高桥,通三岛径。罢刑部侍郎时,有粟千斛,书一车,洎臧获之习筦磬弦歌者指①百以归。先是颍川陈孝山与酿法酒②,味甚佳。博陵崔晦叔与琴,韵甚清。蜀客姜发授秋思,声甚淡。弘农杨贞一与青石三,方长平滑,可以坐卧。大和三年夏,乐天始得请为太子宾客,分秩于洛下,息躬于池上。凡三任所得,四人所与,泊吾不才身,今率为池中物矣。"(房屋与池苑的占比〔占地面积总计17亩、三分之一的屋室5.7亩、五分之一的池3.4亩、九分之一的竹1.89亩、其余6亩〕,池边的布置〔东侧的粟廪、北侧的书库、西侧的琴亭与石樽〕,杭州刺史退任时〔长庆四年〈824〉,53岁〕的改良点〔天竺石一、华亭鹤二、西平桥、环池路〕,苏州刺史退任时〔宝历二年〈826〉,55岁〕的改良点〔太湖石、白莲、折腰菱、青板舫、中高桥〈太鼓桥〉、通三岛之径〕,刑部侍郎退任时〔大和三年〈829〉,58岁〕的改良点〔粟千斛、书一车、习筦磬弦歌的臧获十人〕,其他时期的改良点〔陈孝山为白乐天酿的官定规格的美酒、崔晦叔赠予的清韵之琴、姜发所传授的淡声的秋思曲、杨贞一所赠的适合坐卧的青石三〕。因就任太子宾客东都分司的闲职,与这些池中物得以一体化的感慨)。

---

① "指百"的"指",与"口"一样是计算人数的量词,在这里是"十人"的意思。《汉语大词典》(汉语大词典出版社,1990年12月)第六册573页中说明为"量词,用以计算人口",列举了(宋)苏轼、(元)揭傒斯、(清)魏源等人的用例。

② 朱金城《白居易集笺校》第六册3705页,断句作:"先是颍川陈孝山与酿法,酒味甚佳。"关于"法酒",《汉语大词典》第五册1042页解释为"按:官府法定规格酿造的酒"。又,罗联添《白居易散文校记》(学海出版社,1986年2月)278页云:"法酒,旧传乙作酒法,岑校云:'按下文"韵甚清,声甚淡",与味字骈举,应从旧书(传)',甚是。"

3. 关于自适的池畔生活与《池上篇》诞生的经过。"每至池风春,池月秋,水香莲开之旦,露清鹤唳之夕,拂杨石,举陈酒,援崔琴,弹姜秋思,颓然自适,不知其他。酒酣琴罢,又命乐童登中岛亭,合奏霓裳散序,声随风飘,或凝或散,悠扬于竹烟波月之际者久之。曲未竟而乐天陶然已醉,睡于石上矣。睡起偶咏,非诗非赋。阿龟握笔,因题石间。视其粗成韵章,命为池上篇云尔。"(充满各种各样情趣的池边生活〔池风的春、池月的秋、水香莲开的早晨、露清鹤唳的黄昏、杨氏的石头、陈氏的酒、崔氏的琴、姜氏的秋思、使乐童〈臧获〉登上中岛的亭子合奏霓裳散序、一边听着音乐一边陶然醉眠〕,睡醒后的偶咏,侄子阿龟在石上题识,"池上篇"的命名)。

4. 叙述白乐天爱好的景物与晚年处世观的《池上篇》。"十亩之宅,五亩之园。有水一池,有竹千竿。勿谓土狭,勿谓地偏。足以容膝,足以息肩。有堂有亭,有桥有船。有书有酒,有歌有弦。有叟在中,白须飘然。识分知足,外无求焉。如鸟择木,姑务巢安。如蛙居坎,不知海宽。灵鹤怪石,紫菱白莲。皆吾所好,尽在我前。时引一杯,或吟一篇。妻孥熙熙,鸡犬闲闲。优哉游哉,吾将终老乎其间。"(构成洛阳闲适世界的事物〔宅、园、池、竹〈千竿〉、堂、亭、桥、船、书〈籍〉、酒、歌、弦〈琴〉、白须叟〈白乐天的自称〉、灵鹤、怪石、紫菱、白莲、酒〈杯〉、诗〈篇〉、熙熙的妻孥、闲闲的鸡犬〕,在那里的生活方式〔识分知足、无求于外、如鸟择木、姑务巢安、如蛙居坎、不知海宽〕,在悠游自适的时空中终老的决心)。

精读白居易《池上篇并序》,最先可了解的是以下事实:这种水边的风景是在丰富的经验指导下被整修和改造的人工空间。从杭州带来的天竺石、华亭的白鹤,从苏州带来的太湖石、白莲、折腰菱、青板舫,从长安带来的食物、书籍、乐童等,这些契合白居易喜好与意象的物与人①,全部被搬入、移植和固定到履道里邸内。池边整体的风情,如"寂无城市喧,渺有江湖趣"(《闲居自题》,大和八年〔834〕至大和九年〔835〕,63岁至64岁,洛

---

① 白居易家妓"桃叶"(陈结之)和"春草"(樊素)被一并包含在其中,这是值得特别注意的。因为在白家池(特别是"琴亭"周边)具有的社交欢宴场所的性质中,她们的存在是不能忽视的。关于这一点,参考橘英范《白居易与樊素》(《广岛大学文学部纪要》第五十四卷,1994年12月);同《关于"杨柳枝词"》(《中国中世文学研究》第二十八号,中国中世文学会,1995年9月)。

第十章 白居易《池上篇》考——水边的时空与闲适的最高境界

阳)所咏的那样,风光明媚的江南风情在此得到了统一。另外,与文学、艺术相关的事物也从大唐之都长安原封不动地移入了洛阳白邸。通过白居易的亲自精选,池苑渐渐充实,其过程在第四段"有堂、有亭、有桥、有船、有书、有酒、有歌、有弦"的叙述中也极为清晰地表现了出来。这些并不是单纯罗列事物的记载,而是表现了白居易耗费心血把一个个事物变成自己每一寸肌肤的轨迹①。

从作品整体中可以看出的第二个特色,即白邸的池边空间是根据各个目的与用途被分隔的小领域的集合。储蓄谷物的池东粟廪,以教育子弟为目的设置的池北书库,招待来客的池西琴亭,保管美酒的石樽,最适合坐卧的青石,散步用的桥与径等,虽然各自都具有独立的功能,但却有机地联结,形成了一个和谐的完整世界。我们可以理解,对于白居易来说,池的周边是社交、饮酒、奏乐、游玩的场所,是教育、读书的场所,是休息、睡眠的场所,同时还是运动、思索、创作的场所。白居易"终老"的家宅,不仅充满了户主喜好的东西,而且为了充分发挥主人想要的功能,凝聚了各种各样的匠心,被设计和建造。

关于《池上篇并序》,最后应当指出的特征是以下事实:作品中所描写的住宅与庭园,是充满鲜活生命的空间。从竹千竿、岛树、白莲、折腰菱(紫菱),到乐童(臧获之习筦磬弦歌者)、宾朋、陈孝山、崔晦叔、姜发、杨贞一、华亭鹤(灵鹤)二、阿龟、白氏叟乐天(白须叟)、妻孥、鸡犬,人与人、人与植物、人与动物在其中相互交流,万物自在自得的悠然的理想世界得到了实现。一家眷属聚在一起共享喜怒哀乐、过着日常生活的履道里宅邸,并不是孤立的、封闭的、没有生命感的房屋,可以说其内界与外界皆是开放的、血脉流通的"生机盎然的住处"。这是为东都分司的丰厚俸禄(财力②)所支持,使人真切体验到由骨肉同居所产生的"温暖""安稳""放松"之情的

---

① 植木久行《唐诗的风景》(讲谈社学术文库,1999年4月)的"洛阳·履道里"一项中说道:"……在平淡无奇的语言罗列中,深切地充满了对经过漫长努力最终达到的当下生活的满足感。"这是重要的论述,值得留意。

② "禄俸优饶官不卑,就中闲适是分司。风光暖助游行处,雨雪寒供饮宴时。肥马轻裘还粗有,龛歌薄酒亦相随。微躬所要今皆得,只是蹉跎得校迟。"(《闲适》,开成三年〔838〕,67岁,洛阳)

居住空间。可以认为,白居易对于这一时空的满足感,在《池上篇》的结尾"妻孥熙熙,鸡犬闲闲。优哉游哉,吾将终老乎其间"的叙述中得到了最为直白的表现。

本节将焦点对准《池上篇并序》,复原了洛阳白家的池边风景,论述了其中可以看到的三大特征。在下一节中,我将在这些要点的基础上,对白居易的闲适境界与池畔的关系作更加深入的分析。

四、"池上诗"中所见的至高闲适境界

白居易在洛阳定居以后,创作了很多以这个地方的水景为诗题的作品,总计达到80余首①,其所吟咏的内容大致上可以分为三类:①述说流水之趣的诗;②描写他人水池的诗;③述说自己水池的诗。下面我想就上述分类分别进行探讨。

述说流水之趣的诗,包括《西街渠中种莲叠石颇有幽致偶题小楼》《宅西有流水墙下构小楼临玩之时颇有幽趣因命歌酒聊以自娱独醉独吟偶题五绝》《亭西墙下伊渠水中置石激流潨湲成韵颇有幽趣以诗记之》《李卢二中丞各创山居②俱夸胜绝然去城稍远来往颇劳弊居新泉实在宇下偶题十五韵聊戏二君》《南侍御以石相赠助成水声因以绝句谢之》等诗篇。其中特别重要的是流水(动景)中包含的音乐意象。我仅引用典型的两首诗如下:

李卢二中丞各创山居俱夸胜绝然去城稍远来往
颇劳弊居新泉实在宇下偶题十五韵聊戏二君

(开成五年〔840〕至会昌元年〔841〕,69岁至70岁,洛阳)

龙门苍石壁,泥涧碧潭水。
各在一山隅,迢迢几十里。
清镜碧屏风,惜哉信为美。
爱而不得见,亦与无相似。

---

① 即使仅限于以洛阳水景为局部素材的例子,数量也很庞大。本文中将这些广义的水景表现作为立论的辅助资料。

② 本诗第一句、第二句的自注中,分别作"李所有也""卢所有也"。

第十章　白居易《池上篇》考——水边的时空与闲适的最高境界

闻君每来去,矻矻事行李。
脂辖复裹粮,心力颇劳止。
未如吾舍下,石与泉甚迩。
凿凿复溅溅,昼夜流不已。
洛石千万拳,儵波铺锦绮。
海珉一两片,<u>激濑含宫徵</u>。
绿宜春濯足,净可朝漱齿。
绕砌紫鳞游,拂帘白鸟起。
何言履道里,便是沧浪子。
君若趁归程,请君先到此。
<u>愿以潺湲声</u>,洗君尘土耳。

南侍御以石相赠助成水声因以绝句谢之

（会昌元年〔841〕,70 岁,洛阳）

<u>泉石磷磷声似琴</u>,<u>闲眠静听洗尘心</u>。
莫轻两片青苔石,<u>一夜潺湲直万金</u>。

前一首诗是向夸耀洛阳南郊山庄的李、卢二中丞反过来自夸自宅的水景,后一首诗用七绝向赠以庭石的南侍御表达感谢的心情。虽然都是社交性、友谊性很强的作品,但诗中溪流所发出的清澈响声,却是作为清爽的音乐旋律被认识的。吟咏为"洛石千万拳,儵波铺锦绮。海珉一两片,<u>激濑含宫徵</u>""泉石磷磷<u>声似琴</u>"的流水之妙,可以认为是音乐素养很高的白居易比任何人都喜欢的景物。昼夜"溅溅"流水不止,"似琴"的音色,里面包含着"宫徵(旋律)"的"激濑",这"潺湲"之"声",隐藏着温柔地净化被世俗尘埃所玷污的人心的力量。一边"静听"籁音,一边"洗"清被俗"尘"所沾染的"心",不知不觉进入"闲眠"的时候,这个时空就像白居易所吟咏的"一夜潺湲直万金"那样,足以成为至高无上的贵重之物。我们可以得出结论,"虽有潺湲声,至今听未足"(《六十六》,开成二年〔837〕,66 岁,洛阳)、"自从造得滩声后,玉管朱弦可要听"(《滩声》,会昌二年〔842〕,71 岁,洛阳)中的白居易,虽然住在洛阳城内,却是费尽心血想要获得深山幽谷的泉韵和水声的诗人。诉诸听觉的这种显著特征,可以说是白居易独特闲适空间所具有的另一个不可忽视的侧面。

227

描写他人水池的诗，可以找出《崔十八新池》《题岐王旧山池石壁》《府西池》《府西池北新葺水斋即事招宾偶题十六韵》《重修府西水亭院》《履信池樱桃岛上醉后走笔送别舒员外兼寄宗正李卿考功崔郎中》《张常侍池凉夜闲谶赠诸公》《题王家庄临水柳亭》《代林园戏赠》《戏答林园》《重戏赠》《重戏答》《集贤池答侍中问》《宿府池西亭》14 首作品。崔玄亮、李仍叔、裴度、张仲方等友人住宅的池，以及河南尹官府内的西池，都是在洛阳居住时期的白居易为了憩息而时常光顾的场所。可以认为，不管是自己家的还是他人的池，白居易投入池边和池亭的非同寻常的关心，都是终生一贯保持着的。各诗的内容多种多样，有"叙景""送别""题壁""谐谑""怀友""怀旧"，而这里需要注意的是白居易将裴度邸广阔的集贤池①与自己狭小的履道里池对照吟咏的组诗。这组作品使用问答体与拟人手法，由四首七绝组成：

代林园戏赠

(大和八年〔834〕,63 岁,洛阳)

南院今秋游宴少,西坊近日往来频。
假如宰相池亭好,作客何如作主人。

戏答林园

(同上)

岂独西坊来往频,偷闲处处作游人。
衡门虽是栖迟地,不可终朝鏁老身。

重戏赠

(同上)

集贤池馆从他盛,履道林亭勿自轻。
往往归来嫌窄小,十年为主莫无情。

---

① 关于裴度在洛阳集贤里所拥有的广阔的私邸园林,白居易的百句长篇五言诗《裴侍中晋公以集贤林亭即事诗二十六韵见赠猥蒙徵和才拙词繁辄广为五百言以伸酬献》(大和九年〔835〕,64 岁,洛阳)中有详细的描写。另外,《旧唐书》卷一七〇《裴度传》中也有记载："……东都立第于集贤里,筑山穿池,竹木丛萃,有风亭水榭,梯桥架阁,岛屿回环,极都城之胜概。……"

重戏答

（同上）

小水低亭自可亲，大池高馆不关身。

林园莫妒裴家好，憎故怜新岂是人。

这是白居易在微醺的状态中，看清了自己与池边的关系后所作的几首诗。关于其写作动机，他在第一首诗的诗题下自注道："裴侍中新修集贤宅成，池馆甚盛，数往游宴，醉归自戏耳。"在诗中表现出的是他对私有池苑的强烈依恋。这种真挚的爱，由于戏题诗所带的谐谑感，反而变得更加鲜明。在"戏赠""戏答"这样的诗题设定中，与表面上的轻松意思相反，其内容可以认为反映了作者真实的想法①。从这一点来说，《重戏答》开头的"小水低亭自可亲，大池高馆不关身"恐怕是白居易无伪的本心。可以推察出，白居易精心培育出来的池苑，正如"林园"的拟人化②所显示的那样，其本身就是带有一种人格的情绪性空间。在被身体化的、有血脉流动的领域中，我们必须要说，小池和低亭都是与所有者的肌肤亲密无间的存在。

在吟咏他人水池的诗歌中，还需要指出的是，明确地将洛阳与长安作对比而描写的例子。我想介绍一首代表作，是白居易在就任同州刺史之前，任太子宾客分司时的作品：

张常侍池凉夜闲谯赠诸公

（大和九年〔835〕，64岁，洛阳）

竹桥新月上，水岸凉风至。

对月五六人，管弦三两事。

留连池上酌，欸曲城外意。

或啸或讴吟，谁知此闲味。

回看市朝客，矻矻趋名利。

---

① 比如我们可以指出以杜甫《戏为六绝句》（《杜诗详注》卷十一）为代表的"戏题诗"的存在。

② 白居易将洛阳白家的园林拟人化的例子，还可以举出《洛下诸客就宅相送偶题西亭》（大和二年〔828〕，57岁，洛阳）中的"……林泉应问我，不住意如何"、《答林泉》（同前）中的"……渐知吾潦倒，深愧尔留连。……"等。明确地显示出林园的身体化，值得注意。

> 朝忙少游宴,夕困多眠睡。
>
> 清凉属吾徒,相逢勿辞醉。

在这首五言十四句的古体诗中,白居易以居住在洛阳的亲近友人们一起"池上酌"为中心,介绍了由新月、凉风、管弦、欢谈、吟诗组成的"闲味"。通过将在"竹桥""水岸"处展开的这种"清凉"的兴趣,与在政治都市长安任职的生活方式相比较,使人深切地感到,这是任何东西都难以替代的珍贵之物。在"回看市朝客,硁硁趋名利。朝忙少游宴,夕困多眠睡"的诗句表现中,伴随着一种优越感,白居易直率地吟出了不用为名利奔波、对皇帝也没有早朝拜谒义务的洛阳任职者的闲裕生活。这首诗再次向读者暗示:建立"闲"且"适"的时空,隔绝名利的洛阳之地以及从束缚中解放出来的分司之职都是必需的要素。白居易的这种感慨,是在洛阳的熟人住宅(张仲方邸)的池边表达出来的,这件事特别值得注意。因为白居易选取了"闲雅清凉"的水边,刚好作为"繁忙喧骚"的场所的对极。

描写自家水池的诗歌,大体上可以分为两类:描写桥、亭、堂、楼、窗、船、泉、石、莲(荷)、菱、鱼、鹤等事物的诗和述说置身于池边的兴致的诗。前者比较著名的诗篇有《引泉》《太湖石》[①]《种白莲》[②]《答王尚书问履道池旧桥》[③]《观游鱼》《感苏州旧舫子》[④]《池鹤八绝句》等。但是,在我们探究白居易的闲适观时,更应重视的是列入后者的46首诗。这些狭义的、纯粹的"池上诗",如果按照时间顺序列举诗题、诗体、创作年龄的话,则如下所示:

《临池闲卧》(五律,53岁),《池畔二首》(五古,53岁至54岁),《泛春

---

① "烟翠三秋色,波涛万古痕。削成青玉片,截断碧云根。风气通岩穴,苔文护洞门。三峰具体小,应是华山孙。"(大和元年〔827〕,56岁,洛阳)

② "吴中白藕洛中栽,莫恋江南花懒开。万里携归尔知否,红蕉朱槿不将来。"(大和元年〔827〕,56岁,洛阳)

③ "虹梁雁齿随年换,素板朱栏逐日修。但恨尚书能久别,莫愁川守不频游。重移旧柱开中眼,乱种新花拥两头。李郭小船何足问,待君乘过济川舟。"(大和六年〔832〕,61岁,洛阳)

④ "画梁朽折红窗破,独立池边尽日看。守得苏州船舫烂,此身争合不衰残。"(开成四年〔839〕,68岁,洛阳)

池》(五古,54岁),《池上竹下作》(七律,54岁),《秋池二首》(五古,58岁),《玩止水》(五古,58岁),《白莲池泛舟》(七绝,58岁),《池上即事》(七律,58岁),《池上夜忆》(七古,59岁),《池上赠韦山人》(五律,59岁),《对小潭寄远上人》(五律,59岁),《池上小宴问程秀才》(七律,59岁),《秋池》(七绝,59岁),《池上》(五律,60岁),《履道池上作》(七律,60岁),《池边即事》(七绝,61岁),《咏兴五首》其三《池上有小舟》,其四《四月池水满》(五古,62岁),《秋池独泛》(五古,62岁),《池上闲咏》(七律,62岁),《池上送考功崔郎中兼别房窦二妓》(七绝,62岁),《南池早春有怀》(五古,63岁),《池上清晨候皇甫郎中》(五古,63岁),《池上闲吟二首》(七律,63岁),《春池上戏赠李郎中》(七绝,63岁),《池边》(五律,63岁),《池上作》(七古,64岁),《池上二绝》(五绝,64岁),《池上即事》(七律,64岁),《池上逐凉二首》(七律,65岁),《池上早春即事招梦得》(五排,66岁),《池上幽境》(五古,67岁),《池上早夏》(五律,69岁),《晚池泛舟遇景成咏赠吕处士》(七律,69岁),《闲题家池寄王屋张道士》(五古,69岁),《首夏南池独酌》(五古,70岁),《春池闲泛》(五排,70岁),《池上寓兴二绝》(七绝,70岁),《李留守相公见过池上泛舟举酒话及翰林旧事因成四韵以献之》(五律,70岁),《池畔逐凉》(七律,71岁)。

  我们看一下白居易全部的"池上诗",立刻就能发现其创作特点。这些诗是白居易53岁至71岁期间,几乎没有间断地创作的。吟咏的季节、时间、状况、内容各自不同,采用的体裁也是多种多样,有五绝(2首)、七绝(7首)、五律(7首)、七律(12首)、五排(2首)、五古(14首)、七古(2首)。论述思想与信念是否正确("理")的五言古体诗有14首之多,是使用最多的诗体,这一点,从主题与样式的视角来考虑,是需要特别注意的。因为这令我们充分意识到闲适诗想的吟咏表现与古体诗的表现之间紧密的对应关系。

  白居易的"池上诗"中可以看到的第一个特点是,池——止水(静景)——可以理解为带有某种强烈的精神性的磁场。在诗中,白居易借助水的含义,明确表明了自己的精神在处世中应有的状态:

池上竹下作

(宝历元年〔825〕,54岁,洛阳)

穿篱绕舍碧逶迤,十亩闲居半是池。

食饱窗间新睡后,脚轻林下独行时。
<u>水能性淡为吾友</u>,竹解心虚即我师。
何必悠悠世人上,劳心费目觅亲知。

玩止水

(大和三年〔829〕,58岁,洛阳)

<u>动者乐流水</u>,静者乐止水。
<u>利物不如流</u>,鉴形不如止。
凄清早霜降,渐沥微风起。
中面红叶开,四隅绿萍委。
广狭八九丈,湾环有涯涘。
浅深三四尺,洞彻无表里。
净分鹤翅足,澄见鱼掉尾。
<u>迎眸洗眼尘</u>,隔胸荡心滓。
定将禅不别,明与诚相似。
<u>清能律贪夫</u>,淡可交君子。
岂唯空狎玩,亦取相伦拟。
欲识静者心,心源只如此。

在《池上竹下作》中,白居易述说了性淡的水可以作为我的朋友,虚心的竹足以成为我的老师,并且说只要有了这两者,就没有必要再特意去寻找新的朋友了。这首诗化用《庄子·外篇·山木》的"君之交淡若水",水至"淡"的属性,是吸引白居易的重要原因。诗人对水的特别情感,在题为《玩止水》的五言古诗中变得更加显著。写出"动者乐流水,静者乐止水"的《玩止水》,一方面承袭《论语·雍也》"知者乐水,仁者乐山。知者动,仁者静,知者乐,仁者寿";另一方面,关于静境象征的止水的意义,逐一指出了"鉴形不如止","迎眸洗眼尘,隔胸荡心滓","定将禅不别,明与诚相似","清能律贪夫,淡可交君子","岂唯空狎玩,亦取相伦拟"这五点,在形容为"清净""清<u>澄</u>""清<u>淡</u>"的池水中,诗人发现了自己应当依据的精神世界。对于白居易来说,池边并不单纯是赏景与游乐的场所,而且也是洗涤身心、省察和规范自己人生的充满严肃意义的环境。这个客观的事实,也可以被下一首诗证明。这首诗同样也是作者50多岁时创作的七言绝句:

第十章　白居易《池上篇》考——水边的时空与闲适的最高境界

秋池

（大和四年〔830〕，59 岁，洛阳）

洗浪清风透水霜，水边闲坐一绳床。

眼尘心垢见皆尽，不是秋池是道场。

这首诗述说的是在秋日池边的感慨。清秋时节，可以清晰映出天空的池，是白居易尤其喜爱的风景。注视着清冷的微波，被清凉的微风吹拂着，临水边闲坐的时候，"池上"的空间就这样直接地变成了修养精神的禅定道场。净化了"眼尘""心垢"的"秋池""秋水"，成了进入三昧境地不可或缺的要素。

关于"池上诗"第二个应当言及的特色是，白居易通过与"池中物"同化，忘却了所谓的青云之志（对高官厚禄的追求），达到了从富贵中解脱出来的境界。我想列举两首基于这种境界、肯定当下生活方式的诗篇。两首都带有白居易晚年浓厚的闲适诗情：

咏兴五首①

其四　四月池水满

（大和七年〔833〕，62 岁，洛阳）

四月池水满，龟游鱼跃出。

吾亦爱吾池，池边开一室。

人鱼虽异族，其乐归于一。

且与尔为徒，逍遥同过日。

尔无羡沧海，蒲藻可委质。

<u>吾亦忘青云</u>，衡茅足容膝。

况吾与尔辈，本非蛟龙匹。

假如云雨来，<u>只是池中物</u>。

---

① 《咏兴五首》序文："七年四月，予罢河南府，归履道第。庐舍自给，衣储自充，无欲无营，或歌或舞，颓然自适，盖河洛间一幸人也。遇兴发咏，偶成五章。各以首句命为题目。"

闲题家池寄王屋张道士

(开成五年〔840〕,69岁,洛阳)

有石白磷磷,有水清潺潺。
有叟头似雪,婆娑乎其间。
进不趋要路,退不入深山。
深山太濩落,要路多险艰。
不如家池上,乐逸无忧患。
有食适吾口,有酒配吾颜。
恍惚游醉乡,希夷造玄关。
五千言下悟,十二年来闲。
<u>富者我不顾</u>,<u>贵者我不攀</u>。
唯有天坛子,时来一往还。

在《四月池水满》中,白居易将"自己←→鱼""青云←→沧海""衡茅←→蒲藻"对比,吟咏了人和鱼共有的池边之乐。而最后一句,引用了《三国志》卷五十四《吴书·周瑜传》中所谓"非池中物"的典故①,说道:我们本非蛟龙一类,就算云雨来了,也不会冲天飞翔。完全切断了荣达官场的幻想,选择与鱼一同继续做"池中物"的生活方式。另外,《闲题家池寄王屋张道士》一诗,在描写了白石生辉、清水潺潺的"家池"后,又表明了"进不趋要路""要路多险艰""富者我不顾,贵者我不攀"的态度,夸耀了"乐逸无忧患"的池畔生活。践行老子《道德经》("五千言")的教导,即使不特意去寂寞的深山中隐居,在这洛阳白家的池苑中也可以充分地实践。"恍惚游醉乡,希夷造玄关。五千言下悟,十二年来闲"这四句,正是体现白居易面对张道士的自负。依据这种老庄的世界观,给水边的时空赋予强烈的意义和内含的作品,还能找出化用《庄子·内篇·齐物论》的"蝴蝶之梦"、《庄子

---

① "……瑜上疏曰:刘备以枭雄之姿,而有关羽、张飞熊虎之将,必非久屈为人用者。愚谓大计宜徙备置吴,盛为筑宫室,多其美女玩好,以娱其耳目,分此二人,各置一方,使如瑜者得挟与攻战,大事可定也。今猥割土地以资业之,聚此三人,俱在疆场,恐蛟龙得云雨,终非池中物也。……"

·外篇·秋水》的"知鱼之乐"①等典故创作的《池上闲吟》。因为与前面说到的《四月池水满》的"人鱼虽异族,其乐归于一"也有关联,所以我想引用如下:

池上闲吟二首　　其二

(大和八年[834],63岁,洛阳)

非庄非宅非兰若,竹树池亭十亩余。
非道非僧非俗吏,褐裘乌帽闭门居。
<u>梦游信意宁殊蝶,心乐身闲便是鱼。</u>
虽未定知生与死,其间胜负两何如。

既非山庄,也非住宅,也非寺院,而是由竹树和池亭组成的十余亩的池边空间;既不是道士,也不是僧人,也不是俗吏,而是穿着褐裘、戴着乌帽闲居的白居易,在这里确实存在着他不辞劳苦终于抵达的至高闲适境界。在梦中随意飞舞的蝶,心乐身闲的鱼,这些不都是在"池上"逍遥的白居易其人的投影吗?白居易的身心与蝶、鱼等"池中物"一体化了,并认为在这种不存在物与物、身与心区分和对立的世界中,连生与死的界限也消失了。对白居易来说,水边的领域亦是作为超越生死的环境而发挥作用的。

第三个必须要论及的特征是,在池面漂浮的小舟中,白居易实现了饮酒的至高境界。《泛春池》、《白莲池泛舟》、《咏兴五首》其三《池上有小舟》、《秋池独泛》、《晚池泛舟遇景成咏赠吕处士》、《春池闲泛》、《李留守相公见过池上泛舟举酒话及翰林旧事因成四韵以献之》这七首诗,全都是吟咏在白家池中泛舟的作品,而其中有五首是饮酒诗。我仅引用其中典型的两首如下:

咏兴五首
其三　池上有小舟

(大和七年[833],62岁,洛阳)

池上有小舟,舟中有胡床。

---

① "庄子与惠子游于濠梁之上。庄子曰:'鲦鱼出游从容,是鱼乐也。'惠子曰:'子非鱼,安知鱼之乐?'庄子曰:'子非我,安知我不知鱼之乐?'惠子曰:'我非子,固不知子矣。子固非鱼也,子之不知鱼之乐,全矣。'庄子曰:'请循其本。子曰,女安知鱼乐云者,既已知吾知之而问我。我知之濠上也。'"

床前有新酒,独酌还独尝。
薰若春日气,皎如秋水光。
<u>可洗机巧心</u>,可荡尘垢肠。
岸曲舟行迟,一曲进一觞。
未知几曲醉,醉入无何乡。
寅缘潭岛间,水竹深青苍。
<u>身闲心无事</u>,白日为我长。
我若未忘世,虽闲心亦忙。
世若未忘我,虽退身难藏。
我今异于是,身世交相忘。

春池闲泛

(会昌元年〔841〕,70岁,洛阳)

绿塘新水平,红槛小舟轻。
解缆随风去,开襟信意行。
浅怜清演漾,深爱绿澄泓。
白扑柳飞絮,红浮桃落英。
古文科斗出,新叶剪刀生。
树集莺朋友,云行雁弟兄。
<u>飞沉皆适性</u>,酣咏自怡情。
花助银杯器,松添玉轸声。
鱼跳何事乐,鸥起复谁惊。
莫唱沧浪曲,无尘可濯缨。

《池上有小舟》述说在池上泛着小舟,在舟中饮酒的兴致。通过第一、二句和第三、四句,场面从远景被锁定到近景,最后焦点落到了在舟中胡床上独酌的白居易身上。他把陶然的醉境描述为"薰若春日气,皎如秋水光。可洗机巧心,可荡尘垢肠",最后在《庄子·内篇·逍遥游》所谓的"无何有之乡"中,感悟到了充沛的生命力。在这个"身闲""心无事"的世界中,时间("白日")为了白居易悠然地度过。美酒有着如春日气息般的香气,与秋水的光一般闪亮,当白居易一杯一杯饮酒的时候,"机巧心"被洗涤,"尘垢肠"被清洁了。

这种于池上舟中饮酒的境界,在《春池闲泛》中也可以看到。白色的柳絮在空中飞舞,红色的桃花落在水面上,蝌蚪活泼地游着,新叶一齐萌发出来。白居易自不必说,包括鸟和鱼在内的所有生命,都在清新的白家池中舒适地自得其乐。在其中悠闲地泛舟酌酒,白居易的心中充满了难以形容的喜悦,因此变得平静。该诗第三、四句的"解缆随风去、开襟信意行",化用了《庄子·杂篇·列御寇》的"巧者劳而知者忧,无能者无所求,饱食而遨游,泛若不系之舟,虚而遨游者也",以所谓的"不系之舟",象征了从世俗的桎梏中解放出来的自由人。同样的文学表现,在《泛春池》中也有"酒开舟不系,去去随所偶"的句子,它暗示了白居易自由自在的身心,值得留意。可以认为,水边的时空也是与酣饮酩酊的境界紧密地结合在一起的。

从"池上诗"中可以观察到的第四个特性是,在以池边为中心的环境中,诗人极其容易且迅速地体验到肉体与精神的闲适这一点。在 46 首"池上诗"中,出现了很多诸如"闲卧""闲坐""闲咏""闲吟""闲听""闲泛""闲游""闲居""闲暇""闲中""闲多""闲来"等词语,而这里需要注意的是,同时选取了身与心的闲境、适境来吟咏的作品。虽然与前面引用的诗有一部分重复,但我还是想引用一下已确认的相关诗句。如果估想一下其他的以池和水为素材的大量例子的话①,可以进一步显示这种倾向。

秋池二首

其一

(大和三年[829],58 岁,洛阳)

……

身闲无所为,心闲无所思。

……

池上即事

(大和三年[829],58 岁,洛阳)

……

身闲当贵真天爵,官散无忧即地仙。

……

---

① 参考本书第 226 页注①。

咏兴五首

其三 池上有小舟

(大和七年〔833〕,62岁,洛阳)

身闲心无事,白日为我长。
我若未忘世,虽闲心亦忙。
世若未忘我,虽退身难藏。
我今异于是,身世交相忘。

白居易的闲适世界,以白家的池为中核呈同心圆状形成了。白居易所拥有的"池上"空间,并不仅限于江南(苏杭)地区的风景与风流的再现,而是一边启示了生的种种意义与价值,一边温柔地推动白居易的心与身进入退居生活的必需存在。心的"闲而适"与身的"闲而适",通过与池苑的深入交流,可以被更多地体验。从这个意义来说,我们可以得出结论,池边的区域是履道里邸内白居易最真切的身体化的领域。

五、结语

对于白居易来说,在给自己的出处进退赋予意义的时候,池畔成了最适合的环境。我们认为,"流水""止水"各自被赋予的含义,强力地支撑着从长安政界退休的白居易。

通读白居易的《池上篇并序》,能使人深切感受到,水景的清静氛围洗掉了白居易内心的尘埃。这种表现被反复地吟咏,到了令人感到异常的程度。这个事实又从反面旁证了,伫立于池边的白居易,与诗中所说的那种清澄的境界相反,被孤独与绝望、矛盾和焦躁搞得心烦意乱。站在这个视角来考虑的话,《池上寓兴二绝》(会昌元年〔841〕,70岁,洛阳)中登场的鱼与白鹭的描写①——"此非鱼乐是鱼惊""外容闲暇中心苦"——也可以看成是诗人自身的精神风景。白居易所处的闲适环境,并不是全无忧患、只

---

① "濠梁庄惠谩相争,未必人情知物情。獭捕鱼来鱼跃出,此非鱼乐是鱼惊。""水浅鱼稀白鹭饥,劳心瞪目待鱼时。外容闲暇中心苦,似是而非谁得知。"

第十章　白居易《池上篇》考——水边的时空与闲适的最高境界

被逸乐充满的时空。可以认为,这是通过创作众多的池上诗、闲适诗的行为,即用诗的语言给在池边展开的闲适、自适的境界赋予意义的行为,不断休整的结果。好不容易才保住了调和与均衡的世界,接踵而来的疾病,逐渐衰老的身体,亲朋至爱的相继去世,老人特有的孤独感等,想必在白居易的心中萌发了述不尽的忧愁与不安。因为过着毫无矛盾的幸福生活的人,是不会创作希求身心复苏的闲适诗的。内心不安的白居易,在他于潺湲的水声中闲坐;在他泛舟池上,尽情饮酒;在感悟到与充盈着生命光辉的池中物同化的时候,确实受到了慰藉,使内心平静了下来。白居易如其名和字一样,在这里有瞬间到达了"君子居易,以俟命"(《礼记》)"乐天知命,故不忧"(《周易》)的境界。池边空间对于人类所能发挥的作用,在过于广大以至于无法身体化的水景中,比如长安的曲江池、杭州的西湖①、苏州的太湖等中,被相对地减弱了。具有一定的大小,被设定界限、被区隔出来、明确表示了所属的私有池,对于其所有者来说,可以成为如自己身体般无可替代的亲密空间。白居易在给空间赋予意义方面是最能发挥才华的诗人。他在洛阳履道里邸所造的池苑,可以说是与"白"姓诗人非常相宜,彻底排除了卑俗的景物②,是以"清白"为基调统一起来的令人舒心放松的领域。另外,我们可以得出结论,这个"池上"风景将白居易所追求的独善自足的至高闲适境界(诗境)以可视的、有深度的立体空间显现了出来。

---

① 关于白居易与西湖的关系,镰田出《白居易所爱的风景——对于杭州"西湖"的爱》(《中国诗文论丛》第十七集,1998 年 10 月)中有详细的考察。

② "晓景丽未热,晨飔鲜且凉。池幽绿蘋合,霜洁白莲香。深扫竹间径,静拂松下床。玉柄鹤翎扇,银罂云母浆。屏除无俗物,瞻望唯清光。何人拟相访,嬴女从萧郎。"(《池上清晨候皇甫郎中》)。顺便一提,诗题"皇甫郎中"是指白居易的姻亲皇甫曙。弟弟白行简的遗子龟郎的妻子是皇甫曙的女儿,朱金城《白居易研究》,114 页(陕西人民出版社,1987 年 4 月)"白居易交游续考"中有详细的考证。

第十一章

香山寺与《白氏文集》
——闲适诗境的完成

一、序

为了解读白居易闲适类的作品,以"身体""姿势""衰老""疾病""住房""庭园""家族"等为切入点,可以断定是非常有效的方法。当我们在体会白居易所提倡和实践的自适、舒适的诗想时,立足于日常生活的视角,几乎是必需的。在本章中,当我们对白居易的闲适文学进行总结的时候,我想集中讨论成为其新墓葬地的香山寺的意义和自撰诗文集《白氏文集》完成的意义。这两点最终如何与白居易的闲适观、死亡观、文学观发生深层关联的?我想结合文献资料进行考察。儒家的"独善"、道家的"自足"、佛家的"解脱",都是支撑白居易闲适世界的重要支柱。察明这些思想在白居易晚年是如何整合的,对于白居易研究来说是非常重要的课题。在白居易长达七十五年的人生中,复兴香山寺与编撰《白氏文集》这两个活动,对于其一直执着的"闲"与"适"的精神追求,到底拥有什么样的意义?在以下的各节中,我将以这个问题为中心依次进行探讨。

二、香山寺的位置

白居易于代宗大历七年(772)壬子正月二十日诞生于郑州新郑县东郭宅,于武宗会昌六年(846)丙寅八月十四日逝世于洛阳履道里邸。其遗体遵从本人遗愿,于同年十一月安葬于洛阳龙门东山的香山寺,这是已经得

第十一章　香山寺与《白氏文集》——闲适诗境的完成

到确认的①。在临终之际,白居易为何将自己的埋葬之地选在自己的佛法导师如满禅师(佛光和尚)长眠的香山寺佛塔旁边,而非白氏一族的家族墓地华州下邽县义津乡北原(现陕西省渭南市东北十二公里处)? 至今为止还是白居易研究中一个重大的谜题②。在这个意义上,香山寺的存在,是解明白居易晚年死生观的关键。关于寺院及墓地的位置和来历,在彭卿云主编的《中国历代名人胜迹大辞典》"文化艺术"592 页(三联书店〔香港〕有限公司,1995 年 2 月)中有如下的说明:

    1. 香山寺在河南洛阳市南龙门东山南坡。始建于北魏熙平元年(516)。白居易晚年,居洛十八年,常游此寺,并和寺僧如满结"香火社",捐资修葺寺院,后寺毁。清康熙四十六年(1707)重修于今址,有正殿三间,白公祠三间。为龙门游览胜地之一。

    2. 白居易墓在河南洛阳市南龙门<u>东山琵琶峰上</u>。白居易晚年寓居龙门香山,死于唐会昌六年(846)八月。《旧唐书》载,白居易"遗命不归下邽,可葬于香山如满禅师塔之侧,家人从命而葬焉"。为砖砌墓冢,直径 10 米余,墓前有清康熙四十八年(1709 年)立"唐少傅白公墓"碑。墓侧建有"白亭""翠樾"诗廊,嵌有近代书法家所书数十万碑刻。峰顶松柏成林,景色清秀。其地可东眺嵩岳少室,西瞰龙门石窟,北顾邙山蜿蜒,南望伊水穿谷。为龙门游览胜地之一,全国重点文物保护单位(包括在龙门石窟内)。

与云冈、敦煌、麦积山并称为中国四大石窟的龙门石窟,位于河南省洛阳市南郊,是由北流的伊水两岸对峙的龙门山(西山)与香山(东山)组成的佛教古迹。东山<u>北端</u>的琵琶峰周边,整修了由白居易墓、乐天堂、道时书

---

① 顾学颉《顾学颉文学论集》46—52 页《白居易之墓葬、墓形及谥问题》(中国社会科学出版社,1987 年 8 月)中指出:白居易葬于香山寺之际,统率下邽白氏的白敏中的判断(遵守遗命)所起的作用是很大的。

② 比如"然而诗人的命运常常是坎坷的。三十五年之后,白居易自己永眠场所,却不在父母与爱儿之旁。"(平冈武夫《白居易——生涯与岁时记》第二部《白居易的家庭》"关于白居易的家庭环境的问题"第七章"家族墓地"〔朋友书店,1998 年 6 月〕);"白居易当初那么辛苦地将白家成员的墓集中于下邽,当时付出了最大的努力,结果却唯独自己的墓不在下邽,而是在香山寺附近的龙门,从礼法的角度来说,是非常奇异的。"(太田次男《中国的诗人——白乐天》,248 页〔集英社,1983 年 1 月〕)等。

屋、诗廊、竹林、池等组成的名胜"白园"。立足于寺院内有白居易墓这一前提，关于现在的"白园"周边是否就是唐代香山寺遗迹的问题，近年来已经有人提出了很大的疑问。《中国历史名人胜迹大辞典》认为香山寺的位置并非现存白居易墓所在的"东山北端琵琶峰"，而是在"东山南坡"，就暗示了这一点。关于香山寺、白居易墓，松浦友久编的《汉诗辞典》"三名诗的故里（诗迹）"（植木久行执笔，大修馆书店，1999年1月）提供了参考信息，在392页中进一步详细指出了以下三点。顺便说一下，引文中的下画线是原书作者所加：

  1. 这个"唐少傅白公墓"是清康熙四十八年（1709）学政（负责教育的官员）汤右曾等所造，与原来的位置似乎有所不同。

  2. 实际上，这个墓的再建，是紧接着两年前香山寺再建的系列工程。但是再建的香山寺的场所，并不是元末左右被毁的香山寺的原址（洛阳在北宋成为西京，梅尧臣、欧阳修、司马光、蔡襄等作有与香山寺相关的诗），而是修复了位于东山北侧中腹的旧寺（唐代龙门十寺之一"乾元寺"），将其新改名为香山寺（这所寺庙在新中国成立后又得到修复，作为"香山宾馆"利用）。所以，位于这个"新香山寺"之北的白居易墓，也与原来的位置不同。

  3. 根据洛阳市龙门文物保管所（作者温玉成）《洛阳龙门香山寺遗址的调查与试掘》（收《考古》1986年第1期）的说法，唐代的香山寺并非在东山的北端，而是在其南端，即今洛阳轴承厂疗养院，以及其北侧的山腰处。据说寺的"西院"原址（疗养院一号楼附近）西北山麓的台地是寺僧的埋葬地。如果是这样的话，如满禅师的墓塔以及位于其侧的白居易墓，当然可以认为存在于那里了。

这个说法将香山寺与白居易墓的位置从现在的"白园"附近作了大幅度的修正。该说法根据的是1984年4月洛阳市龙门文物保管所的温玉成、张乃翥、刘景龙等的考古发掘调查。汇集了考古发掘成果的《洛阳龙门香山寺遗址的调查与试掘》（《考古》1986年第1期），包括"香山寺位置图""龙门香山寺遗址平面图""试掘探方第三层平面图"等三张图与"房基""台阶"的两张照片，以及详细的实测数据，都是珍贵的报告资料。论文整体的结构,由香山寺遗址调查(位置、地形、遗迹、遗物)、香山寺遗址局部试掘(地层以及蕴藏物[第一层、第二层、第三层]、房基出土情况)、香山寺平面布局的讨论这三章组成,再加上对出土的唐代长砖、方砖、板瓦、筒瓦、铜钱等的说明,还谈及了拥有石莲花佛座、石柱础的房基的存在。最后,论文指出香山古寺的平面配置图,从现在的地势来看呈"⌐"形,并且逐一推定了石楼、石盆泉、东佛龛、经藏堂、如满塔、白居易墓等的位置。

龙门文物保管所的几位研究者提出的观点,尽管一部分遭到了反驳①,但已经被现在中国学者所广泛认可,可以说几乎已经趋于定论了。在下一节中,我想在关于白居易墓的考古发掘成果的基础上,专就白居易诗文中登场的香山寺试做一些考察。

三、白居易的香山寺

我们在讨论白居易后半生生死观时的一个要点,就是白居易为什么要把自己的墓地从一族合祀的下邽渭村变更到龙门香山寺这个问题。祖父母、父母、兄弟、孩子、亲戚等遗骨长眠的下邽,对于以"白氏子"自居的白居易来说,不啻是灵魂的故里、神圣的祭祀空间②。白居易寄托于渭村的特别感情,通过作于丧失爱弟白行简次年的《祭弟文》(大和二年[828],57岁)"下邽北村,尔茔之东,是吾他日归全之位,神纵不合,骨且相依"中所述的事实也可以得到确认。从这篇文章中我们可以读出,白居易在57岁时将下邽北原定为自己的埋骨之地,希望在弟弟墓的近旁长眠的坚定决心。

白居易的这个想法发生重大变化的契机,我们推测是大和五年(831)其60岁的夏天至秋天突然发生的两件重大的事情。那一年,他相继失去了嫡子崔儿(三岁)和无可替代的挚友元稹(元稹享年53岁)。到了衰老的60岁时,白居易再度体验到了元和六年(811)其40岁时失去敬爱的母亲陈

---

① 主张现在的"白园"周边有唐代香山寺的,有赵从仁《香山寺及白墓遗址考》(《中州学刊》1983年第2期)。不管怎么说,龙门的香山(东山)中有白墓这个事实是不可动摇的。

② 关于这一点,参考本书"本论三:住所与家人"第八章第六节。

氏与幼小的女儿金銮的痛苦。在耳顺之年所遭受的这两个冲击（丧失体验），对于白居易将归葬之地从下邽宅转换到香山寺，可以说起到了决定性的作用。下面我想单独分析一下元稹和崔儿的死给白居易带来的影响。

元稹于大和五年（831）七月二十二日突然死于武昌的任所，翌年七月十日葬于其先祖长眠的咸阳县奉贤乡洪渎原。自贞元十九年（803）一同被授命为秘书省校书郎以来，元白二人长达三十年的交友经历就这样永远停止了，为元稹的葬仪提供一切支持的就是白居易。《白氏文集》中所收的《祭微之文》（卷六十）、《唐故武昌军节度处置等使正议大夫检校户部尚书鄂州刺史兼御史大夫赐紫金鱼袋赠尚书右仆射河南元公墓志铭并序》（卷六十一）、《元相公挽歌词三首》（卷五十六）、《哭微之二首》（卷五十七）就是这个时期的作品。我想引用一下元稹逝去三个月后白居易写的《祭微之文》的最后部分：

　　……呜呼微之，六十衰翁，灰心血泪，引酒再奠，抚棺一呼。
　　佛经云，凡有业结，无非因集。与公缘会，岂是偶然？多生已来，
　　几离几合。既有今别，宁无后期。公虽不归，我应继往，安有形去
　　而影在，皮亡而毛存者乎。呜呼微之，言尽于此。尚飨。

在祭奠元稹之灵的文中，白居易依据佛语"凡有业结，无非因集"，述说两人的相遇与分别无非都是缘分的必然，这一点引人注目。白居易还为自己的诗敌文友元稹，写了1410余字的长篇《河南元公墓志铭并序》。白居易一边流泪一边写了元稹的出身与才能、作为官僚的实绩、作为诗人的名声，乃至元稹内心深处所隐藏的不遇感。而没想到的是，毕生挚友的死，成了将白居易诱导向香山寺的因缘。元氏的遗族要求给白居易六七十万钱作为起草《墓志铭》的谢礼，经过几番推辞以后，白居易不得不收下这笔钱，全部捐给了荒废已久的香山寺，用于寺院的复兴。这不啻是"佛缘"这个词的本来意义了。

白居易与香山寺的关系，虽然开始于对微之的慰灵，但随着时间的流逝，香山寺的性质变成了对于白乐天自身来说无可替代的宗教依靠。在香山寺修复前后，白居易游访龙门的次数增多了，从那以后，他对佛教的信仰、皈依的程度急速加深了。大和六年（832），白居易61岁时在河南尹（东都洛阳的行政长官）任职期间所写的《修香山寺记》中，交织着对急逝的元

第十一章　香山寺与《白氏文集》——闲适诗境的完成

积的悼念之情与依赖佛功德的痛切之思。我仅列出重点部分如下：

> 洛都四郊，山水之胜，龙门首焉。龙门十寺，观游之胜，香山首焉。香山之坏久矣，楼亭骞崩，佛僧暴露。士君子惜之，予亦惜之。佛弟子耻之，予亦耻之。顷予为庶子宾客分司东都时，性好闲游，灵迹胜概，靡不周览。每至兹寺，慨然有葺貌之愿焉。迨今七八年，幸为山水主，是偿初心，复始愿之秋也。似有缘会，果成就之。噫，予早与故元相国微之，定交于生死之间，冥心于因果之际。去年秋，微之将薨，以墓志文见托。既而元氏之老，状其臧获舆马绫帛洎银鞍玉带之物，价当六七十万，为谢文之赞，来致于予。予念平生分，文不当辞，赞不当纳。自秦抵洛，往返再三，讫不得已，回施兹寺。因请悲智僧清闲主张之，命谨幹将士复掌治之。……清闲上人与予及微之，皆凤旧也，交情愿力，尽得知之，感往念来，欢且赞曰："凡此利益，皆名功德，而是功德，应归微之，必有以灭宿殃，荐冥福也。"予应曰："呜呼，乘此功德，安知他劫，不与微之结后缘于兹土乎？因此行愿，安知他生不与微之复同游于兹寺乎？"言及于斯，涟而涕下。……

我们读了这篇文章，立刻就能意识到的是，白居易对于元微之执着的呼唤。我们再次理解了，白居易自己所说的与香山寺的交流："洛都四郊，山水之胜，龙门首焉。龙门十寺，观游之胜，香山首焉""因此行愿，安知他生不与微之复同游于兹寺乎。"而从此以后，不管是与香山寺有关的散文作品（《香山寺新修经藏堂记》《香山寺白氏洛中集记》），还是以香山寺为诗歌素材的韵文作品（合计22首），都再也没有写到或者咏及元稹的名字。以微之的死为因缘，而后的香山寺脱离了慰藉元稹的目的，开始作为白居易人生中不可替代的场所发挥功能。在这里，因失而得的这种白居易所特有的世界观非常鲜明地流露了出来。我们必须要说，白居易通过文学与宗教的力量，超越了死亡这一沉重的现实，给了自己的"生"赋予新的意义。

白居易自号为"香山（寺）居士"。这个称号第一次出现是在《画弥勒上生帧记》和《香山寺新修经藏堂记》中，两篇均作于开成五年（840）其69岁时任太子少傅分司洛阳的时期。他的心向香山寺倾斜的态度，又因后嗣崔儿（阿崔）的夭折，更加得到了增强。白居易58岁时好不容易获得的长子,仅过了三年就成了"泉下客",在咏幼子之死的《哭崔儿》《初丧崔儿报微之晦叔》《府斋感怀酬梦得》中,他毫无保留地表现了那种完全丧失后嗣的悲叹与绝望。作为父亲的深深悲哀,当我们将其与欢喜长子诞生而作的《予与微之老而无子发于言叹著在诗篇今年冬各有一子戏作二什一以相贺一以自嘲》《自嘲》《阿崔》三首诗并读的时候,就能真切地体会:

  掌珠一颗儿三岁,鬓雪千茎父六旬。<u>岂料汝先为异物,常忧吾不见成人</u>。悲肠自断非因剑,啼眼加昏不是尘。<u>怀抱又空天默默,依前重作邓攸身</u>。(《哭崔儿》,大和五年[831],60岁,洛阳)

  书报微之晦叔知,欲题崔字泪先垂。世间此恨偏敦我,天下何人不哭儿。<u>蝉老悲鸣抛蜕后,龙眠惊觉失珠时</u>。<u>文章十帙官三品,身后传谁庇荫谁</u>。(《初丧崔儿报微之晦叔》,同前)

  府伶呼唤争先到,家酝提携动辄随。合是人生开眼日,自当年老敛眉时。丹砂炼作三铢土,玄发看成一把丝。<u>劳寄新诗远安慰,不闻枯树再生枝</u>。(《府斋感怀酬梦得》①,同前)

  由韩城分出来的下邽白氏,由白居易派生的直系子孙,已经完全断绝了②。他也失去了自己文学的继承者。我们可以判断,爱子崔儿的死,不仅使白居易觉察到没有后嗣的痛苦,而且从根本上改变了下邽渭村与龙门香山寺在白居易心中的位置。如果在白居易还活着的时候,崔儿与元九没有死的话,后来香山寺的性质就有可能会全然不同。如果这个判断没有大的误差的话,白居易60岁的大和五年(831),可以认为是从根本上动摇他晚年生死观的分界点。因为白居易对下邽和香山的认识,以此为分界线逐渐

---

  ① 诗题下自注云:"时初丧崔儿,梦得以诗相安云:'从此期君比琼树,一枝吹折一枝生。'故有此落句以报之。"

  ② 顺便说一下,关于白居易的后裔,《白居易家谱》"乐天后裔白氏家谱"(中国旅游出版社,1983年3月)中说:"始祖,讳居易,字乐天。配杨氏。生一子,少亡。官封冯翊开国侯,上柱国(公),赐紫金鱼袋,葬龙门香山寺侧。妻赠弘农郡君,生一女,适监察御史谈公。取胞兄幼文次子景受嗣。二代祖,讳景受,字介福。配孔氏。生一子,邦翰。仕孟怀观察支史。先葬履道里,后改葬邙山。"另外,关于白居易遗孀杨氏与养子景受拜托李商隐撰写墓碑铭的经过,详见《刑部尚书致仕赠尚书右仆射太原白公墓碑铭并序》(《樊南文集》卷八)。关于白居易与李商隐的接触,参考芳村弘道《白居易与李商隐》(《学林》第三十六、三十七号,2003年3月)。

第十一章 香山寺与《白氏文集》——闲适诗境的完成

发生了变化。我们可以判断，失去嫡子这件事，动摇了白居易将下邽作为埋骨之地的信念。

在这些要点的基础上，下面我将考察在《白氏文集》中是如何描写香山寺的。首先，我将列举一下吟咏这个寺院的 23 首诗作的诗题、创作年份、体裁：

《香山寺石楼潭夜浴》(59 岁，五古)、《舒员外游香山寺数日不归兼辱尺书大夸胜事时正值坐衙虑囚之际走笔题长句以赠之》(61 岁，七古)、《初入香山院对月大和六年秋作》(同前，七绝)、《重修香山寺毕题二十二韵以纪之》(同前，五排)、《香山寺二绝》(62 岁，七绝)、《喜闲》(63 岁，五排)、《菩提寺上方晚望香山寺寄舒员外》(同前，五古)、《晚归香山寺因咏所怀》(64 岁，五古)、《宿香山寺酬广陵牛相公见寄来诗云唯羡东都白居士月明香积问禅师时牛相公三表乞退有诏不许》(同前，七律)《九年十一月二十一日感事而作其日独游香山寺》(同前七律)、《香山避暑二绝》(65 岁，七绝)、《香山下卜居》(同前，五律)、《奉和裴令公三月上巳日游太原龙泉忆去岁禊洛见示之作依来体杂言》(67 岁，杂古)、《游平泉宴浥涧，宿香山石楼赠座客》(同前，五古)《五年秋病后独宿香山寺三绝句》(69 岁，七绝)《题香山新经堂招僧》(同前，七绝)、《香山居士写真诗并序》(71 岁，五古)、《狂吟七言十四韵》(73 岁，七排)

在言及香山寺的诗歌中，首先需要注意的是，白居易明确地说这个寺院是自己最后的"住处"。白居易晚年的闲适生活，是以洛阳履道里邸与龙门香山寺为中心展开的，前者是专门使日常的"生"充足的空间；而与之相对，后者是意识到即将到来的"死"，用以超越死亡的场所。《香山寺二绝》其二的最后两句"且共云泉结缘境，他生当作此山僧"，就是明确的旁证。白居易想把埋骨之处与香山寺联系在一起的愿望，在其 65 岁的时候就已经萌生了。下面我将介绍四首已经确认的诗：

老住香山初到夜，秋逢白月正圆时。<u>从今便是家山月</u>，试问清光知不知。(《初入香山院对月大和六年秋作》，大和六年〔832〕，61 岁，洛阳)

……吟来携笔砚，宿去抱衾禂。霁月当轩白，凉风满簟秋。烟香封药灶，泉冷洗茶瓯。<u>南祖心应学</u>，西方社可投。<u>先宜知止</u>

足,次要悟浮休。觉路随方乐,迷涂到老愁。<u>须除爱名障,莫作恋家囚</u>。便合穷年住,何言竟日游。<u>可怜终老地,此是我菟裘</u>。(《重修香山寺毕题二十二韵以纪之》,同前)

……吾道本迂拙,世途多险艰。尝闻嵇吕辈,尤悔生疏顽。巢悟入箕颖,皓知返商颜。岂唯乐肥遁,聊复祛忧患。<u>吾亦从此去,终老伊嵩间</u>。(《晚归香山寺因咏所怀》,大和九年[835],64岁,洛阳)

老须为老计,老计在抽簪。山下初投足,人间久息心。乱藤遮石壁,绝涧护云林。<u>若要深藏处,无如此处深</u>。(《香山下卜居》,开成元年[836],65岁,洛阳)

各诗所见的"家山月""终老地""菟裘""深藏处""卜居"等语,明确显示了香山寺并非仅仅是为了"登山临水"的寺院,而已经变成了白居易确定的退休终老的场所。白居易一生中经常"卜居",但可以认为,香山寺是他设想的死后灵魂安息的"最终住所"("宅兆")。

在一点一点整修荒废寺院的过程中,白居易最操心的是建立收纳佛典的藏经堂。第二点应该指出的是,在白居易发愿复兴香山寺的第八年终于提及藏经堂的作品。这是一首七言绝句,如下:

灯满秋堂月满庭,香花漠漠磬泠泠。<u>谁能来此寻真谛,白老新开一藏经</u>。(《题香山新经堂招僧》,开成五年[840],69岁,洛阳)

保存经典、探究佛理真谛的藏经堂,于开成五年(840)九月二十五日完成。具备道场性质的这一场所,成了香山寺精神生活的中心。这里基本上是思维与修行的场所,并且也可以说是保存白居易诗文集(《白氏洛中集》十卷)的绝对圣域。为便于参考,我想全文引用《香山寺新修经藏堂记》(开成五年[840],69岁,洛阳):

先是乐天发愿修香山寺,僧房既就,迨今七八年。寺有佛像,有僧徒,而无经典,寂寥精舍,不闻法音,三宝阙一,我愿未满。乃于诸寺藏外杂散经中,得遗编坠轴者数百卷帙。以开元经录按而校之,于是绝者续之,亡者补之,稽诸藏目,名数乃足。合是新旧大小乘经律论集,凡五千二百七十卷。乃作六藏,分而护焉。寺

第十一章　香山寺与《白氏文集》——闲适诗境的完成

西北隅有隟屋三间，土木将坏，乃增修改饰，为经藏堂。堂东西间辟四窗，置六藏，藏二门，启闭有时，出纳有籍。堂中间置高广佛座一座，上列金色像五百。像后设西方极乐世界图一，菩萨影二。环座悬文幡二十有四，榻席巾几洎供养之器咸具焉。合为道场，简俭严净。开成五年，九月二十五日，堂成，藏成，道场成。以香火衅之，以饮食乐之，以管磬歌舞供养之。与闲、振、源、济、钊、操、洲、畅八长老及比丘众百二十人围绕赞叹之。又别募清净僧七人，日日供斋粥，给香烛，十二部经次第讽读，俾夫经梵之音，昼夜相续，洋洋乎盈耳哉。忻忻乎满愿哉。尔时道场主佛弟子香山居士乐天，欲使浮图之徒，游者归依，居者护持，故刻石以记之。

白居易对修缮香山寺的执念，正如诗句"半移生计入香山"(《香山二绝》其一)所描述的那样，白居易的资产，毫不吝惜地投入到了这个寺院当中。对于白居易来说，寺院的经堂，除了能使如自己分身①一般的作品更加可靠地传诸后世以外，还是一个使"文"与"佛"紧密结合，以此实现永生愿望、充满极其严肃的宗教意义的场所。从60多岁到70多岁，白居易冷静地持续凝视着逼近的死亡，将自己编撰的《白氏文集》各本："大和九年(835)六十卷本""开成元年(836)六十五卷本""开成四年(839)六十七卷本"分别供奉于江州庐山东林寺经堂、洛阳圣善寺钵塔院律库、苏州南禅院千佛堂中的行为，也正是出于这个目的。对白居易而言，佛教并不单是作为一个宗教，而且是前世而来的"业"，与自己的诗文(世俗文学、狂言绮语)有着难以断离的关系(因、缘)。香山寺中新的藏经堂建成后，他马上献纳最新的《白氏洛中集》十卷，祈愿道："我有本愿，愿以今生世俗文字之业、狂言绮语之过，转为将来世世赞佛乘之因，转法轮之缘也，十方三世诸佛应知。②"

---

① 与此相关，白居易将自身的肖像画纳于香山寺的藏经堂，这一事实值得特别注意。《香山居士写真诗并序》的序文云："元和五年，予为左拾遗、翰林学士，奉诏写真于集贤殿御书院，时年三十七。会昌二年，罢太子少傅，为白衣居士，又写真于香山寺藏经堂，时年七十一。前后相望，殆将三纪。观今照昔，慨然自叹者久之。形容非一，世事几变，因题六十字，以写所怀。"

② 语出《香山寺白氏洛中集》(开成五年〔840〕，69岁，洛阳)。类似的话亦见于《苏州南禅院白氏文集》(开成四年〔839〕，68岁，洛阳)。另外，关于白居易诗文中的老庄与佛教问题，下定雅弘《读白氏文集》(勉诚社，1996年10月)中有详细的考察。

在这里可以看出，白居易一边虔诚地皈依"佛"，一边却怎么也舍弃不了"文"的诗人形象。以诗文为生且要死于诗文的白居易，可以说"在文集奉纳里包含了与布施己身相近的想法"①。

在吟咏香山寺的诗篇中，第三点必须要考察的是，白居易以高频率描写水边风景的意义。虽然就下临伊水的香山寺的地势而言，反复叙述水景也是自然的，但是在这里更重要的一点是，舒适地刺激了触觉、视觉、听觉的清凉的水流，与白居易视为理想的"闲"境的典型意象相重合②。香山寺的水、月与风，是白氏最爱的景物。我仅举六首代表作：

……起向月中行，来就潭上浴。平石为浴床，洼石为浴斛。绡巾薄露顶，草屦轻乘足。清凉咏而归，归上石楼宿。（《香山寺石楼潭夜浴》，大和四年〔830〕，59岁，洛阳）

……两面苍苍岸，中心瑟瑟流。波翻八滩雪，堰护一潭油。台殿朝弥丽，房廊夜更幽。千花高下塔，一叶往来舟。岫合云初吐，林开雾半收。静闻樵子语，远听棹郎讴。官散殊无事，身闲甚自由。……（《重修香山寺毕题二十二韵以纪之》，大和六年〔832〕，61岁，洛阳）

萧洒伊嵩下，优游园绮间。未曾一日闷，已得六年闲。……兴发宵游寺，慵时昼掩关。夜来风月好，悔不宿香山。（《喜闲》，大和八年〔834〕，63岁，洛阳）

……冰浮水明灭，雪压松偃亚。石阁僧上来，云汀雁飞下。西京闹于市，东洛闲如社。……（《菩提寺上方晚望香山寺寄舒员外》，同前）

我年日已老，我身日已闲。闲出都门望，但见水与山。关塞碧岩岩，伊流清潺潺。……（《晚归香山寺因咏所怀》，大和九年〔835〕，64岁，洛阳）

六月滩声如猛雨，香山楼北畅师房。夜深起凭阑干立，满耳

---

① 出自芳村道弘《白居易的自撰墓志》232页（《学林》第二十八、二十九号，1998年3月）中的观点。芳村的论文是关于白居易晚年生死观考察的卓论，希望能与本章一并参考。

② 参考本书"本论三：住所与家人"第十章。

潺湲满面凉。(《香山避暑二绝》其一,开成元年[836],65岁,洛阳)

香山寺附近的石楼潭、伊水的清流、龙门八节滩①的浪头等,植根于身体感觉的水边情趣在"闲"的时空里被重复述说,直接传达了白居易晚年闲适类作品的特色和倾向。在下邽北原荒凉的坟墓周边,遗漏了白居易特别喜爱的新鲜的水景(流水与止水),当我们在思考他的生死观与闲适观时,这个事实也是不可忽视的要点。在生前慰藉白居易的身心并使之复苏的水景,在白居易死后的灵魂长眠之所中也是会被强烈地冀求着的。会昌二年(842),白居易在其71岁时所作的七言律诗《池畔逐凉》中吟咏道:"料得此身终老处,只应林下与滩头。"作为终老之地,白居易自己所设定的"闲"的"林下""滩头",如其初志,可以判断为在充盈着清澄、清洌的水景的洛阳龙门香山寺中得到了完成。香山寺对于白居易而言,足以成为其死后灵魂②所寄居的最终的"闲"的至高境界。香山的青山与伊水的流水,可以说是白居易最终到达的人生终极的景观。

四、白居易的《白氏文集》

白居易是非常珍视自己作品的人。《白氏文集》的完成形态——大集七十五卷本(散佚四卷),是花费数十年时间由白居易亲自编撰完成的。这部《白氏文集》,在会昌五年(845)其74岁时终于完成,但这不是白居易晚年时一次性汇集成书的,而是犹如树木缓缓地刻上年轮一般,一点一点地经过增补、修订而成的。最终收于原书的3840余篇诗文,对于以"日常性的诗化""诗作的日常化""生活日志式的创作风格"为最大特色的文人白居易来说,实在是一篇都不可少的人生痕迹,是自我存在的证明。唐代诗人中位居第一的作品总数,执着的诗文编集,以及高达99%的令人惊异的

---

① 详参《开龙门八节石滩诗二首并序》(会昌二年[842],73岁,洛阳)。
② 在古代中国,人们相信人死后"魂魄"会分离、解体,主宰精神的、轻的阳气"魂"升到天上,主宰肉体的、重的阴气"魄"留在地上。如果基于这种中国传统的生死观,可以认为香山寺墓地是白居易的"魄"永眠的"闲"的空间。

保存率,是我们在追究白居易与《白氏文集》诸问题时无论如何也要把握的前提①。在本节中,我想就白居易的文集编撰与生死观的关系,针对已经确认的事实阐述一下我的个人见解。他的诗文集编撰,始于29岁,终于74岁,将其长达四十五年的编撰经过整理和汇总的话,则如下所示。作为推论所依据的文献我也逐一并记如下:

第一次作品编集(贞元十六年〔800〕,29岁):为应对省试科考而编成含诗百首、杂文二十篇的"行卷",自己附上书简献呈陈京。参考《与陈给事书》(卷二十七)。

第二次作品编集(元和十年〔815〕,44岁):编撰由诗800篇组成的诗集十五卷。采用古体(讽喻、闲适、感伤)、近体(杂律)的四体分类。参考《编集拙诗成一十五卷因题卷末戏赠元九李十二》(卷十六)、《与元九书》(卷二十八)。

第三次作品编集(长庆四年〔824〕,53岁):由挚友元稹编纂五帙,每帙十卷,由2091首诗组成的《白氏长庆集》五十卷。收长庆三年(823)冬为止的作品。因长庆改年号为宝历所发的感慨而采用的编纂方针,沿袭了第二次作品的编集方式,由诗(讽喻、闲适、感伤、杂律)、文(赋、赞、箴戒、碑记、叙事、制诰、启、表、奏、状、书、檄、词、策、剖判)组成。参考《白氏长庆集序》(元稹《元氏长庆集》卷五十一)。顺便一提,长庆三年(823)《元氏长庆集》一百卷完成。

第四次作品编集(大和二年〔828〕,57岁):由《白氏长庆集》之后的340首作品所组成的《后集》五卷完成。诗的部分抛弃了之前的四分法,采用格诗、律诗两分法,文的部分依然继承《白氏长庆集》的编法。参考《后序》(卷五十一)。加上与元稹的唱和集序。参考《因继集重序》(卷六十)。此《元白唱和因继集》有十六卷千余首诗之多。参考《和微之诗二十三首并序》其一《和晨霞》。另外,宝历二年(826)为去世的次弟白行简编纂的诗文集《白郎中集》二十卷完成。

---

① 关于这一点,花房英树《白氏文集的批判性研究》序章"白氏文集的形成"(朋友书店,1974年7月);平冈武夫《白氏文集的形成》(《东方学会创立十五周年纪念东方学论集》,东方学会,1962年);和泉新《论白氏文集——形成与流传》(《白乐天与〈白氏文集〉》,尚学图书,1977年5月)中也有所指出。

第十一章　香山寺与《白氏文集》——闲适诗境的完成

第五次作品编集（大和三年〔829〕,58 岁）：与刘禹锡的唱和集《刘白唱和集》二卷完成。参考《刘白唱和集解》（卷六十）。此后，在洛阳居住的五年间所作的作品 432 首被整理为"洛诗"。

第六次作品编集（大和六年〔832〕,61 岁）：进一步增补的《刘白唱和集》三卷完成。参考《与刘苏州书》（卷五十九）。

第七次作品编集（大和八年〔834〕,63 岁）：汇集从大和三年（829）春至大和八年（834）夏，在洛阳创作的诗篇"洛诗"432 首，作序。参考《洛诗序》（卷六十一）。这些作品翌年收入《后集》。

第八次作品编集（大和九年〔835〕,64 岁）：由《白氏长庆集》五十卷和《后集》十卷组成的《白氏文集》七帙、六十卷、2964 首的大集完成。书写一本，纳入江州庐山东林寺的经藏。参考《东林寺白氏文集记》（卷六十一）。

第九次作品编集（开成元年〔836〕,65 岁）：由《白氏长庆集》五十卷和《后集》十五卷（包含 291 首诗的增补部分）组成的《白氏文集》七帙、六十五卷、3255 首的增补改订完成。书写一本，纳入洛阳圣善寺的律疏库楼。参考《圣善寺白氏文集记》（卷六十一）。

第十次作品编集（开成四年〔839〕,68 岁）：由《白氏长庆集》五十卷和《后集》十七卷（1296 首）组成的《白氏文集》七帙、六十七卷、3487 首的增补改订完成。书写一本，纳入苏州南禅院的千佛堂。参考《苏州南禅院白氏文集记》（卷六十一）。

第十一次作品编集（开成五年〔840〕,69 岁）：继先前的"洛诗"加上作品 368 首，编成《白氏洛中集》,由十卷、800 首组成，纳入洛阳龙门香山寺的藏经堂。参考《香山寺白氏洛中集记》（卷七十）。

第十二次作品编集（会昌二年〔842〕,71 岁）：由《白氏长庆集》五十卷和《后集》二十卷组成的《白氏文集》七十卷大集完成。就《后集》部分而言，起自大和二年（828）的五卷，实际上经过了十四年的岁月和五次的编集。书写《后集》二十卷一本，纳入江州庐山的东林寺，与已经奉纳的《后集》十卷调换。最终，在东林寺被纳入的是《白氏文集》七十卷。

第十三次作品编集（会昌五年〔845〕,74 岁）：由《白氏长庆集》五十卷、《后集》二十卷、《续后集》五卷组成的《白氏文集》七十五卷、3840 首大集（最终原本），在去世的一年前完成。这部大集中还包含着以前所编集的与元稹、刘禹锡的唱和集。定本书写五本,在江州东林寺、苏州南禅寺、洛阳圣善寺中各纳一本,给侄子白龟郎(弟白行简的遗孤)与外孙谈阁童(女儿阿罗之子)各一本,令其藏于家中传于后代。此外,据说还有《元白唱和因继集》十七卷、《刘白唱和集》五卷、《洛下游赏宴集》十卷、《白氏六帖事类集》三十卷通行于世。参考《白氏集后记》(卷七十一)。

  在汉魏六朝至隋唐五代的中国文学史中,再也找不出对自己作品的保存如此持续地倾注热情的诗人。大体来说,中国古代的文集编纂事业,一般都不是由作者本人在生前做的,而是由害怕作品亡佚的后代读者来实施的。从这一点来看,也必须说白居易的编集事业是特异的。白居易亲手编订的毕生诗文集,内容也是涉及众多方面,从数量和质量两方面都令其他人难以企及。这个事实也暗示了白居易既是优秀的作家(诗人),同时也是优秀的批评家(文艺理论家)。因为一般来说,别集、总集、唱和集、类书等编纂,必然要求编纂者具备在文献的取舍上高超的见识与敏锐的批判意识。

  对于白居易而言,《白氏文集》是自己的分身,也可以认为是死后使自己的人格得以永远存续的独一无二之选。白居易生前就完成文集定本的行为,是基于强烈的自我保全意识——对于自我的爱。比如74岁时所写的《白氏集后记》中是这样表达的。我将那波道圆本的文字稍作改变,引用如下:

> 白氏前著长庆集五十卷,元微之为序。后集二十卷,自为序。今又续后集五卷,自为记。前后七十五卷,诗笔大小凡三千八百四十首。集有五本,一本在庐山东林寺经藏院,一本在苏州南禅寺经藏内,一本在东都圣善寺钵塔院律库楼,一本付侄龟郎,一本付外孙谈阁童。各藏于家,传于后。<u>其日本新罗诸国及两京人家传写者,不在此记</u>。又有元白唱和因继集共十七卷,刘白唱和集五卷,洛下游赏宴集十卷,其文尽在大集内,录出别行于时。<u>若集内无而假名流传者,皆谬为耳</u>。会昌五年夏五月一日,乐天重记。

  如下画线的内容所明确显示的那样,白居易将自己的作品与他人的作品作了严格区分,而给予三个寺院(东林寺、南禅寺、圣善寺)与两个亲人(白龟郎、谈阁童)的五部《白氏文集》,表明了这是经作者本人校阅的最终定本。对大集中未被收录、流传于坊间的作品,全都认定为伪作,悉被排除。在这里,明显能看出白居易想让自己的诗文毫无谬误地传承后世的强烈意识,对于独一无二的"我"之存在的彻底执着,对于身后名的自负之念等,在这个意义上,《白氏文集》七十五卷的编撰与继承,通过文字所拥有的不灭之力而祈愿"个体"("我")的永生,对于白居易来说,可以认为是必须要完成的事业。这正是与因时间磨灭的武人功业和商人财富不同的,仅仅给予以文为生者的最大特权。自己身边亲近的人相继去世①,晚年的白居易一边真切地感受着万物流转的世间无常,一边急着完成文集的编定。记录和保存白居易个人一切的《白氏文集》,正是以"自适"("独善"及"自足")为人生原理努力实践的最终到达的点,也可以认为是其一生中最后的依靠。

五、结语

从第一节至第四节,我主要以死生、闲适、诗文编撰为关键词,就香山寺与《白氏文集》的意义进行了阐述。其结果,我确认这两者与白居易的生死观、闲适观有着深刻的关联。可以认为,白居易终生追求的"闲""适"的至高境界,最终因香山寺的复兴与《白氏文集》的编撰得到了实现。寺院与文集,作为联系白居易的生与死的渡桥,具有接近信仰的绝对意义。我们推察,与佛光和尚②为代表的众多僧侣的交往,也成了使白居易的这个动向加速度呈现的重要原因。

自科举及第后走上高级官僚之路以来,家族所期待的"最有出息"的白居易可以说一直肩负着重大的责任。说他一生几乎都耗费在了保护家族、

---

① 比如白居易后半生中不可替代的诗友刘禹锡,在白居易71岁时的会昌二年(842)去世。参考"……贤豪虽殁精灵在,应共微之地下游"(《哭刘尚书梦得二首》其一)、"……窅窅穷泉埋宝玉,骎骎落景挂桑榆。夜台暮齿期非远,但问前头相见无。"(同前,其二)等。

② 关于佛光和尚的事迹,详参《山下留别佛光和尚》(会昌元年〔841〕,70岁,洛阳)的朱金城笺(《白居易集校笺》第四册2434页)。

使家族安定上面也并不为过。在这种束缚和拘束繁多的生涯——有涯的一生的尽头，白居易所下的最终决断，可以认为是对"自适"的处世生活的重视，以及贯穿"自我"的生存之道①。长眠于一族合祀的墓所下邽，就意味着白居易个人的名字与存在被埋没和稀释在白氏家族全体成员里面了。白居易为了留下独一无二的自己生活过的确切证据，选择了香山寺作为死后的"闲"境，以及作为想要展现自"适"的生存轨迹而完成的《白氏文集》。"龙门香山唐少傅白公墓"与《白氏文集》七十一卷本流传至一千年后的今天，明确显示了这位诗人的永生夙愿确实已经得到了完成。

---

① 《读道德经》（会昌二年〔842〕至会昌六年〔846〕，71岁至75岁，洛阳），是我们了解白居易晚年生死观极为重要的作品。"玄元皇帝著遗文，乌角先生仰后尘。金玉满堂非己物，子孙委蜕是他人。世间尽不关吾事，天下无亲于我身。只有一身宜爱护，少教冰炭逼心神"。

后记

与白居易相遇二十五年来,我对这位诗人的兴趣不断增加。当初我是对他的语言表现感兴趣,但自从再度认识了"闲适诗想"的重要性以后,我就把全部精力倾注到这个领域的研究上了。本书的出版,是我自己选定的白居易诗文研究的第一步。本书将我所发表的与白居易有关的论文中,选择闲适主题的诸论考汇集起来,并在可能的范围内努力加上资料、论点、表达方面的订补。其结果是,在单篇论文中不一定能够看到的白居易文学的整体特色与倾向,在这里重新得到了明确的呈现。

从开始起草到出版,本书的内容得到了多方著作、论文的支持。凡例、正文、注中所举的先行研究自不必说,无法逐一指出的关联文献还有很多。其中,首先应当感谢的是我本科与研究生的指导教授:松浦友久老师。松浦老师于二〇〇二年秋正值67岁的盛年时突然逝世。在我刚刚进入大学一无所知的时候,他将作为中国文学研究者所需的全部学识都教给了我。在松浦老师精力充沛地构筑"松浦诗学"的40多岁初至50多岁中期,与老师相遇并接受他亲切的指导,我想是终生难以忘怀的、无可替代的经历。可以说,我自己与白居易的缘分也是因为松浦老师而结成的。这次我的著作未能在老师生前呈送于他的面前,是我难以释怀的遗憾。对于受惠终生的师恩,我想再次衷心地表达感谢之意。

其次我必须要提及的,既是前辈也是恩师的弘前大学教授植木久行老师。与植木老师的交往是从本科毕业论文选择《锺氏诗品论》的时候开始的,之后植木老师亦时时惠赐我著作或示教我文献。本书中亦引用了很多植木老师的观点。另外,我还时常想起老师细心指导我论文的那些令人怀念的日子。借着这个机会,我也想向植木老师深表谢意。

最后,我还得到了早稻田大学文学学术院教授稻畑耕一郎老师的细致关照。稻畑老师作为北京大学中国古文献研究中心的客座教授,虽然很忙,但依然担任我的博士学位论文的评审。在汇集整理本书之际,老师一如既往地给予我恰当的建议与温暖的鼓励。对于老师始终不变的指导，我想衷心地表达谢意。

本书的出版计划，可以追溯到汲古书院三井久人先生来到静冈的二〇〇三年五月。因为诸般事情，结果让石坂叡志社长整整等了三年半。编辑部的小林诏子女士，多次听取我的种种要求，长期以来充满耐心地支援着我。在烦琐的排版方面，中台整版的协助也令人难忘。另外，在本书出版之际，我还接受了独立行政法人日本学术振兴会平成十八年度科学研究费补助金（研究成果公开促进费）的资助。

值此小书出版之际，我谨向帮助过我的所有人致以谢忱。

埋田重夫
二〇〇六年清秋